Das verbotene Begehren des Highlanders

Moira MacArran

Bibliografische Information der deutschen Nationalbibliothek

Die Deutsche Nationalbibliothek verzeichnet diese Publikation

in der deutschen Nationalbibliografie, detaillierte bibliografische

Daten sind im Internet über http://dnb.dnb.de abrufbar.

Herstellung und Verlag
BoD - Books on Demand, Norderstedt

ISBN: 9783748168997

*Nicht nur einen Tod gibt es. Der uns
dahinrafft ist nur der Letzte.
(Seneca)*

Doune Castle, 1420, Sitz des Dukes of Albany

Nialls Körper bestand nur noch aus Schmerz. Alles
verzehrendem, pochendem Schmerz. Stimmen drangen
durch das Rauschen in seinen Ohren zu ihm durch,
Worte, Sätze, deren Sinn er nicht greifen konnte. Alles
drehte sich, er wusste nicht, ob seine Augen
geschlossen oder geöffnet waren. Sein Herz pochte und
mit jedem Schlag wurde der brennende Schmerz
schlimmer. Sein Atem kam stoßweise, er versuchte
verzweifelt, seine Lungen mit der köstlichen Luft zu
füllen, die Leben versprach. Stattdessen gab er
gurgelnde Laute von sich, als metallisch schmeckendes
Blut seinen Rachen emporstieg. So also fühlte sich
Sterben an! Er hatte nie einen Gedanken an den Tod
verschwendet. Jedenfalls nicht an seinen eigenen. Im
Gegenteil. Er brachte den Tod. In unzähligen
Schlachten und Scharmützeln, in denen er als Soldat im
Herr seines Befehlshabers Robert Stewart, dem 1. Duke
of Albany, für Schottland gekämpft hatte, waren
zahlreiche Feinde durch sein Schwert gestorben. Für
den König. Für Schottland. Er hatte es immer
verabscheut, zu töten, aber im Kampf gab es nur ein

Gesetz: Töten oder getötet werden! Daher erschien es ihm absurd, dass er ausgerechnet im Kerker der Burg dieses Mannes, für den er mehr als einmal sein Leben riskiert hatte, den Tod finden würde. Robert Stewart und sein Sohn Murdoch kämpften für dieselbe Sache: den rechtmäßigen König von Schottland, Jakob I, aus seinem Exil zu befreien und in seine Heimat zu bringen. Oder etwa nicht?

Erinnerungsfetzen an die letzten Stunden wirbelten in einem verzweifelten Versuch, seine Situation zu verstehen, durch seinen Kopf. Wie war er in den Kerker der Burg gekommen. Und vor allem: warum? Er sah das Gesicht eines Mannes vor seinem inneren Auge aufblitzen, erkannte den Schreiber und Vertrauten seines Brotherren. Duff Graham hatte ihn spät in der Nacht aufgesucht und ihn gebeten, ihm zu helfen. Niall erinnerte sich, dass er die Angst und Panik des Mannes förmlich gerochen hatte. Er hatte im Laufe seines Lebens und auf den verschiedenen Schlachtfeldern gelernt, seine Umgebung mit allen Sinnen wahrzunehmen, und so wusste Niall, noch bevor Duff Graham auch nur ein Wort gesagt hatte, dass vor ihm ein Mann stand, der dem Tod ins Gesicht gesehen hatte. Die Angst hinderte den Mann daran, zusammenhängende Sätze zu sprechen und so musste Niall sich aus den geflüsterten, abgehackten Wortfetzen zusammenreimen, was Duff ihm mitteilen wollte. Immerhin verstand er so viel, dass dieses ängstliche Bündel Mensch offenbar über Beweise verfügte, die Robert Stewart und seinen Sohn Murdoch des

Hochverrats überführen würden. Robert Stewart war als „Guardian of Scotland", also als Regent an Königs statt, für den in englischer Geiselhaft festgehaltenen König Jakob dafür zuständig, das von den Engländern geforderte Lösegeld für Jakobs Freilassung einzutreiben und den König so schnell wie möglich zurück nach Schottland zu holen. Offenbar waren allerdings weder Robert noch sein Sohn Murdoch an einer schnellen Rückkehr des Königs, die ihre Macht und ihren Einfluss in Schottland mit einem Schlag beendet hätten, interessiert. Die Beweise, die Duff zu haben schien, belegten offensichtlich, dass die Summe von 40.000 Pfund für die Freilassung des Königs bereits seit geraumer Zeit von den Lairds des Landes bezahlt worden war und nun in den Kellern irgendeiner Burg sicher verwahrt lag, anstatt auf dem Weg nach England zu sein, um Jakob freizukaufen. Schritte auf dem Gang hatten verhindert, dass Duff zu weiteren Ausführungen ansetzen konnte, er war panisch geflohen, und dann verschwamm Nialls Erinnerung. Man hatte ihn in den Kerker der Burg geschleift und grausam gefoltert, um herauszufinden, was er wusste und wo die Schriftstücke waren, die Duff gestohlen hatte. Was hatte er darauf schon sagen können? Er hatte ja kaum Zeit gehabt, sich auf Duff Grahams Eröffnung einen Reim zu machen! Und warum hatte Duff gerade ihn ausgesucht, um sein angebliches Wissen zu offenbaren? Ein Gesicht stieg vor seinem inneren Auge auf, verschwamm sofort wieder. Broc MacKenzie, der Mann, an dessen Seite er in zahlreichen Schlachten gekämpft hatte und den er zwar nicht zu seinen Vertrauten, aber doch zu seinen Verbündeten in der Sache zählen würde, hatte ihm mit wutverzerrtem Gesicht den ersten Hieb in die Magengrube verpasst. Warum?

Ein gleißendes Licht flammte durch seinen Kopf und gab in schnellen Episoden den Blick auf sein bisheriges Leben frei. Seine Mutter, unglücklich und lieblos ihm gegenüber, gebunden an seinen Vater, dem sie mit derselben Kälte begegnete wie ihm, dem zweitgeborenen Sohn.

„Wenn der Duke of Albany Krieger will, schick' Niall. Er ist entbehrlich. Angus ist dein Erbe, ihn musst du schützen!", hatte sie kalt gefordert.

Dann sah er einen zitternden Fünfzehnjährigen auf dem Schlachtfeld zwischen Inverness und Aberdeen, der schwer atmend sein Schwert aus einem am Boden liegenden Soldaten zog und sich ungeachtet des Scharmützels um ihn herum auf den blutigen Boden erbrach. Es war Juli und für Schottland ungewöhnlich heiß, was den metallischen Blutgeruch, der einem Todeshauch gleich über das Schlachtfeld strich, unerträglich machte. Überall Blut und Tote, auf beiden Seiten gab es so viele Tote! Und wofür hatten all diese tapferen Männer in der Schlacht, die wegen der hohen Verluste auf beiden Seiten im Volksmund nur 'Reid Harlaw', ' blutrotes Harlaw' genannt wude, ihr Leben lassen müssen? Für den Titel des „Earl of Ross" und die damit verbundene Vorherrschaft über die gleichnamige Grafschaft! Leben für Titel und Land? Damals hatte er sich noch gefragt, ob diese Sache so viele ausgelöschte Leben wert war, danach hatte er nie wieder nach dem Sinn eines Kampfes gefragt, denn es gab für ihn nur eine Antwort auf diese Frage. Und wenn er sie zugelassen hätte, wäre er niemals der gefürchtete Krieger geworden, der er war.

Glynis! Er sah ihr schönes Gesicht vor sich, spürte ihre weichen Lippen auf seinen. Er erinnerte sich an ihren Körper, der weich und willig gewesen war. Er sah einen aufgeregten jungen Mann. Er hielt einen Strauß Erikazweige in der Hand und trat verlegen von einem Bein auf das andere. Dann stieß er die Tür zu ihrer Hütte auf, die Frage aller Fragen auf den Lippen. Er sah ungläubiges Entsetzen auf den Zügen des jungen Mannes als dieser die Situation erfasste. Glynis lag mit gespreizten Beinen unter seinem Bruder, der heftig keuchend immer wieder in sie stieß. Als Glynis ihn in der Tür erblickte, wurde ihr Blick eisig.

Kurz meinte Niall, so etwas wie Scham in ihren Augen aufblitzen zu sehen, bevor sie sich wieder ganz der Wollust hingab, die sie und seinen Bruder erfasst hatte. Erinnerungen an achtlos zur Seite geworfene Erikazweige und einen unsagbaren Schmerz durchfluteten ihn, fast schlimmer als der gegenwärtige, alles verzehrende körperliche Schmerz, der ihn wie ein Kokon umgab. An diesem Tag war der mühsam genährte Rest Gefühl in ihm gestorben, der Glaube an die Liebe, die Hoffnung, dass es noch ein anderes Leben für ihn geben könnte als auf dem Schlachtfeld. Die Kälte, die seit diesem Tag in seinem Herzen Einzug gehalten hatte, ergriff plötzlich seinen gesamten Körper. Erstaunt stellte er fest, dass diese Kälte befreiend war. Kein Schmerz mehr, kein Gefühl mehr. Vielleicht ein wenig Bedauern, dass er das Rätsel um sein Schicksal nun nicht mehr würde lösen können. Eine Stimme hallte durch seinen Kopf. „Herrgott, es reicht! ...tot ... werde ihn beerdigen..." Er erkannte die Stimme. Malcom MacRae, der einzige Freund, den er je gehabt hatte, hielt ihn für tot. Dann musste es wohl so sein, obwohl er sich den Tod, seinen Tod, immer anders vorgestellt hatte. Auf dem Schlachtfeld, vom Schwert eines Feindes durchbohrt... Das hier war eher... unspektakulär. Wenn diese Kälte nicht gewesen wäre, die alles lähmte, hätte er gegrinst. Eine Heiterkeit erfasste ihn, die er sich nicht erklären konnte. Es war vorbei. Seinem heldenhaften Ruf, den er sich auf den Schlachtfeldern Schottlands erworben hatte, würde es einen erheblichen Knacks versetzen, wenn bekannt würde, dass er sich hatte überrumpeln lassen. Von einem nach Angstschweiß stinkenden Schreiberling. Von einem kurzen Augenblick der Unachtsamkeit, die ihn in diesen Kerker geführt hatte.

Aber was machte das schon aus? Er spürte noch, wie jemand ihn hochhob und fort trug. In gleißendes Licht. Licht, das nicht genug Wärme abgab, um die Kälte aus seinen Gliedern zu verbannen.

Niall MacLennan wehrte sich nicht länger gegen das Unvermeidbare und den Eishauch, der das Leben aus ihm vertrieb. Das Leben war warm, der Tod war kalt.

Vom Menschen dagegen droht dem Menschen täglich Gefahr.
(Seneca)

Eilean Donan Castle, Sitz der MacRaes, Januar 1424

„Und ich sage dir: er weiß es!" Ungeduldig ging Malcolm MacRae in seinem Schlafgemach auf und ab. Die hölzernen Läden vor den Festeröffnungen waren zum Schutz vor dem eisigen Wind, der seit Tagen um die Burg wehte, geschlossen und nur einige Kerzen und der Schein des Torffeuers im Kamin erhellten den Raum. Seine Gemahlin Ailis saß auf dem Bett und kämmte sich ihre langen blonden Locken. Es war die Stunde des Tages, in der sich der Laird und seine Frau in ihre Gemächer zurückzogen und Privates besprachen.

„Außer uns beiden wusste es nur dein Vater, Malcolm. Und der ist seit einem Jahr tot. Und ich würde mir lieber die Zunge herausreißen, als diesem... Bastard ein Sterbenswörtchen zu verraten!" Sie legte den Kamm beiseite und begann, sich einen Zopf für die Nacht zu flechten.

„Ailis, das weiß ich. Aber er hat es herausgefunden... irgendwie. Erinnerst du dich, als er das letzte Mal zu Besuch hier auf der Burg war? Da war Vater schon bettlägerig. Er hat darauf bestanden, Vater zu sehen und ihm persönlich Grüße von Connor MacKenzie, Vaters altem Waffenfreund zu überbringen. Du warst in der Küche beschäftigt und Rurig rief mich kurz fort, weil es ein Gerangel zwischen MacKenzies Begleitern und unseren Männern gab. Ich war nur kurz fort, denn ich wollte Vater keine Sekunde mit diesem Mistkerl alleine lassen. Als ich kurz darauf wiederkam war Vater so aufgewühlt. In seinen Augen stand Angst, aber er konnte damals ja schon nicht mehr sprechen. Er warf sich hin und her und als Broc seine Hand zum Abschied drücken wollte, zog er sie weg und fing an, unverständliches Zeug zu brabbeln. Du hättest ihn sehen sollen, Ailis. Er hätte nicht aufgebrachter sein können, wenn der Teufel ihn persönlich an seinem Krankenlager aufgesucht hätte!" Malcolm blieb an der schmucklosen Truhe stehen, auf der ein Tablett mit einer Karaffe und zwei Bechern stand. Er goss etwas von dem Wein aus der Karaffe in beide Becher und reichte einen seiner Gemahlin. Ailis nahm einen kleinen Schluck und zuckte dann mit den Schultern. „Dein Vater konnte Broc noch nie leiden. Und damit war er nicht alleine. Mir läuft es heute noch kalt über den Rücken, wenn ich daran denke, wie er mich immer gemustert hat, wenn er dachte, ich bemerke es nicht. Und dann seine wie zufälligen Berührungen..." Sie schüttelte sich kurz, als sie an ihre letzte Begegnung mit diesem Mann dachte. Er war mit einigen Männern seines Clans in der Burg aufgetaucht, hatte sich auf das in den Highlands heilige Gastrecht berufen und mit seinen Männern die Speisekammern leer gefressen und jeden Abend bis zur Besinnungslosigkeit gesoffen. Anders konnte man das Benehmen nicht umschreiben. Malcolm hatte dem Treiben erst Einhalt geboten als einer von Brocs Männern versuchte, eine junge Magd zu vergewaltigen. Ailis hatte nie herausgefunden, wie Malcolm die Männer letztlich überzeugt hatte, ihren Aufenthalt auf Eilean Donan Castle zu beenden, aber schließlich waren sie abgereist und es war wieder Ruhe eingekehrt.

„Du hättest mir viel eher davon erzählen sollen wie sich dieser Bastard dir gegenüber benommen hat! Ich hätte...", grollte Malcolm, aber Ailis unterbrach ihn.

„Genau deswegen habe ich nichts gesagt. Du kannst nicht nur wegen meiner Abneigung diesem Mann gegenüber eine Fehde mit dem Clan der MacKenzies vom Zaun brechen! Sie sind sehr mächtig und wir können uns keine Streitigkeiten oder blutige Kämpfe mit ihnen leisten!"

„Ja, sie sind sehr einflussreich! Und warum? Weil dieser Arschkriecher Broc als rechte Hand des Hochverräters Murdoch Stewart fungiert und sich bei allem, was er tut, auf dessen Rückendeckung verlassen kann! Wenn ich daran denke, wie sie damals Niall...", er fuhr sich mit der rechten Hand durch seine dunkelblonden Haare und atmete mehrmals tief durch. Ailis war inzwischen aufgestanden und legte ihrem Gemahl beschwichtigend eine Hand auf dem Arm.

„Sei vorsichtig mit dem, was du sagst. Auch in Eilean Donan haben manche Wände Ohren!" Sie sah ihn traurig an.

„Du hast keine Schuld an dem, was Niall widerfahren

ist, Malcolm!"

„Ich hätte erkennen müssen, dass..."

„Nein, hättest du nicht! Niemand hätte ahnen können, dass diese Stewart Brut sich an dem Lösegeld bereichert, das für die Freilassung unseres Königs gedacht war! Du hast erst im Nachhinein davon erfahren, also hättest du Niall auch nicht warnen können!" Ailis drückte ihrem Mann schnell einen Kuss auf die Wange. „Bedauere nicht länger etwas, was du ohnehin nicht mehr ändern kannst! Sag mir lieber, warum du glaubst, dass Broc MacKenzie... na, dass er es weiß!" Malcolm blinzelte noch einige Male, bevor er sein aufgewühltes Temperament wieder unter Kontrolle hatte. Er nahm einen weiteren Schluck aus seinem Becher und sah dann seine Frau an.

„Dieser angebliche Ehevertrag, den er mit meinem Vater abgeschlossen haben will! Soweit ich weiß, war zu dem Zeitpunkt noch verheiratet, aber passenderweise hatte seine Gemahlin kurz nach seinem Besuch bei uns einen bedauerlichen... *Unfall!* Es heißt, sie sei die Treppe hinunter gestürzt, und nicht wenige glauben, dass Broc da seine Hände im Spiel hatte. Es spielte ihm doch hervorragend in die Karten, dass er ganz plötzlich Witwer und damit für eine neue Ehe frei war. Erinnerst du dich noch an die Einladung nach Doune Castle? Angeblich wollte Murdoch uns persönlich für unseren großzügigen Anteil an der Lösegeldzahlung danken, aber als wir ankamen, war er nicht einmal zugegen? Wichtige Staatsgeschäfte, die mit der Freilassung des Königs zusammenhingen? Wie unglaublich passend für Broc, dass wir genau zu dem Zeitpunkt nicht zuhause waren, als er angeblich mit Vater diesen Heiratsvertrag ausgehandelt hat, der ihm Catriona als Eheweib verspricht!" Aufgebracht ging Malcolm mit großen Schritten in seinem Schlafgemach auf und ab. Das verriet seine Erregung mehr als der höhnische Tonfall, in dem er zu Ailis sprach.

„Ich gebe zu, dass das alles etwas... mysteriöse Zufälle sind, aber..."

„Ailis...", Malcolm war stehen geblieben und fasste seine Gemahlin sanft am Arm. Ganz gleich, wie wütend oder aufgebracht er auch war, er liebte seine Gemahlin von ganzem Herzen. In einer Zeit, wo Gefühle bei der Partnerwahl keine Rolle spielten, solange nur die Clans ihre Vorteile in dem Bündnis sahen, war er mehr als dankbar, dass das Schicksal ihm Ailis gesandt hatte. Zwar war auch ihre Ehe arrangiert worden, weil sich die MacRaes und die MacInnes gegenseitige Waffentreue und die Verteidigung des jeweils anderen Clangebietes im Angriffsfall zusicherten, aber vom ersten Augenblick an, in dem er Ailis gesehen hatte, war er in sie verliebt gewesen. Und ihr war es nicht anders gegangen und so führten sie heute eine glückliche Ehe, die bereits mit einem neunjährigen Sohn und einer wonnigen kleinen, dreijährigen Tochter gesegnet war. Und weil Malcolm eine ähnliche Beziehung für seine Schwester Catriona erhoffte, reagierte er so allergisch auf die Aussicht, dieser Broc MacKenzie könnte mit seinem perfiden Plan, Catriona zu heiraten, Erfolg haben. Er hatte in den Zeiten, in denen er und Broc zunächst für Robert, und dann, nach dessen Tod vor gut drei Jahren, für seinen Sohn Murdoch Stewart zusammen im Dienst des Königs gekämpft hatten, mehr als einmal die Frauen gesehen, mit denen sich dieser Bastard vergnügt hatte! Sichtbare Striemen, Würgemale und blaue Augen waren da noch das Harmloseste gewesen, was ihm aufgefallen war. Man erzählte sich hinter vorgehaltener Hand, dass Broc MacKenzie ganz *spezielle* Vorlieben hatte, was den Umgang mit Frauen anging! Natürlich hatte er gegenüber Ailis niemals davon gesprochen, aber wahrscheinlich verstand sie seine Angst, Catriona betreffend, auch so. Zwischen ihnen bestand eine Art Seelenverwandtschaft und Ailis hatte ein feines Gespür für seine Stimmungen und Ängste.

„Liebste...", begann er erneut und zog seine Gemahlin fest an sich. Er küsste sanft ihr Haar, das wie immer nach wilden Blumen duftete.

„Als er uns das letzte Mal verließ, da habe ich Vaters Papiere durchgesehen. Ich suchte den Vertrag mit den MacDonalds über den Verkauf von fünfzehn Schafen... Ich meine, es fehlte nichts, aber es herrschte eine gewisse Unordnung in den Papieren."

Ailis schmiegte sich in Malcolms Arme und genoss dieses Gefühl der Wärme, das er ausstrahlte.

„Verwahrst du den Brief denn mit den anderen Papieren auf? Ich meine, das ist doch gefährlich. Jemand könnte ihn dort finden und...", sie sah Malcolm in die blauen Augen, die sie immer an den klaren schottischen Himmel erinnerten.

16

„Nein, der Brief ist sicher verwahrt, aber das zeigt doch, dass jemand etwas gesucht hat, meinst du nicht?"

„Aber, wenn er den Brief nicht gefunden hat, dann kann er doch nicht wissen, dass..."

„Den Brief hat er nicht gefunden, Ailis, aber... in der Schublade lag der Ring, der Catriona gehört. Ihre Mutter gab ihn mir damals als sie schon sehr krank war, mit der Bitte, ihn ihr an ihrem einundzwanzigsten Geburtstag zu geben und ihr alles zu erzählen."

„Malcolm! Der Ring war doch bisher in...na ja, sicher verwahrt! Warum hast du ihn in die Schublade gelegt?" Empört schnaubte Ailis und schüttelte dann den Kopf.

„Ich... also ich wollte ihn umarbeiten lassen, damit er Catriona passt, wenn ich ihn ihr gebe. Es ist ja nicht mehr so lange hin, bis zu ihrem Geburtstag! Ich habe ihn also aus dem Versteck geholt, aber ich wurde gestört und da habe ich ihn auf die Schnelle in diese Lade gelegt. Und dann habe ich..."

„... ihn dort vergessen, ich verstehe. Wenn Broc MacKenzie es also weiß und hier mit diesem Ehevertrag ankommt, was willst du dann tun? Eine Fehde mit seinem Clan kannst du dir nicht leisten, wenn du den Vertrag einfach für null und nichtig erklärst!"

„Ich weiß nicht, was ich tun soll, Ailis. Ich weiß nur, dass Broc Catriona niemals in die Hände bekommen darf! Wenn der König erst zurück in Schottland ist, wird er sich der Sache annehmen, aber bis dahin..."

„Oh, ich hörte, er will erst noch diese Joan Beaufort heiraten, bevor er zurück nach Schottland kommt! Eine englische Adelige, die Nichte von König Heinrich IV!

Eine Sassenach! Und das als schottischer König!" Ailis schnaubte abfällig durch die Nase. „Aber was will man von einem Mann erwarten, der als zwölfjähriger Knabe unter den Einfluss des englischen Königs geraten ist?! Jakob hat in den letzten achtzehn Jahren wahrscheinlich mehr von diesen englischen Hunden übernommen als Schottland lieb sein kann!" Ailis hatte sich in Rage geredet. Malcolm schob sie ein Stück weit von sich weg. Amüsiert schaute er in ihre bernsteinfarbenen Augen.

„Liebste, mir scheint, jetzt bist du diejenige, die vergisst, dass die Wände in dieser Burg Augen und Ohren haben könnten. Immerhin redest du von unserem König und unserer zukünftigen Königin!" Sein Mund verzog sich zu einem belustigten Grinsen ob dieses Gefühlsausbruchs seiner Gemahlin. Sie war eben eine Schottin durch und durch. Und hasste alles, was mit den Engländern zu tun hatte, denn die Geschichte hatte alle Schotten gelehrt, dass die gierigen Sassenachs aus dem Süden alles tun würden, um sich Schottland einzuverleiben.

„Pfff, man wird sehen, ob Jakob sich in der Gefangenschaft genug Rückgrat erhalten hat, dem schottischen Volk das zu sein, was es im Augenblick am dringendsten braucht: eine starke Hand! Du weißt selbst, wie das Land unter Robert Stewart und dann seinem Sohn Murdoch zu einer Schlangengrube von speichelleckenden Günstlingen verkommen ist, die alles tun würden, um sich die Gunst dieses Verräters zu erhalten! Und sich dazu sogar gegen König Jakob stellen würden. Immerhin ist sein Anspruch auf den schottischen Thron aufgrund der ersten, ungültigen Ehe seiner Großeltern nicht unumstritten, während die Stewarts aus der legitimen zweiten Ehe des alten Königs abstammen." Ailis atmete einmal tief durch, dann küsste sie ihren Gemahl auf die Wange.

„Natürlich weißt du das alles, ich brauche dir nicht zu sagen, dass Jakob einen schweren Stand haben wird, wenn er Schottland regieren will. Und ich weiß auch, dass du und deine Verbündeten alles daran setzen werden, dass Jakob ein starker Herrscher wird. Es ist nur...", sie biss sich auf die Unterlippe.

„Ich habe einfach Angst, dass Jakob auf die falschen Leute setzt. Woher soll er denn wissen, wer Freund und wer Feind ist? Immerhin war er fast achtzehn Jahre in englischer Gefangenschaft, wer weiß, was ihm da zugetragen wurde. Ein Kind ist beeinflussbar, und später wird Robert Stewart ganz genau überwacht haben, welche Informationen Jakob erhielt und welche nicht."

Malcolm küsste seine Frau auf die Nasenspitze.

„Ich weiß nicht, ob ich beleidigt sein soll, Weib?! Du traust mir und meinen Freunden zu wenig zu. Und Jakob auch. Er hat stets Anteil an Schottlands Schicksal genommen, auch wenn er gefangen gehalten wurde. Und er war nie mit der Übernahme der stellvertretenden Regentschaft durch die Stewarts einverstanden! Das alleine schon deutet darauf hin, dass er ihnen misstraut. Und sagen wir mal so: Nicht nur die Stewarts hatten Möglichkeiten, Jakob Nachrichten zukommen zu lassen. Mir scheint, er ist ziemlich genau im Bilde, wer ihn als König unterstützen wird und wer gegen ihn intrigiert. Immerhin hat er uns ja auch mitteilen lassen, dass er sehr an Catrionas Schicksal interessiert ist und sie an den Hof holen will, sobald er wieder in Schottland ist. Er hat sich vorbehalten, einen geeigneten Höfling für sie als Gemahl auszusuchen, was mich wieder zu unserem eigentlichen Problem bringt: Broc."

„Mal ganz abgesehen davon, dass er ganz sicher als Gefolgsmann von Murdoch kein geeigneter Höfling ist... was sollen wir tun? Noch ist Jakob nicht wieder in Schottland und kann uns nicht schützen, falls Broc MacKenzie Ärger macht. Die Hochzeit von Jakob und Joan Beaufort ist, wie ich hörte, erst für Mitte Februar vorgesehen, und ganz sicher werden die beiden dann nicht sofort aufbrechen. Es gibt wohl auch noch ein paar Vereinbarungen, die Jakob nach der Eheschließung unterschreiben muss, immerhin ist er dann der... *Neffe!*... des verstorbenen Königs Heinrich V und...", sie überlegte, „... damit dann wohl der Cousin von Heinrich VI, dem...", wieder zog sie die Nase kraus, „... zweijährigen König von England!"
Malcolm zog sie erneut in seine Arme.
„Da hast du recht, aber ich finde, wir sollten ihm und Joan Beaufort eine faire Chance geben, immerhin kann so eine Allianz mit England auch Vorteile haben."
„Wir werden sehen, mein Gemahl. Aber die Zukunft löst das Problem nicht, das wir mit Broc und diesem ominösen Ehevertrag haben! Bis Jakob wieder in Schottland ist, kann noch eine ganze Zeit ins Land

gehen, selbst wenn er es eilig hat, in seine Heimat zu kommen. Schließlich kann er sich nicht einfach so auf ein Pferd setzen und losreiten!"

„Ja, und wie ich hörte, ist dieser MacKenzie Bastard bereits auf dem Weg hierher. Broc muss Catriona nämlich in die Finger bekommen, bevor Jakob zurück ist." Malcolm fuhr sich mit der Hand durch sein dichtes, schulterlanges Haar.

„Und wenn du sie irgendwo in Sicherheit bringst? Du könntest sie zum Beispiel nach Dunnotar Castle bringen. Immerhin gehört die Burg uns, seit Onkel William verstorben ist und mir die Burg zufiel, da er keine anderen Erben hatte. Wir waren noch nie dort, weil sie an der Ostküste liegt und damit ziemlich weit weg von Eilean Donan Castle. Und wenn uns der Weg bisher zu weit war..."

„Ailis, du kennst Broc nicht so gut wie ich! Er würde Catriona überall finden, wenn er das wollte. Er ist einer der engsten Vertrauten von Murdoch und hat überall seine Informanten. Ich kenne den Verwalter von Dunnotar nicht einmal persönlich...", Malcolm kramte in seiner Erinnerung nach dem Namen des Mannes.

„Geordan Blair. Er und seine Frau sind bereits seit vielen Jahren auf Dunnotar Castle, Malcolm. Ich kenne sie und..."

„... und du hast sie seit Jahren nicht mehr gesehen. Sicher, als Verwalter sind sie zuverlässig, wie ihre Rechenschaftsberichte nahelegen, aber du kennst ihre Gesinnung nicht. Schottland ist zerrissen und viele kehren in diesen Zeiten ihr Mäntelchen nach dem Winde. Und selbst wenn die Blairs vertrauenswürdig sind: Wir kennen die Burgbesatzung nicht gut genug, um ihnen in dieser Sache zu vertrauen. Darüber hinaus kann ich Catriona auch nicht alleine dahin schicken. Selbst wenn ich ihr einige meiner Männer mitgebe: Solange die kleinste Chance besteht, dass Broc sie in seine Hände bekommt, wird er Mittel und Wege finden, sie zur Ehe zu zwingen. Du kennst ihn nicht so gut wie ich, Ailis. Er scheut keine Mittel und Wege, um zu bekommen, was er will. Und er will meine Schwester."

„Aber hierbleiben kann sie dann auch nicht, wenn es so ist, wie du sagst! Wenn Broc glaubt, Catriona sei hier in der Burg, wird er Eilean Donan womöglich belagern oder sonst was anstellen, damit wir sie herausgeben! Du musst auch an unsere Kinder denken, Malcolm. Was, wenn es ihm gelingt, sie irgendwie in seine Gewalt zu bekommen, um Catrionas Herausgabe zu erzwingen?! Hast du daran schon einmal gedacht?"

Ailis reagierte nun fast panisch auf die Aussicht, Catriona könnte sie alle in Gefahr bringen. So sehr sie ihre Schwägerin auch mochte, das Glück und Wohlergehen ihrer eigenen kleinen Familie stand für sie doch an erster Stelle.

„Ich weiß, Ailis." Malcolm nahm seine Frau fest in seine Arme, um sie zu beruhigen.

„Ich werde alles tun, damit weder du und die Kinder noch Catriona in Gefahr geraten."

„Und wie willst du das verhindern, Malcolm? Bitte, du *musst* Catriona fortschicken!"

Malcolm wollte seine Frau nicht weiter beunruhigen,

also sagte er: „Liebling, ich werde eine Lösung finden."
Er würde ihr jetzt nicht sagen, dass seine Späher Broc
bereits entdeckt hatten und ihnen nur noch eine Woche,
im günstigsten Fall vielleicht etwas mehr Zeit blieb,
eine Lösung zu finden. Und er würde sie auch nicht
mit dem Gedanken ängstigen, dass es nicht viel nützen
würde, Catriona nur fort zu bringen. Denn auch dann
drohte ihnen Gefahr, weil Broc nichts unversucht
lassen würde, ihren Aufenthaltsort zu erfahren. Er
küsste Ailis sanft auf den Scheitel.
Ihm *musste* einfach etwas einfallen!

Aus einem kleinen Anfang entspringen alle Dinge.
(Cicero)

Catriona schwang die hölzernen Läden auf, die nur
unzureichend die frostige Januarluft aus ihrer Kammer
fernhielten. Und obwohl im Kamin ein lustiges Feuer
prasselte, war es kalt in dem kleinen Raum. Sie blickte
auf die weißen Schaumkronen, die der Wind über die
graue Oberfläche des Loch Duich blies, während aus
seinen schneebedeckten Ufern bereits vereinzelt dünne
Eisplatten ins Wasser wuchsen. Es herrschte Flut und
die Burg wurde fast vollständig von den eisigen

Wassern umspült, da sie auf einer kleinen Landzunge lag, die in den Loch Duich hineinragte. In dieser Zeit konnte man nur über eine kleine Holzbrücke zur Burg gelangen, was ihre strategisch günstige Lage am Zusammenfluss dreier Lochs noch verstärkte. Früher war die Burg als Stützpunkt gegen die Überfälle der Wikinger erbaut worden, die hier vorbeifahren mussten, wenn sie weiter ins Landesinnere vordringen wollten. Das war immerhin fast zweihundert Jahre her, und seither war die Anlage mehrfach umgebaut worden, aber so richtig komfortabel war der Wohnturm nicht. Das Erdgeschoss bestand aus zwei Räumen, in denen die Burgbesatzung die Mahlzeiten einnahm und auch schlief. Über eine Treppe erreichte man zwei weitere Stockwerke, die der Familie und Gästen vorbehalten waren. Catrionas Kammer lag im obersten Geschoss und sie liebte den Ausblick, der sich ihr aus den kleinen Fensterscharten bot. Sie konnte in der klaren Winterluft am Horizont die Berge erkennen, die den Loch Duich fast vollständig umgaben. Sie war jedes Mal aufs Neue fasziniert vom Anblick der Five Sisters of Kintail, einer aus fünf Gipfeln bestehenden Bergkette, um die sich eine romantische, aber auch traurige Legende rankte. Sie handelte von sieben Schwestern, zwei von ihnen verliebten sich in irische Königssöhne, heirateten sie, und ihre frisch angetrauten Ehemänner versprachen, ihre fünf Brüder zu schicken, die ihre verbliebenen fünf Schwestern heiraten würden. Die zwei MacRae Töchter zogen daraufhin zufrieden mit ihren Männern nach Irland, und die fünf Daheimgebliebenen warteten auf ihre Bräutigame. Die aber kamen nie an, und weil sie für ihre versprochenen Gatten so schön und jung bleiben wollten wie sie waren, verwandelte ein Zauberer sie in fünf Berge. Catriona liebte solche Geschichten, auch wenn sie nicht an Banshees, Zauberer oder Feen glaubte. Aber wenn man die mal sanft, mal steil aufragenden Gipfel ansah, dann kam es ihr doch so vor, als ragten sie wie wachsame Soldaten in den Himmel und Catriona fühlte sich bei ihrem Anblick behütet und sicher. Und tatsächlich waren seit der Zeit, als sich der schottische Freiheitskämpfer Robert Bruce auf der Flucht vor den Engländern auf die Burg geflüchtet hatte, keine nennenswerten Angriffe feindlicher Clans auf Eilean Donan vorgekommen. Ein paar Grenzscharmützel und halbherzige Überfälle hatte es zwar gegeben, aber die waren durch die Burgbesatzung mühelos zurückgeschlagen worden. Catriona schlang die Arme um ihren Körper. Seit Tagen schon hatte sie das Gefühl, dass dieser Frieden gefährdet war. Etwas lag in der Luft, eine eigentümliche Spannung, die mit jedem Tag zunahm. Gerade eben hatte ihr Bruder ihr eröffnet, dass sie bis auf weiteres die Burg nicht mehr verlassen durfte. Auf ihre Frage nach dem Warum hatte Malcolm sie mit einer lächerlichen Ausrede abgespeist. Es sei zu kalt, um draußen herumzulaufen, hatte er gesagt. Zu kalt! Catriona konnte sich an einige Winter erinnern, in denen es noch viel kälter gewesen war, und da hatte Malcolm sich mit ihr sogar Schneeballschlachten im Freien geliefert! Catriona hatte weiter gebohrt, ihm auf den Kopf zugesagt, dass er ihr etwas verschwieg, aber am Ende hatte er ihr sogar verboten, überhaupt nur ihre Kammer zu verlassen! Sie schloss die Fensterläden wieder und stellte sich neben das Feuer. Und ganz langsam vertrieben die Flammen die Kälte, die sich in ihr ausgebreitet hatte. Oh, nicht, dass sie auch nur einen Augenblick daran dachte, Malcolms Bitte - seinem *Befehl!* - zu gehorchen! Wenn er ihr nicht die Wahrheit sagte, dann konnte sie auch Geheimnisse vor ihm haben. Immerhin hatte sie einen Grund, die Burg auch bei diesem unwirtlichen Wetter zu verlassen und wenn ihr Bruder nicht gewillt war, ihr einen triftigen Grund zu nennen, das nicht zu tun, dann war sie auch nicht gewillt, die alte Cailleach im Stich zu lassen. Die alte Frau wurde von den Bewohnern des kleinen Dörfchens Dornie, das sich an den Ufern des Lochs entlangzog und nur aus vereinzelten kleinen Katen bestand, gemieden, weil viele glaubten, sie sei eine Banshee. Catriona glaubte diesen Unsinn von der todbringenden Fee aus der Anderswelt nicht, und immerhin lebte sie ja auch noch, obwohl sie sich seit fast einem Jahr um Cailleach kümmerte. Die Alte hauste in einer winzigen Kate, weit ab von den anderen Menschen in diesem Tal und war schon immer eine Außenseiterin gewesen, weil sie manchmal Visionen hatte und den anderen unheimlich war. Man sagte, sie hätte auf den Kriegsschauplätzen die blutigen Hemden und Tartans der Kämpfer gewaschen und seitdem bringe sie den Tod. Wenn Catriona diesem Aberglauben energisch widersprach, winkten die meisten Dorfbewohner nur ab. Sie werde schon sehen, was sie davon habe, mit *so einer* zu reden! Schließlich wisse doch jedes Kind, dass *Cailleach* nicht nur den gleichen Namen habe wie die schottische Todesgöttin! Catriona lauschte zwar immer gerne den schottischen Märchen, litt mit Ian Direach, dem Königssohn, der viele Abenteuer bestehen und gegen seine böse Stiefmutter kämpfen musste, um schließlich seine Prinzessin heiraten zu können und war fasziniert von der Tochter des Nordlandkönigs, deren Vater das Land um Lochaber besitzen und beherrschen wollte, was ihm aber nicht gelang. Weil er darüber in Trübsinn verfiel, steckte sie aus Liebe zu ihm ihre Gewänder in Brand und verwüstete die besagte Gegend durch das entstandene Feuer. Die kriegerische Königstochter starb schließlich durch eine silberne Kugel, die die Bewohner des brennenden Landes auf sie abfeuerten und ihr Vater war über ihren Tod so bestürzt, dass er sich zurückzog und seine Macht über das Land gebrochen war. Aber das waren Märchen, Geschichten, die man sich an den langen dunklen Winterabenden in den schottischen Highlands erzählte und niemand glaubte wirklich daran, dass das alles so geschehen sein sollte. Umso fassungsloser machte es Catriona, dass Cailleach nach Meinung der Menschen hier eine Banshee sein sollte! Das einzige, was den Tod brachte, waren Krankheiten und das Claymore, wenn sein Träger geschickt damit umzugehen vermochte, aber keine hilflose alte Frau.

Cailleach war seit einiger Zeit krank, hatte starken Husten und war so geschwächt, dass sie ihre Hütte kaum verlassen konnte. Sie fieberte von Zeit zu Zeit und konnte schon lange nicht mehr selbst für sich sorgen, indem sie Pilze und Beeren sammelte oder Fische und Moorhühner fing. Und jetzt bei dieser bitteren Kälte hatte sich ihr Zustand weiter verschlechtert und wenn Catriona auch wusste, dass sie den Tod vielleicht nicht aufhalten konnte, so fühlte sie sich doch verpflichtet, der Alten so weit wie möglich das Leiden zu erleichtern. Das war sie der Frau schuldig. Catriona hatte Cailleach das erste Mal kurz nach dem Tod ihrer Mutter im Wald getroffen. Damals war sie zehn Jahre alt gewesen und die Trauer hatte sie in ein dunkles Loch gerissen. Ihr Vater war zu beschäftigt, um sie so zu trösten, wie ein Kind es in dieser Situation gebraucht hätte, und Malcolm war damals mit seinen siebzehn Jahren ebenfalls bereits erwachsen, jedenfalls benahm er sich so. Er hatte ihr erklärt, der Tod gehöre zum Leben und sie solle sich zusammenreißen. Sicherlich, Catrionas Mutter war nur die zweite Gemahlin des Lairds gewesen und damit nicht Malcolms leibliche Mutter, aber dennoch hatte es Catriona verletzt, dass er so schnell zur Tagesordnung zurückkehrte. Trost hatte sie in der Natur gefunden, in dem Wind, der ihre Tränen trocknete und der Sonne, die ihr kaltes Herz wärmte. Bei einem ihrer Ausflüge in den nahegelegenen Wald hatte sie schließlich Cailleach getroffen, die wie eine gute Fee aufgetaucht war und sich Catrionas Kummer anhörte. Catriona war Fremden gegenüber bis dahin eher zurückhaltend begegnet, denn ihre Mutter hatte ihr immer eingeschärft, sie solle auf der Hut sein und nur ihrer Familie vertrauen, aber Cailleach hatte in ihr sofort das Gefühl großer Zuneigung erweckt. Cailleach war es auch gewesen, die sie eines Tages an eine seichte Bucht des Lochs geführt hatte. Sie hatte einen Becher Wasser geschöpft und Catriona gesagt, sie solle sich vorstellen, das Wasser sei ihre Mutter. Dann hatte sie das Wasser langsam zurück in den See geschüttet.

„Und, mein Kind? Wo ist deine Mutter jetzt? Ist sie fort, nur weil du sie nicht mehr sehen kannst?", hatte sie gefragt. Catriona hatte sich angestrengt zu verstehen, was Cailleach ihr damit sagen wollte.

„Sieh, ich habe das Wasser aus dem See geschöpft, so wie Gott das Leben spendet. Und dann habe ich es wieder zurück gegossen, so wie Gott sich das Leben wieder nimmt. Aber deine Mutter ist so wenig fort, wie das Wasser im See. Du kannst sie nur nicht mehr sehen, aber sie ist da und ich bin mir sicher, dass sie dich sieht und beschützt!"

Das leuchtete Catriona ein und seitdem kam sie regelmäßig an dieses seichte Ufer, redete mit ihrer Mutter oder badete im Sommer und fühlte sich umgeben und geborgen von der Liebe ihrer Mutter. Lautes Rufen und das Klappern von Pferdehufen unterbrach ihre Gedanken und Catriona ging zum Fenster und öffnete den Laden davor erneut ein kleines Stück. Durch den engen Spalt konnte sie erkennen, wie ihr Bruder und einige seiner Männer auf die wartenden Pferde aufsaßen. Mehrere hatten Bögen über den Rücken geschnallt und zwei oder drei der Clansmen hatte Armbrüste am Sattel befestigt. Aus den Nüstern der Pferde kringelten sich kleine Dampfwölkchen in die eisige Luft und der frisch gefallenen Schnee war im engen Hof der Burg bereits vollkommen zertrampelt. Auf ein Zeichen von Malcolm trabten die Männer an und passierten die enge Holzbrücke, die die Burg mit dem Ufer verband.

Schnell schloss Catriona die Läden. Malcolm ritt also zur Jagd um den zu dieser Zeit recht eintönigen Speiseplan zu bereichern! Mal abgesehen von der Tatsache, dass auch sie das eintönige Essen, das meistens aus Haferbrei, Haferkeksen oder getrocknetem Fisch bestand leid war, bot Malcolms Ausflug ihr darüber hinaus die Gelegenheit, sich ungesehen davonzustehlen, jedenfalls wenn sie es geschickt anstellte. Catriona kramte einen dicken Arisaid aus Wolle aus ihrer Truhe, tauschte ihre eher dünnen Lederschuhe gegen ein paar mit Fell gefütterte Stiefel aus und öffnete vorsichtig die Tür. Da niemand zu sehen war, schlich sie den Gang entlang und dann die Treppe hinunter in die Wohnetage ihres Bruders und seiner Familie. Aus einer Kammer hörte sie die Stimmen ihres Neffen Connors und ihrer Nichte Evanna. Die beiden zankten sich um irgendetwas und als Evanna laut aufheulte, erklang auch die Stimme ihrer Schwägerin, die versuchte, den Streit zu schlichten. Soweit, so gut. Die Drei würden ihr also nicht in die Quere kommen. Viel schwieriger war es da schon, ungesehen die Burg zu verlassen, da Malcolm die Wachen in den letzten Tagen verstärkt hatte. Leise betrat Catriona die Halle in der untersten Etage. Einige

Mägde waren dabei, die Tische zu säubern und für das Abendessen vorzubereiten, das traditionell von allen Burgbewohnern gemeinsam in der Halle eingenommen wurde. Kichernd und schäkernd nahmen sie aber keine Notiz von Catriona und so gelangte sie ungesehen in den Burghof. Sie war sich sicher, dass Malcolm alle angewiesen hatte, sie aufzuhalten, sollte sie versuchen, die Burg zu verlassen und erst jetzt wurde ihr bewusst, dass sie weder ungesehen über die schmale Holzbrücke käme, noch durch das Wasser des Sees waten könnte, da Flut herrschte. Auf dem Turm sah sie die Wachen patroullieren und die Lage der Burg war ja gerade deshalb strategisch so günstig, weil sich ihr niemand ungesehen nähern konnte – oder eben auch sie verlassen. Wütend und ratlos, weil sie das viel eher hätte bedenken sollen, nagte sie an ihrer Unterlippe. Eine kalte Böe fuhr unter ihren Umhang, und ein Blick in den Himmel ließ vermuten, dass das Wetter umschlagen würde. Das bisschen Schnee, das die sich dunkel auftürmenden Wolken erwarten ließen, würde sie nicht von ihrem Plan abhalten können, Cailleach zu besuchen. Da stellten die aufmerksamen Wachen auf dem Turm schon eher ein Hindernis dar. Fast schien es so, als wenn sie unverrichteter Dinge wieder in ihre Kammer zurückkehren müsste, als sie ein Rumpeln vernahm. Gerade hatte ein hoch beladenes Fuhrwerk die Holzbrücke erreicht und schon hörte sie Rurig, der auf dem Turm Wache schob, einen lauten Willkommensgruß rufen. Bei näherer Betrachtung sah sie den alten Hamish Boyd mit seinem Gespann die Brücke überqueren. Er winkte Rurig fröhlich zu während er versuchte, das Gefährt genau in die Mitte der Brücke zu lenken, damit es auf dem engen Übergang nicht stecken blieb. Genau genommen bestand Hamish's Fuhrwerk nur aus drei schmalen Brettern, die längs nebeneinander befestigt waren und jeweils zwei Brettern rechts und links übereinander als Seitenbegrenzung. Ein schmales Holzbrett diente Hamish als Sitz und mit dieser eigenwilligen Konstruktion rumpelte er nun über die schmale Brücke. Catriona musste grinsen, als sie den alten Mann auf seinem Kutschbock sitzen sah, hoch überragt von der abenteuerlich aufgetürmten und mit Seilen befestigten Ladung aus Fässern und Heuballen, die bedrohlich schwankten. Mochten Andere an Banshees, Feen und Geister glauben, Catriona glaubte an Schicksal, denn das seltsame Gefährt, das sich ihr rasch näherte, war die Lösung ihres Problems. Sie würde einfach in einem unbeachteten Augenblick auf die Ladefläche klettern und mit Hamish die Burg verlassen. Aus dem Schatten einer Mauernische heraus verfolgte Catriona das Abladen, das mit der Hilfe einiger herbeigeeilter Männer schnell erledigt war. Als Hamish schließlich scherzend und gestikulierend mit den Helfern in der Halle verschwand um sich kurz aufzuwärmen und einen Schluck Uisge Beatha zu trinken, konnte Catriona ihr Glück kaum fassen. Sie hatte dieses fürchterlich scharfe, in der Kehle brennende „Wasser des Lebens", das die Schotten so gerne tranken, noch nie gemocht, aber wenn es dazu beitrug, die Männer von ihrem Vorhaben abzulenken, dann hatte es seinen Zweck erfüllt. Schnell kletterte sie auf die schmale Ladefläche, raffte die losen Planen zusammen und kauerte sich darunter zusammen, in der Hoffnung, nicht entdeckt zu werden. Kurze Zeit später rumpelte Hamish laut singend mit seiner geheimen Fracht über die Brücke.

Denn dunkel ist des Glückes launenhafter Gang. Ein ungreifbar, unergründlich Ränkespiel.
(Euripides)

Niall fluchte leise vor sich hin. Schon lange hatte er keinen Schneesturm mehr erlebt, der so plötzlich und unbarmherzig über das Land hereingefallen war, wie heute. Vor gefühlt wenigen Augenblicken noch war die Luft erfüllt von einem trüben Sonnenschein und klarer, ehrlicher Kälte und nichts deutete auf diesen heimtückischen Wettereinbruch hin. Und nun schneite es schon seit Stunden ununterbrochen und längst war sein wetterfester Umhang aus guter, schottischer Wolle durchnässt und auch auf seinem Haar und in seinem Bart schmolzen die weißen Flocken schon lange nicht mehr durch seine Körperwärme. Stattdessen bildeten sie dort kleine gefrorene Eiszapfen und auf seinen

Haaren türmte sich bereits ein kleiner, bizarrer Berg aus gefrorenen Flocken. Wenn er nicht bald eine geschützte, trockene Stelle fand, die ihn und sein braves Ross vor der bitteren Nässe und Kälte schützte, würde er noch eine Lungenentzündung bekommen! Oder auch einfach hier im Wald erfrieren. Und das, wo er doch seinem Ziel so nah war wie seit drei Jahren nicht mehr! Sein alter Freund Malcolm hatte ihm eine Nachricht zukommen lassen, in der andeutete, Neuigkeiten bezüglich des Mannes zu haben, dem er die Nacht im Kerker von Doune Castle verdankte. Dieser Nacht, die sich in seine Erinnerung eingebrannt und hatte und doch so seltsam verschwommen war, dass er sich an wenig erinnern konnte. Außer an die Schmerzen und die Verzweiflung. Und die Wut und die Hilflosigkeit gegenüber den Männern, die ihn in der Gewalt hatten und etwas von ihm wollten, von dem er bis heute nicht genau wusste, was es war. Und daher musste er diesen Mann finden, der ihm das alles eingebrockt hatte. Er musste wissen, wofür er in dieser Nacht beinahe gestorben war. Nein, er war gestorben. Niall MacLennan, der tapfere Soldat im Heer des Dukes of Albany, war tot. Es gab nur noch Niall Albannach, Niall den Schotten. Und die Rache! Kein Gefühl hatte ihn jemals so angetrieben, wie der Wunsch nach Vergeltung. An Duff Graham und den Männern des Dukes of Albany, die ihn in dem Verlies gefoltert hatten! Es gab nur zwei Menschen, die wussten, dass er noch lebte und ihn mit Informationen versorgten. Malcolm MacRae, der ihn damals aus dem Verlies hinausgeschafft hatte und alle in dem Glauben ließ, er sei tot. Und ihn dann zu diesem alten Ehepaar in die Bauernkate gebracht hatte, wo er lange Zeit einen verbitterten Kampf mit Wundbrand und Fieber um sein Leben geführt hatte. Aber schließlich hatte die Fürsorge der Alten, Malcolms beharrliche Sorge um sein Wohlergehen und sein eigener Kampfgeist gesiegt und die Banshees, die ihn schon halb in ihrem Reich wähnten, waren vertrieben worden. Und dann war da sein Bruder Angus. Er hatte Malcolm bedrängt, ihm zu sagen, was mit dem vermeintlich toten Körper seines Bruders geschehen sei, hatte vehement darauf bestanden, seinen Bruder auf dem Gelände der heimischen Burg zu bestatten und ihm so die letzte Ehre zu erweisen. Schließlich hatte Malcolm, so in die Enge gedrängt, keinen anderen Ausweg gesehen, als Angus die Wahrheit zu sagen, ohne jedoch zu verraten, wo Niall sich befand. Was Niall am meisten überrascht hatte, war die Reaktion seines Bruders: Angus hatte wortlos akzeptiert, dass Malcolm Nialls Aufenthaltsort für sich behielt. Er war nach Hause zurückgeritten und hatte in den darauf folgenden Monaten regelmäßig hohe Beträge an Malcolm geschickt, mit denen dieser Nialls Gesundung bestmöglich unterstützen sollte. Als Niall schließlich soweit wieder hergestellt war, dass er selbst entscheiden konnte, wie es für ihn weitergehen sollte, hatte er beschlossen, dem Drängen seines Bruders auf ein Treffen nachzugeben. An einem nebelverhangenen Tag im November 1421 hatten sich Angus und Niall an einem einsamen Ort in den Highlands getroffen und die folgende Aussprache brachte sie näher zusammen als sie es jemals zuvor gewesen waren. Niall hatte erfahren, dass Angus sich dafür verantwortlich fühlte, dass Niall seinem Zuhause den Rücken gekehrt hatte und sein Dasein als einsamer Wolf in der Armee des Dukes of Albany führte. Angus hatte Glynis zwar geheiratet, wie sie es von vornherein geplant hatte, aber er hatte nichts von den Absichten seines jüngeren Bruders geahnt. Glynis hatte sie beide getäuscht und erst langsam hatte Angus sich aus den verschiedenen Bruchstücken, die ihm Bedienstete auf Nachfrage und schließlich auch Glynis ganz offen erzählten, zusammengereimt, was damals wirklich geschehen war. Bis dahin hatte er geglaubt, Nialls überstürzte Abreise hätte damit zu tun gehabt, dass er Glynis nicht leiden konnte und erst viel später war ihm der wahre Grund klar geworden. Er hatte Niall beschworen, doch wieder nach Hause zu kommen, aber dieser hatte aus mehreren Gründen abgelehnt. Niemand durfte wissen, dass er noch lebte und wenn es doch bekannt würde, würde er alle gefährden, die ihn unterstützten. Immerhin war er nicht ohne Grund ins Visier seiner Feinde geraten, sie wollten etwas von ihm wissen, etwas, das offenbar so brisant war, dass sie vor Mord nicht zurückschreckten. Und dann war da sein alles überlagernder Wunsch nach Rache. Rache an den Männern, die ihm das angetan hatten. Er würde nicht eher ruhen, bis er die volle Wahrheit kannte, eine Wahrheit, von der er inzwischen ahnte, dass sie die Verantwortlichen an den Galgen bringen würde.

Sein Pferd, das gerade noch mit hängendem Kopf

neben ihm her getrottet war, blieb plötzlich stehen und riss ihn so aus seinen Gedanken. Der Rappe stellte die Ohren auf und riss den Kopf hoch.

„Ruhig, Each, was hast du denn? Ich habe auch keine Lust, noch weiter durch dieses Unwetter zu stapfen, aber ich fürchte, wenn wir hier stehen bleiben, holen uns die Banshees!" Seine beruhigende Stimme verfehlte die Wirkung auf das große Tier. Es begann, nervös zu tänzeln und die aufgestellten Ohren drehten sich unruhig hin und her. Niall kannte sein Pferd gut genug um zu ahnen, dass hier irgendetwas nicht stimmte. Each hatte etwas gewittert, dass ihn beunruhigte und Niall schaute sich wachsam um. In dem Schneegestöber konnte man kaum die Hand vor Augen sehen und zu allem Überfluss begann es auch noch, dunkel zu werden. Schließlich blieb sein Blick an etwas hängen, dass etwa fünf Schritte vor ihm im Schnee lag. Zuerst erkannte er nur einen Umriss, der einem schneebedeckten Busch ähnelte, aber bei genauerem Hinsehen, blitzte etwas Rotes daraus hervor. Vorsichtig näherte Niall sich dem Haufen, obwohl es unwahrscheinlich war, dass sich ein Angreifer bei diesem Wetter auf den Boden kauern würde, um anzugreifen. Mit dem Fuß stieß er das Bündel an, aber es bewegte sich nicht. Stattdessen rieselte der frisch gefallene Schnee von der Gestalt und gab den Blick auf eine Wolldecke oder einen Umhang frei, die eine Person einhüllte. Immer noch wachsam bückte Niall sich und sog kurz darauf scharf die Luft ein. Der Schneeberg war eine zierliche Frau mit kastanienroten Haaren! Der Schnee war in den lose aus ihrem Zopf fallenden Strähnen bereits zu kleinen Eiszapfen gefroren und ihre Lippen hatten eine ungesunde bläuliche Farbe. Ihre Haut war so weiß wie der frisch gefallene Schnee und schimmerte wächsern. Sie sah aus wie tot, aber als Niall vorsichtig an ihrem Hals nach der Ader fasste, bemerkte er ein schwaches Pochen. Diese kleine Frau lebte noch! Er konnte sie auf keinen Fall hier liegen lassen, aber wo sollte er sie hinbringen? Wenn sie nicht schnell ins Warme kam, würde sie erfrieren. Vorsichtig hob er sie auf und trug sie zu seinem Pferd.

„Each, du musst sie jetzt tragen und wärmen. Ich weiß nicht, wie wir aus diesem verdammten Wald herauskommen sollen, aber wir können sie nicht hier lassen." Er hob die federleichte Gestalt auf das jetzt wieder ruhig dastehende Pferd und nahm ein Seil aus der Satteltasche. Ihm blieb nichts anderes übrig, als sie an das Tier zu fesseln, damit sie nicht herunterfiel. Als er seine Hände von ihr löste stellte er zu seinem Entsetzen fest, dass etwas Blut daran haftete. Himmel! Sie war auch noch verletzt! Behutsam untersuchte er ihren Kopf und fand eine dicke Beule mit verkrustetem Blut an ihrem Hinterkopf. Wahrscheinlich war sie ausgerutscht und gestürzt und mit dem Kopf hart aufgeschlagen. Schließlich legte sich niemand mit einem Fünkchen Verstand bei diesem Wetter einfach in den Schnee um sich auszuruhen. Auch das noch. Bei diesem Wetter und unter diesen Umständen war es ihm nicht möglich abzuschätzen, wie schlimm ihre Verletzung war, aber ganz sicher verschlechterte sie ihre Lage noch. Wütend auf diese kleine Person und das Schicksal, das sie ihm in den Weg geworfen hatte, öffnete er die Fibel an seinem Umhang und zog ihn aus. Sofort packte ihn die eisige Kälte und vertrieb die Restwärme, die der durchweichte Umhang ihm trotz der Nässe gespendet hatte. Fluchend legte er ihn der leblosen Gestalt über und packte entschlossen die Zügel. Er musste in Bewegung bleiben, jede Rast konnte seinen Tod bedeuten.

„Komm, mein Guter, wenn wir hier nicht erfrieren wollen, müssen wir einen Unterschlupf finden. Ich überlasse dir die Führung, vielleicht witterst du etwas, das ich übersehe. Wir sind auf dem Gebiet der MacRaes, soviel ist klar." Er gab dem Rappen einen Klaps auf die Kruppe und das Tier setzte sich gehorsam in Bewegung. Dann blieb Each plötzlich stehen, drehte wieder die Ohren hin und her und schnaubte, bevor er entschlossen die Richtung änderte und energisch am Zügel zerrte. Niall ließ sich von seinem treuen Freund führen, schlimmer verlaufen konnten sie sich ja nicht. Und Each hatte schon oft bewiesen, dass seine Sinne da ansetzten, wo menschliches Abwägen und Überlegen nicht half.

Einen sicheren Freund erkennt man in unsicherer Sache.
(Cicero)

„Wie geht es Catriona?" Aufgebracht stürmte Malcolm
in die Kammer, in die man Catriona gebracht hatte.
Gerade hatte man ihm mitgeteilt, dass seine Schwester,
die er seit seiner Rückkehr am Nachmittag verzweifelt
gesucht hatte, wieder zuhause war. Sie war, auf ein
Pferd gebunden, das von einem halb bewusstlosen
Fremden am Zügel geführt wurde, vor der Burg
aufgetaucht und während man den Mann unverzüglich
festgenommen und ins Verlies gesperrt hatte, war
Catriona sofort in einen Zuber mit warmem Wasser
gesteckt worden. Man hatte ihr heiße Brühe eingeflößt
und ihre Wunde versorgt, die allerdings weniger
Sorgen bereitete als die starke Unterkühlung. Die
herbeigerufene Heilkundige hatte ihr ein Gebräu aus
Nesselsamen und getrockneten Huflattichblüten und
-blättern bereitet, das man Catriona regelmäßig
einflößen sollte. Im Übrigen müsse man die nächsten
Stunden abwarten, ob sie zu fiebern anfinge und sich
ihre Lunge entzünden würde. Im letzteren Fall würde
das ihre Heilungschance erheblich verschlechtern, hatte
die Alte gesagt.
Malcolm fuhr sich müde über die Augen und verließ
nach einem letzten Blick auf seine leichenblasse
Schwester die überhitzte Kammer. Ailis und eine Magd
würden über Catriona wachen und auch die
Kräuterfrau würde die Nacht über hier bleiben. Für ihn
gab es nichts weiter zu tun, als die Nacht abzuwarten
und zu hoffen. Um sich abzulenken ging er in die
Wachstube und ließ sich von Iomhair, dem
wachhabenden Soldaten, schildern, was sich

zugetragen hatte. Der riesige Krieger kratzte sich am Kopf und durch seinen verfilzten Bart stahl sich ein triumphierendes Lächeln.

„Also, Laird, wie ich da so in dem Schneegestöber auf dem Turm stehe, seh' ich dieses Teufelsvieh von Pferd auf die Burg zukommen. Gott sei Dank war der Gaul kein Schimmel...", er schlug sich vor Lachen auf die Schenkel, „... sonst hätte ich ihn womöglich übersehen!" Malcolms gereizte Nerven waren zum Zerreißen gespannt und er hatte nicht die geringste Lust auf Iomhairs Späße. Erst verschwand Catriona auf ungeklärte Weise aus der Burg während er und seine Leute auf der Jagd gewesen waren, und er hatte schon befürchtet, Broc hätte irgendwie seine Hände im Spiel gehabt. Und dann musste er, nachdem sie auf mysteriöse Weise wieder aufgetaucht war, um ihr Leben fürchten. Er knurrte ungehalten und packte Iomhair am Kragen.

„Mann, ich bin nicht in der Stimmung für Späße! Erzähl einfach, was passiert ist!"

Der Wachmann keuchte als Malcolm ihn schließlich losließ und fuhr sich über den Nacken.

„Schon gut, Laird. Ich...", er schluckte und leckte sich über die Lippen.

„Also dieses Pferd kam über die Brücke, Eure Schwester saß auf seinem Rücken. Nein...", verbesserte er sich, „sie war auf dem Gaul *gefesselt!* Wahrscheinlich hat der Kerl sie niedergeschlagen und auf sein Pferd gebunden. Wer weiß, was er mit ihr vorhatte! Jedenfalls war der selber nicht mehr ganz bei Sinnen und der Gaul zog ihn mehr als er lief. Ich hab ihn dann sofort in das Verlies gesperrt, diesen Bastard!" Er senkte den Blick und fuhr sich erneut über die Lippen. Verlegen räusperte er sich. „Äh, Chief, wie geht es denn Lady Catriona. Sie sah... äh... also sie war so blass!"

„Es geht ihr nicht so gut. Wir müssen abwarten, wie sie die Nacht übersteht, sagt die alte Sionag." Müde rieb er sich über die Augen. Es war kurz vor Mitternacht und er war hundemüde, aber bevor er sich zu Bett begeben konnte, wollte er unbedingt noch diesen Bastard sehen, der Catriona das angetan hatte.

„Bring mich zu dem Kerl, Iomhair." Während sie die dunkle Treppe zu den Verliesen herunter gingen, die nur durch ein paar Fackeln an den Wänden erhellt wurde, überlegte Malcolm sich, was er mit dem Kerl anstellen sollte. Wenn er tatsächlich in Broc MacKenzies Diensten stand, könnte er ihm vielleicht ein paar wichtige Auskünfte zu den Plänen seines Dienstherren entlocken. Grimmig dachte er daran, dass sich unter der kundigen Befragung Iomhairs jede Zunge lockerte, denn auch wenn er durch sein loses Mundwerk oft einen einfältigen Eindruck bei seinem Gegenüber erweckte, so rigoros war er in der Wahl der Mittel, wenn man ihm die gewünschten Informationen vorenthielt.

Schließlich blieben sie vor dem kleinen Verlies stehen und Iomhair öffnete die in die massive Eichentür eingelassene Klappe, durch die der Gefangene sein Essen bekam, wenn es zu gefährlich war, die Tür ganz zu öffnen. Im Dunkel der Zelle konnte Malcolm zunächst nichts erkennen. Als sich seine Augen an die

Dunkelheit gewöhnt hatten, erblickte er eine hünenhafte Gestalt, nur mit Hemd und Hose bekleidet und mit derben Lederstiefeln an den Füßen. Das dunkle schulterlange Haar hing dem Mann wirr um den Kopf und der geschmolzene Schnee hatte eine kleine Pfütze darum gebildet. Ein dunkler Bart verdeckte sein Gesicht fast vollständig aber nachdem er eine der Fackeln aus der Wandhalterung genommen und an die Öffnung der Tür gehalten hatte, konnte Malcolm erkennen, dass die Lippen des Mannes ebenso bläulich schimmerten wie Catrionas noch vor wenigen Stunden. Die Gestalt zitterte erbärmlich und als sie ein leises Stöhnen vernehmen ließ, bedeutete Malcolm dem zufrieden dreinblickenden Iomhair, die Tür zu öffnen.

„Chief, seid Ihr sicher, dass...", unsicher sah Iomhair seinen Laird an.

„Was glaubst du, wird passieren, wenn du die Tür öffnest, Mann?! Glaubst du, dass der Kerl, der mehr tot als lebendig ist, mich anspringt und mir ein Messer in den Leib rammt? Ich gehe davon aus, dass du ihn durchsucht hast, bevor du ihn hier hergebracht hast?" Fragend sah er Iomhair an, der unbehaglich von einem Bein aufs andere trat.

„Äh, Chief, ich... also ..."

Seufzend winkte Malcolm ab. Er hielt ihm zugute, dass er es in der Aufregung um Catrionas Rückkehr vergessen hatte, aber er würde ein ernstes Wort mit seiner Wachmannschaft reden müssen, wenn sie gegen Broc MacKenzies Hinterlist gewappnet sein wollten. Als er den kalten Raum betrat, musste er unwillkürlich frösteln, denn obwohl er ein warmes Plaid trug war die

Kälte durchdringend. Kein Wunder, dass der Kerl so zitterte, nur in seinem dünnen Hemd, das zudem noch vollkommen durchnässt war. Vorsichtig näherte er sich der Gestalt, denn trotz der offensichtlichen Hilflosigkeit des Mannes war er auf der Hut. Er hatte in den Jahren als Soldat in der Armee des Dukes gelernt, niemals dem Schein zu trauen, sondern sich lieber doppelt abzusichern. So trat er mit der Fackel in der Hand vorsichtig näher und stieß den Mann mit dem Fuß an, der daraufhin aufstöhnte und auf den Rücken rollte. Als das Licht auf das blasse Gesicht des Mannes fiel, atmete Malcolm scharf ein.

„Iomhair, hilf mir sofort, den Mann hier raus zu schaffen. Er muss schnellstens ein warmes Bad bekommen und die alte Sionag soll sich ihn ansehen! Los, komm, fass' mit an!" Schon packte er das zitternde Bündel unter den Armen und Iomhair hob die Beine an.

„Herrgott Niall, wie oft soll ich dir noch deinen verdammten Arsch retten!" Der besorgte Klang seiner Stimme strafte die harten Worte Lügen und während sie den halb Bewusstlosen die schmale Treppe hinauftrugen, fluchte Malcolm unablässig, wenn er nicht gerade Befehle brüllte, eine Kammer einzuheizen und ein heißes Bad zu richten.

Gefahr erfindet List.
(Sir Francis Bacon)

„Kannst du eigentlich nichts machen, ohne dich in Gefahr zu bringen?" Vorwurfsvoll reichte Malcolm seinem Freund einen weiteren Becher Uisge Beatha. Zwei Tage zuvor hatte er Niall halb erfroren in diese gemütliche Kammer schaffen lassen und ein heißes Bad sowie einige Becher dieses scharfen Teufelszeugs hatten dessen Lebensgeister unverhofft schnell zurückkehren lassen.

„Komm schon, alter Freund! Du hast mir doch eine Nachricht geschickt, dass du Neuigkeiten für mich hast! Was sonst sollte einen Mann wie mich in diese gottverlassene Gegend locken?" Er grinste Malcolm an. Zwar war er immer noch etwas wackelig auf den Beinen, aber Gott sei Dank hatte er nur leichtes Fieber bekommen, das die alte Sionag schnell in den Griff bekommen hatte. Ein heißes Bad und das Stutzen seines verfilzten Bartes hatten aus ihm einen ansehnlichen Mann gemacht und nach einer warmen Mahlzeit am Vorabend fühlte er sich fast wieder gesund.

„Und dass ich in einen Schneesturm geraten bin, konnte ich ja wohl kaum vorhersehen. Wie übrigens deine Schwester wohl auch nicht, sonst wäre sie nicht allein durch den Wald gewandert." Er nahm einen kleinen Schluck und genoss das warme Gefühl, was sich fast augenblicklich in seinem Körper ausbreitete.

„Wie geht es ihr eigentlich? Und was wollte sie um Himmels Willen alleine im Wald? In Zeiten wie diesen ist es für ein Mädchen viel zu gefährlich, sich ohne Begleitung hinaus zu wagen!"

Malcolm stieß ein unterdrücktes Knurren aus.

„Wenn du wüsstest, wie recht du damit hast!", grollte er. „Ich kann mir nur vorstellen, dass sie wieder diese verrückte Alte besucht hat. Das Weib wohnt alleine im Wald und wird von den Dorfbewohnern gemieden. Sie glauben, die alte Cailleach ist eine Banshee!"

„Dann ist sie eine sehr erfolglose Banshee", grinste Niall. „Immerhin haben wir uns ihr sozusagen auf dem Tablett präsentiert! Und wenn Each nicht gewesen wäre, dann würden heute zwei gespenstische Wiedergänger und ein Geisterpferd durch die Wälder streifen!" Dann wurde er unvermittelt wieder ernst.

„Aber wie geht es ihr? Ich habe schon die Magd gefragt, die mir das Essen gebracht hat, aber entweder sie ist stumm oder sie wollte mir nichts sagen."

Niall sah die Sorgenfalten auf der Stirn seines Freundes und ihm zog sich das Herz zusammen. Waren seine Bemühungen vergeblich gewesen?

„Es geht ihr schon etwas besser. Gott sei Dank hat sie wohl keine Lungenentzündung davongetragen, aber das Fieber will einfach nicht sinken. Sie hat immer wieder Phasen, da phantasiert sie, dann ist sie wieder halbwegs wach. Sionag, die Alte, die sich auch um dich gekümmert hat, ist ständig bei ihr. Sie sagt, Catriona wird wieder vollständig gesund werden, aber sie kann nicht abschätzen, wie lange das dauert." Malcolm fuhr sich durch sein dichtes Haar und Niall stellte fest, dass er ungewöhnlich müde und abgespannt aussah.

„Aber das sind doch gute Neuigkeiten, Malcolm.", wagte er vorsichtig einzuwerfen.

„Ja, für den außenstehenden Betrachter schon."
Irritiert sah Niall ihn an. „Äh, ich verstehe das nicht ganz. Deine Schwester wird wieder gesund, aber du scheinst darüber nicht so erfreut, wie es sein sollte. Also, was ist los?"

Malcolm wog seine folgenden Wort vorsichtig ab. Er hatte nach dem Auftauchen seines Freundes einen Plan gefasst, der genauso haarsträubend wie erfolgversprechend schien. Der einzig unwägbare Faktor in diesem Plan war Niall und darum musste er sich genau überlegen, wie er ihm das ganze schmackhaft machen sollte.

„Meine Schwester ist in großer Gefahr!", begann er vorsichtig.

„Ja, sie scheint ein abenteuerlustiges Weib zu sein. Und leichtsinnig!"

Aber Malcolm reagierte nicht auf Nialls flapsigen Tonfall, sah ihn stattdessen nur mit besorgter Miene an.

„Du kennst Broc MacKenzie?" Ein vernehmliches Grollen aus Nialls Brust war Antwort genug.

„Also, dieser Bastard hat es sich in den Kopf gesetzt, Catriona zu heiraten. Er hat angeblich eine Vereinbarung mit meinem Vater getroffen, die ihm die Hand meiner Schwester verspricht." Als Malcolm sich sicher war, dass er Nialls volles Interesse hatte, erzählte er ihm von seinem Verdacht, dass dieser Vertrag gefälscht war und dass nicht mehr viel Zeit blieb, diese Hochzeit zu verhindern.

„Ich würde sagen, deine Lage ist mehr als nur misslich, mein Freund. Ich habe zwar keine Schwester, aber ich würde Broc noch nicht einmal die verwahrloseste Hure des *'Tlachd teampull'* anvertrauen!" Er grinste Malcolm herausfordernd an. Wie erwartet überzog eine leichte Röte dessen Gesicht.

„Äh, du kennst die Damen des *'Lusttempels'*? Nun..."

„Wie ich sehe, ist auch dir dieses Etablissement ein Begriff?! Solltest du als glücklicher Ehemann nicht derartige Genüsse im heimischen Bett suchen, mein Freund?" Spöttisch nippte Niall an seinem Getränk und klopfte Malcolm auf die Schulter.

„Äh ich... also...", stotterte er.

„Schon gut. Ich weiß, dass du Ailis treu ergeben bist, Malcolm. Aber zurück zu deinem Problem. Wie willst du verhindern, dass dieses Schwein deine Schwester heiratet? Selbst wenn der Vertrag gefälscht ist, wirst du das beweisen müssen und auch dann wird Broc sich nicht so einfach abweisen lassen. Du könntest dich natürlich als ihr Vormund einfach weigern, dieser Verbindung zuzustimmen, aber so wie ich Broc kenne, wird er einen Weg finden, zu bekommen, was er will. Notfalls mit Gewalt..."

Malcolm hob abwehrend die Hände. „Ich weiß ganz genau, was du sagen willst, Niall. Es gäbe da eine Möglichkeit..." Er machte absichtlich eine lange Pause. Jetzt galt es!

„Und die wäre?", fragte Niall ungeduldig. Er hatte

noch nicht aus seinem Freund heraus bekommen, welche Neuigkeiten er bezüglich seiner Suche nach dem Mann hatte, der dafür verantwortlich war, dass er im Kerker von Doune Castle gelandet war. Und das interessierte ihn im Augenblick mehr als Malcolms Plan, diese Hochzeit zu verhindern.

„Nun, wenn Catriona bereits verheiratet wäre, wenn Broc hier auftaucht...“

„Du willst den Teufel mit dem Beelzebub austreiben?“ Ungläubig sah Niall sein Gegenüber an. „Äh, hättest du denn einen geeigneten Kandidaten, dem du deine Schwester anvertrauen würdest? Und was sagt deine Schwester zu alldem?“ Niall konnte sich eines unguten Gefühls nicht erwehren.

„Äh, Catriona weiß nichts von Brocs Plänen, ich wollte sie nicht unnötig beunruhigen. Sie kennt Broc von seinen Besuchen hier auf der Burg und ich bezweifele, dass sie sehr erfreut sein würde, wenn sie wüsste, dass Broc sie als seine Zukünftige auserkoren hat. Sie würde niemals freiwillig...“

„Malcolm, ich kenne dich lange genug. Du redest um den heißen Brei herum! Also, was planst du und welche Rolle spiele ich in deinem Plan? Denn dass du etwas im Schilde führst, merke ich doch!“ Nialls flaues Gefühl verstärkte sich.

„Äh, ich... also, ich hatte gedacht, du könntest in diesem Fall der Beelzebub sein!“

Nialls Gehirn schien sich zu weigern, die Bedeutung der Wort zu erfassen. Es war, als ratterten diverse Räder aneinander vorbei, ohne einzurasten.

„Ich bitte dich bei unserer alten Freundschaft: heirate

Catriona!"

Und obwohl er bereits geahnt hatte, was Malcolms Plan beinhaltete, traf ihn die ausgesprochene Bitte doch wie ein Fausthieb in die Magengrube.

„Bitte! Du musste es nur zum Schein tun, nur solange, bis König Jakob wieder im Land ist. Danach lassen wir die Ehe annullieren und du kannst wieder deiner Wege gehen."

In Nialls Kopf rauschte es unablässig.

„Das kann nicht dein Ernst sein, alter Freund! Bist du völlig verrückt? Was soll es bringen, wenn ich deine Schwester heirate?" Fassungslos blinzelte er sein Gegenüber an.

„Ich habe mir das alles gut überlegt, Niall. Wenn Broc hier auftaucht und Cat einfach nur fort ist, wird er sie suchen." *Und wahrscheinlich auch finden, so wie ich ihn kenne!*, fügte er in Gedanken hinzu.

„Wenn ich ihn aber davon überzeugen kann, dass sie bereits verheiratet ist, wird er seine Pläne bezüglich Catriona zwar nicht aufgeben, aber zumindest verschafft uns das einen zeitlichen Aufschub. Er könnte sie dann erst zu seiner Frau machen, wenn die Ehe annulliert wäre, was einige Zeit dauern würde..."

„Oder er macht sie zur Witwe und bekommt auch ohne Annullierung - und erheblich schneller - was er will?! Nein danke, Malcolm! Ich verdanke dir viel, aber in diesem Fall kann ich dir nicht helfen. Ich hänge zu sehr an meinem Leben, als dass ich es für so etwas aufs Spiel setzen würde! Es tut mir leid, besonders für deine Schwester. Ich gebe zu, Broc ist ein ziemlich mieser

Vertreter der männlichen Gattung, aber..." Niall strich sich durch seine dichten Haare und kämpfte mit seinem schlechten Gewissen. Er hatte die Gerüchte um den plötzlichen Tod von Brocs Frau gehört und er glaubte sie. Niemand, der einen Funken Mitleid in sich hatte, und schon gar kein Vater oder Bruder!, würde diesem Hurensohn seine Tochter oder Schwester in die Ehe geben.

„Bring deine Schwester irgendwohin, lass' sie bewachen, sperr' sie zu ihrer Sicherheit ein oder sonst was. Aber lass mich aus dem Spiel!" Niall schüttelte den Kopf und knallte seinen Becher so heftig auf die Truhe, dass er überschwappte und sich eine kleine Pfütze Uisge Beatha auf dem Holzdeckel sammelte.

„Du bist mir einen Gefallen schuldig, Niall. Schließlich habe ich dir vorgestern das Leben gerettet. Übrigens nicht zum ersten Mal, wenn ich das anmerken darf."

Niall glaubte, sich verhört zu haben.

„Du hast *mir* das Leben gerettet? Ich glaubte bis gerade, ich hätte deiner verwöhnten, abenteuerlustigen und schlichtweg gedankenlosen Schwester das Leben gerettet!" Empört sprang er von dem wackeligen Stuhl auf, auf dem er gerade noch so arglos gesessen hatte.

„So kann man sich irren! Aber jede Sache hat zwei Seiten...", er fuhr sich durch sein dichtes dunkles Haar. Seine stahlgrauen Augen hatten die Farbe des Loch Duichs an einem dunklen Wintertag angenommen.

„Es ist besser, du sagst mir, welche Neuigkeiten du für mich hast und dann verschwinde ich so schnell ich kann. Wenn Broc erst mal hier ist und mich erkennt, kommt ihr alle in Teufels Küche!" Niall ging mit großen Schritten auf die schwere Eichentür zu. Er wollte dieses Gespräch so schnell wie möglich beenden.

„Ich weiß, wo Duff Graham ist!"

Niall hatte bereits die Tür erreicht und die Hand auf der Klinke. Bei Malcolms Worten blieb er wie erstarrt stehen.

„Wo finde ich diesen Hurensohn?", knurrte er ohne sich umzudrehen.

Malcolm kniff die Augen zusammen und schwieg.

„Malcolm, wo ist der Mann, dem ich die schlimmste Zeit meines Leben zu verdanken habe?" Er hatte sich umgedreht und sah sein Gegenüber mit einem abschätzenden Blick an.

Aber Malcolm schwieg weiterhin beharrlich, und nur wer ihn so gut kannte wie Niall, konnte ein unruhiges Zucken an seinem rechten Augenlid erkennen.

Langsam begriff Niall und er wusste nicht, ob er lachen, weinen oder lieber doch sofort gehen sollte.

„Das ist nicht dein Ernst, oder?! Du willst mich erpressen?!"

„Sagen wir: Eine Hand wäscht die andere! Niall, du hast gerade selber gesagt, du würdest diesem Bastard nicht einmal eine Hure ausliefern. Wie kann ich dann guten Gewissens mitansehen, wie er meine Schwester... Du hast die Mädchen gesehen, die er sich ins Bett geholt hat, Niall! Eure Ehe wird nur auf dem Papier bestehen und nur solange, bis König Jakob wieder in Schottland ist! Dann wird er über Catriona verfügen und du kannst dein Leben wieder deiner Rache widmen. Was sind schon ein paar Wochen oder Monate mehr oder weniger? Bitte!"

„Malcolm, ich lebe für den Moment, in dem ich diesen Duff Graham und die gesamte Brut um Murdoch Stewart herum dafür bezahlen lasse, was sie mir angetan haben. Ich kann und will mein Leben nicht dafür aufs Spiel setzen, deine Schwester vor Broc MacKenzie zu retten. Du hast gerade selber gesagt, er wird uns verfolgen und alles daran setzen, deine Schwester in die Finger zu bekommen. Und du weißt ebenso gut wie ich, dass mein Leben keinen Pfifferling mehr wert ist, wenn er uns findet!"

„Komm schon, Niall, stell' dein Licht nicht unter den Scheffel! Wenn es jemand mit Broc aufnehmen kann, dann du! Du warst der beste Kämpfer in Reihen der Armee des Dukes! Du bist der einzige, dem ich diese Aufgabe zutraue! Und es ist ja auch nur für ein paar Wochen, nur bis der König zurück in Schottland ist. Und seit wann gehst du einer solchen Herausforderung aus dem Weg?"

„Herausforderung?! Ich würde es eher Wahnsinn oder vielleicht Irrsinn nennen!" Aufgebracht bohrte Niall seinem Freund seinen rechten Zeigefinger in die Brust. Als dieser, davon vollkommen unberührt, einen Schritt zurücktrat, atmete Niall ein paar Mal tief durch. Er ahnte, wer in diesem Disput der Verlierer sein würde.

„Ich verstehe immer noch nicht, was Jakob damit zu tun hat!" In Gedanken ging Niall die Möglichkeiten durch. War es denkbar, dass der König bereits seine Fühler nach Mätressen ausstreckte? Er wird über sie verfügen... Das klang ganz danach. Andererseits hieß es, er wäre ganz vernarrt in seine schöne englische Braut!

„Catriona... sie ist seine Nichte!"

Niall brauchte einen kleinen Augenblick, bis Malcolms Worte in sein Bewusstsein drangen. Catriona... die Nichte von Jakob? Aber das hieße...

„Ich weiß, Niall, es klingt verrückt, aber Catriona ist die Tochter seines Bruders David."

„Aber David hatte keine Kinder mit Majorie Douglas!"

„Nicht mit seiner Gemahlin..."

Niall versuchte, die Informationen zu einem logischen Ganzen zu ordnen, aber es wollte ihm nicht so recht gelingen. Malcolm seufzte und begann, den Knoten im Kopf seines Freundes zu lösen, indem er ihm erzählte, dass David ein Verhältnis mit der Hofdame seiner Gemahlin gehabt hatte, bevor sein Onkel Robert Stewart ihn gefangen nahm und in den Kerker sperrte. Glaubte man den Gerüchten, hatte Robert seinen Neffen dort eiskalt verhungern lassen. Offiziell ließ Robert verlauten, David sei eines natürlichen Todes gestorben, aber das glaubte niemand aus seiner Umgebung wirklich. Als sich herausstellte, dass die Geliebte des Mannes, der einmal König von Schottland geworden wäre, schwanger war, hatten königstreue Anhänger sie in Sicherheit gebracht und sie gezwungen, Malcolms Vater zu heiraten, bevor ihr Zustand sichtbar wurde. Immerhin war ihr ungeborenes Kind der Abkömmling eines designierten Herrschers und damit ein wichtiges Pfand in den falschen Händen. Genauer gesagt, in Robert Stewarts

Händen, der aufgrund seiner Herkunft ebenfalls nach dem Thron griff! Es schien so, als sei es gelungen, Catrionas Geburt zu verheimlichen. Zumindest hatten Braden MacRae und seine zweite Gemahlin, Catrionas Mutter, niemals auch nur Anlass zu glauben, ihre Tochter wäre in den Fokus von Robert Stewarts Interesse geraten. Und dazu hatten sie, trotz der arrangierten, überstürzt anberaumten Ehe, auch noch ihr Glück gefunden und waren sich bald von Herzen zugetan gewesen.

„Wer weiß alles von der Herkunft deiner Schwester?" Nialls Stimme klang kühl, er hatte inzwischen begriffen, dass sich die Schlinge um seinen Hals langsam zuzog. Jedenfalls, wenn er die Information von Malcolm bekommen wollte, die ihn seiner Rache näher bringen würde als all seine Bemühungen zuvor.

„Mein Vater wusste es. Er hat es mir irgendwann unter dem Siegel der Verschwiegenheit anvertraut. Dann weiß es noch Ailis. Und König Jakob natürlich. Und... ich fürchte, Broc weiß es auch." Er fuhr sich verzweifelt durch die Haare.

„Und dabei spielt es ihm in die Hände, dass der König verfügt hat, Catriona solle bis zu seiner Rückkehr unvermählt bleiben, weil er sie nach seiner Rückkehr mit einem treuen Gefolgsmann verheiraten will. Wenn der König erst zurück ist und von Brocs Machenschaften und seiner treuen Gefolgschaft zu Murdoch Stewart erfährt, wird er ihn zur Rechenschaft ziehen. Ich vermute, Broc spekuliert darauf, der König könnte ein Auge zudrücken, wenn er dann bereits mit seiner Nichte verheiratet wäre."

Niall begann, die Zusammenhänge zu begreifen.

„Weiß deine Schwester... weiß Catriona, wer ihr Vater ist?"

„Nein, sie sollte, vorausgesetzt Jakob wäre bis dahin noch nicht wieder in Schottland, es erst an ihrem einundzwanzigsten Geburtstag erfahren. König Jakob hat, als seine Rückkehr nach Schottland beschlossene Sache war, verfügt, Catriona solle noch vor seiner Krönung an den Hof nach Perth gebracht werden. Er will sie zur Festigung seiner Macht mit irgendjemandem vom Hof vermählen, der ihm zwar treu ergeben ist, aber gleichzeitig auf alle Rechte aus ihrer Geburt verzichtet. Immerhin hat sie einen nicht weg zu diskutierenden Anspruch auf die Krone, da ihr Vater der Ältere war!" Malcolms Worte ließen keinen Zweifel daran aufkommen, dass er diesen Plan nicht gut hieß. „Mein Vater und ihre Mutter hatten immer gehofft, dass Cat einmal aus Liebe heiraten könnte und so glücklich werden würde, wie er und meine Stiefmutter es waren."

„Und dann macht Jakob Catriona genauso zum Spielball seiner Politik, wie dein Vater es ihr eigentlich ersparen wollte." Diese nüchterne Feststellung brachte Niall zurück zu Malcolms Plan.

„Wie willst du dem König denn erklären, dass seine Nichte bereits verheiratet ist, wenn er sie zu sich beordert?"

„Nun, diese Ehe mit dir wird selbstverständlich nur zum Schein bestehen. Das heißt...", er wand sich etwas um das Thema herum, „... du lässt selbstverständlich deine Finger von ihr! Wenn die Ehe nicht vollzogen wird, steht einer Annullierung nichts im Wege. Catriona ist weiterhin ein... jungfräuliches Unterpfand für Jakobs Pläne und wenn ich ihm darlege, dass wir zu diesem Mittel gegriffen haben, um sie zu schützen, wird er es verstehen."

Niall schnaubte durch die Nase. Er sollte diese Frau heiraten und sie dann noch nicht einmal in sein Bett holen dürfen?! Andererseits hatte er in den wenigen Stunden, die er mit ihr durch die Kälte geirrt war, nichts an ihr gesehen, was ihn reizen könnte, sie in sein Bett zu holen. Sie war ein dürres Ding und er bevorzugte eher Frauen mit weiblichen Formen.

„Also gut. Wie lange soll diese... Ehe dauern? Und wo soll ich mit ihr hin? Wir werden ja wohl kaum hierbleiben können. Broc würde sich nicht scheuen, die Burg zu belagern oder anzugreifen, um deine Schwester zu bekommen."

„Ich habe alles genau durchdacht, Niall. Pater Eustasios wird euch trauen und die Papiere vordatieren. Es nutzt schließlich nichts, wenn Broc erfährt, dass ich Catriona erlaubt habe, überstürzt zu heiraten, obwohl er diesen Vertrag hat. Es muss also so aussehen, als hättet ihr bereits vor einiger Zeit geheiratet..."

„Und dieser... Eustasios macht da mit?! Ich meine, er ist doch ein Gottesmann..."

„... und Catrionas Beichtvater. Er kennt sie seit ihrer Geburt und würde alles tun, damit sie in Sicherheit ist!"

„Und wo sollen wir hin? Ich meine, vielleicht ist es dir entgangen, dann erinnere ich dich gerne: Ich bin vogelfrei, ziehe durch das Land auf der Suche nach Gerechtigkeit und habe kein Zuhause. Noch nicht einmal eine ärmliche Kate, wo ich deine *Prinzessin* hinbringen könnte." Der Sarkasmus in Nialls Stimme entging Malcolm nicht, aber so nah am Ziel seiner Bemühungen wollte er sich nicht ablenken lassen.

„Du gehst mit Catriona nach Caisteal Maol. Die Burg liegt auf der Isle of Skye, ihr könnt von Kyle of Lochals übersetzen und dort bleiben, bis Jakob wieder im Land ist. Nach Kyle of Lochals sind es höchstens zehn Meilen, eine Entfernung, die ihr auch bei diesem Wetter ganz gut schaffen könnt. Der Laird dort, Braden MacKinnon, ist ebenfalls ein treuer Anhänger Jakobs, er wird euch also jedwede Unterstützung zukommen lassen, die ihr braucht. Hoffentlich.", schwächte er seinen enthusiastischen Vortrag ab. In Anbetracht des Wetters und Catrionas angeschlagenem Zustand hatte Malcolm die Idee, beide nach Dunnotar Castle zu schicken verworfen, denn eine Reise bis an die Nordostküste Schottlands war nicht nur zu gefährlich, sondern auch zu langwierig.

„Das ist...", Niall schüttelte den Kopf. „Malcolm, das ist ..."

„... Catrionas einzige Chance, diesem Bastard zu entkommen. *Du* bist ihre einzige Chance. Bitte."

„Aber warum ich, Malcolm? Hast du nicht irgendeinen zuverlässigen Mann hier auf der Burg, der das für euch tun könnte. Ich meine, Catriona zum Schein heiraten?" In einem letzten, verzweifelten Aufbegehren versuchte Niall das abzuwenden, was er noch weniger wollte als eine weitere Nacht im Schneesturm.

Malcolm schnaubte verächtlich.

„Das meinst du jetzt aber nicht ernst! Ich kann sie nicht irgendjemandem anvertrauen. Fast jedes männliche Clanmitglied ist ein wenig in sie verliebt und ich traue niemandem soweit, dass er sie nicht... also dass..." Er geriet erneut ins Stammeln.

„Du traust mir also als Einzigem zu, mich nicht in sie zu verlieben und sie nicht anzurühren, sehe ich das richtig? Mein Freund, ich gehe davon aus, dass du sehr wohl weißt, was man mir nachsagt?" Herausfordernd sah Niall seinen alten Freund an. Malcolm holte einmal tief Luft und versuchte, den Ruf zu vergessen, der Niall vorauseilte. Seit dieser unseligen Geschichte mit Glynis betrachtete Niall die Frauen mit anderen Augen. Für ihn kam es nicht in Frage, sich längere Zeit auf eine Frau einzulassen. Niall nahm gerne an, was ihm so freizügig angeboten wurde, denn kaum eine konnte seinem Äußeren widerstehen und bei einem Blick in seine stahlgrauen Augen schmolzen die willigen Frauenzimmer reihenweise dahin.

„Ich weiß, was man dir nachsagt. Aber ich kenne dich zu gut, und weiß, dass du ein Ehrenmann bist. Und dich in sie verlieben? Niall, sei mir nicht böse, aber du hast dich noch nie in eine Frau verliebt! Seit ich dich kenne, holst du dir nur Frauen in dein Bett, die du ohne Gewissensbisse danach schnell wieder verlassen kannst! Und das wäre bei Catriona anders, weil du ihre Geschichte kennst. Also: Wenn du mir versicherst, deine Hände von Catriona zu lassen, dann vertraue ich dir."

„Und was sagt deine Schwester zu dieser Farce?"

„Äh, also, sie wird einverstanden sein, wenn es bedeutet, dass sie Broc MacKenzie damit entkommen kann."

„Deinen Worten entnehme ich, dass sie nichts von deinen Plänen weiß?"

Malcolm massierte sich die Schläfen.

„Um ehrlich zu sein, habe ich bereits längere Zeit darüber nachgedacht, wie ich diese Hochzeit verhindern kann. Als du dann vorgestern mit Catriona hier aufgetaucht bist, hatte ich plötzlich diese Idee. Aber da war es nicht mehr möglich, sie einzuweihen."

„Ich soll also, wenn auch nur...", er betonte die folgenden beiden Worte, „... zum Schein!... eine Frau heiraten, die vielleicht gar nicht will, soll mit ihr durch Eiseskälte und Schneestürme reiten, um Obdach bei einem Fremden bitten und abwarten, ob Broc uns findet oder nicht, bis es unserem geschätzten König gefällt, meine *Gemahlin* an seinen Hof zu beordern, die Ehe annullieren zu lassen, um sie mit irgendeinem dahergelaufenen Günstling zu verheiraten?! Ich meine, du verlangst eine ganze Menge von mir, nur für die Information, wo sich Duff Graham aufhält!"

„Ich weiß nicht nur, wo sich dieser Angsthase verschanzt, ich weiß auch, was er damals herausgefunden hat. Wenn du Catriona heiratest, werde ich dem König Beweise vorlegen, die dich entlasten und dir eine Rückkehr in ein normales Leben ermöglichen."

Ein normales Leben!, dachte Niall sarkastisch und fragte

sich, was Malcolm wohl darunter verstand. Soweit es ihn betraf, würde es kein normales Leben mehr geben, selbst, wenn der König ihn von jedem Verdacht freisprach! Jemand, dem alles genommen worden war, der sein Sinnen und Trachten nur auf Vergeltung des an ihm begangenen Unrechts ausgerichtet hatte, für den würde es kein normales Leben geben, wenn er den Kelch der süßen Rache ausgetrunken hatte. Tief in seinem Inneren wusste Niall, dass das alles verzehrende Verlangen, Vergeltung zu üben, ihm am Ende keinen Seelenfrieden bringen würde. Er konnte nicht genau sagen, was ihn zu dieser Ansicht trieb, aber es gab da eine Lücke in seinem Leben, eine schmerzliche Lücke, die Rache und Hass nicht zu füllen vermochten. Es schüttelte diese melancholischen Gedanken ab, grübeln brachte ihn nicht weiter, vor allem dann nicht, wenn es keine Antwort auf die Frage gab, was er sich von seinem weiteren Leben erhoffte.

„Was hast du herausgefunden?" Nialls Augen waren nun fast schwarz und in ihnen loderte ein unheilbringendes Feuer.

„Heiratest du Catriona?"

Niall nickte, denn längst hatte er erkannt, wie verzweifelt Malcolm war. Und für seine Rache an diesem Duff Graham und den Hintermännern würde er alles tun. Seit über drei Jahren lebte er nur für diese Rache, für diesen einen Augenblick, in dem er die Bastarde zur Rechenschaft ziehen und sie töten würde, so wie sie Niall MacLennan getötet hatten. Und wenn er dafür dieses leichtsinnige Frauenzimmer heiraten musste, dann war das, nüchtern betrachtet, ein kleiner

Preis für die Aussicht, endlich die Wahrheit zu erfahren. Denn trotz aller Informationen, die er bisher mühsam zusammen getragen hatte, fehlte ihm die eine, die all diese einzelnen Bruchstücke zu einem logischen Ganzen verband. Malcolm hatte recht. Er würde endlich seine Rache bekommen, wenn auch etwas später.

„Wann soll die Trauung stattfinden?"

„Ich werde sofort Pater Eustasios holen lassen. Sobald es Catriona besser geht, wird er euch trauen." Ic*h hoffe nur, es ist dann noch nicht zu spät,* fügte er in Gedanken hinzu. Dann berichtete er Niall, was er über Duff Graham herausgefunden hatte und endlich fügten sich die einzelnen Bruchstücke zu einem Sinn ergebenden Ganzen zusammen.

Zur Wahrscheinlichkeit gehört auch, dass das Unwahrscheinliche eintritt. (Aristoteles)

Catrionas Kopf dröhnte noch immer, als sie, von Ailis und ihrer Magd Morag gestützt, die Treppe herunter schritt, die geradewegs in die große Halle führte, wo die Zeremonie stattfinden sollte. Sie trug ein einfaches

aber warmes Gewand aus derbem Wollstoff, weil sie
gleich nach der Trauung aufbrechen wollten. Ihre
Trauung! Malcolm hatte mit ihr gesprochen, hatte
versucht, ihr alles zu erklären, aber Catriona hatte ihm
nicht in allem folgen können. Das Pochen in ihrem
Kopf und das unangenehme Schwindelgefühl
verhinderten, dass sie alle Einzelheiten von Malcolms
Plan verstand. Nur, dass sie diesen Fremden, der sie
vor einigen Tagen gerettet hatte, nachdem sie auf dem
Rückweg von Cailleachs Hütte gestürzt war und sich
den Kopf aufgeschlagen hatte, heiraten sollte, hatte sie
begriffen. Und so viel, dass ihr nur die Wahl blieb
zwischen Broc MacKenzie und diesem hünenhaften
Mann, der sie nun in der Halle erwartete. Und bevor
sie Broc heiratete, würde sie lieber einen Pakt mit dem
Teufel eingehen. Zu frisch war die Erinnerung an ihr
letztes Zusammentreffen. Broc hatte sie bei seinem
letzten Besuch in einem unbeobachteten Augenblick in
eine dunkle Ecke gedrängt und sie geküsst. Er hatte
seine Zunge in ihren Mund gestoßen und noch heute
musste sie würgen, wenn sie an diesen Moment dachte.
Er hatte nach Zwiebeln und Wein geschmeckt und
seine Finger hatten ihre Brüste geknetet, während seine
Zunge wie ein schleimiger Wurm an ihrem Hals hinab
gewandert war. Gott sei Dank war Morag erschienen
und hatte dem Spuk ein Ende gemacht. Aber schon
damals hatte sie diese eiskalte Überheblichkeit in
seinem Blick bemerkt. Und eine Grausamkeit, die ihr
Angst gemacht hatte.
Langsam schritt sie auf Niall zu und sah ihren
zukünftigen Gemahl zum ersten Mal an. Er war sehr

muskulös, hatte breite Schultern und seine imposante Gestalt überragte die ihre um gut anderthalb Köpfe. Sein dunkles Haar war im Nacken ordentlich zusammen gebunden und sein Bart war sorgfältig gestutzt. *Ich hasse Bärte!*, dachte sie. Aber dann sah sie in seine Augen und ein eigenartiges Prickeln breitete sich in ihrem Körper aus. Zweifellos war dieser Niall der attraktivste Mann, dem sie jemals begegnet war, aber am eindrucksvollsten waren seine Augen. Grau fast schwarz, mit silbernen Sprenkeln, fesselten sie Catrionas Blick. Erst als Pater Eustasios sich räusperte und mit der Zeremonie begann gelang es Catriona, sich aus diesem Blick zu lösen. Ihr zukünftiger Gemahl quittierte das offensichtliche Interesse seiner Braut mit einem spöttischen Lächeln. Er kannte diesen Blick zur Genüge. Die meisten Frauen sahen ihn so an. Kurze Zeit und einige nichtssagende Komplimente später hatte er sie in seinem Bett und erfüllte ihre unausgesprochenen Wünsche mit größtem Vergnügen. Fast tat ihm das Mädchen leid, wie sie blass und zitternd neben ihm stand und die schmucklose, in aller Eile durchgeführte Zeremonie über sich ergehen ließ. Sie murmelte die erforderlichen Sätze wie fremdgesteuert, aber ohne großes Zögern oder Stocken. Zu seinem Erstaunen hielt sie sich aber tapfer und nur zum Ende der Prozedur begann sie, vor Schwäche zu schwanken. Niall legte eine Hand um ihre Taille und stützte sie, als sie die erforderliche Unterschrift unter den Vertrag setzte. Nachdem auch er den Namen, den er sich vor gut drei Jahren gegeben hatte, Niall

Albannach, auf das Papier gekritzelt hatte, entstand im Eingang der Halle Unruhe. Einer von Malcolms Männern brachte die Nachricht, dass Broc MacKenzie nur noch einen Tagesritt entfernt war. Nun ging alles ganz schnell. Niall hob seine frisch angetraute Gemahlin auf seine Arme und bemerkte erneut, wie leicht sie war. Mühelos trug er sie in den Hof und setzte sie vor sich auf sein Pferd. Malcolm hatte ihm erklärt, wie er den Weg zur Hütte der alten Cailleach finden konnte. Zwar teilte Malcolm die Zuneigung, die Catriona für die alte Frau empfand, nicht, aber in Anbetracht der Tatsache, dass die Alte von den Dorfbewohnern gemieden wurde, schien ihre Hütte der sicherste Aufenthaltsort für die nächsten Tage. Catriona ging es zwar mit jedem Tag etwas besser, allerdings würde sie die Strapazen der vor ihr liegenden Reise noch nicht überstehen, da war sich Sionag sicher gewesen. Sie würde noch ein paar Tage brauchen, bis sie halbwegs wieder hergestellt war und Malcolm befürchtete, dass sich Broc unverzüglich auf die Suche nach ihr und ihrem Ehemann machen würde. Da war die Hütte der Alten ein gutes Versteck bis Broc wieder abgezogen war. Sicher würde er Catriona nicht in der Nähe vermuten. Der neu gefallene Schnee stellte ein Problem dar, denn bei diesen Verhältnissen würde selbst ein Blinder den Spuren im Schnee folgen können. Malcolm gab den Befehl zum Aufsitzen und so stoben mit Niall und Catriona auch ein Dutzend weitere Reiter über den schmalen Holzsteg und verteilten sich am Ufer in alle Himmelsrichtungen. Es galt, Nialls Spuren zu verwischen und mögliche Verfolger in die Irre zu führen. Am Ufer hielt Malcolm seinen großen Braunen an, beugte sich zu Catriona und hauchte ihr einen Kuss auf den Scheitel.

„Hab keine Angst, Schwesterherz. Ich vertraue Niall vollkommen. Er wird dich in Sicherheit bringen." Dann schlug er Niall auf die Schulter.

„Ich vertraue dir das Leben meiner Schwestern an, alter Freund. Ich weiß, dass ich mich auf dich verlassen kann." Er nickte seinem Freund zu, dann schlug er seinem Pferd die Hacken in die Flanken und stob davon. Niall ließ Each vorsichtig antraben. Catriona hatte ihren Kopf an seine Brust gelehnt und schien schon wieder eingeschlafen zu sein. Er wusste nicht, was die nächste Tage bringen würden, aber die Haltung seiner ungewollten Gemahlin bei der Trauung hatte ihm Respekt abgenötigt. Sie hatte die Prozedur trotz ihres geschwächten Zustandes bemerkenswert tapfer überstanden, obwohl sie mehr als einmal nah daran gewesen war, zusammenzubrechen. Die kleinen Schweißtropfen auf ihrer blassen Stirn und die dunklen Ringe unter ihren Augen gaben mehr über ihre Verfassung preis, als es ihre Haltung vermuten ließ. Als sie ihn so eindringlich gemustert hatte, hatte er etwas in ihren großen blauen Augen gesehen, was ihn tief in seine Inneren berührte und sofort hatte es ihm leid getan, sie mit den Frauen verglichen zu haben, die sich ihm sonst an den Hals warfen. In Catrionas Blick hatte soviel Unschuld gelegen, dass sie nicht weiter von diesen Frauen und ihren Absichten entfernt sein könnte, als der Mond von der Sonne. Und allein deswegen hatte er eine tiefe Befriedigung gefühlt, sie vor diesem abartigen Broc MacKenzie gerettet zu haben. Überhaupt hatte er seine Meinung über sie revidieren müssen. Sie war nicht reizlos und unscheinbar! Kastanienbraune Locken umrahmten ein fein geschnittenes Gesicht mit hohen Wangenknochen und einer entzückenden, kleinen Nase auf der sich ein paar Sommersprossen zeigten. Ihre vollen Lippen waren eine einzige Versuchung und ihre blauen Augen leuchteten heller als der Loch Duich im Sonnenlicht. Während sich Each den Weg durch den kniehohen Schnee bahnte, befürchtete Niall, dass seine Mission, diese wilde Schönheit vor den gierigen Klauen Broc MacKenzies zu schützen, mehr als heikel werden würde. Er ahnte, dass eine Ehe, die nur zum Schein geschlossen worden war, mit einer Frau, die so atemberaubend schön war wie Catriona, verbunden mit der Tatsache, dass er nicht einmal darüber nachdenken durfte, sie anzurühren, ihm einiges an Selbstbeherrschung abverlangen würde.

Denn eine Frau ziert Schweigen, ziert Bescheidenheit am schönsten, und im Hause still zu sein.
(Euripides)

„Das ist nicht Euer Ernst!" Fassungslos starrte Niall seine frisch angetraute Gemahlin an. Sie weilten seit genau drei Tagen hier in dieser abgeschiedenen Hütte der alten Cailleach und Catriona hatte sich soweit von dem Fieber erholt, dass sie an Aufbruch denken konnten, denken mussten!, wenn sie nicht Gefahr laufen wollten, entdeckt zu werden. Und nun das! Catriona stand mit in die Hüfte gestemmten Händen in der niedrigen Tür der Hütte und funkelte ihn an.

„Ich habe noch nie etwas so ernst gemeint, wie das!" Er war gerade von einer Erkundungstour zurück gekommen und hatte feststellen müssen, dass Catriona nicht, wie er sie angewiesen hatte, das spärliche Gepäck zusammengepackt hatte, sondern stattdessen das Feuer in der Hütte geschürt und offensichtlich gekocht hatte. Oder besser gesagt, es versucht hatte, dachte er mit einem Anflug von Belustigung. In den letzten Tagen hatte er feststellen müssen, dass die Zubereitung schmackhafter Mahlzeiten nicht gerade zu ihren Vorzügen gehörte. Aber das konnte man wohl auch nicht von einer Frau ihres Standes erwarten. Auf Eilean Donan hatte sie allenfalls die Mägde beaufsichtigen müssen, und selbst das hatte wahrscheinlich ihre Schwägerin als Gemahlin des Lairds übernommen. Und nun stand sie da in der Tür der Hütte und funkelte ihn an wie Badb, die keltische Kriegsgöttin, und ihre Haltung ließ keinen Zweifel darüber aufkommen, dass sie es tatsächlich ernst meinte, Cailleach mit auf ihre Reise zu nehmen oder hier zu bleiben, bis die Alte wieder gesund wäre. Das

Erstere war vollkommen ausgeschlossen, denn eine solche Anstrengung würde das abgemagerte, hustende und fiebernde Weib niemals überstehen.

„Wir können die Alte..."

„Cailleach!", verbesserte Catriona ihn bissig.

„... Cailleach nicht mitnehmen. Das Weib ist zu krank für eine solche Reise!"

„Das weiß ich!" Ein leichtes, verschlagenes Lächeln umspielte ihre schön geschwungenen Lippen, während ihre blauen Augen kleine Blitze in seine Richtung schossen.

„Äh dann...", kurz brachte ihn ihre Antwort aus dem Konzept. Sie hatte also offensichtlich von vornherein darauf spekuliert, dass diese Möglichkeit nicht in Betracht kam und bestand nun darauf, hier in dieser winzigen Hütte zu bleiben, um die Kranke zu versorgen! Was vollkommener Irrsinn war, angesichts der Situation, in der sie sich befanden!

Vor ihrer überstürzten Abreise von Eilean Donan waren Malcolm und Niall überein gekommen, dass eine Reise bis ins weit entfernte Aberdeenshere zum Dunnotar Castle aufgrund des anhaltend schlechten Wetters und Catrionas gerade erst überstanden Fiebers nicht in Frage kam. Sie und Niall sollten sich die nächsten Tage in der Hütte der alten Cailleach verstecken, bis Broc wieder abgereist war. Dann sollten sie weiter an den nördlichen Ufern des Loch Alsh entlang reisen, bis sie Kyle of Lochalsh, ein kleines Dorf an den Ufern des Sees erreichten. Von dort aus würden sie jemanden suchen müssen, der sie zur Isle of Skye übersetzte, wo sich Caisteal Maol Castle befand. Diese

Burg gehörte dem Clan MacKinnon und Braden MacKinnon und Malcolm verband eine alte Freundschaft. Er hatte Niall ein Schreiben mitgegeben in dem er Braden bat, Niall und Catriona einige Zeit Unterschlupf zu gewähren. Malcolm schickte regelmäßig über den alten Hamish, der nichts davon ahnte, nun vom einfachen Bauern zum Boten seines Lairds aufgestiegen zu sein, Nachrichten an Niall. Malcolm hatte den Alten angewiesen, die Heilerin Cailleach alle zwei Tage mit Nahrungsmitteln zu versorgen, was dieser nur unter der Bedingung - und dann auch nur äußerst widerwillig - tat, dass er mit Malcolms Einverständnis die Sachen nur an einem bestimmten Platz im Wald abladen musste. Zu tief saß die Angst in ihm, Cailleach könnte ihn mit ihren leeren Augen ins Totenreich ziehen, denn immerhin war sie eine Banshee!

Malcolm konnte die Alte zwar nicht leiden, aber in diesem Fall bot Catrionas Bekanntschaft mit ihr eine willkommene Lösung für das dringendste Problem, wo Catriona und Niall sich für ein paar Tage verstecken konnten. In Anbetracht von Catrionas Zustand, der die nächsten Tage keine weiten Ritte erlaubte, war Cailleachs Hütte geradezu ideal, weil sie von den Leuten aus der Umgebung tunlichst gemieden wurde. Über Hamish konnte Malcolm den beiden Essen und Nachrichten zukommen lassen, und so hatte er gestern berichtet, dass Broc MacKenzie zwar getobt hatte, als er erfuhr, dass ihm der Fisch buchstäblich von der Angel gesprungen war, aber letztlich hatte er nichts unternehmen können. Er und seine Leute hatten überall herumgeschnüffelt, versucht, einige Clansleute Malcolms zu bestechen, um an Informationen über Catriona zu kommen, aber jeder hatte ihm Malcolms Version der Geschichte bestätigt. Er war noch einige Male mit seinen Leuten durch die Gegend gestreift, hatte aber aufgrund der Tatsache, dass Malcolm wohlweislich in den Tagen nach Catroinas Flucht seine Männer angewiesen hatte, kreuz und quer durch den Wald um die Burg herum zu reiten und so alle möglichen Spuren zu verwischen, nichts finden können, was ihm bei der Suche nach Catriona helfen könnte. Malcolm zweifelte daran, dass Broc die Geschichte, die er ihm aufgetischt hatte, auch wirklich glaubte, aber ausrichten konnte Broc im Moment nichts. Also war er wütend und drohend abgezogen, hatte aber unter einem Vorwand zwei seiner Männer zurückgelassen. Daher hieß es, besonders vorsichtig zu sein. Gott sei Dank waren die Kerle aber durch gutes Essen und viel Ale davon abzubringen, ihre Nachforschungen allzu gründlich durchzuführen. Das ließ darauf schließen, dass Broc seine Leute nicht gut behandelte und sie sich deswegen auch nicht allzu sehr den Hintern für ihn aufrissen. Das alles hatte in Kurzfassung auf der Nachricht gestanden, die Malcolm Niall hatte zukommen lassen und auch, dass jetzt Eile geboten war, ihr Versteck zu verlassen, da nicht absehbar war, wann und mit wie vielen Leuten Broc zurückkehren würde. Denn dass er zurückkehren würde, bezweifelte Malcolm nicht.

Und nun stand diese immer noch blasse, aber

offensichtlich schon wieder sehr gesunde kleine Frau -
seine Frau! - dort in der Tür und bot ihm die Stirn!
Niall wusste nicht so recht, ob er wütend oder amüsiert
sein sollte. Ihre Arme waren bis über die Ellenbogen
mit Mehl bestäubt und auf ihrer Wange prangte ein
Klecks mit Teig, der sich hell von ihren hübsch
geröteten Wangen abhob. Wahrscheinlich war sie
gerade dabei gewesen, diese fürchterlichen Haferkekse
zu backen, Shortbread, die er schon dann hasste, wenn
sie nicht verbrannt waren. Aber es sah so aus, als sollte
er heute keine Haferkekse essen müssen, schon gar
keine genießbaren, deutete man den Qualm richtig, der
hinter Catriona aus der Hütte quoll. Sie hatte das Kinn
trotzig vorgestreckt und eine vorwitzige Strähne hatte
sich aus ihrem Zopf gelöst, die sie nun mit einem
Atemzug wegzupusten versuchte. Dabei geriet ihr
offensichtlich etwas Qualm in ihre entzückende Nase
und sie verharrte einen winzigen Moment
schnuppernd, bevor sie sich fluchend umdrehte und
zurück in die Hütte schoss. Niall musste nun doch
grinsen und folgte ihr. Mit überkreuzten Armen blieb
er in der Tür stehen und besah sich in aller Ruhe das
Chaos. Catriona lief, einen Krug mit Wasser in der
einen und einem Leinentuch in der anderen auf die
Feuerstelle zu, wo kleine Flammen an einem Topf
leckten, der auf einem Gestell über der Feuerstelle
hing. Irgendetwas schien herausgesprudelt zu sein und
hatte die Flammen genährt, die nun auf den Inhalt des
Topfes übergegriffen hatten. Fluchend schüttete
Catriona das Wasser auf die Flammen, die zischend

und noch mehr Qualm verbreitend erloschen. Niall wedelte mit der Hand, um den beißenden Geruch zu vertreiben, während Catriona hektisch mit dem Leinentuch zu einem Häufchen Asche eilte, das in einem anderen Teil der Hütte von sich hin glomm. Dort versuchte sie, die in ein dünnes Tuch gewickelten Haferkekse zu retten, indem sie sie mit dem Leinentuch aus der Asche zog. Als sie das Päckchen auswickelte, waren auch diese verkohlt und Niall seufzte ergeben. Also würde es heute wieder Stockfisch ohne alles geben, denn dieser war in ausreichender Menge in Malcolms Proviantlieferungen zu finden.

Catriona stand auf und während Niall schon glaubte, sie würde sich nun für dieses Chaos entschuldigen, fuhr sie ihn an: „Das ist alles Eure Schuld, Niall! Hättet Ihr mich nicht abgelenkt, könnten wir jetzt einen warmen Haferbrei und Shortbread essen!" Sie wedelte in der Luft herum, um den Qualm zu verscheuchen.

Verdutzt sah Niall Catriona an. Nicht nur, dass sie eine lausige Köchin war, sie suchte auch noch die Schuld für dieses Durcheinander bei ihm!

„So wie ich das sehe, habt Ihr keine Ahnung, wie man *irgendetwas...*", er betonte das Wort süffisant, „... so zubereitet, dass es essbar ist!" Er trat einen Schritt in die Hütte. „Geschweige denn, dass es auch noch schmeckt!"

Catriona wurde erst rot, dann weiß im Gesicht. Wenn er gerade schon geglaubt hatte, dass ihre schönen blauen Augen Funken sprühten, so erkannte er jetzt, dass das wohl allenfalls ein kleines, harmloses Glimmen gewesen war! Sie kam mit einer Haltung, die man nicht anders als königlich bezeichnen konnte, was, wie Niall mit einem Anflug von Enge in der Brust feststellte, ja auch durchaus zutraf!, auf ihn zu.

Catriona blieb so dicht vor ihm stehen, dass er ihre Brüste fast durch den Stoff seines Hemdes spüren konnte. Sie hob den Kopf und mit einem Blick, der alle Lochs Schottlands selbst im Sommer zufrieren lassen könnte, sah sie ihm in die Augen.

„Dass Euch nicht schmeckt, was ich koche, liegt wahrscheinlich mehr daran, dass Ihr in den vergangenen Jahren Eure Zeit in heruntergekommenen Schänken verbracht und Küchenabfälle herunter geschlungen habt, und weniger an meinen Kochkünsten!"

Jetzt war es an Niall, sie wütend anzustarren.

„Ich glaube nicht, dass es Euch ansteht, Vermutungen über mein bisheriges Leben und wie ich es verbracht habe, anzustellen."

Als Catriona ihn daraufhin neugierig und gleichzeitig herausfordernd ansah, fügt er hinzu: „Und bevor Ihr fragt: Ich habe nicht vor, Euch jemals irgendetwas aus meinem bisherigen Leben zu erzählen, das Euer nachhaltig schlechtes Bild von meinem Charakter entkräftet – oder bestärkt, was, fürchte ich, käme ich ins Plaudern, eher zuträfe. Nur soviel: In den von Euch so zutreffend beschriebenen Wirtshäusern traf ich Frauen, deren Vorzüge sich nicht allein auf das Zubereiten von etwas Essbarem beschränkten! Im Gegenteil stillten sie recht zufriedenstellend einen ganz anderen Appetit!"

Niall hatte sie schockieren wollen und sah nun

amüsiert, dass Catriona empört errötete. Leider machte sie das in seinen Augen nur noch reizvoller und einen kurzen Moment stellte er sich vor, wie es wäre, ihr zu zeigen, von welchem Appetit er gesprochen hatte. Für den Bruchteil eines Augenblicks sah er eine Verletztheit in ihren Augen aufflackern, die er sich nicht erklären konnte, dann trat sie entschlossen einen Schritt zurück, um die nötige Distanz zwischen sich und Niall wieder herzustellen. Viel zu sehr brachte sie die Nähe ihres gutaussehenden Gemahls aus der Fassung. Sie konnte sich nicht erklären, was es genau war, dass sie in seiner Gegenwart so aufwühlte und ihr Herz so schnell klopfen ließ, aber es musste mit seiner überheblichen, selbstsicheren Art und seinem unverschämt maskulinen Körper zusammenhängen. Irritiert und beschämt über diese mehr als unschicklichen Gedanken an seine schlanken, muskulösen Beine, seine sehnigen, starken Arme und die breite, behaarte Brust, auf die sie einen Blick hatte werfen können, als er sich trotz der klirrenden Kälte vor der Hütte gewaschen hatte, fauchte sie:

„Und falls es Euch interessiert: Ich bin nicht an Geschichten aus Eurem Leben interessiert, da unsere *Übereinkunft* von hoffentlich kurzer Dauer ist. Und Euch steht es nicht an, zu beurteilen, ob und welche *Vorzüge...*", sie reckte trotzig das Kinn, „... ich habe!"

Mit einem Schritt war Niall bei ihr und packte ihr Handgelenk, an dem er sie zu sich hinzog. Er beugte sich zu ihr herab und sein Gesicht war ihrem jetzt so nah, dass sie seinen nach Minze riechenden Atem auf ihren Lippen spürte. Ob er wohl auch nach Minze *schmeckte*? Sie errötete noch mehr angesichts dieses absurden Gedankens.

„Ich warne Euch, Lady! Wenn Ihr so weiter macht, könnte ich in Versuchung geraten, mich näher mit Euren Vorzügen, die Ihr so preist, zu beschäftigen." Seine Lippen strichen wie ein sanfter Hauch über ihre, aber noch bevor sie wusste, was mit ihr geschah, war der Augenblick auch schon wieder vorbei und Niall stieß sie von sich. Sie stand nur da und versuchte, ihre Verwirrung zu verstehen. Hatte sie sich gerade wirklich vorgestellt, wie es wäre, von diesem ungehobelten Kerl geküsst zu werden? Und hatte er sie tatsächlich geküsst? War das überhaupt ein Kuss gewesen?

Auch Niall versuchte zu verstehen, wozu sie ihn gerade beinahe gereizt hätte. Er hatte sich schon einige Male gefragt, ob ihre spitze Zunge wohl mit einem Kuss zum Schweigen zu bringen wäre, aber noch nie war er der Versuchung so nahe gekommen, wie gerade eben. Er räusperte sich.

„Ich fürchte, wenn Ihr weiterhin diese Hütte so verräuchert, wird die Alte eher ersticken als gesunden!" Er hoffte, dass er damit wieder neutrales Terrain ansteuerte, aber bevor Catriona etwas erwidern konnte erklang ein von Husten und Röcheln unterbrochenes, meckerndes Lachen.

„Ich sehe... und höre... dass ihr euch gut versteht." Cailleach, die auf einer alten Matratze aus Stroh und getrocknetem Heidekraut in einer abgetrennten Ecke des Raumes lag, versuchte, sich aufzusetzen. Sofort war

Catriona bei ihr und stützte sie.

„Ach, Kind, mach dir nicht mehr solche Mühe mit mir. Ich gehe bald heim." Sie hustete wieder und ihre Stimme klang zittrig und schwach.

Niall kam es plötzlich so vor, als wenn ein kalter Hauch durch die Hütte fuhr, aber als er zur Tür blickte, fand er sie fest verschlossen. Irritiert sah er auf Catriona, aber die schien nichts bemerkt zu haben. Stattdessen hielt sie Cailleach einen Becher Wasser an die zitternden Lippen, aber die Greisin starrte an ihr vorbei ins Leere und ihre Augen waren ungewöhnlich klar.

„Du bist in großer Gefahr. Drei Männer bestimmen dein Schicksal, aber nur einer von ihnen vermag dein Herz zu erreichen. Sei beharrlich, vertrau auf deine Stärke und geh deinen Weg. Wenn du es schaffst, die Schatten der Vergangenheit zu vertreiben, wird dein Glück vollkommen sein, wenn du versagst, wird deine Zukunft dunkel und voller Kummer." Erneut erstickte ein rasselndes Husten Cailleachs Worte und die alte Frau sank ermattet auf ihr Lager zurück. Fast augenblicklich fiel sie in einen unruhigen Schlaf und Catriona strich ihr sanft über die Wange. Diese Geste hatte etwas so Anrührendes, dass Niall es nicht über das Herz brachte, darauf zu bestehen, die Hütte noch heute zu verlassen. Morgen war auch noch ein Tag!

Jeder Mensch trägt einen Dämonen in sich,
der ihn reizt und zu seinen Handlungen
treibt.
(Sokrates)

Broc MacKenzie starrte missmutig auf das Holzschild des heruntergekommenen Wirtshauses, in dem er und seine Männer abgestiegen waren. Die Matratzen, auf denen sie schliefen, wimmelten nur so von Ungeziefer, das Essen war zum großen Teil ungenießbar und das Ale noch schlechter. Im Normalfall hätte er keinen Fuß über die Schwelle dieser Absteige gesetzt, aber nach seiner Abreise von Eilean Donan Castle war er nicht bereit gewesen, sich so schnell geschlagen zu geben. Malcolm MacRae hatte ihm eiskalt die Geschichte aufgetischt, diese kleine Schlampe Catriona hätte schon vor längerer Zeit geheiratet und deswegen könnte er dem Willen seines Vaters, seine Schwester mit Broc zu vermählen, nicht entsprechen. Dieser Bastard! Zweifelsohne war irgendetwas an dieser angeblichen Eheschließung nicht echt, aber in der Kürze der Zeit hatte Broc ihm das natürlich nicht nachweisen können. Aber wenn dieser arrogante Hurensohn sich einbildete, Broc würde sich davon ins Bockshorn jagen lassen, hatte er sich gründlich getäuscht. Er wollte Catriona haben! Fast wäre es ihm bei seinem letzten Besuch schon gelungen, ihren schönen Körper zu besitzen, aber diese junge Magd war ihm in die Quere gekommen und hatte im letzten Augenblick vereitelt, dass er sich mit ihr in dieser dunklen Ecke vergnügte. Seit diesem Tag hatte er immer wieder daran denken müssen, was er alles mit ihr anstellen könnte, wenn sie erstmal seine Gemahlin war. Dass sie nun irgendwie mit diesem Möchtegernkönig Jakob verwandt war, hatte sie natürlich für ihn noch begehrenswerter gemacht. Wenn dieser Bastard Jakob erst wieder in Schottland regierte, hätte er als treuer Weggefährte Murdoch Stewarts nichts zu lachen. Wenn herauskäme, dass Murdochs Vater Robert jahrelang die Lösegeldzahlung hinausgezögert hatte, weil es ihm nicht in den Kram gepasst hatte, seine Stellung als Statthalter des Königs so schnell aufzugeben, dann wäre das Leben des Dukes of Albany und damit auch das seiner Anhänger keinen Pfifferling mehr wert. Da könnte es von Vorteil sein, mit diesem Emporkömmling Jakob verwandt zu sein. In Brocs Augen hatte Murdoch Stewart einen viel stärkeren Anspruch auf Schottlands Thron als dieser Weichling Jakob, von dem man sagte, dass er musisch begabt war und Gedichte schrieb. Schottland brauchte in diesen Zeiten nicht nur einen starken König wie Murdoch es sein könnte; sein Dienstherr und Freund stammte auch noch aus einer legitimen, wenn auch zweiten, Ehe des alten Königs Robert mit Euphemia de Ross. In erster Ehe, die immerhin dreizehn Jahre als nicht legitimiert galt, hatte er seine Mätresse Elisabeth Mure of Rowalla geheiratet, und aus dieser Schande ging die Linie dieses Thronräubers Jakob hervor.

Broc hätte dem Wirt, der mit einigem Eifer dabei war, das Erkennungsschild des Wirtshauses mit ungelenken Buchstaben zu überstreichen, am liebsten den Hocker, auf dem dieser balancierte, unter den Füßen weggetreten. Dass dieser Hurensohn nicht schreiben konnte, erkannte er daran, dass er bei jedem Pinselstrich auf einen ausgefransten Zettel schaute, auf dem wohl notiert war, was der Alte auf das Schild zu schreiben gedachte. Bisher war in krakeliger Schrift zu lesen „Rìgh Seamus Inn", „König Jakob Inn", und das reichte Broc schon, um sein Blut in Wallung zu bringen. Dieser Hundsfott war noch nicht im Lande und schon kroch ihm hier alles zu Füßen!

Offensichtlich war bereits das gesamte Land in Aufruhr, weil die Nachricht, der König kehre in Kürze zurück, sich wie ein Lauffeuer verbreitet hatte. Gleichzeitig erinnerte es Broc daran, dass ihm die Zeit davon lief, wenn er Catriona finden und heiraten wollte. Er grinste böse. Ihr Gemahl war kein Hindernis, er hatte vor, sie sehr schnell zur Witwe zu machen. Nur finden musste er sie erst! Er hatte zwei seiner Leute in der Burg zurückgelassen, allerdings waren die Nachrichten, die sie ihm zukommen ließen, nicht sehr aufschlussreich. Er würde die Sache also selbst in die Hand nehmen müssen. Und genau deswegen war er in diesem dreckigen Loch abgestiegen. Es war nah genug an Eilean Donan, dass er seine Nachforschungen anstellen konnte, aber weit genug entfernt, um Malcolm nicht misstrauisch werden zu lassen, falls er entdeckte, dass Broc hier abgestiegen war. Hinzu kam das anhaltend schlechte Wetter, das sich gut als Ausrede benutzen ließ, die Gegend nicht zu verlassen. Broc war in übler Stimmung, weil er seit Tagen nicht weiter gekommen war, was Catrionas Aufenthaltsort anging. Darüber hinaus hatte er erfahren, dass die Hochzeit von Jakob und seiner Braut Joan auf den 14. Februar festgesetzt worden war. Das waren nicht einmal zwei Wochen, und sehr wahrscheinlich würde Jakob danach keine Zeit verlieren und sich mit seiner Gemahlin auf den Weg nach Schottland machen. Missmutig betrat er den schäbigen Schankraum und sofort blieb sein Blick an einem jungen Mädchen hängen, das mit einem dreckigen Lappen die Tische schrubbte. Sie war höchstens dreizehn oder vierzehn Jahre alt, hatte rosige Wangen und dunkelblondes Haar, das sie streng geflochten in einem Zopf trug. Broc erinnerte sich, dass die Kleine Lorna hieß und die Tochter des Wirtes war. Als sie ihn bemerkte, hielt sie in ihrem Tun inne und wollte mit einem schüchternen Knicks in der Küche verschwinden, aber Broc war mit einem Satz bei ihr und hielt sie fest. Bei ihrem Anblick war ihm eine Idee gekommen, wie er seine angestaute Wut und seinen Frust wenigstens halbwegs besänftigen konnte. Er hielt dem überraschten Mädchen den Mund zu und bugsierte sie mit einem Ruck in Richtung Treppe. Er leckte sich genüsslich die Lippen, während er mit einer Hand ihre kleinen Brüste befingerte. Dass sie sich wand und wehrte, um ihm zu entkommen, machte dieses Spiel um Macht und Unterwerfung nur noch reizvoller für ihn. Oben angekommen, stieß er mit einem Fuß die Tür zu seiner Kammer auf und warf sie aufs Bett.

„Keinen Mucks, oder ich zünde deinen Eltern diese miese Absteige unter dem Hintern an, meine Süße. Wenn du nicht möchtest, dass ihr morgen alle in der eisigen Kälte sitzt, ohne Heim und Auskommen, dann hältst du jetzt schön still." Lorna sagte kein Wort, aber ihr angstvoll geweiteter Blick und ihr Zittern verriet, dass sie zumindest ahnte, was er vor hatte.

„Und jetzt zieh dich aus, wir wollen doch nicht, dass dein schönes Kleid zerrissen wird und dein Vater merkt, was wir hier getrieben haben, oder?"

Als sie nicht sofort reagierte, trat er vor und schlug ihr ins Gesicht. Daraufhin begann sie mit zitternden Fingern, die Verschnürung an ihrem einfachen Kleid zu lösen.

„Bitte, Herr, ich... lasst mich gehen. Ich..." Ihre Stimme erstarb, als er sein steifes Glied aus der Hose befreite.

„Sieht das so aus, als wenn ich dich gehen lassen würde, meine Kleine? Ich brauch jetzt ein Weib und außer dir sehe ich hier keines, mit dem ich tun könnte, was ich vorhabe. Also mach schon, leg dich hin und mach die Beine breit!" Broc starrte lüstern auf den jungen Körper des Mädchens, das inzwischen das Kleid abgelegt hatte. Er streifte schnell seine Hose ab, dann legte er sich zu dem zitternden Mädchen aufs Bett. Er knetete hart ihre kleinen Brüste und die gewimmerten Schmerzenslaute, die sie dabei ausstieß, steigerten seine Erregung nur noch. Rüde stieß er ihr einen Finger in ihre Scham und stellte mit einem zufriedenen Grinsen fest, dass sie noch Jungfrau war.

Gierig rollte er sich auf sie, spreizte mit seinen Knien ihre Beine und genoss den Ausdruck von Schmerz und Angst, als er in sie eindrang.

Der Plan, den man nicht ändern kann, ist schlecht.
(Sallust)

Niall wischte sich den Schweiß von der Stirn und klopfte die braune Erde glatt, die das frische Grab bedeckte. Es hatte große Mühe gekostet, in dem gefrorenen Erdreich ein Grab für die Alte zu schaufeln, aber Catriona hatte darauf bestanden, dass sie die alte Cailleach nicht einfach so in der Hütte zurücklassen könnten. Cailleach war am Morgen gestorben und der in der Nacht neu gefallene Schnee hatte sich wie ein Leichentuch vor ihre Hütte gelegt. Catriona war untröstlich und kaum zu beruhigen gewesen, auch wenn es absehbar gewesen war, dass die Alte nicht mehr viel Zeit auf Gottes Erde verweilen würde. Niall schämte sich für das Gefühl der Erleichterung, das ihn angesichts des Todes der alten Frau überkommen hatte, aber die Zeit drängte und sie mussten weg von hier. Wie Malcolm glaubte auch er, dass Broc nicht so einfach aufgeben würde, Catriona zu finden und da Cailleachs Hütte zwar gut versteckt, aber doch nah an

Eilean Donan gelegen war, war es nur eine Frage der Zeit, bis ihr Aufenthalt hier entdeckt werden würde. Er hatte nur eine flache Kuhle in die gefrorene Erde graben können, aber Catriona würde sich damit zufrieden geben müssen. Ein Seitenblick auf seine blasse Gemahlin, die mit gefalteten Händen dicht bei dem Grab ihrer Freundin stand, sagte ihm, dass sie nicht so einfach dazu zu bewegen sein würde, diesen Ort schnell zu verlassen. Er verstand, dass sie Zeit für ihre Trauer brauchte, aber er wusste auch, dass er ihr nicht gestatten durfte, das an Cailleachs Grab zu tun. Er häufte noch etwas frisch gefallenen Schnee auf das Grab, denn selbst ihm erschienen die dunklen, aufgeworfene Klumpen wie eine entstellende Verletzung der geliebten schottischen Erde, eine unpassende Wunde in der weißen Landschaft. Es erinnerte ihn schmerzlich an die aufgewühlte Erde auf den zahlreichen Schlachtfeldern, auf denen er Tod und Verderben gesehen und mit seinem Claymore anderen zugefügt hatte, und ein beklemmendes Gefühl machte sich in seiner Brust breit. Würden ihn die Bilder der blutüberströmten Leiber, der Sterbenden und der Toten, denn nie verlassen? Er hatte schon lange das Gefühl, dass ihm seine Rache an diesem Schreiberling nicht die Erleichterung bringen würde, die er sich erhoffte. Seine Wunden saßen tiefer, waren lange vor seiner Zeit im Kerker in seine Seele gebrannt worden und seine Rache an den Schuldigen würde ihm sein unbeschwertes Leben nicht wiederbringen. Das hatte er auf dem Schlachtfeld von Harlaw und in Glynis Hütte verloren!

„Kommt, wir müssen aufbrechen." Er packte die Schaufel und wandte sich an Catriona. Zu seinem Erstaunen nickte sie tapfer und trat ein paar Schritte auf die Hütte zu. Kurz bevor sie die windschiefe Tür erreichte, drehte sie sich um und in ihren blauen Augen lag ein so tiefer Schmerz als sie ihn ansah, dass Niall sie am liebsten in seine Arme genommen und ihre heißen Tränen weggeküsst hätte.

„Danke.", flüsterte sie schlicht. Er wusste nicht, was Catriona mit der Alten verbunden hatte, aber ihre Traurigkeit ließ vermuten, dass es ein sehr enges Band gewesen sein musste. Fast neidete er der Alten die Zuneigung, die seine Gemahlin ihr entgegengebracht hatte, denn ihm war diese Art der Zuneigung fremd und diese offen gezeigte Form von Nähe und Liebe löste ein ungutes Gefühl in ihm aus. Über die Frage, wie es gewesen wäre, hätte seine Mutter ihm ähnliche Gefühle entgegen gebracht und ob er dann den gleichen Schmerz bei ihrem Tod gefühlt hätte, wie jetzt Catriona bei Cailleachs, hatte er sich bisher noch nie Gedanken gemacht. Ein feiner, dumpfer Schmerz schlich sich angesichts dieser Frage in sein Herz und er schob dieses Gefühl schnell beiseite. Es war nicht der richtige Augenblick darüber nachzudenken, was gewesen wäre, wenn seine Mutter oder Glynis seinem suchenden Herzen ein Zuhause gegeben hätten und ob sein Leben dann anders verlaufen wäre.

Catriona war inzwischen in der Hütte verschwunden und er hörte sie rumoren. Niall hatte keine Lust, ihr jetzt zu nahe zu kommen, denn er wusste nicht, wie er

sie hätte trösten können. Ihr verwundeter Blick gerade hatte ihm deutlich gemacht, dass sie sich nach einem Wort oder einer tröstenden Geste von ihm sehnte, aber er war in den letzten Jahren wie ein einsamer Wolf durch die Highlands gestreift, nur sich selbst gegenüber Rechenschaft schuldig, und die Situation, jetzt mit einer *Gemahlin* an seiner Seite vor Broc MacKenzie zu fliehen, überforderte ihn schlicht. Noch dazu, das musste er sich eingestehen, mit einer so atemberaubend schönen Gemahlin! Er hatte in den letzten Tagen genug Zeit gehabt, sein anfängliches Urteil über ihre Erscheinung zu revidieren. Nichts an ihr war gewöhnlich, ihre blauen Augen konnten, je nach Stimmung, alle Farben des Himmels annehmen, manchmal waren sie sogar fast grau, wenn sie sich ärgerte. Ihre Lippen waren perfekt geschwungen und luden ein, sie in Besitz zu nehmen. Ihre Haare schimmerten mal braun, mal kastanienrot, wenn das Licht des Feuers sie beschien und ihr schlanker Körper strahlte eine geheimnisvolle Anziehungskraft auf ihn aus, die er sich damit erklärte, dass er schon lange keine Frau mehr im Bett gehabt hatte. Wie sollte man da von solch einer Sirene nicht angezogen sein?!
Er seufzte, weil sich seine Gedanken um eine Frau drehten, die er nie anrühren durfte. Zuviel hing davon ab, dass er Catriona unberührt an Malcolm übergab, wenn Jakob wieder im Land und Catriona damit in Sicherheit war. Malcolm hatte ihm gesagt, dass dieser Duff Graham im Besitz von Schriftstücken sei, die bewiesen, dass Robert Stewart die Zahlung des

Lösegeldes verzögert hatte, obwohl die Lairds des schottischen Adels ihren Anteil daran bereits lange zuvor an ihn gezahlt hatten. Diese Schriftstücke waren der Beweis für Hochverrat und würden, wenn auch nicht mehr Robert Stewart, denn der war hochbetagt vor vier Jahren verstorben, dann doch seinen Sohn Murdoch den Kopf kosten. Duff Graham hatte sich an Niall gewandt, weil die Papiere, in deren Besitz er wie auch immer gekommen war, auf seinen Bruder Angus ausgestellt waren. Und zwar einmal im Original mit dem richtigen Datum der Zahlung, das Duff hätte verbrennen sollen!, und einmal die Fälschung mit einem viel späteren Datum. Damit hätten Angus und der Clan der MacLennans ebenfalls in Teufels Küche kommen können, denn dieses gefälschte Datum war auf einen Zeitpunkt lange nach dem Ultimatum datiert, das Robert Stewart für die Zahlung angesetzt hatte. Damit hätte er die verspätete Zahlung des Lösegeldes mit dem Umstand rechtfertigen können, dass noch nicht alle Lairds ihren Obulus entrichtet hatten. Und es lag ebenfalls auf der Hand, dass die beiden Schriftstücke, die Duff an sich gebracht hatte, nicht die einzigen waren, die Robert gefälscht hatte.

Und wenn Malcolm es schaffte, nicht nur Duff Graham, sondern auch die Schriftstücke an sich zu bringen, dann könnte Niall damit nicht nur Murdoch an den Galgen bringen, sondern auch seinen Bruder und seinen Clan von jedem Verdacht reinwaschen. Und dass Duff diese Schriftstücke noch hatte, war ziemlich wahrscheinlich, denn auch für ihn stellten sie eine Lebensversicherung dar, wenn Jakob erst einmal von

den Machenschaften seines Stellvertreters erfuhr.
Und diese Dokumente würde Niall nur bekommen,
wenn er seinen Auftrag, Catriona vor einer Ehe mit
Broc MacKenzie zu bewahren, erledigte. Und dieser
Auftrag schloss bedauerlicherweise ein, dass er
Catriona nicht anrühren durfte!

„Ich bin fertig, wir können los." Die leise Stimme seiner
Gemahlin riss ihn aus seinen Gedanken.

Er wunderte sich immer noch, dass sie sich so
widerstandslos von ihm zur Abreise drängen ließ, denn
er hatte inzwischen feststellen müssen, dass Catriona
nicht nur über eine spitze Zunge verfügte, sondern
auch über einen, wenn auch äußerst schönen,
Dickkopf. Aber er hatte jetzt keine Zeit, sich darüber
Gedanken zu machen. Sie hatten schon zu viel Zeit
verloren, denn er hatte nicht vor, mit Catriona nach
Caisteal Maol zu gehen. Zwar würde er sich mit ihr bis
nach Kyle of Lochals durchschlagen, aber nur, um ein
zweites Pferd und Proviant zu kaufen. Er hatte
Malcolm nichts von seinen geänderten Plänen gesagt,
denn wenn seine Mission erfolgreich sein sollte, dann
durfte niemand wissen, wo er und Catriona sich
aufhielten. Und auf Eilean Donan wussten immerhin
eine Handvoll Leute, wie Malcolms Plan aussah. Und
auch, wenn sein Freund sich der Loyalität seiner Leute
sicher war: Das Leben hatte Niall gelehrt, sich niemals
auf andere zu verlassen. Im Übrigen war ein bewegtes
Ziel schlechter zu treffen als ein stehendes, eine alte
Soldatenweisheit, die ihn sein Ausbilder am Hofe des
Dukes of Albany gelehrt hatte. Er würde sich mit

Catriona weiter in die Highlands zurückziehen, er hatte in der Zeit, als er rast- und ruhelos durch die Highlands streifte, nahe des Dorfes Achnasheen längere Zeit auf einem kleinen Bauernhof verbracht. Bewirtschaftet wurde der Hof von einer hübschen, blonden Witwe und Niall hatte ihr nicht nur gegen Kost und Logis auf dem Hof geholfen, sondern sein attraktives Äußeres und sein unwiderstehlicher Charme hatten ihm auch einen Weg in ihr Bett geebnet. Er hatte die Zeit genossen, aber als Davina immer öfter von Heirat und der Hoffnung, den Hof künftig mit ihm als ihrem Gemahl zu bewirtschaften, gesprochen hatte, hielt er den Zeitpunkt für gekommen, sie zu verlassen. Er konnte bei seinem Plan, mit Catriona dort aufzutauchen, nur hoffen, dass Davina ihm sein fast überstürztes Verschwinden nicht nachtragen und ihnen Unterschlupf gewähren würde.

Dass er dort nun mit einer Frau – seiner Frau, um genau zu sein – auftauchen würde, bereitete ihm im Hinblick auf Davinas Hilfsbereitschaft Kopfzerbrechen, und obwohl er noch nicht so genau wusste, wie er ihr alles erklären sollte, hielt er an seinem Plan fest. Er würde ihr erklären müssen, unter welchen Voraussetzungen die Ehe mit Catriona geschlossen worden war, und wenn er Glück hatte, würde er die alte Beziehung zu ihr in jeder Hinsicht wieder aufleben lassen können.

Er hob Catriona auf sein Pferd und wieder einmal stellte er fest, wie gut es sich anfühlte, sie zu berühren. Kopfschüttelnd, weil er nicht wusste, wie er dieses Gefühl einordnen sollte, schwang er sich hinter ihr in den Sattel und drückte Each grob seine Fersen in die Flanken. Niall, der so in Gedanken an Catrionas anziehende Nähe versunken war, hatte nicht bemerkt, dass er dabei wohl etwas übertrieben hatte, aber das Pferd sprang beleidigt zur Seite und machte einen Satz nach vorne, wodurch Catriona an ihn gepresst wurde. Als er seine Arme um sie schlang, damit sie nicht vom Pferd fiel, stand mit einem Mal sein gesamter Körper in Flammen. Er roch den Duft ihres Haares, eine Mischung aus Lavendel und Kräutern, als ihr Kopf gegen seine Brust schlug und er bedauerte es fast, dass sie, sobald sie wieder Halt hatte, von ihm abrückte. Ihm schlug das Herz bis zum Hals, als er merkte, welche Wirkung sie auf seinen Körper hatte und er hoffte inständig, sie würde es nicht bemerken.

Catriona spürte seine starken Arme, als er sie festhielt und sie konnte nicht leugnen, dass eine gewisse Anziehungskraft von diesem wilden, bärtigen Mann ausging, wenn er sie so wie gerade eben, an sich presste. Sie hatte in den vergangenen Tagen genug Zeit gehabt, sich ihn genau anzusehen. Seine Haare waren dunkelbraun und meistens trug er sie im Nacken zusammengebunden. Sein Gesicht war kantig, männlich und sein Bart verdeckte eine lange Narbe auf seiner linken Wange. Zuerst hatte sie gedacht, dass er diesen scheußlichen Bart trug um diese Narbe zu verdecken, aber schließlich war sie zu der Überzeugung gelangt, dass jemand mit der arroganten, selbstsicheren Ausstrahlung, die dieser Mann wie sein Claymore vor sich hertrug, sich nicht um

Äußerlichkeiten scherte. Sie hatte versucht, ihn sich ohne diesen Bart vorzustellen, aber das Bild hatte in ihr nur ein seltsames Ziehen hervorgerufen, das sie sich nicht erklären konnte. Aber das Auffälligste an ihrem Gemahl waren seine Augen. Sie waren so grau und unergründlich wie der Himmel an einem dieser nicht seltenen Regentage in Schottland. Dunkel und auf eine beängstigende Weise faszinierend musterten diese Augen sie oft, wenn er glaubte, sie sehe nicht hin. Und jedes Mal überkam sie dieses beängstigende Prickeln, das sie sich damit erklärte, dass sie ihn nicht genau einschätzen konnte. Zwar hatte ihr Bruder ihr einiges über Niall erzählt, bevor sie gezwungen war, ihn zu heiraten, und sie wusste auch, dass Malcolm ihm bedingungslos vertraute, aber sie würde auf der Hut sein. Von diesem Mann ging etwas aus, das, ohne dass sie es näher definieren konnte, gefährlich war. Wenn sich ihre Hände wie zufällig berührten, brannten diese Stellen, wie von einem unsichtbaren Feuer befallen und ganz gleich, warum das so war, sie sollte sich von ihm fernhalten. Das war jedoch gar nicht so einfach, denn immerhin saß sie vor ihm auf seinem Pferd und seine stahlharte Brust presste sich in ihren Rücken. Seine Arme umfingen sie wie ein Kokon, während er lässig die Zügel hielt, und ab und an glaubte sie zu spüren, dass er unruhig im Sattel hin und her rutschte. Immer dann, wenn sie sich bewegte und ihr Gewicht etwas verlagerte, damit ihr Hintern nicht einschlief, atmete er scharf ein und bewegte sich ebenfalls, allerdings weg von ihr. Gut so, dann kam er ihr wenigstens nicht zu nahe. Im Übrigen war das Dorf, in dem sie sich einen

Kahn zum Übersetzen auf die Isle of Skye, nach Kyleakin, mieten wollten, nur etwa acht Meilen entfernt. Das müsste selbst bei diesen Witterungsbedingungen und unter Berücksichtigung, dass Each zwei Menschen tragen musste und es sehr früh dunkel werden würde, in einem Tag zu schaffen sein. Und dann wäre endlich dieser erzwungene, prickelnd enge Körperkontakt vorbei!

Catriona hatte nicht bemerkt, dass sie über diese verwirrenden Gedanken ihren Kopf an Nialls breite Brust gelehnt und sich an ihn gekuschelt hatte, war doch seine Wärme so beruhigend und betörend zugleich. Es dauerte nicht lange, und sie glitt in einen unruhigen Schlummer.

Es ist des Menschen Zunge, nicht die Tat, die alles lenkt.
(Sophokles)

Broc MacKenzie nickte seinem Gefolgsmann anerkennend zu. Das erste Mal seit Tagen, dass einer seiner Männer mit einer halbwegs interessanten Auskunft von seinen Erkundungsritten zurück kam. Ailbeart, ein großer Kerl mit zottigem, schulterlangem

Haar und einem ebenso ungepflegten Bart in dem gleichen Rotton wie sein Haupthaar, hatte ihm berichtet, dass fast jeden Tag gegen Mittag eine junge Magd die Burg verließ, ein Säugling vor den Bauch gebunden, und ins Dorf Dornie ging. Sie schien dort jemanden zu besuchen oder möglicherweise überbrachte sie auch Nachrichten, das hatte Ailbeart nicht herausfinden können. In jedem Fall erschien es lohnend sich einmal mit der Kleinen zu unterhalten. Während Broc auf den verwahrlosten Stall zuging, dem man ansah, dass nicht viele Reisende hier ihre Pferde unterstellten und der deswegen auch nicht gepflegt wurde, hörte er schon lautes Stöhnen und ein unterdrücktes Schluchzen. Er hatte seinen Männern erlaubt, die kleine Lorna zu besteigen, um sie bei Laune zu halten. Nachdem Broc die Kleine mehrere Tage immer wieder genommen hatte, war ihm die Lust an dem Mädchen vergangen. Nach ihrer anfänglichen Angst hatte sie sich still in ihr Schicksal gefügt, erst recht, als ihr Vater sie einmal mit Broc zusammen im Stall erwischt hatte. Der Alte hatte getobt, sie eine Hure und ihn einen räudigen Köter genannt, aber Brocs Sgian dubh, sein Messer, das er immer im Gürtel trug, hatte dem Gezeter schnell ein Ende bereitet. Nun lag der Mann notdürftig verscharrt hinter dem Stall im Schnee. Lorna hatte sehr wohl erkannt, dass sie ihm und seinen Männern auf Gedeih und Verderb ausgeliefert war, wollte sie nicht auch noch ihre Mutter und die alte Magd und deren Mann, der als Knecht arbeitete, verlieren. Aber genau diese Willfährigkeit, die das Mädchen von da an an den Tag legte, um ihm zu gefallen, hatte ihn letztlich ihrer überdrüssig werden lassen. Und da seine Männer schon seit geraumer Zeit gemurrt hatten, weil er sich alleine mit der Kleinen vergnügte, hatte er ihnen erlaubt, ihre Langeweile und erzwungene Untätigkeit mit der Kleinen zu vertreiben. Immerhin waren seine Männer Krieger und jede lange Kampfpause machte sie unzufrieden und mürrisch.

Als er den Stall betrat, sah er zufrieden, wie seine Männer im Halbkreis um Lorna herumstanden, sich ihre Gemächte rieben und zotige Bemerkungen riefen, während der junge Darach, sein bester Kämpfer, auf dem wimmernden Mädchen lag und so heftig in sie hineinstieß, dass ihre kleinen Brüste hin und her wippten.

„He, Darach, lass' was von der Kleinen für uns übrig!", rief Torquil, woraufhin die Männer in wieherndes Gelächter ausbrachen. Einen kurzen Augenblick sah Broc fasziniert zu, wie Darach das Mädchen bearbeitete, denn ihre weit aufgerissenen Augen und ihr Wimmern verrieten ihm, dass sie nicht nur Schmerzen litt, sondern auch ihre Angst wieder zurückgekehrt war. Fast hätte er den Mann von ihr runter gezerrt, denn bei ihrem Anblick wurde sein Glied augenblicklich steif, aber diesmal musste die Befriedigung seiner Lust warten. Zuerst musste er dieser Magd des MacRae Clans auf den Zahn fühlen. Inzwischen war Darach mit einem lauten Röhren zum Ende gekommen und schon zerrte einer der Männer ihn von Lorna herunter, um sofort seinen Platz einzunehmen. Broc wandte sich an Struan, seinen treuesten Gefolgsmann, der ebenfalls lüstern grinsend auf die beiden am Boden starrte.

„Struan, du kommst mit mir. Wir reiten nach Dornie, vielleicht erfahren wir da etwas über den Verbleib dieser Hure und ihres Bocks." Es wurmte Broc, dass die süße Catriona keine Jungfrau mehr sein würde, wenn er sie in die Finger bekäme. Er gönnte es keinem anderen Mann, zwischen ihren weißen Schenkeln zu liegen und sie zu besteigen! Sie gehörte ihm, er hatte sie haben wollen, seit er sie das erste Mal gesehen hatte. Leider war er zu diesem Zeitpunkt noch mit Isobel verheiratet gewesen. Aber dieses Hindernis hatte er auf seine Weise aus dem Weg geräumt. Leider nur, um dann feststellen zu müssen, dass diese dreckige kleine Hure bereits für einen anderen Mann die Schenkel breit machte. Aber er war fest entschlossen, sie zu besitzen, koste es, was es wolle! Und dass sie mit dem Königshaus verwandt war, machte sie für ihn nur noch wertvoller.

„Aber Chief, ich bin als Nächster dran. Das haben wir so ausgewürfelt." Ärgerlich schaute Struan seinen Laird an, aber der packte ihn am Kragen und bugsierte ihn zu den Pferden.

„Los, mach dass du die Gäule sattelst. Du kommst schon noch früh genug dazu, die Kleine zu besteigen! Und wer weiß, vielleicht findet sich ja unterwegs ein anderes Weib für dich!" Broc hatte bereits eine ziemlich genaue Vorstellung, wer das sein könnte, aber das wollte er Struan noch nicht sagen.

Murrend sattelte Struan die Pferde und führte sie an den Zügeln aus dem Stall heraus. Das Grölen und

Keuchen der Männer hatte noch zugenommen, denn inzwischen hatten sie Lorna auf die Knie gezwungen und während Einer sie von hinten nahm, öffnete gerade ein Zweiter seine Hose und zog die Kleine an den Haaren zu sich heran. Kurz trafen sich Lornas und Brocs Blick und die Pein und Angst, die in ihren braunen Augen stand, während sie ihn stumm um Hilfe bat, weckte ein neues Verlangen in ihm. Es war also doch noch möglich, sie in Angst und Schrecken zu versetzen! Zufrieden, seine Männer eine Weile beschäftigt zu wissen, stieg Broc auf sein Pferd und trieb es in Richtung Eilean Donan Castle an. Während des Rittes, bei dem Struan immer noch grummelte, malte Broc sich aus, wie er Lorna auf seiner Burg in seinen geheimen Raum brachte, sie mit den Gerätschaften, die sein Schmied extra für besondere Stunden angefertigt hatte, bekannt machte und diese dann an ihr ausprobierte. Es gab schon lange keine jungen Mägde mehr auf seiner Burg. Seine Leute brachten ihre Töchter so früh wie möglich zu Verwandten aufs Land und keiner seiner Hörigen schickte ihm noch seine Tochter als Magd. Es hatte sich herumgesprochen, dass er gewisse Vorlieben hegte und so war es nicht verwunderlich, dass alle ihre Töchter vor ihm zu schützen versuchten. Ja, es war gar keine so schlechte Idee, Lorna mitzunehmen. Die Familie war ohne den Vater und Ernährer ohnehin dem Untergang geweiht. So gesehen musste Lorna ihm am Ende sogar dankbar sein, dass er ihr ein Dach über dem Kopf bot. Es war bereits Mittag und die unerbittliche Kälte kroch

Broc unter den wollenen Umhang, als sie Dornie erreichten. Sie umrundeten das Dorf ungesehen, denn auf keinen Fall wollte Broc riskieren, dass Malcolm von seiner Anwesenheit hier erfuhr. Womöglich gelang es ihm, Catriona zu warnen und das galt es zu verhindern. Sie hielten ihre Pferde nahe des Weges an, auf dem die Magd nach Auskunft Ailbearts ins Dorf ging und banden sie an einem dicken Ast fest. Dann schlichen sie bis an eine Weggabelung und verbargen sich hinter einem umgestürzten Baum. Hin und wieder bliesen sie sich in die Finger, denn die Kälte war fast nicht auszuhalten, wenn man nur untätig herum hockte und darauf wartete, dass etwas passierte. Brocs Laune verschlechterte sich mit jeder Minute, die sie hier in der Kälte ausharren mussten und als er sich schon fluchend erheben und die Wärme eines Wirtshauses aufsuchen wollte, kam eine kleine, dick vermummte Gestalt den Weg hinauf. Broc nickte Struan zu und trat auf den Weg als das Mädchen nahe genug herangekommen war. Der gerade noch arglos fröhliche Gesichtsausdruck des Mädchens verwandelte sich augenblicklich in ein misstrauisches Blinzeln, als sie Broc bemerkte.

„Wo ist Lady Catriona?" Broc versuchte gar nicht erst, um den heißen Brei herum zu reden und freundlich zu klingen. Besser, sie wusste von vornherein, was er von ihr wollte. Er sah einen Ausdruck von Panik in ihren Augen, als sie ihn erkannte, denn sein Aufenthalte auf der Burg lag erst kurz zurück und auch er erinnerte sich an sie.

„Herr, ich weiß nicht, was Ihr meint. Lady Catriona ist

vor längerer Zeit mit ihrem Gemahl weggegangen. Ich weiß aber nicht, wohin." Ihre Stimme klang für den unbeteiligten Zuhörer noch ruhig, aber Broc witterte mit der kalten Präzision eines Kriegers ihre Panik. Er trat einen Schritt auf sie zu und fasste das Bündel, das sie vor sich in einem Tuch um den Bauch geschnallt hatte, ins Auge.

„Mädchen oder Junge?", fragte er scheinbar interessiert. Jetzt gelang es dem Mädchen nicht mehr, ihre Panik zu verbergen.

„Herr, bitte, tut meinem Kind nichts, ich bitte Euch. Ich weiß wirklich nicht, wo sich Lady Catriona aufhält!" Sie zitterte nun am ganzen Körper, und Broc war sich sicher, dass es nicht an der Kälte lag. Amüsiert nahm er ein Aufflackern in ihren hübschen braunen Augen wahr, als sie sich plötzlich umdrehte und wegrennen wollte. Leider kam sie nur ein paar Schritte weit, bevor sie vor Struans harte Brust prallte. Der hielt sie sofort an den Handgelenken fest und verdrehte sie ihr auf den Rücken. Ängstlich keuchend versuchte sie, sich zu wehren und aus dem harten Griff zu befreien, aber da war schon Broc bei ihr und trennte mit einem einzigen Schnitt seines Messers ihren Umhang auf. Der Säugling an ihrer Brust begann zu greinen, so des Schutzes und der Wärme des Umhangs beraubt, und vorsichtig, fast zärtlich strich Broc über die vor Kälte roten Wangen des Mädchens. Dann schnitt er das Tragetuch durch und nahm ihr das Kind ab. Sie wand sich jetzt verzweifelt und schrie um Hilfe, aber das beeindruckte Broc wenig.

„So, überlege noch einmal ganz genau, wo deine Herrin sein könnte, Kleine. Weißt du, ich mag schreiende Bälger nicht und dieses hier ist gerade besonders unruhig." Er sah ihr in das verweinte, verquollene Gesicht, wickelte den Säugling aus dem schützenden Tuch und legte ihn vor sie in den Schnee. „Was meinst du, wie lange hält dein Balg das aus? Es ist verdammt kalt, ich würde schätzen, es dauert nur ein paar Minuten, dann lähmt die Kälte langsam seine Atmung und dann ..."

„Hört auf, bitte, tut meinem Kind nichts. Ich sage Euch, was ich weiß!" In ihrem Blick lag ein Ausdruck, der über schiere Angst noch weit hinausging, als sie stöhnte: „Herr, bitte, nehmt zuerst den Kleinen hoch, ich bitte Euch!" Als Broc sich bückte und das Kind tatsächlich aufhob, begann sie, stammelnd zu erzählen. „Lady Catriona und ihr Gemahl wollten nach Caisteal Maol Castle, einer Burg auf der Isle of Skye. Bitte Herr, ich habe nicht alles gehört, mein Laird macht ein großes Geheimnis daraus, aber sie wollten von dem Dorf Kyle of Lochals übersetzen, das habe ich gehört!" Sie schluchzte nun hemmungslos und presste ihr Kind an ihre Brust. Broc war sich sicher, dass die Kleine nicht mehr wusste, denn natürlich ging Malcolm MacRae ganz sicher nicht mit Catrionas Aufenthaltsort hausieren. Aber immerhin hatte er jetzt endlich einen Anhaltspunkt, wohin er sich wenden musste, wenn er sie finden wollte. Ganz sicher würde man ihn in diesem Dorf weiterhelfen können, denn dort mussten sie ja jemanden finden, der sie übersetzen sollte. Zufrieden nickte er Struan zu und dieser verstand.

Grinsend dirigierte er das Mädchen in Richtung Gebüsch und warf sie in den Schnee.

„Herr, bitte, ich habe Euch alles gesagt, was ich weiß!", wimmerte sie, aber schon schob Struan ihr den Rock über die Hüften und machte sich an seinem Hosenlatz zu schaffen.

„Mach mit ihr, was du willst, Struan, aber denk daran: Sie darf auf keinen Fall die Gelegenheit bekommen, jemanden von unseren kleinen Treffen zu erzählen!" Damit drehte er sich um und ging zu seinem Pferd. Er wollte so schnell wie möglich in dieses Dorf reiten. Endlich hatte er eine Spur!

Das Unvorhergesehene ist die wahre Bewährungsprobe.
(Aristoteles)

„Ihr sagt mir jetzt sofort, was Ihr mit dem zweiten Pferd vorhabt, Niall." Catriona stemmte die Hände in die Hüften und funkelte Niall zornig an. Gerade hatte er bei einem Bauern, dessen Hof etwas abseits des Dorfes Kyle of Lochals lag, ein zweites Pferd erstanden und Catriona hatte das unbestimmte Gefühl, dass er ihr etwas Wichtiges verschwieg. Bisher war sie davon ausgegangen, dass sie von dem Dörfchen, das nur etwa eine Meile von dem Hof entfernt lag, ein Boot nach Kyleakin nehmen würden, um von dort zur Burg der MacKinnons zu gelangen. Dazu war ein zweites Pferd aber nicht nur unnötig, sondern sogar äußerst hinderlich, denn bei dem Wetter würden sie nur in einem kleinen Boot übersetzen können, wenn sie überhaupt jemanden finden würden, der sie ans andere Ufer des Lochs bringen würde. Und das Pferd – nein, die Pferde – würden sie natürlich zurücklassen müssen. Was sollte das Ganze dann?

„Wir werden nicht nach Caisteal Maol gehen.", beschied Niall sie knapp. Er hatte gehofft, einer hitzigen Diskussion über seine Pläne hier im Stall entgehen zu können, denn der Bauer stand, seine Neugier nur schlecht verbergend, in der Stalltür und tat so, als ordnete er das Zaumzeug seiner Pferde. Tatsächlich rächte es sich nun, dass er Catriona nicht rechtzeitig in seine Pläne eingeweiht hatte. Wenn er ehrlich war, hatte er eine Auseinandersetzung auf dem Weg hierher vermeiden wollen, denn der warme, weiche Körper dieser Frau an seiner Brust und die friedliche Stimmung, die seit der Abreise aus Cailleachs Hütte zwischen ihnen geherrscht hatte, waren Balsam für seine aufgewühlten Gedanken und Gefühle gewesen. Und auch die Tatsache, dass er es nicht gewohnt war, seine Entscheidungen irgendjemandem mitzuteilen, hatten ihn nun in diese Lage gebracht. Aber die Einsicht, dass er sich hätte ausmalen können, wie dieses impulsive, störrische Weib auf diese Eröffnung reagieren würde, kam leider zu spät. Catriona fehlten tatsächlich für einen kurzen Moment die Worte, denn sie öffnete ihren Mund, nur um ihn sofort wieder zu schließen. Aber gerade, als Niall schon erleichtert ob ihrer scheinbaren Kapitulation aufatmen wollte, schien sie sich wieder gefasst zu haben. Ihre blauen Augen wurden dunkel wie Saphire und ihre schön geschwungenen Brauen zogen sich wie Gewitterwolken am grauen schottischen Himmel zusammen.

„Was soll das heißen: Wir gehen nicht nach Caisteal Maol?!" Ihre Stimme zitterte vor Wut. Catriona war es leid, dass immer irgendjemand für sie Entscheidungen traf, ohne sie zu fragen. Zum Beispiel hatte ihr Bruder etliche Bewerber um ihre Hand abgewiesen, obwohl einige von ihnen durchaus gute Partien für die jüngste Schwester des Lairds der MacRaes gewesen wären. Nicht, dass sie eine Ehe mit auch nur einem von ihnen in Betracht gezogen hätte, aber Malcolm hätte sie wenigstens nach ihrer Meinung fragen können! Und dann diese Ehe mit dem arrogantesten, anmaßendstem Mann, dem sie je begegnet war! Sie wusste, dass ihr Bruder sie liebte und nur ihr Bestes wollte, und sie hätte wirklich alles getan, um einer Ehe mit Broc MacKenzie zu entgehen, aber wieder einmal war über ihren Kopf entschieden worden. Vielleicht hätte sie einfach eine Zeit lang in irgendein Kloster gehen können, oder zu irgendwelchen befreundeten Familien im Norden, aber Malcolm hatte bestimmt, dass sie diesen unausstehlichen Mann heiraten sollte! Und noch dazu hatte sie das unbestimmte Gefühl, dass hinter der ganzen Sache mehr steckte, als man ihr gesagt hatte. Sie war es leid, wie eine Marionette nach den Wünschen der Anderen zu tanzen, wenn man nur an den richtigen Fäden zog!

Niall war nicht gewillt, diesen Disput vor den Ohren des neugierigen Mannes an der Stalltür auszufechten, denn er wollte jede Art von Aufsehen vermeiden. Allerdings wusste er auch, dass Catriona diese Sache nicht so einfach auf sich beruhen lassen und ihm ohne weitere Diskussion folgen würde.

„Liebes, ich wollte dich überraschen!", säuselte er daher. Grinsend wandte er sich an den Pferdehändler. „Kaum verheiratet, und schon habe ich etwas falsch gemacht!" Gespielt verzweifelt zuckte er die Schultern. Dann nahm er die vor Wut brodelnde Catriona am Arm und führte sie zur Tür. Aber sie riss sich los und funkelte ihn wütend an.

„Was ...!" Weiter kam sie nicht, denn Niall packte sie und presste seine Lippen auf ihre. Er erstickte geschickt ihren Protest, indem er ihren Mund mit seinem bedeckte und ihr damit den Atem nahm. Er konnte nicht widerstehen und nutzte Catrionas Verblüffung aus, um den Kuss zu vertiefen. Als er bemerkte, dass sie sich nicht wehrte sondern seinem ungestümen Drängen nach einem ersten Schreckmoment scheu nachgab, vergaß er jede Zurückhaltung. Gott, wie weich ihre Lippen waren! Er erkundete ihren Mund, knabberte an ihren vollen Lippen und schmeckte die Süße ihrer Unschuld. Ganz sicher hatte sie keine Erfahrung im Küssen, zu sehr unterschied sich ihre Reaktion auf sein Tun von dem der Frauen, die er bisher geküsst hatte, aber gerade das verlieh dem, was sie hier taten, einen unwiderstehlichen Reiz. Das Räuspern des Händlers holte ihn in die Wirklichkeit zurück und Niall spürte Bedauern, als er sich schließlich von Catriona löste.

„Ich erkläre Euch später alles, bitte tut mir den Gefallen, und steigt ohne weitere Fragen auf Euer Pferd.", flüsterte er ihr ins Ohr, als er seine Lippen zu ihrem Ohr wandern ließ und an ihrem Ohrläppchen knabberte.

Catriona stand wie gelähmt vor Niall, ihr war schwindelig und ihr Herz klopfte wie ein Schmiedehammer in ihrer Brust. Er hatte sie geküsst! Dieser unverschämte, arrogante Kerl hatte es gewagt... Und wie schaffte er es, an ihrem Ohrläppchen zu knabbern und trotzdem zu sprechen? Und warum schien ihr ganzer Körper in Flammen zu stehen? Sie spürte ein Prickeln auf der Haut und in ihrem Inneren, das sie noch niemals zuvor in dieser Intensität wahrgenommen hatte, ihre Brustwarzen rieben empfindlich gegen den Stoff ihres Untergewandes und ihre Wangen brannten. Verwirrt über das, was Nialls Kuss in ihr ausgelöst hatte, ließ sie sich widerstandslos aus dem Stall führen und auf die weiße Stute heben, die Niall gerade gekauft hatte.

„Tja, man muss nur wissen, wie man die Weiber zum Schweigen bringt, Junge! Die Kleine hat Temperament, auf die müsst Ihr aufpassen!", rief ihnen der Mann hinterher, als sie vom Hof ritten. Niall war selber überrascht, welche Wirkung sein Kuss auf Catriona gehabt hatte - und auf ihn! Was als Mittel, sie zum

Schweigen zu bringen gedacht war, hatte in ihm etwas ausgelöst, was er nicht einordnen konnte. Sie hatte nach anfänglichem Erschrecken so süß und unschuldig seinen Kuss erwidert, dass er nicht wusste, wie er nun reagieren sollte. War sie dabei, sich in ihn zu verlieben, so wie die anderen Frauen, die sich ihm an den Hals geworfen hatten? Das musste er verhindern, denn das würde ihr Verhältnis zueinander nur unnötig komplizieren. Er hatte sich noch nie mit unschuldigen Mädchen abgegeben, die ihn in ihrer romantischen Verliebtheit als den furchtlosen Ritter sahen, der sie vom Fleck weg heiraten würde. Er bevorzugte erfahrene Frauen, die wussten, wie sie ihm Genuss im Bett bereiten konnten, ohne ihn gleich heiraten zu wollen! Selbst Glynis war keine Jungfrau mehr gewesen, als er sich mit ihr eingelassen hatte! Seltsam, dass er gerade jetzt an die Frau dachte, die er als einzige hätte heiraten wollen, und die ihn so sehr verletzt hatte, dass er sein Herz vor allem verschlossen hatte, was dem Gefühl, das er für Glynis gehegt hatte, nahe kam! Er würde Catriona klar machen müssen, dass er nicht der Ritter aus ihren Mädchenträumen sein konnte, sein wollte, und dass dieser Kuss nur Mittel zum Zweck gewesen war. Aber - war er das wirklich? Niall konnte es sich nicht erklären, aber er hatte diesen Kuss genossen, hatte die Süße ihrer Lippen gekostet und ganz sicher wäre er mit ihr im Heu gelandet, wenn da nicht dieser neugierige Kerl in der Tür gestanden hätte - und wenn da nicht das Versprechen gewesen wäre, das er Malcolm gegeben hatte. Diese Reise würde ihm alles abverlangen, was er an Selbstbeherrschung aufbringen konnte und am besten würde ihm das gelingen, wenn er sich so weit wie möglich von ihr fernhielt.

Inzwischen waren sie ein Stück weit vom Hof des Händlers entfernt und Catriona hatte immer noch kein Wort gesprochen. Ihr war förmlich anzusehen, wie der Kuss sie verwirrt hatte, und Niall sah sich gezwungen, ihr reinen Wein einzuschenken. Er räusperte sich.

„Das gerade ...", begann er unbeholfen.

„Falls Ihr den Kuss meint, vergesst es einfach. Ich habe verstanden, dass Ihr keine andere Möglichkeit gesehen habt, mich zum Schweigen zu bringen. Ich war kurz aufgebracht, weil Ihr mich angelogen habt, was das Ziel unserer Reise angeht. Und ich habe verstanden, dass Ihr mir das unmöglich vor den Ohren dieses neugierigen Kerls erklären konntet.", sagte sie leichthin. Aber Niall entging das Zittern in ihrer Stimme nicht, so sehr sie sich auch um einen neutralen Tonfall bemühte.

Er spürte deutlich, dass sie verwirrt und ärgerlich war, ziemlich sicher hatte dieser Kuss sie mehr aus der Fassung gebracht, als sie es ihn glauben machen wollte.

„Aber jetzt hört uns niemand zu und ich will wissen, was Ihr vorhabt!" Sie hielt ihre Stute an und sah ihm geradewegs in die Augen.

„Also gut, ich habe mich entschieden, Euch nicht nach Caisteal Maol zu bringen. Zu viele Leute auf Eilean Donan wissen von Malcolms Plan. Ich kann nicht riskieren, dass irgendjemand etwas ausplaudert, wenn auch vielleicht unbeabsichtigt."

„Weiß Malcolm, dass wir nicht zu den MacKinnons gehen?" Kühl musterte sie ihn.

„Nein."

„Was ich nicht verstehe,", ihre blauen Augen verdunkelten sich vor unterdrücktem Ärger, „ist, warum Ihr Euch solche Mühe mit mir macht?! Wieviel Pfund hat Malcolm Euch für diesen *Freundschaftsdienst* geboten? Was bin ich ihm wert? Nun sagt schon … hundert Pfund in Gold? Wieviel kostet Eure Loyalität?" Höhnisch schüttelte sie ihre dunklen Locken und trieb ihr Pferd zu einem schnellen Trab an. Über die Schulter rief sie ihm zu: „Vergesst es einfach. Ich will es gar nicht wissen."

Niall konnte nicht sagen, warum ihn ihre Worte trafen, aber der Vorwurf, seine Loyalität und Sorge um sie wären käuflich, traf ihn an einer empfindlichen Stelle. Wie weit war sie von der Wahrheit entfernt, wenn sie ihn käuflich nannte? Nur war sein Lohn kein Gold, sondern eine Information. Und die war ihm mehr wert, als alles Gold Schottlands! Verärgert über die Erkenntnis, dass sie ihn so einschätzte, aber noch mehr über das irritierende Gefühl, dass das nicht die ganze Wahrheit war, trieb er Each an und griff ihr hart in die Zügel, so dass ihre Schimmelstute wiehernd zum Stehen kam.

„Was wisst Ihr schon vom Leben? Von mir und meinen Beweggründen? Ja, Malcolm bezahlt mich dafür, dass ich seine verwöhnte, verzogene Schwester vor einem Mann zu beschützen versuche, dem es nicht genügen würde, Euch nur zu heiraten. Habt ihr eine Ahnung, zu was dieser Dreckskerl Euch zwingen würde, wenn Ihr ihm in die Hände fallt? Ich habe lange genug an Broc MacKenzies Seite gekämpft, habe die Frauen gesehen, die er in sein Bett geholt hat, um zu wissen, dass er Euch zugrunde richten würde mit seinen *Vorlieben!* Aber wer weiß, vielleicht verbergt Ihr ja hinter Eurer Fassade der Unschuld ebenfalls etwas Dunkles?!" Er blickte sie kalt an. Was hatte diese Frau an sich, dass sie ihn dermaßen aus der Fassung brachte? Er atmete tief ein, um sein aufgewühltes Gemüt wieder ein wenig zu beruhigen.

„Euer Bruder verschafft mir etwas, das mir mehr Wert ist als Gold. Und das bekomme ich nur, wenn ich seine Bedingungen erfülle. Und Ihr solltet dankbar sein, dass Malcolm das alles für Euch tut, statt Euch ständig wie ein trotziges Mädchen darüber zu beklagen, dass Euch dieses oder jenes nicht gefällt!" Wütend ließ Malcolm die Zügel wieder los und gab Each die Sporen, woraufhin dieser mit einem empörten Schnauben angaloppierte.

Verblüfft über Nialls Reaktion und noch mehr über seine harten, verletzenden Worte versuchte Catriona, ihm zu folgen, aber ihre Stute konnte auf dem schneebedeckten Untergrund mit dem kräftigen Hengst nicht mithalten. Als Each mit seinem Reiter hinter einer Weggabelung verschwand, wurde ihr doch etwas mulmig zumute. Was hatte Niall so aufgebracht, dass er sie einfach so hier alleine ließ? Erst jetzt bemerkte sie, dass sie noch nicht einmal wusste, wohin er mit ihr reiten wollte. Während ihre tapfere Stute trabend versuchte, dem Hengst zu folgen, kehrten

Catrionas Gedanken wieder zu dem Gespräch zurück, das ihn so aufgebracht hatte. Seine zornigen Worte hatten ihr einen Stich ins Herz versetzt. Warum nur war es ihr wichtig, was er von ihr dachte? Warum konnten seine Worte sie mehr verletzen als ein Schlag ins Gesicht? Ihr Herz zog sich schmerzhaft zusammen, als sie daran dachte, dass er tatsächlich zugegeben hatte, von Malcolm eine Gegenleistung für seine *Dienste* zu bekommen. Aber was hatte sie erwartet? Dass er der strahlende Ritter war, von dem ihre Mutter immer gesprochen hatte, wenn Catriona sie nach ihrem künftigen Gemahl gefragt hatte? Der in inniger Liebe zu ihr entbrennen und sie selbstlos vor allen Gefahren beschützen würde? Tatsächlich war Niall der Beschreibung ihrer Mutter sehr nahegekommen und ganz sicher hatte sie das beeinflusst, was ihre eingebildeten Gefühle für ihn anging. In Wirklichkeit war er ein Scheusal, ein Widerling, ein armseliger ... Catriona landete unsanft im Schnee, als ihre Stute auf dem glatten Boden ausglitt und wild um sich schlug, um das Gleichgewicht wieder zu erlangen. Hart schlug sie mit dem Kopf auf und dann wurde alles schwarz um sie herum.

Durch Betrug erlistet ist noch nicht gewonnen.
(Sophokles)

„Was hast du mit der Kleinen gemacht, Struan?" Broc begrüßte seinen Gefolgsmann mit einem wölfischen Grinsen. Er hatte sich in dem kleinen Fischerörtchen umgehört, von wo aus man auf die Isle of Skye übersetzen konnte, aber niemand schien Catriona und ihren Gemahl gesehen zu haben. Er hatte es mit Bestechung und subtilem Drohen versucht, aber bei den Dorfbewohnern hatte er auf Granit gebissen. Entweder sie wussten wirklich nichts, oder sie wollten ihm nichts sagen. Leider hatte er bei seinen Erkundigungen nicht seine üblichen Methoden anwenden können, denn es war nicht ausgeschlossen, dass jemand von Eilean Donan hierher kam und Wind von seinen Bemühungen bekam.

Struan ließ sich auf dem Stuhl gegenüber seinem Laird nieder und brüllte: „He, gibt 's hier nichts zu trinken, Wirt? Bring mir ein Ale und was zu essen." Er schaute gierig auf den halbleeren Teller seines Lairds.

„Dein Haggis sieht zwar aus wie Schafscheiße, aber wenn mein Laird das isst, wird es wohl gehen!" Er lachte laut über seinen eigenen Witz und ließ eine Reihe schadhafter Zähne sehen. In seinem Bart waren noch die Rest seiner letzten Mahlzeit auszumachen und überhaupt erregte seine ungepflegte Erscheinung den Unwillen seines Herren.

„Herrgott, Struan, wann hast du das letzte Mal Wasser an deinen hässlichen Körper gelassen? Du stinkst drei Meilen gegen den Wind!"

Aber Struan grinste nur noch mehr.

„Gestern erst, Chief. Aber nur an den Füßen. Für ein

Bad war es zu kalt!"

„Du hast dir die *Füße* gewaschen?" Ungläubig sah Broc
den Hünen an.

„Nee, nich' direkt, Chief. Ich war nur mit den Füßen im
Wasser." Er zwinkerte Broc vergnügt zu.

„Nachdem ich mit der Kleinen fertig war, wollte sie
unbedingt schwimmen gehen." Als Broc ihn
verständnislos ansah, lachte er dreckig.

„Aber die konnte gar nich' schwimmen! Und ihr Balg
auch nich'!" Er zuckte die Schultern.

„Na, wenigstens hab ich 's ihr nochmal richtig besorgt,
bevor sie die Engel singen hörte!"
Broc begriff, was Struan ihm sagen wollte und schlug
ihm auf die Schulter.

„Gut gemacht. Wenn man sie findet, wird es aussehen,
als wäre sie in den See gefallen, ausgerutscht,
bedauerlicherweise, bei dem Wetter..." Auch wenn
Struan ganz bestimmt nicht daran gedacht hatte, als er
die Kleine in dem See ertränkte, spielte es ihnen doch
in die Karten. Hätte man sie mit aufgeschlitzter Kehle
gefunden, hätte man sehr wahrscheinlich
Nachforschungen angestellt. So aber war der Tod der
Magd ein Unfall, wie er leider fast täglich vorkam.

„Habt Ihr was rausgefunden, Chief?" Struan hatte
inzwischen sein Haggis bekommen und schob sich ein
großes Stück in den Mund. Dann verzog sich sein
Gesicht und er spuckte den Bissen wieder aus.

„He, Wirt, was soll das denn sein? Hast du die Küche
ausgefegt? Oder bist du etwa ein gottverdammter
Sassenach, der einfach nur meinen schottischen
Gaumen beleidigen will?" Angewidert schob er die

Holzschüssel von sich.

„Herr, ich … bisher hat sich noch niemand über mein Haggis beschwert! Ich hab das Schaf ganz frisch geschlachtet! Die Innereien waren noch ganz warm, bevor ich sie verarbeitet habe." Sich unterwürfig verbeugend blieb der Wirt vor den beiden Männern stehen.

„Dann war wohl in dem Schafsmagen noch Scheiße!", schimpfte Struan und der Wirt wurde blass.

„Herr, ich … kann ich Euch was anderes bringen? Vielleicht …"

Broc hob die Hand und unterbrach das Geplänkel.

„Schon gut, Wirt. Vielleicht schmecken uns deine Auskünfte besser als dein Haggis!"

Ängstlich sah der Wirt Broc an. Er hatte schnell erkannt, dass der das Sagen hatte und auch, dass es besser wäre, sich nicht mit den beiden grimmig aussehenden Männern anzulegen.

„Herr, wie kann ich Euch helfen? Was wollt Ihr wissen?" Er verbeugte sich wieder, diesmal noch tiefer.

„Ich bin auf der Suche nach … meiner Schwester!" Broc hatte sich diese Geschichte zurecht gelegt, damit er allzu großes Aufsehen vermied. Als der Wirt ihn verständnislos ansah, fügte er hinzu: „Sie ist ein außergewöhnlich schönes Weib, kastanienbraune Locken, blaue Augen. Sie ist mit ihrem … *Gemahl*,", er spuckte das Wort förmlich aus, „unterwegs."

„Äh ich …", stammelte der Wirt.

„Sie sind jung verheiratet und ich hatte noch keine Gelegenheit, den beiden zu gratulieren. Ich … äh …

war unterwegs.", fügte er noch hinzu.

„Da kann ich Euch nicht helfen, Herr. Jetzt im Winter habe ich nicht so viele Gäste, da würde ich mich erinnern ..." Der Wirt zuckte bedauernd die Schultern.

„Ähm, Herr, ich kann Euch vielleicht helfen!" Broc musterte den Mann, der sich von seinem Platz in der Ecke der Wirtsstube erhoben hatte und auf sie zukam. Sein graues Haar hing ihm wirr ins Gesicht und in seinen Augen erkannte Broc eine gewisse Verschlagenheit. Dieser Mann hatte seinen Preis, aber Broc war gerne bereit, ihn zu bezahlen, wenn die Information das wert war.

„Hast du meine Schwester gesehen?", wandte er sich der dürren Gestalt zu, während er den Wirt mit einem Kopfnicken entließ.

„Also, wenn sie dunkle Locken und blaue Augen hat ... könnte sein!" Der Mann ließ sich auf einem freien Stuhl nieder. Gierig starrte er auf das Haggis und das Ale. Broc schob ihm beides hin.

„Also, wenn du mir sagen kannst, wo sie ist oder wo ich sie finden kann, dann soll es dein Schaden nicht sein!" Gierig stopfte der Mann einen Bissen Haggis in seinen Mund und spülte ihn mit dem Ale hinunter.

„Also?" Broc wurde ungeduldig. Jede Minute, die er hier saß, ohne zu wissen, wo er nach Catriona suchen sollte, vergrößerte ihren Vorsprung.

„Also, ich glaub, die, die Ihr sucht, hat ein Pferd bei mir gekauft. Also nich' sie, sondern dieser Kerl... äh, ihr Gemahl, wie Ihr gesagt habt. Der hatte es eilig, aber irgendwie waren die sich nich' über das Ziel einig, also sie... äh, Eure Schwester und er. Sie wollte nach Caisteal

Maol, er aber nich'." Broc beugte sich ein wenig vor. „Und wo wollte *er* hin?" Es fiel ihm immer schwerer, den Kerl nicht am Kragen zu packen und aus ihm herauszuprügeln,was er wusste.

„Äh, weiß nich'. Kann ich noch 'n Ale haben?" Er leckte sich über die Lippen.

„Du kannst so viel Ale haben wie du willst, Mann, aber sag mir erst, wohin sie wollten!" Nur mühsam unterdrückte Broc den Ärger in seiner Stimme.

„Äh, was is' n sonst noch drin, wenn ich Euch sage, was ich weiß?" Verschlagen blinzelte das dürre Männlein Broc an.

„Ich kann dir sagen, was drin ist, wenn du mir *nicht* alles sagst, was du weißt!", knurrte Broc, während er den Kerl am Kragen packte.

„Ich… also, er hat nich' gesagt, wohin sie wollten. Stattdessen hat er ihr die Zunge in den Hals gesteckt. Ganz verliebt waren die, das sage ich Euch! Und dann sind sie weg geritten.", keuchte der Mann, sichtlich verängstigt.

Broc dreht sich bei dem Gedanken daran, dass dieser verdammte Hurensohn sie geküsst hatte, der Magen um. Niemand hatte das Recht, Catriona zu küssen oder ihren Körper zu berühren! Sie gehörte ihm, ihm ganz allein! Der Gedanke daran, was er mit dem Kerl anstellen würde, wenn er ihn in die Finger bekäme, lenkte ihn für einen Augenblick von dem Mann ab, der inzwischen zu röcheln anfing, weil Broc seinen Griff noch verstärkt hatte. Als sich der Schleier der Wut vor seinen Augen langsam lichtete, ließ Broc den Mann endlich los. Der Kerl fiel auf seinen Stuhl zurück und würgte.

„Wie sah der Kerl aus?" Brocs Stimme war kaum mehr als ein hassverzehrtes Flüstern.

„Groß, sehr groß, dunkle Haare, dunkler Bart...", er schien sich das Bild des Mannes vor Augen zu führen, „und... äh... eine Narbe auf der linken Wange. Also, unter dem Bart, kaum zu sehen..."

Broc hörte nur noch mit halbem Ohr hin. Er hatte einmal einen Mann gekannt, auf den die Beschreibung passen könnte. Einen Mann, dem er mit seinem Schwert eine Wunde verpasst hatte, bevor Murdoch ihn im Kerker zu Tode gefoltert hatte, weil der Hurensohn sich standhaft weigerte, ihnen zu sagen, was er gegen sie in der Hand hatte. Eine tiefe, blutige Wunde... auf der linken Wange! Ein Mann, der ihm und Murdoch hätte gefährlich werden können, wenn er Gelegenheit bekommen würde, sein Wissen an der richtigen Stelle anzubringen. Ein Mann, der ihn und Murdoch an den Galgen hätte bringen können! Aber das konnte nicht sein, Niall MacLennan war tot! Andererseits hatte ihn sein Freund Malcolm MacRae damals fortgeschafft, um ihn zu begraben! Was, wenn Niall MacLennan gar nicht tot war und sich jetzt auf diese Weise für seine Rettung revanchierte? Vielleicht machten sie beide jetzt gemeinsame Sache? Broc fuhr sich müde über die Augen. Die Suche nach dieser Hure brachte ihn noch um den Verstand! Er brauchte dringend einen Hinweis, wohin die beiden unterwegs waren. Sein überreiztes Gehirn gaukelte ihm schon die haarsträubendsten Szenarien vor!

Er stand auf und warf dem Mann, der immer noch brabbelte, ein paar Münzen hin.

„In welche Richtung sind sie geritten?"

„Äh, das kann ich nich' sagen, Herr. Es gibt nur einen Weg von meinem Hof weg, der führt nach Westen. Aber dann kommt eine Weggabelung." Er kratzte sich sichtlich nervös am Kopf. „Und da geht' s dann in alle Richtungen!" Broc stieß ein Knurren aus und stand auf. Gierig sammelte der Kerl das Geld auf und steckte es sich mit schmutzigen Fingern in das Säckchen, das er am Gürtel trug.

„Also, Herr, weit können sie bei dem Wetter noch nicht gekommen sein. Kommt mit mir auf meinen Hof, dann zeige ich Euch den Weg!" Sich eifrig verbeugend folgte er Broc aus der Schänke.

Als sie die Pferde erreicht hatten, fiel dem Mann noch etwas ein. Vielleicht war das ja noch ein paar Münzen wert.

„Ach, noch was, Herr. Sie… also Eure Schwester... hat ihn Niall genannt!"

Broc blieb keuchend stehen. Die Umgebung verschwamm vor seinen Augen. Sein schlimmster Albtraum war wahr geworden!

Ich weiß wohl, vor wem ich fliehen soll, aber nicht, zu wem.
(Cicero)

Für den Bruchteil eines Augenblicks setzte Nialls Herzschlag aus. Ein lautes Wiehern hatte seine aufgewühlten Gedanken unterbrochen und wenige Galoppsprünge später hatte er Each gewendet. In seiner Wut hatte er gar nicht bemerkt, dass Catrionas Stute dem höllischen Tempo seines massigen Hengstes nicht hatte folgen können und weit hinter ihm zurückgeblieben war. Nun sah er die Stute mit panisch aufgerissenen Augen in den angrenzenden Wald galoppieren, während ihre Reiterin reglos auf dem hart gefrorenen Boden lag. Nialls Herz hämmerte plötzlich wie wild in seiner Brust und die Angst, Catriona könnte sich ernsthaft verletzt haben oder sogar tot sein, machte ihm das Atmen schwer. Er trieb Each an und sprang wenig später aus dem Sattel, noch bevor das Pferd vollständig angehalten hatte. Er fiel auf die Knie, aber seine Angst galt dem, was ihn bei Catrionas Anblick womöglich erwarten würde. Vorsichtig drehte er sie auf den Rücken, strich ihr das wirre Haar aus dem Gesicht und fühlte an ihrem Hals nach ihrem Puls. Mit unendlicher Erleichterung stellte er fest, dass das Pochen unter seinen Fingern zwar etwas schnell, aber regelmäßig kam. Catriona lebte, das war im Moment alles, was für ihn zählte. Er betastete vorsichtig ihren

Kopf, aber außer der fast verheilten Beule, die sie bei dem Sturz im Schneesturm davon getragen hatte, konnte er keine weitere Verletzung ausmachen. Er riss sie in seine Arme und drückte ihren zierlichen Körper in einem Anflug von Dankbarkeit und Erleichterung an seine Brust.

„Mädchen, bitte, mach die Augen auf!", murmelte er in ihr Haar und küsste ihren Scheitel. Wie gut sie roch! Nach Lavendel, nach Kräutern, nach ... Sein Herz klopfte heftig, nach ... Zuhause! Er hatte wirklich in diesem Moment das Gefühl, so müsse sein Heim riechen, wenn er nach getaner Arbeit in seine Kammer käme, seinen Umhang ablegen und ein Ale trinken würde. Ein ziehender Schmerz in der Brust erinnerte ihn daran, dass es dieses Heim niemals geben würde. Er war rastlos, ruhelos, und wenn er sich längere Zeit an einem Ort aufhalten musste, drängte es ihn stets weiter. Er hatte nie so etwas wie ein Zuhause kennengelernt, denn selbst auf der Burg seiner Eltern, die jetzt seinem Bruder, dem Laird, gehörte, war er nur geduldet gewesen, schnell abgeschoben in die Armee des Dukes of Albany. Tief in seinem Inneren wusste er, dass ihn die Suche nach etwas vorantrieb, das unerreichbar für ihn war. Er sehnte sich nach einer Medizin, einem Balsam, das sein verletztes Herz heilen könnte, und bis gerade eben hatte er noch gedacht, dass dieses Heilmittel sein brennender Wunsch nach Rache sein könnte. Jetzt, mit dieser außergewöhnlichen Frau in seinen Armen, wurde ihm schmerzhaft bewusst, dass es nicht seine Rache an den Männern des

Dukes of Albany war, die ihm inneren Frieden schenken könnte. Er begehrte etwas, das so unerreichbar war wie der Mond oder die Sonne.

„Niall?", eine schwache Stimme riss ihn aus seinen Gedanken und er war dankbar, dass er sich nicht länger diesen verstörenden Wahrheiten stellen musste.

„Es ... es tut mir so leid. Ich hätte nicht... ich war so wütend auf Euch ... mich!", stammelte er voller Erleichterung, ihre dünne Stimme zu hören.

Sie fasste sich vorsichtig an den Kopf.

„Was ist passiert? Bin ich vom Pferd gefallen?" Noch wollte ihre Erinnerung nicht so ganz funktionieren, aber die Situation, hier auf dem Boden liegend, ließ keinen anderen Schluss zu.

Niall räusperte sich und schob sie ein Stück von sich weg.

„Ihr habt ganz offensichtlich ein ausgeprägtes Talent für spektakuläre Stürze zu den denkbar ungünstigsten Zeiten. Ich hatte eigentlich vorgehabt, noch ein ganzes Stück weiter voran zu kommen, aber so wie es aussieht, müssen wir erst Euer Pferd wieder einfangen und uns hier einen Platz für die Nacht suchen. Es wird gleich dunkel und es ist zu gefährlich, weiter zu reiten." Er stand auf und beeilte sich, ihrer verwirrenden Nähe zu entkommen.

„Könnt Ihr aufstehen?" Niall bemühte sich um einen möglichst kühlen Ton.

„Ich denke schon." Mühsam kam sie auf die Beine, aber der Schwindel ließ sie taumeln. Schnell griff Niall nach ihrem Arm und stützte sie. Als sie die Augen schloss und und sich Halt suchend an seine Brust lehnte, hob er sie kurzerhand in seine Arme und trug sie auf den Waldrand zu.

„Wir müssen zusehen, dass wir einen Unterschlupf für die Nacht finden, sonst erfrieren wir womöglich noch."

„Und das wäre schade, dann könntet Ihr Euren Lohn nicht mehr kassieren...", murmelte sie an seiner Brust, bevor sie wieder das Bewusstsein verlor. Niall presste die Lippen zusammen und ignorierte das Verlangen, ihr den hübschen Hals umzudrehen. Wütend stapfte er mit Catriona in seinen Armen in den Wald, blickte sich immer wieder suchend um und sah dann Each und die Stute einträchtig beieinander stehen und an einigen herunterhängenden Zweigen knabbern. Wenigstens waren die Pferde nicht auf und davon! Er stieß einen leisen Pfiff aus und Each trabte schnaubend auf ihn zu. Die kleine Stute folgte ihm gehorsam und bald hatte er sich in den Sattel seines Hengstes geschwungen, die Zügel der Stute mit der einen und Catriona mit der anderen Hand haltend. Weit würden sie nicht kommen, denn die hereinbrechende Dunkelheit war hier im Wald noch stärker als ohnehin schon. Er ließ Each die Führung übernehmen als er merke, dass das Tier witternd die Nüstern blähte und dann vorsichtig seine Hufe setzend weiter in den Wald hinein ging. Sie mussten eine ganze Weile unterwegs gewesen sein, denn inzwischen sah man kaum noch die Hand vor Augen, als Each plötzlich schnaubend stehen blieb und den Kopf senkte, um irgendetwas zu fressen, das ihn offensichtlich angelockt hatte. Niall erkannte die Umrisse eines Schuppens und dem würzigen Geruch nach musste es sich um einen Heuschober handeln. Er ließ sich vorsichtig vom Pferd gleiten und hob Catriona in seine Arme. Der Schuppen bestand nur aus drei Seiten und war auf einer Seite offen, aber das würde für die Nacht reichen müssen. Vorsichtig trug er Catriona hinein und bettete sie auf einen Heuhaufen in der hintersten Ecke. Sie hatte das Bewusstsein noch nicht wieder erlangt, aber inzwischen schien sie eher fest zu schlafen als ohnmächtig zu sein. Dann sattelte er beide Pferde ab, zog sie hinter sich in den Unterstand und band die Zügel an einen Balken. Sie würden zusätzlich etwas Wärme spenden, aber er wusste, dass das nicht reichen würde. Er nahm eine dicke Decke aus der Satteltasche und breitete sie über Catriona aus, die sich inzwischen wie ein kleines Kätzchen zusammen gerollt hatte. Er fand noch eine weitere löchrige Decke in einer Ecke des Unterstandes und legte sich neben Catriona. Er hörte auf ihre regelmäßigen Atemzüge, konnte aber selber nicht einschlafen. Die Nähe dieser Frau ließ ihn sich unruhig hin und her werfen und zu allem Überfluss begann er, unter der löchrigen Decke zu frieren. Leise fluchend biss er die Zähne zusammen und schlüpfte zu Catriona unter die Decke. Zwar wurde ihm augenblicklich wärmer, aber für Entspannung sorgte diese Position bei weitem nicht. Diese unmöglich Frau kuschelte sich auf der Suche nach Wärme an ihn und presste ihren kleinen festen Hintern so fest an seine Lenden, dass er augenblicklich hart wurde. Himmel, wie sollte er bloß diese Nacht überstehen?! Wie von selbst schlossen sich seine starken Arme um den weichen Frauenkörper und zogen sie noch näher. Er redete sich ein, dass er sie nur wärmen wollte, aber insgeheim genoss er es, sie so in seinen Armen zu halten!

Irgendwann musste er wohl doch eingeschlafen sein, denn nun weckte ihn ein heftiger Schlag gegen die Brust.

„Ihr... Ihr... lasst mich sofort los! Was fällt Euch ein, Euch mir derart... zu nähern! Ich bin keines von Euren wohlfeilen Weibern, die Euch in unzähligen Stunden das Bett gewärmt haben!" Ein weiterer Fausthieb traf ihn vor die Brust noch bevor er vollkommen wach war. Er umfasste ihre Handgelenke und hielt sie fest.

„Diabhal Beag! Halt still, du kleiner Teufel!" Amüsiert sah er ihren empörten Gesichtsausdruck, das Funkeln in ihren schönen blauen Augen, die nun fast schwarz schimmerten und ihre geröteten Wangen. Eine Flut dunkler Locken, in denen sich einige Heuhalme verfangen hatten, umrahmte ihr Gesicht und im diffusen Licht des anbrechenden Tages sah sie schöner aus denn je.

„So wie ich es sehe, habt Ihr in der Nacht sehr wohl mein Lager geteilt und mich gewärmt, wenn auch, wie ich zugeben muss, nichts zwischen uns vorgefallen ist, was auch nur annähernd mit dem zu vergleichen wäre, was ich in anderen Betten erlebt habe!" Sie stieß ein empörtes Knurren aus und trat gegen sein Schienbein.

„Ihr seid... ein selbstverliebter, schamloser... ein ..." Niall konnte nicht widerstehen und zog sie enger an sich, um ihre Schimpftirade mit einem Kuss zu ersticken. Fast grob presste er seine Lippen auf ihre und nach einem kurzen Kampf merkte er, wie sich ihr Körper entspannte. Er hielt immer noch ihre Handgelenke umklammert, während seine Zunge langsam an ihrer Lippe entlangfuhr, an ihr knabberte und schließlich ihre köstliche Süße zu trinken bekam, als sie ihm Einlass gewährte. Sie wehrte sich nicht länger, sondern erwiderte seinen drängenden Kuss mit einer fast scheuen Neugier, die ihm das Blut in die Lenden trieb. Als er sie losließ, um seine Hände in der weichen Fülle ihrer dunklen Locken zu vergraben und sie noch enger an sich zu ziehen, legte sie ihre Arme schüchtern um seinen Hals und ergab sich in seine Zärtlichkeiten. Er löste sich von ihrem Mund, was ihr ein enttäuschtes Keuchen entlockte, nur um eine Spur weiterer Küsse ihren Hals hinunter zu hauchen, bis er die zarte Haut an ihrem Schlüsselbein erreichte. Kurz verharrte er an dieser Stelle, weidete sich an der Zartheit ihrer weißen Haut, um dann seine Hände aus ihrem Haar zu lösen und mit einem Finger die lange Linie ihres schlankes Halses bis zum Ausschnitt ihres Gewandes hinunter zu fahren. Vorsichtig löste er die Verschnürung, die die hinderliche Stofffülle zusammenhielt und streifte das Oberteil über ihre schmale Schultern, bis ihre perfekt geformten Brüste zu sehen waren. Er wartete, ob sie protestieren oder sich wehren würde, aber ihr Atem kam stoßweise und sie hatte die Augen geschlossen, als konzentriere sie sich auf das, was er mit ihr tat. Ihre Brustwarzen reckten sich ihm fest und erregt entgegen und dieser Anblick brachte ihn fast um den Verstand. Sie war einfach perfekt! Ihre Brüste schimmerten in der zunehmenden

Helligkeit wie frisch gefallener Schnee, während ihre erregten Brustwarzen einen reizvollen dunklen Kontrast dazu bildeten. Er wusste, dass es vollkommen falsch war, was er im Begriff zu tun war, aber längst hatte sein Verlangen nach dieser Sirene die Oberhand gewonnen. Er küsste erneut ihren verführerischen Mund, während sich seine Hand wie von selbst um die perfekte Rundung ihrer linken Brust schloss. Sie stöhnte kleine Seufzer in seinen Mund, als er die rosige Warze vorsichtig zwischen seine Finger nahm und an ihr zupfte. Inzwischen drängte sich ihr Körper auf der Suche nach etwas, das vollkommen neu für sie war, an ihn, und als sie die Augen öffnete, um ihn anzusehen, konnte sie sein dunkles Verlangen in ihnen sehen. Kurz verschmolzen ihre Blicke miteinander, sahen auf den Grund der Seele des jeweils anderen, und als Niall sie erneut voller Verlangen küsste, erwachte ihr Körper und sie spürte ein Gefühl, wie sie es nie zuvor erlebt hatte. Sie drängte sich stöhnend an ihn, zog ihn näher an sich heran und konnte die Härte fühlen, die zwischen seinen Beinen war. Niall ließ seinen Mund zu ihren Brüsten wandern und sog unendlich langsam ihre Warzen in seinen Mund, neckte sie, indem er abwechselnd an ihnen knabberte und eine feuchte Spur zwischen den beiden Hügeln hinterließ. Er spürte, dass Catriona mehr als bereit für ihn war, aber ein letzter Rest Verstand ließ ihn mühsam die Fassung bewahren. Er wollte sie, jetzt, hier im Heu, wie er noch nie vorher eine Frau gewollt hatte, aber es war ganz und gar unmöglich, sie hier zu nehmen. Sie hatte etwas besseres verdient, als die flüchtige Entjungferung in einem Schuppen, entehrt von einem Halunken, der ihre Unerfahrenheit ausnutzte und ihr das Wertvollste nahm, das sie für eine sichere Zukunft an der Seite eines Edelmannes, der ihr ein Heim und Sicherheit bieten würde, in die Waagschale werfen konnte.

Abrupt und heftig atmend löste er sich von ihr, bevor es kein Zurück mehr gab.

„Das kam dem, was mir andere Frauen gewährt haben schon sehr nahe, liebste Gemahlin. Wenngleich ich unser intimes Beisammensein an dieser Stelle abbrechen muss, denn die Absprache mit Eurem Bruder beinhaltet, dass ich Euch jungfräulich übergeben muss, will ich entsprechend entlohnt werden!" Seine Stimme klang heiser und es zerriss ihm fast das Herz, als er ihren verständnislosen Blick auffing. Er hasste sich für seine harten Worte, aber in seinen Augen gab es keinen anderen Weg, sie davon zu überzeugen, dass er tatsächlich der ruchlose, käufliche Mann war, den sie in ihm sah. Ihre Augen füllten sich mit Tränen und fast hätte er sie wieder an sich gerissen, um zu vollenden, was er begonnen hatte, aber er musste seine Gefühle hinter dieser schroffen Art verbergen, wenn er sich vor dem schützen wollte, was sie in ihm auslöste.

„Niall, ich... habe ich etwas falsch gemacht? Ich meine, ich dachte..." Ihre Stimme wurde mit jedem Wort leiser, als sie merkte, dass er nicht bereit war, noch ein Wort zu dem zu sagen, was gerade zwischen ihnen vorgefallen war.

„Ihr habt nichts falsch gemacht." *Ganz im Gegenteil,*

süße Catriona!, fügte er schuldbewusst in Gedanken hinzu, aber er war nicht bereit, sie zu trösten, denn er traute sich selbst nicht mehr. Schnell stand er auf und klopfte sich das Heu von der Hose.

„Es ist nur so, dass ich vergaß, Euch darüber aufzuklären, welcher Ruf mir anhaftet. Ich nehme gerne an, was mir die Frauen freiwillig geben, ohne Verpflichtungen einzugehen. Es ist, sozusagen, ein Geschäft auf Gegenseitigkeit, denn die Frauen, die ich in mein Bett hole, wissen das. Ich habe das Gefühl, das ist nicht, was Ihr wollt, also haltet Euch besser von mir fern. Ich gebe gerne zu, dass Ihr äußerst reizend seid in Eurer Unschuld, und ich nichts dagegen hätte, Euch in die Freuden der körperlichen Liebe einzuweihen, aber in Anbetracht der Tatsache, dass ich danach nicht um Eure Hand anhalten würde, wäret Ihr entehrt. Und ich bin zwar in den Augen einiger ein Schuft, aber so weit würde selbst ich nicht gehen!"

„Ihr müsstet ja gar nicht um meine Hand anhalten, *wehrter Gemahl*, denn sollte es Euch entgangen sein: Wir sind bereits verheiratet!"

Aus dem Augenwinkel sah er, wie sie sich ihr Gewand wieder über die Schultern zog und versuchte, die Tränen tapfer zu unterdrücken.

„Was ist an mir, dass Ihr Euch so verhaltet? Bin ich soviel hässlicher als die anderen Frauen, die Ihr in Euer Bett geholt habt? Bin ich..."

„Wir müssen weiter.", unterbrach er sie schroff. Es drängte ihn, ihr zu sagen, dass sie so viel verführerischer und schöner war, als jede Frau, einschließlich Glynis, mit der er jemals geschlafen hatte, dass er sie heftiger begehrte als jede andere Frau vorher und ihr bloßer Anblick ihn um den Verstand brachte, aber es war für sie beide besser, wenn sie glaubte, ihr Unzulänglichkeit sei die Erklärung für sein Verhalten. Nein, das war nicht besser! Ein letzter Rest Ehrgefühl verbannte den Schurken, den er zu spielen gedachte, in seine Schranken. Er konnte Catriona nicht für etwas leiden lassen, was allein seine Schuld war.

„Ihr... an Euch ist nichts falsch oder unscheinbar. Es ...liegt an mir." Seine Stimme klang kratzig und erst nach einigen Räuspern konnte er weiter sprechen.

„Im übrigen wäre es für unser weiteres Vorankommen von Vorteil, wenn Ihr heute nicht vom Pferd fallen würdet." Er kramte in den Satteltaschen und holte einen Trinkschlauch mit Wasser sowie ein paar Haferkekse hervor, die er unterwegs als Proviant besorgt hatte, und hielt ihr beides hin. Insgeheim bewunderte Niall ihre Haltung, als sie, das Kinn stolz erhoben und in geradezu königlicher Haltung auf ihn zukam, gerade so, als wäre der intime Moment zwischen ihnen gar nicht passiert oder für sie nicht von Bedeutung gewesen.

„Danke, aber ich habe keinen Hunger." Sie nahm nur einen kleinen Schluck Wasser und reichte ihm den Trinkschlauch zurück. Dass ihre zur Schau getragene Selbstsicherheit nur gespielt war, konnte Niall in den blauen Tiefen ihrer Augen lesen, als sie ihn ansah.

„Und seid versichert, ich weiß Eure Bemühungen, mich vor einem *lüsternden Schuft* wie Broc MacKenzie zu beschützen, sehr wohl zu schätzen. Wenngleich ich natürlich, wie Ihr sehr wohl bemerkt haben werdet, in diesen Dingen zu unerfahren bin und offensichtlich nicht erkennen kann, von *wem* mir eigentlich Gefahr droht!" Ihre Augen, die vor wenigen Augenblicken noch vor Verlangen gelodert hatten, blickten ihn nun fast ausdruckslos an und er erschrak vor der Kälte, die in ihnen zu sehen war. Und vor der tiefen Verletztheit. „Wenn Ihr mir aber nun vielleicht endlich verraten würdet, wohin Ihr mich zu bringen gedenkt, wäre ich Euch überaus dankbar!"

Die Gefühle täuschen und die Logik sagt unterschiedliche Dinge.
(Pyrrhon von Elis)

Malcolm ließ das gesiegelte Schreiben sinken und blickte zu Ailis hinüber, die ihre Stickarbeit in den Schoß gelegt hatte und ihn neugierig ansah. „Schlechte Neuigkeiten?", erkundigte sie sich. Sie kannte ihren Gemahl zu gut, um ihm nicht anzusehen, dass ihn etwas beschäftigte. Seit Tagen war Malcolm ruhelos, schickte seine Männer mit verschiedenen Aufträgen quer durchs Land und schien doch nie zufrieden mit dem Ausgang ihrer Erkundigungen. Er sah müde aus und tatsächlich hatte er seit Catrionas Weggang kaum eine Nacht durchgeschlafen. Als er statt zu antworten den Brief in die oberste Schublade des schweren Eichentisches schob und sich über die Augen fuhr, stand sie auf und ging auf ihn zu.

„Malcolm, was ist los? Seit Tagen quälst du dich mit etwas herum, weichst meinen Fragen aus und bist unleidlich mir und deinen Männern gegenüber. Findest du es nicht an der Zeit, mir endlich zu sagen, was hier vorgeht?" Sanft legte sie ihren Arm auf seinen und endlich sah Malcolm sie an.

„Ich kann selbst nicht so genau sagen, was es ist, das mich so beunruhigt." Er nahm sie kurz in seine Arme, dann bedeutet er ihr, sich ihm gegenüber zu setzen.

„Du weißt, dass Hamish vor einiger Zeit mit der Auskunft hierher kam, dass niemand mehr die abgelegten Lebensmittel abholte. Ich nahm an, Catriona und Niall hätten sich auf den Weg nach Caisteal Maol gemacht und einfach nur in der Eile vergessen, mir eine Nachricht zu hinterlassen. Sie hätten die acht Meilen bis Kyle of Lochals in einem Tag schaffen müssen, auch bei diesem Wetter. Also schickte ich Rurig los, sich unauffällig dort nach ihnen zu erkundigen, aber niemand hatte sie gesehen, geschweige denn, übergesetzt. Auch Braden MacKinnon, bei dem ich mich nach Catriona erkundigte, weiß nicht, wo sie und Niall sind. Bei ihm sind sie jedenfalls nicht angekommen." Tatsächlich hatte er seit Tagen keine Spur von den beiden, sie waren wie vom Erdboden verschluckt. Und worüber er hätte froh sein müssen,

denn wenn er sie nicht fand würde auch Broc sie nicht
so schnell finden, erfüllte ihn jeden Tag mehr mit Sorge
und Argwohn. Mehr als einmal hatte er darüber
nachgedacht, ob seine Idee mit der Hochzeit wirklich
so gut gewesen war, wie sie ihm am Anfang erschienen
war. Hatte er sich in Niall getäuscht und kochte der
stattdessen sein eigenes Süppchen? Hatte er womöglich
erkannt, dass eine Ehe mit Catriona auch für ihn eine
lohnende Sache war, wenn er sich die Gunst des Königs
sichern wollte? Ganz sicher würde sich Jakob, der
bekanntermaßen ein romantischer Mann war und von
dem man sich erzählte, er habe für seine zukünftige
Gemahlin während seiner Gefangenschaft sogar ein
Gedicht geschrieben, von der Geschichte der vor den
Fängen eines Schurken geretteten Jungfrau beeindruckt
zeigen. Und was, wenn Catriona, die bisher behütet
und vor allen Gefahren beschützt, aufgewachsen war,
in dem Ganzen ein romantisches Abenteuer sah und
sich tatsächlich in Niall verliebte und womöglich ...
Nein, so weit wollte er gar nicht denken. Er hatte Niall
unter anderem auch deswegen für diese Aufgabe
ausgewählt, weil er wusste, dass für Niall eine ernst
gemeinte Beziehung niemals in Frage kommen würde.
Niall hatte ihm vor langer Zeit nach einigen Bechern
Ale anvertraut, dass er romantische Gefühle und die
Liebe für Zeitverschwendung hielt. Sie würden einen
Mann nur von den wahren Zielen in seinem Leben
ablenken, weil sie ihn schwach und verwundbar
machten. Zwar wusste Malcolm nicht genau, warum
Niall einer Ehe so ablehnend gegenüber stand, aber

während der langen Zeit, die sich kannten, hatte Niall niemals ernste Absichten einer Frau gegenüber gehabt, die er in sein Bett geholt hatte. Nicht, dass er die Frauen mit süßen Versprechungen hätte locken müssen; Malcolm vermutete stark, dass es diese Aura des Unnahbaren war, die die Frauen in sein Bett trieb. Und vielleicht die Hoffnung, dass er sie doch in sein Herz ließ. Aber er schweifte ab. Im Grunde traute er Niall das alles nicht zu.

Ailis hatte schweigend sein Mienenspiel verfolgt und goss nun zwei Becher voll Ale.

„Und was glaubst du, was passiert ist?", fragte sie schlicht und nahm einen Schluck. Malcolm drehte den Becher nur in seinen Fingern, ohne zu trinken.

„Ich weiß es nicht, Ailis." Kurz sammelte er sich, dann fuhr er fort.

„Das ist aber nicht alles. Deirdre, Fearghas junge Frau, und ihr Baby sind seit einiger Zeit spurlos verschwunden. Sie wollte nach ihrer kranken Mutter in Dornie sehen, dort sind die beiden aber nicht angekommen. Fearghas ist außer sich vor Sorge. Ich habe ihn vom Wachdienst abgezogen, in seinem Zustand ist er keine große Hilfe auf dem Turm, aber auch wenn das niemand auszusprechen wagt, ist die Hoffnung, Deirdre unversehrt zu finden, bei diesen Temperaturen nicht sehr groß. Aber wo kann sie sein? Ich habe sofort einige Männer ausgeschickt, nach ihr zu suchen, aber sie ist spurlos verschwunden." Er schloss müde die Augen.

„Vielleicht bin ich dieser Tage einfach nur besonders misstrauisch, aber mein Gefühl sagt mir, dass mehr hinter ihrem Verschwinden steckt. Wenn ich nicht wüsste, dass Broc, dieser räudige Köter, abgereist wäre, würde ich vermuten ..."

In diesem Augenblick brach ein lautes Durcheinander im Hof aus, Schreie und gebrüllte Befehle drangen durch die klare Winterluft zu Ailis und Malcolm herauf, und ihm gefror das Herz, als er einen markerschütternden Schrei vernahm, der nichts menschliches mehr an sich hatte. Alarmiert sprang er auf, trat an die kleine Öffnung, die als Fenster diente und blickte in den Hof. Zunächst konnte er in der zusammen gelaufenen Menge nicht ausmachen, was den Tumult ausgelöst hatte, aber dann sah er Hamish von seinem Kutschbock springen und wild hinter sich auf die Bretter deuten, die die Ladefläche seines eigenwilligen Fuhrwerks bildeten. Malcolm konnte die zusammengesunkene Gestalt Fearghas ausmachen, der einen leblosen Körper an sich drückte und die unmenschlichen Laute von sich gab, die ihn gerade so alarmiert hatten. Als er die Situation erfasste, befahl er Ailis, sich nicht von der Stelle zu rühren, weil er ihr den Anblick ersparen wollte, der sich ihnen zweifellos bieten würde, und stürmte die Treppe zum Hof hinunter. Unten angekommen gelang es ihm kaum, sich einen Weg durch die neugierige Menge zu bahnen. Als er schließlich an dem Wagen ankam, hatte man den leblosen Körper bereits heruntergehoben und auf eine hastig ausgebreitete Decke gebettet. Es war Deirdre. Ihre Haut war so weiß wie der Schnee, der seit Tagen alles bedeckte und ihre Lippen schimmerten bläulich -

lila. Ihre toten Augen waren in namenlosem Entsetzen weit aufgerissen und die Haare hingen ihr wirr und dunkel, von einigen Algen durchzogen, im Gesicht. Die Kälte hatte verhindert, dass sie erste Anzeichen von Verwesung zeigte, aber auch so war ihr Anblick grauenvoll. Malcolm beugte sich zu Fearghas herunter und legte ihm seine Hand in dem verzweifelten Versuch, dem Mann etwas Trost zu spenden, auf die Schulter. Aber Fearghas klammerte sich schluchzend an seine tote Frau und fast schien es so, als hoffe er, sie durch seine Wärme wieder ins Leben zu holen zu können. Malcolm wandte sich an Hamish, dem das Entsetzen ebenfalls ins Gesicht geschrieben stand.

„Wo hast du sie gefunden?", fragte er leise, während einige der Umstehenden versuchten, Fearghas von der Toten wegzuziehen, um sie in der Halle aufbahren zu können.

„Ich fand sie am Ufer des Lochs, ihr Körper hatte sich in einer Wurzel verfangen, Chief. Ich glaub' aber, sie lag da noch nicht so lange, ich bin erst gestern den Weg entlang gefahren, da war sie noch nicht da." Er kratzte sich nachdenklich am Kopf. „Ich glaube, sie ist erst vor kurzem da angespült worden. So wie es aussieht, liegt sie schon länger in dem See."

„Was ist mit ihrem Kind?"

„Ich weiß es nicht, Chief. Ich hab' das Ufer natürlich abgesucht, aber da war nichts. Nur sie." Er senkte die Stimme. „Ich glaub, das kleine Würmchen liegt da immer noch im Wasser… irgendwo. Deirdre wäre doch nirgendwo ohne ihr Kind hingegangen! Und so ein kleiner Körper…" Er schüttelte sich voller Entsetzen.

Als Malcolm ihm auf die Schulter schlug, sah ihn der alte Mann aus erstaunlich klaren Augen an.

„Da ist noch was, Chief. Ich habe… also es kam mir komisch vor, dass Deirdre einfach so in den See gefallen sein könnte. Sie ist hier aufgewachsen und kennt jeden Stein.. also ich meine…" Er zögerte kurz, dann atmete er einmal tief durch.

„Ihr Arisaid war zerrissen und… sie hatte… ich meine, es gibt Anzeichen dafür, dass sie vergewaltigt wurde und dann… sie hat blaue Flecke an den Oberarmen, ganz so, als hätte man sie gewaltsam unter Wasser gedrückt." Hastig sah Malcolm sich um, aber inzwischen hatte man Deirdre und Fearghas in die Halle gebracht.

„Ich hatte so etwas schon befürchtet, Hamish. Aber ich bitte dich: zu niemandem ein Wort, hörst du! Fearghas leidet schon genug, lass ihn glauben, es sei ein Unfall gewesen. Ich sorge dafür, dass das Mädchen ein anständiges Begräbnis bekommt, mehr können wir im Moment nicht für sie tun. Aber ich schwöre,", sagte Malcolm mehr zu sich selbst als zu dem alten Mann, der ihn aufmerksam musterte, „ich werde der Sache nachgehen und alles dafür tun, dass der, der ihr das angetan hat, dafür bezahlt!" Damit drehte er sich um und stieß fast mit Ailis zusammen, die sich trotz seines Befehls herunter gewagt hatte und nun blass und verstört die Hände vor den Mund presste, um nicht zu schreien. Schnell packte er sie an ihrem Ellenbogen und dirigierte sie zu der breiten Treppe, die zu ihren Gemächern führte.

„Ich hatte dich gebeten, unsere Kammer nicht zu verlassen, Frau! Ich wollte dir ersparen, was du nun offensichtlich gesehen hast." Sie waren oben angelangt und er schob sie schnell in ihr Gemach, in dem ein wärmendes Feuer prasselte, ging zu einer Truhe und holte einen Krug heraus, den er entkorkte und Ailis hinhielt.

„Trink!", befahl er und Ailis nahm gehorsam einen großen Schluck. Sie keuchte, als ihr die brennende Flüssigkeit die Kehle hinab rann, aber das Feuer, das sich kurz danach in ihrem Inneren ausbreitete, milderte das Entsetzen, das Deirdres Anblick verursacht hatte. Zufrieden sah Malcolm, dass sich seine Gemahlin langsam wieder entspannte.

„Leider scheint es so, als hätte mein ungutes Gefühl mich nicht getrogen. Hast du gehört, was Hamish über Deirdre gesagt hat?"

Als sie nickte, fuhr er fort: „Vielleicht ist das alles nur Zufall, aber vielleicht steckt auch mehr dahinter. So lange ich nicht weiß, wo Catriona ist und ob es ihr gut geht, muss ich doppelt misstrauisch sein." Als Ailis ihn fragend ansah, seufzte er.

„Deirdre wusste von unserem Plan, Catriona nach Caisteal Maol zu bringen. Magaidh hat sie erwischt, wie sie gelauscht hat, als wir darüber sprachen."

Magaidh war die Köchin und nach Ailig die unangefochtene Herrin über die Mägde, die sie zwar mit eiserner aber gerechter Hand führte und das Herz am rechten Fleck hatte. Und so waren sie überein gekommen, die lässliche Sünde des Lauschens mit einer Ermahnung, absolutes Stillschweigen über das

Gehörte zu wahren, auf sich beruhen zu lassen.

„Und du meinst, Deirdre ist getötet worden, um herauszufinden, wo Catriona sich aufhält? Ist das nicht zu weit hergeholt? Ich meine, man hat dem armen Mädchen Gewalt angetan, wahrscheinlich hat sich irgendein Lump nicht unter Kontrolle gehabt und..."

„Möglich.", unterbrach Malcolm seine Frau, weil er sie nicht weiter beunruhigen wollte. Aber das ungute Gefühl, das er seit Tagen hatte, hatte sich nach diesem Vorfall nur noch verstärkt. Er entschied sich, ihr nichts davon zu sagen, dass einer seiner Männer glaubte, Broc MacKenzie in der Nähe der Burg herumlungern gesehen zu haben. Stattdessen nahm er den Brief aus der Schublade und reichte ihn ihr. Während sie ihn las, ging er unruhig in dem Gemach auf und ab. Als Ailis schließlich das Schriftstück sinken ließ hatte sich ihre Stirn in kleine Falten gelegt.

„Was wirst du tun, Malcolm? Du kannst diese Aufforderung, dich umgehend nach Perth zu begeben, um König Jakob und seine Braut Joan Beaufort willkommen zu heißen, nicht einfach so ignorieren. Ich gehe davon aus, dass alle Lairds diese Einladung erhalten haben und es wäre mehr als unklug, dort nicht zu erscheinen. Ich denke, Jakob wird es als erstes Zeichen der Anerkennung seiner Regentschaft ansehen, alle Lairds zu versammeln."

„Das sehe ich auch so, Ailis, aber ich *kann* hier im Augenblick nicht weg! Ich muss erst wissen, wo Catriona und Niall sind und ob alles in Ordnung ist."

„Wenn du rechtzeitig in Perth ankommen willst, musst

du sofort aufbrechen. Bei dem Wetter kann man schlecht abschätzen, wie lange du für die Strecke brauchst." Sie sah ihn aufmerksam an, denn nach all den Ehejahren konnte sie in seinem Gesicht lesen wie in einem offenen Buch. Und was sie dort sah, ließ sie einen kurzen Moment erschrecken, aber dann fasste sie sich.

„Also gut, Malcolm, ich gehe an deiner statt. Ich werde dem König ausrichten, du hättest dir eine scheußliche Erkältung eingefangen und würdest so schnell wie möglich nachkommen."

Überrascht sah Malcolm seine Gemahlin an.

„Woher..."

„Ach Malcolm! Glaubst du wirklich, nach all den Jahren, die wir nun verheiratet sind, wüsste ich nicht, was in dir vorgeht?" Sie stand auf und ging zur Tür.

„Ich mache mir auch Sorgen um Catriona, also finde sie und komm' so schnell du kannst nach. Ich werde jetzt packen." Noch in der Tür blieb sie stehen und wandte sich noch einmal um.

„Ach, Malcolm, die Kinder nehme ich selbstverständlich mit! Es wird ein Abenteuer für sie werden und womöglich macht es die ganze Geschichte noch glaubhafter, wenn ich sie bei mir habe."

Malcolm kannte seine Frau gut genug um zu wissen, dass sie in dieser Sache nicht nachgeben würde, auch wenn er es für gefährlich hielt, sie mit den Kindern fort zu lassen. Andererseits war es vielleicht ganz gut, sie aus der Schusslinie zu wissen, denn wer weiß, was Broc MacKenzie noch alles einfiele, um Catriona in die Hände zu bekommen. So oder so war ihre Lage prekär.

Er würde ihr seine besten Männer zum Schutz mitgeben und ganz sicher würde sie sich auf dem Weg nach Perth anderen Reisenden anschließen können, denn Jakobs Rückkehr nach Schottland würde einen wahren Strom an königstreuen oder auch einfach nur neugierigen Landsleuten auf die Straßen spülen, die sich aus unterschiedlichen Gründen die Ankunft ihres Regenten nicht entgehen lassen würden.

Kurz nach seiner Gemahlin verließ auch Malcolm die Kammer. Es galt, keine Zeit zu verlieren und seine besten Krieger zusammmen zu rufen. Und auch was seine Sorge um Catriona anging, würde er sich etwas einfallen lassen müssen. Wenn Ailis mit den Kindern erst einmal die Burg verlassen hatte, würde er sich selbst auf die Suche machen. Nicht vollends überzeugt, dass er die richtigen Entscheidungen getroffen hatte, aber umso entschlossener, keinen Augenblick länger untätig auf Nachrichten zu warten, begab er sich in den Hof und rief nach Rurig, um ihm die Auswahl der Männer mitzuteilen, die er zu Ailis' und der Kinder Schutz abzustellen gedachte. Danach würde er einige seiner Männer aussuchen, die er mitnehmen würde, wenn er sich auf Brocs Spuren heftete.

Die Sinneslust ist ein gewaltiger Köder.
(Platon)

Broc MacKenzie ballte die Hände zu Fäusten.

Dieses Weib musste eine Hexe sein! Jede Stunde, jeder Tag, der verging, steigerte sein Verlangen nach dieser Frau ins Unermessliche. Er musste sie haben! In seiner Vorstellung wand sich Catriona zwischen seinen Schenkeln, wenn er Lorna oder ein anderes Weib bestieg. Es waren Catrionas Augen, in denen er Angst und Panik las, wenn er seine abartige Lust an den Weibern befriedigte. So war es, seit er diese Hexe das erste Mal auf der Burg der MacRaes gesehen hatte. Seither war nicht ein Tag vergangen, da er sie nicht in Gedanken für die Zurückweisung und den Ekel, den er in ihren Augen gesehen hatte, als er sie küsste, bestraft hatte!

Aber wie es schien, hatte der Erdboden Catriona und ihren Hurenbock verschluckt. Nirgends gab es auch nur einen Hinweis auf ihren Aufenthaltsort oder das Ziel ihrer Reise. Der Bauer, bei dem sie das Pferd gekauft hatten, hatte ihnen zwar den Weg gezeigt, den sie eingeschlagen hatten, aber an einer Wegbiegung verlor sich ihre Spur. Zu viele Hufabdrücke fanden sich in dem matschigen Schnee, denn in dieser Gegend gab es nicht viele passierbare Wege bei diesem Wetter, so dass alle ausgerechnet diesen Pfad benutzten. Sofort hatte Broc seine Männer in alle Himmelsrichtungen ausgeschickt, um nach diesem hinterhältigen Weib zu suchen, aber bisher waren alle ohne die geringste Spur zurückgekehrt. Einzig Struan und Darach fehlten noch, die hatte er nach Norden geschickt, wenn auch die Wahrscheinlichkeit, dass die beiden Flüchtenden sich weiter in die Highlands zurückziehen würden, bei dem

Wetter gering war. Broc hatte seine Männer angewiesen, ein Lager im Wald aufzuschlagen, weil er es für zu gefährlich hielt, in einem Wirtshaus auf der Strecke einzukehren. Er konnte nicht ausschließen, dass ihn jemand erkennen würde und wenn Malcolm erfuhr, dass er noch in der Nähe war, würde er Catriona warnen.

Missmutig nahm er einen Stecken mit einem verführerisch duftenden Moorhuhn aus dem Feuer und biss hinein. Gott sei Dank hatten sie am Morgen wenigstens ein paar von diesen scheuen Viechern fangen können, so dass sie das zähe Trockenfleisch und die staubtrockenen Haferkekse in ihren Satteltaschen lassen konnten. Der würzige Geschmack und die wohltuende Wärme, die von dem gebratenen Vogel ausging, vermochten seine schlechte Laune allerdings nur kurz zu vertreiben. Zu allem Überfluss hatte ihn am Morgen die Nachricht erreicht, der König wünsche alle Lairds des Landes zu seiner Begrüßung in Perth zu sehen. Er hatte erfahren, dass Jakob nach der Hochzeit plante, nur kurze Flitterwochen in London zu verbringen. Das war sicher auch der Tatsache geschuldet, dass die Engländer über die Zahlung von 40.000 Pfund hinaus auch noch gewisse Zugeständnisse von Jakob erwarteten, die verhandelt und vertraglich abgesichert werden mussten. So war die Hochzeit mit Joan Beaufort nur die erste Forderung, die Jakob zu erfüllen hatte. Broc rechnete damit, dass Jakob und Joan gegen Ende März in Perth eintreffen würden, von wo aus sie sich zur Krönung

nach Scone begeben würden. Zwar blieben ihm nach seiner Schätzung somit noch etwa sechs Wochen Zeit, aber bis dahin musste er Catriona gefunden, sie geheiratet und ihr idealerweise bereits ein Kind gemacht haben. Den Gedanken, dass sie womöglich von diesem Hurenbock schon schwanger sein könnte, schob er fürs Erste beiseite. Wenn dem so war, würde er auch dafür eine Lösung finden. Womöglich wäre das sogar förderlich für seinen Plan, denn ihm war bewusst, dass Catriona ihn niemals freiwillig heiraten würde. Zwar könnte er mit dem überzeugenden Argument seines Claymores an ihrem zarten Hals ihre Einwilligung erzwingen, aber er musste verhindern, dass sie dem König von den wahren Umständen dieser Heirat berichtete. Das würde ganz sicher seinen Unmut heraufbeschwören, und gerade das galt es zu verhindern. Nein, der Druck, der Catriona letztlich dazu bringen würde, dieser Verbindung zuzustimmen, musste subtiler sein und vor allem über einen längeren Zeitraum anhalten. Wenigstens so lange, bis der König dieser Verbindung seinen Segen gegeben hatte. Da wäre ein Balg, an dem Catriona hängen würde, ganz sicher ein probates Mittel. Kindern konnte in diesen unsicheren Zeiten ja so viel geschehen!
Broc grinste sardonisch, warf die abgenagten Knochen ins Feuer und wischte sich seine fettigen Hände an seinen Hosen ab. Es wurde Zeit, dass er selber etwas unternahm. Er hatte das Warten auf Nachrichten satt! Gerade wollte er seine Männer zusammenrufen und zum Aufbruch drängen, da näherten sich zwei Reiter dem Lager. Bei näheren Hinsehen erkannte Broc die

beiden Männer, die er auf Eilean Donan zurückgelassen hatte.

„He, Chief!", rief der Eine schon von weitem.

„Die wollten uns nich' mehr auf der Burg. Alle ausgeflogen, die Vögel!"

„Was soll das heißen?" Broc kniff die Augen zusammen.

„Na, die Lady is' mit den Kindern auf dem Weg nach Perth und der Laird is' auch weg." Inzwischen waren beide abgestiegen und hielten ihre verfrorenen Hände über das Feuer.

„Wie, weg? Wohin ist der MacRae geritten?" Broc hatte das dumpfe Gefühl, dass ihm nicht gefallen würde, was die beiden Männer zu berichten hatten.

„Na, weg eben. Hat uns nich' gesagt, wohin er wollte! Hat ein paar Männer ausgesucht und is' weg." Gierig schielten zwei Augenpaare auf das letzte Moorhuhn, das knusprig braun und verführerisch duftend noch über dem Feuer hing.

„Warum seid ihr ihm nicht gefolgt?" Wut brodelte in Broc, denn er vermutete, dass sich dieser Hundsfott Macrae auf den Weg gemacht hatte, um Catriona zu treffen.

„Äh, sollten wir? Ich meine, Ihr habt doch gesagt, wir sollen auf der Burg alles im Auge behalten und nich', dass wir mit dem Laird reiten sollen." Verlegen kratzte der Kleinere von beiden sich am Kopf während der andere von einem Bein aufs andere trat und verlegen auf seine Hände starrte. Broc dämmerte, dass sein Plan, die beiden harmlos wirkenden Männer zum Spionieren auf der Burg zurückgelassen zu haben, nicht die beste Idee gewesen war. Sie *wirkten* nicht nur harmlos, sie waren es leider auch! Wütend nahm er den Stecken mit dem letzten Moorhuhn und schleuderte ihn vor die hungrigen Männern in den Schnee, bevor er sich an seine Leute wandte.

„Wir brechen sofort auf! Wir müssen MacRae einholen und herausfinden, was er vorhat!"

Niemand wagte es, zu protestieren. Wenn der Chief in dieser Stimmung war, war es besser, wenn man schwieg und tat, was er verlangte. Auch die beiden hungrigen Spione wagten nur einen fast unhörbaren Seufzer, bevor sie halfen, in Windeseile das Lager abzubrechen und die Pferde zu satteln. Ohne ein weiteres Wort zu verlieren, saß Broc auf und gab seinem Pferd die Sporen.

Schlimm ist es, nicht zu lieben. Schlimm aber auch, zu lieben.
(Anakreon)

Seit Tagen schon ritten Niall und Catriona durch das unwegsame, karge Land, waren an den Ufern des Loch Carrons entlang in nördliche Richtung geritten, hatten sich durch Schnee und über unwegsame Pfade gekämpft und waren nun in der Nähe des Loch Gowan angelangt. Die Pferde waren erschöpft und am Ende ihrer Kräfte und Catriona erging es nicht anders. Zwar war sie eine ganz passable Reiterin, aber die Witterung und der Ritt über verschneite Pässe und steile Wege hatte ihr alles abverlangt. Unterwegs hatten sie in abgelegenen Hütten und einmal auch unter freiem Himmel die Nacht verbracht, aber es war weniger die kalte Witterung, unter der sie litt, sondern die Kälte, die Niall seit jenem Erlebnis in dem Schuppen ihr gegenüber ausstrahlte. Sie hatten nur das Nötigste miteinander geredet und Catriona hatte viel Zeit gehabt, über das Geschehene nachzudenken. Sie schämte sich für die Reaktion ihres Körpers auf seine erfahrenen Berührungen, konnte sich nicht erklären, wie sie sich so hatte gehen lassen können. Sie hätte sich Niall an diesem Morgen ohne Zweifel hingegeben, wenn er sich nicht so abrupt von ihr gelöst hätte. Ganz sicher war ihm gerade noch rechtzeitig eingefallen, was er aufs Spiel setzte, wenn er mit ihr schlief. Immerhin hatte er mehr als einmal betont, dass der Erhalt ihrer Jungfräulichkeit wesentlicher Bestandteil dieses absurden Vertrages war, den er und Malcolm abgeschlossen hatten. Und wahrscheinlich schien ihm das Zusammensein mit ihr nicht so wichtig zu sein, wie das, was ihr Bruder ihm als Gegenleistung bot. Irgendwie konnte sie Niall sogar verstehen. Was konnte einen Mann wie ihn schon an einer unerfahrenen Frau wir ihr reizen? Und Niall hatte ihr

144

immerhin sehr unverblümt zu verstehen gegeben, dass er erfahrene Frauen bevorzugte, Frauen, die wussten, wie man einen Mann im Bett zufrieden stellte. Und erfahren in solchen Dingen war sie wahrlich nicht, wenn sie auch auf der Burg ihres Bruders einiges gesehen und gehört hatte.

Aber auch wenn Niall sie durch sein Verhalten sehr verletzt hatte, konnte sie sich nicht der Wahrheit verschließen: Sie hatte sich in diesen unnahbaren Mann, den eine Aura von Härte und Stolz umgab, verliebt. Und genau aus diesem Grund hatte sie in den letzten Tagen einen Entschluss gefasst. Sie würde Niall auf gar keinen Fall noch weiter nach Norden folgen. Er hatte ihr kurz und unpersönlich mitgeteilt, das Ziel ihrer Reise sei der Hof einer alten Bekannten, und Catriona ahnte mit dem Instinkt einer Frau, um welche Art Bekanntschaft es sich zwischen den beiden handelte. Ihr Herz zog sich schmerzhaft zusammen, als sie daran dachte, dass Niall und diese Frau... Nein, das konnte und wollte sie sich nicht antun. Zwar hatte sie keinerlei Recht, Nialls Liebesleben zu kritisieren, denn immerhin war er trotz dieser Farce einer Ehe ein freier Mann, aber zuschauen, wie er diese Frau küsste, sie in seine Arme nahm und ihr die Aufmerksamkeit schenkte, die sie sich so verzweifelt wünschte, nein, das würde sie sich nicht antun. In den letzten Tagen waren sie immer wieder auf kleinere und größere Reisegruppen gestoßen, auch wenn Niall versucht hatte, das zu vermeiden. Es waren die Lairds der umliegenden Burgen und noch weiter aus den nördlichen Highlands, die auf dem Weg nach Perth waren, um den König willkommen zu heißen. Und genau so einer Gruppe würde Catriona sich anschließen, das war ihr Plan. Wie sie es anstellen sollte, Niall zu entkommen, das wusste sie noch nicht so genau, aber ihr Entschluss stand fest. Bei der nächsten Gelegenheit würde sie ihn verlassen und zurück zu ihrem Bruder nach Eilean Donan Castle reiten. Zwar musste sie weiter auf der Hut vor diesem Broc MacKenzie sein, aber da noch nicht einmal Malcolm wusste, wo sie war, fühlte sie sich relativ sicher, unerkannt ihr Zuhause zu erreichen. Und wenn sie unter dem Schutz anderer Lairds reiste, würde selbst Broc ihr nichts anhaben können. Das zumindest redete sie sich ein, denn Scheitern war keine Option. Sie würde sich diesem Mann keinen Augenblick länger als unbedingt nötig aufdrängen und sie musste fort sein, bevor er noch ahnte, was sie für ihn fühlte.

Niall schien sich in dieser Gegend bestens auszukennen, denn er wusste stets, wo eine Hütte oder ein geeigneter Platz für eine Übernachtung war, und so hielten sie gegen Mittag an einem kleinen See an, an dessem Ufer sich ein windschiefer Unterstand befand. Durch dichtes Gebüsch gut verborgen vor den Blicken anderer schien er beschlossen zu haben, hier die Nacht zu verbringen. Sie tränkten die Pferde und richteten sich so gut es ging in der engen Hütte ein. Wie seit Tagen, sprach Niall kein überflüssiges Wort, reichte ihr den Wasserschlauch und breitete eine Decke für sie aus. Dann band er seinen Bogen vom Sattel los und griff sich ein paar Pfeile. So wie es aussah, würde er versuchen, ihr karges Mahl aus getrocknetem Fleisch und den ewig verfügbaren Haferkeksen aufzubessern. Wenn Catriona sich recht erinnerte, würden sie morgen, spätestens übermorgen an ihrem Ziel ankommen. Somit bliebe ihr nicht mehr viel Zeit, wenn sie ihren Plan verwirklichen wollte.

„Ich werde versuchen, uns etwas zum Abendessen zu besorgen. Wenn es nicht zu viel verlangt ist, könntet Ihr inzwischen ein Feuer machen." Er nahm einen Flint und ein Schlageisen aus seinen Satteltaschen und reichte sie Catriona.

„Trockenes Holz und etwas Torf werdet Ihr hinter der Hütte finden." Er wandte sich zum Gehen, drehte sich dann aber noch einmal um.

„Es wäre übrigens schön, wenn die Hütte noch nicht in Flammen aufgegangen wäre, wenn ich wiederkomme. Nehmt einfach fertige Haferkekse, das ist sicherer." Dann verschwand er und Catriona war alleine.

Sie kochte vor Wut. Erst redete er gar nicht mit ihr, und dann kamen Beleidigungen! Ein Grund mehr, so schnell wie möglich von hier zu verschwinden! Sie würde sich diese ständigen Kränkungen nicht länger anhören.

Als sie sicher sein konnte, dass er sich weit genug von der Hütte entfernt hatte, führte sie die Pferde nach draußen. Zu ihrem Glück hatte er sich zu Fuß auf die Jagd gemacht, was einerseits hieß, dass er sich nicht weit entfernen würde, ihr aber andererseits die Möglichkeit gab, sein Pferd mitzunehmen. Ohne Pferd würde er sie ganz bestimmt nicht so schnell einholen. Wenn sie weit genug weg wäre, würde sie Each einfach zu seinem Herrn zurückschicken. Sie hatte im Laufe der letzten Tage gemerkt, wie eng die Bindung zwischen den beiden war und zweifelte nicht daran, dass Each den Weg zu seinem Herrn finden würde. Schnell sattelte sie Each ab und warf die Satteltaschen in eine Ecke. Dabei löste sich der Gurt, der sie verschlossen hatte, und einige Gegenstände fielen auf den Boden. Und obwohl sie eigentlich nicht die Zeit dazu hatte, siegte ihre Neugier. Vielleicht gelang es ihr, mehr über diesen verschlossenen Mann herauszufinden. Sie sah im Heu etwas silbern glitzern und hob es vorsichtig auf. Es war eine Fibel in Form eines Stechginsters und ganz sicher ein Clanabzeichen. Ihr fiel auf, dass sie sich noch nie Gedanken darüber gemacht hatte, wer Niall eigentlich war. Zwar wusste sie von ihrem Bruder, dass Niall ein Freund aus Jugendtagen war, aber aus welchem Clan er stammte, wusste sie nicht. Die Heiratspapiere hatte er mit Albannach unterschrieben und erst jetzt fiel ihr auf, dass das ja einfach nur „der Schotte" bedeutete. Es gab keinen Clan, der so hieß. Wer also war der Mann, dem Malcolm vertraute? Was hatte er zu verbergen?

Ihr fiel ein Ring auf, der ebenfalls aus der Satteltasche herausgerollt war. Vorsichtig nahm sie ihn in die Hand und erschrak. Das war das Wappen des Königs! Der Umfang ließ erkennen, dass der Ring für einen Mann angefertigt worden war. Auf einer flachen Scheibe aus schwarzem Onyx konnte Catriona ein kunstvoll mit emaillierten Disteln ausgestaltetes Oval erkennen. Kleine Amethyste bildeten die Blüten der Disteln. In der Mitte der polierten Onyxplatte hielten zwei auf den Hinterbeinen stehende Einhörner aus Elfenbein das Wappen mit dem königlichen Löwen, dem Royal Lampant, und jeweils eine Standarte mit den Flaggen Schottlands. Stilisiert konnte sie auf der Flagge der linken Standarte wieder den roten Löwen erkennen, auf der rechten Seite bestand die Darstellung aus dem Andreaskreuz, das der Sage zufolge ein gekreuztes weißes Wolkenband vor dem blauen schottischen Himmel zeigte. Der Löwe in der Mitte der Platte trug einen Helm, den die Krone Schottlands zierte. Die Schrift auf dem Banner konnte Catriona nicht entziffern, aber auch ohne sie lesen zu können, wusste sie, dass es der Anfang eines alten schottischen Gebetes war: „In my defens..." Catrionas Herz schlug heftig und fast hätte sie den Ring fallen gelassen. Er schien plötzlich heiß zu werden und sich in ihre Hand zu brennen. Wie war Niall an diesen Ring gekommen? Ganz sicher gab es außer dem König niemanden, der berechtigt war, einen solchen Ring zu tragen! Hatte Niall ihn gestohlen und war nun auf der Flucht? Das würde zumindest erklären, warum er niemandem gesagt hatte, wohin er mit ihr unterwegs war. Und wusste Malcolm, dass Niall im Besitz dieses Ringes war? Und was hatte sie damit zu tun? Warum gab Niall vor, sie vor einer Heirat mit Broc beschützen zu wollen, wenn er doch in Wirklichkeit auf der Flucht war? Catriona versuchte, die aufsteigende Panik zu unterdrücken. Bevor sie sich näher mit diesen verstörenden Fragen beschäftigen konnte, musste sie zunächst einmal weg von hier, und das möglichst schnell! Sie stopfte die Fibel und den Ring schnell wieder zurück in die Satteltasche, verließ die Hütte und kletterte in den Sattel ihrer kleinen Stute. Die Zügel des Hengsten wickelte sie sich um ihr Handgelenk, dann trieb sie ihre Stute zu einem schnellen Trab an. Weg, nur weg von diesem Mann und den verstörenden Entdeckungen, auf die sie sich keinen Reim machen konnte, machen wollte!

Der Glaube, das, was man wünscht, zu erreichen, ist immer lustvoll.
(Aristoteles)

Broc MacKenzie frohlockte. Seit Tagen ohne verwertbaren Hinweis auf Catrionas Aufenthaltsort schien er nun endlich auf der richtigen Spur zu sein. Zwei Tage zuvor war er auf einen Trupp Reisender getroffen, die berichteten, einen Mann und eine Frau, auf die die Beschreibung passte, auf dem Weg in den Norden getroffen zu haben. Das sei ihnen deswegen aufgefallen, da doch dieser Tage alles, was auf sich hielt, in den Süden nach Perth ritt, um den König zu treffen. Sie wären den beiden irgendwo in den Bergen zwischen dem Loch Gowan und dem Dörfchen Achnasheen begegnet. Damit wusste Broc zwar immer noch nicht genau, wohin Catriona und dieser Niall unterwegs waren, aber es grenzte das Gebiet ungemein ein, in dem er suchen musste. Dieser Teil der Highlands war zerklüftet und es gab nicht viele bei diesem Wetter passierbare Wege. Also hatte er sich mit Struan, Darrach und Ailbeart auf den Weg gemacht und die Verfolgung aufgenommen. Für den anderen, weit größeren Teil seiner Männer, hatte er eine andere Aufgabe vorgesehen. Er war stolz auf diesen Geistesblitz gewesen, der ihm nach dem Bericht der beiden Trottel gekommen war, die er auf Eilean Donan zurückgelassen hatte. Wenn alles so klappte, wie er es vorgesehen hatte, würde nicht nur Catriona freiwillig in sein Bett kommen, es garantierte ihm auch, dass ihm ihr Bruder nicht im letzten Augenblick in die Quere kommen würde.

Er blies warmen Atem in seine kalten Hände und grinste sardonisch in sich hinein. Sie waren gut voran gekommen und nun bereits ein gutes Stück nördlich von Strathcarron unterwegs. In dem Dörfchen, das nur aus einer Ansammlung von einem halben Dutzend windschiefen Katen bestand, hatten sie einen der Bauern überzeugt, ihnen Unterschlupf für die Nacht und Proviant für die nächsten Tage zu überlassen, wobei es mehr die furchterregenden Claymores ihrer Besitzer als höflich vorgetragene Bitten gewesen waren, die ihnen letztendlich das Gewünschte eintrugen. Leider hatte es in dem Dorf keine jungen Weiber gegeben, die ihnen die lange Nacht im Heu hätten versüßen können. Aber wenn er richtig lag, würde es nicht mehr lange dauern, bis diese kleine Hure ihre

Beine für ihn breit machen würde! Und zwar als sein angetrautes Weib, mit dem er machen konnte, was er wollte und niemand, nicht einmal ihr hinterhältiger Bruder, würde ihn daran hindern können! Im Gegenteil: Wenn seine Männer ihm das brächten, weswegen er sie fortgeschickt hatte, würde dieser arrogante Malcolm MacRae ihm seine Schwester nur allzu gerne überlassen! Die Vorfreude auf die nächsten Tage schickte einen prickelnden Schauer der Erregung über seinen Rücken und sein Glied versteifte sich augenblicklich. Leider hatte er Lorna auf einem heruntergekommenen Bauernhof zurücklassen müssen, allerdings nicht ohne dem Bauern eine Belohnung zu versprechen, wenn er Lorna so lange einsperrte, bis er mit seinen Männern wieder käme. Er vertraute seiner Menschenkenntnis, die ihm sagte, dass der ungepflegte Mann mit den rotgeäderten, von dicken Tränensäcken zugeschwollenen Augen und dem allgegenwärtigen Geruch nach billigem Fusel, für ein paar Pfund alles tun würde. Und so hatte er dann auch gleich nachdem Broc ihm ein paar Münzen als Anzahlung hingeworfen hatte, Lorna in eine Kammer im Dachgeschoss eingesperrt. Broc selbst hatte sie noch ein paar Mal bestiegen, aber nun war er sie endgültig leid. Struan hingegen, sein bester Mann, hatte ihn gebeten, Lorna mit nach Dunollie Castle nehmen zu dürfen, Broc MacKenzies Heim. Er wollte sie für sich, womöglich dachte er sogar daran, die Kleine zu heiraten, denn junge Frauen in Lornas Alter waren in der Gegend um Dunollie Castle rar. Und da Broc der

Ansicht war, Struan hätte für seine treuen Dienst schon längst eine Anerkennung verdient, hatte er ihm Lorna versprochen. Darüber hinaus wollte Broc nicht riskieren, dass das Mädchen Gelegenheit bekam, etwas auszuplaudern, was sie womöglich von seinen Männern aufgeschnappt hatte. Er hatte bemerkt, dass die hübsche Kleine durchaus einige Bewunderer unter seinen Leuten hatte, und er konnte nicht ausschließen, dass diese Esel, um ihr zu imponieren, Dinge ausplauderten, die besser ungesagt blieben. Auch hatte er daran gedacht, sie Catriona in der ersten Zeit auf der Burg als Zofe zu geben, jedenfalls so lange, bis er jemanden gefunden hatte, der standesgemäßer war. Vielleicht ließe sich ja am Hofe Jakobs jemand für Catriona finden?

Aber er war in Gedanken der Zeit weit voraus. Zunächst galt es einmal, Catriona in die Finger zu bekommen. Gerade war Darrach von einem Erkundungsritt zurückgekommen und hatte von einer Lagerstelle in der Nähe berichtet, das Feuer noch nicht lange erloschen und mit frischem Pferdemist in der Umgebung des Lagers. Die Spuren führten nach Norden, und der Vorsprung der beiden konnte nicht mehr groß sein. Voller Ungeduld trieb Broc seinen braunen Hengst an.

Eine Frau liebt oder hasst; ein Drittes gibt es nicht.
(Euripides)

Niall fluchte laut, nachdem er sich vergewissert hatte, dass dieses *boirreanach cianail,* dieses eigensinnige Weib, tatsächlich weg war. Und nicht nur sie. Nein, sie hatte auch noch die Pferde mitgenommen, dieses gerissene Frauenzimmer. Und er hatte sich übertölpeln lassen wie ein Grünschnabel! Dabei hatte er schon seit ein paar Tagen das Gefühl, dass sie etwas ausbrütete. Sie war seit dem Morgen in dem Heuschober still und in sich gekehrt gewesen. Er war froh darüber gewesen, dass sie die Ereignisse auf sich hatte beruhen lassen, denn er wollte sie nicht noch mehr verletzen, als er es ohnehin schon getan hatte. Wie hätte er ihr erklären können, dass er sie begehrte, aber nicht ihre romantischen Gefühle bedienen konnte? Er war nicht der Ritter ihrer Träume, der romantische Held, von dem Mädchen wie sie träumten. Seit Glynis hatte er für keine Frau mehr etwas empfunden und er hatte eingesehen, dass es besser war, diese Gefühle gänzlich aus seinem Leben zu verbannen. Ersetzt hatte er sie durch Zorn, Kälte und Verbitterung. Das waren ehrliche Gefühle, Gefühle, die ihn stark machten, die ihn tun ließen, was er tun musste. Nicht wie dieses törichte Gefühl, das ihn wie einen Narren hatte

aussehen lassen, weil es ihn verletzlich gemacht hatte.
Er warf den erlegten Hasen wütend in die Ecke und
überlegte. Bei diesem Wetter und der einbrechenden
Dunkelheit würde Catriona nicht weit kommen. Aber
sie zu Fuß zu verfolgen, hatte auch wenig Sinn.
Wusste dieses undankbare Weib denn nicht, was ihr in
den Highlands - mal abgesehen von der Gefahr, dass
Broc ihnen vielleicht doch gefolgt war - alles passieren
konnte? Ihm zog sich schmerzlich der Magen
zusammen als er daran dachte, dass er erst gestern
Wolfsspuren gesehen hatte. Natürlich hatte er Catriona
nichts davon gesagt, um sie nicht zu beunruhigen. Und
von den Wegen, die sie nicht so gut kannte wie er, ganz
zu schweigen. Sie hatten schon im Hellen
Schwierigkeiten gehabt, die schmalen Pfade zu
passieren, oft hatten sie sogar absteigen und die Pferde
führen müssen. Und wenn diese halsstarrige Lady
versuchen würde, die Nacht durchzureiten, um einen
möglichst großen Vorsprung zu bekommen, konnte sie
bei einem Fehltritt eines der Pferde leicht abstürzen.
Himmel, was sollte er nur tun? Er durchmaß die Hütte
mit großen Schritten, überlegte hin und her, schließlich
versteckte er die Satteltasche, die sie zurückgelassen
hatte, unter dem Heu und verließ die Hütte. Es war
zwar Wahnsinn, ihr jetzt in der hereinbrechenden
Dunkelheit zu folgen, aber wenn er bis Tagesanbruch
wartete, würde er in der Zwischenzeit vor Sorge
sterben. Immerhin hatte er einen Auftrag zu erfüllen,
von dessen Gelingen es abhing, ob er seine Rache
bekam oder nicht! Dass ihn insgeheim eine ganz
andere Sorge um Catriona antrieb, eine, die ihn hilflos

und verwundbar machte, verdrängte er erfolgreich. Niall versuchte im schwindenden Licht des Tages die Spuren auszumachen, die er vor der Hütte fand. Wie er schon geahnt hatte, ritt sie nach Süden, denn sie hatte ganz sicher vor, nach Eilean Donan zurückzukehren. Wo sollte sie auch sonst hin? Wenn sie nun also den Weg nehmen würde, den sie hergekommen waren, musste sie mit den Pferden einen kleinen Bogen reiten. Ein Steinschlag verhinderte das Passieren eines Höhenpfades, der den direkten Weg darstellte. Sie hatten auf dem Hinweg dort umkehren und einen Umweg über einen weiter unten gelegenen Pfad machen müssen. Wenn es ihm aber gelang, zu Fuß über dieses Geröll zu klettern, konnte er ihr vielleicht den Weg abschneiden. Er musste es wenigstens versuchen! Unglücklicherweise hatte Catriona sein Claymore vom Sattel seines Hengstes gelöst und mitgenommen, wohl in der Hoffnung, es zu ihrer Verteidigung einsetzen zu können, falls dies notwendig sein sollte. Aber da das massige Zweihandschwert ohnehin für einen längeren Fußmarsch zu schwer und unhandlich war, würde sein Bogen als Waffe reichen müssen. Niall blickte in den inzwischen fast dunklen Himmel und konnte im Westen noch einen schwachen Schimmer Tageslicht ausmachen, während über ihm schon der Mond in einer perfekt geformten Sichel hing. Sein Atem bildete kleine Wölkchen in der schneidend kalten Luft und als er sich aufmachte, diesem halsstarrigen Weib zu folgen, schnürte ihm eine unheimliche Angst die Kehle zu. Er musste sie finden, bevor sie den Wölfen oder Broc zum

Opfer fiel oder auch einfach nur erfror.

Catriona dämmerte unterdessen die Erkenntnis, dass ihre Flucht vor diesem Mann, oder genauer gesagt, vor den Gefühlen, die sie trotz seiner schroffen, abweisenden Art für ihn empfand, keine gute Idee gewesen war. Sie war bis in die Nacht hinein geritten, hatte allerdings schon kurz nach ihrem überstürzten Aufbruch Each zurücklassen müssen. Der Hengst hatte die zunehmende Entfernung zu seinem Herrn mit der strikten Weigerung, auch nur einen Schritt weiter zu gehen, quittiert. Er war einfach laut wiehernd und scheuend stehen geblieben, hatte an den Zügeln gezogen, so dass es Catriona fast aus dem Sattel ihrer Stute riss und als diese dann auch noch in einer unpassenden Anwandlung von weiblicher Schwärmerei für den stattlichen Hengst ebenfalls zu bocken begann, war ihr nichts anderes übrig geblieben, als diesen laufen zu lassen. Dann war Each zufrieden schnaubend in der Nacht verschwunden. Da Nialls Schwert so schwer und unhandlich war, war es ihr nur mühsam gelungen, es an ihrem eigenen Sattel zu befestigen und sie hatte dafür ihren Gürtel benutzen müssen, da sie keinen Strick oder ähnliches zur Hand hatte. Nun fuhr der Wind ungehindert unter ihren Arisaid. Fröstelnd und hundemüde beschloss sie, eine kurze Rast einzulegen, da es ohnehin fast unmöglich war, im schwachen Mondlicht noch ausreichend von dem Weg zu erkennen, um gefahrlos weiter reiten zu können. Sie band ihre Stute an einen Strauch und löste das Schwert vom Sattel. Sie konnte es auch mit großer Anstrengung und beidhändig nur kurze Zeit hochhalten, aber es gab ihr ein Gefühl von Sicherheit, das sie hier in dieser Wildnis dringend gebrauchen konnte. Sie wickelte sich fest in ihren Umhang und lauschte ängstlich den Geräuschen der Nacht. Sie war noch nie nachts alleine außerhalb der Burg gewesen und die Geräusche ängstigten sie. In der Ferne heulten Wölfe und obwohl sie zu weit weg zu sein schienen, um ihr gefährlich zu werden, stellten sich vor Unbehagen die feinen Härchen an ihren Armen auf. Offensichtlich hatte sie ihren Mut deutlich überschätzt, aber wenn es etwas gab, was noch ausgeprägter war als ihre Selbstüberschätzung, dann war das ihr Dickkopf! Sie würde lieber hier im Wald vor Angst sterben, als auch nur einen kurzen Augenblick darüber nachzudenken, zu *ihm* zurückzukehren und ihren Fehler einzugestehen! Wenn sie in dieser Nacht nicht vor Angst sterben würde, dann würde sie sich gleich morgen dem weitaus drängenderem Problem widmen, wie sie die nächsten Tage an etwas Essbares kommen sollte, denn leider hatte sie bei ihrem überstürzten Aufbruch, versäumt, sich ein paar Haferkekse einzupacken. Ein Rascheln neben ihr ließ sie zusammenfahren, und als sie kurz darauf ein mächtiges Flügelschlagen und einen Windhauch wahrnahm, der ihre Wange streifte, begann sie, an Banshees, Kelpies und Sylphen zu glauben. Das schrille Quieken kurz darauf war zwar eher weltlich und kündete vom unglücklichen Tod einer Maus oder eines Kaninchens, aber Catriona zuckte dennoch erschrocken zusammen. Als ihre Schimmelstute schließlich leise schnaubte und den Kopf in die Höhe warf, erinnerte sie sich plötzlich an eine Geschichte, die ihre Mutter ihr früher erzählt hatte. Sie handelte von weißen Pferden, die Wanderern versprechen, sie über tiefe Flüsse zu tragen und diese dann, wenn sie einmal auf dem Rücken der Tiere Platz genommen haben, in die Tiefe ziehen und sie töten. Die Tatsache, dass sie sich nicht in der Nähe eines Flusses befand, beruhigte sie nur wenig. Sah man nicht auch diesen schwachen, blauen Schimmer über dem Fell der Stute, der den Kelpies eigen war, wenn das Mondlicht darauf fiel? Müde schloss sie schließlich die Augen. So vollkommen überdreht wie sie war, war sie nahe daran, hysterisch zu werden. Und das galt es, zu verhindern, wenn sie eine Chance haben wollte, ihr Unterfangen erfolgreich zu Ende zu bringen. Der Hunger nagte an ihr und daran konnte auch der große Schluck Wasser, den sie aus ihrem Trinkschlauch nahm, nichts ändern. Schließlich glitt sie, mit knurrendem Magen und vor Kälte mit den Zähnen klappernd, doch in einen unruhigen Schlaf, den Kelpies und Banshees zum Trotz.

Immer müssen wir unser Herz daran erinnern, dass jene Dinge, die wir lieben, wieder entweichen werden, ja, schon bereits entwichen sind.
(Seneca)

Beunruhigt sah Malcolm, dass sich ein Reiter in halsbrecherischem Tempo dem Lager näherte, das er und seine Männer kurz zuvor an den Ufern des Loch Dughaill aufgeschlagen hatten. Sie waren Brocs Spuren gefolgt und die führten eindeutig in nördliche Richtung. Zuvor hatten sie in Dornie und Umgebung Erkundigungen eingezogen und danach gab es keinen Zweifel mehr, dass es tatsächlich Broc gewesen war, den sein Mann gesehen hatte. Überdies schien sich Broc recht sicher zu fühlen, denn er gab sich keine große Mühe, seine Spuren zu verwischen, ganz so, als sei es ihm egal, ob man ihm auf den Fersen war oder nicht. Als Malcolm das bemerkt hatte, hatte ihn ein ungutes Gefühl beschlichen. Er war zu lange Krieger im Dienst des Dukes of Albany gewesen, um nicht zu wissen, dass man sich so nur verhielt, wenn man einen Trumpf in der Hinterhand hatte. Einen Trumpf, der einem einen entscheidenden Vorteil brachte, wenn man ihn brauchte.

Als der Reiter dicht genug herangekommen war, erkannte Malcolm, dass es einer der Männer war, die er zu Ailis' Schutz abgestellt hatte. Das und seine wie von großem Schmerz hervorgerufene, gebeugte Haltung ließen Malcolm das Blut in den Adern gefrieren.

Als der Mann vor ihm sein Pferd parierte und ihn ansah, wurde aus dem dumpfen Gefühl der Gefahr plötzliche Gewissheit. Der linke Arm des Mannes hing schlaff an seiner Seite und auf seinem Umhang waren Blutspuren zu sehen. Auf seiner linken Wange klaffte ein tiefer Schnitt und verkrustetes Blut bedeckte

Gesicht und Hals.

„Duncan, um Gottes Willen, was ist passiert?" Malcolm konnte den Mann gerade noch auffangen, bevor er von dem Pferd rutschte. Langsam sank der Mann zu Boden und keuchte vor Anstrengung.

„Chief, Gott sei Dank habe ich Euch gefunden. Wir...", er hustete und trank dankbar ein paar Schlucke Wasser aus dem Trinkschlauch, den sein Laird ihm reichte.

„Wir wurden überfallen, ...die... Lady," Malcolms Herz setzte einen Schlag aus. Er musste an sich halten, um den geschwächten Mann nicht zu schütteln.

„Was ist passiert, Duncan?", wiederholte er stattdessen, konnte aber nicht verhindern, dass sich seine Faust fest in dem Umhang des Mannes vergrub, als er ihn auf die Füße zog.

„Ich... wir waren schon am Loch Cluainie angelangt und berieten, wo wir das Lager für die Nacht aufschlagen sollten... da... Chief, wir konnten nichts machen. Es waren gut zwei dutzend Männer..." Wieder hustete er, aber Malcolms Geduld war am Ende.

„Herrgott, Duncan, was ist mit meiner Gemahlin... und den Kindern?" Er schrie den erschöpften Mann an, der schuldbewusst zusammenzuckte und den Kopf senkte.

„Sie... sie haben sie mitgenommen."

In Malcolms Kopf begann sich alles zu drehen.

„Was soll das heißen?" Seine Stimme wollte ihm nicht gehorchen und so gelang ihm nur ein heiseres Krächzen.

„Sie... die Männer... also wir haben alles versucht. Gowan, Kendrew und Ross sind tot, Chief. Und dann haben sie Lady Ailis und die Kinder auf ihre Pferde gehoben und sind weg. Bitte, glaubt mir, wir haben alles versucht." Seine Stimme zitterte vor Scham, die Gemahlin seines Lairds und ihre Kinder nicht besser beschützt zu haben, aber Malcolm klopfte ihm beruhigend auf die Schulter, obwohl er selbst alles andere als ruhig war. Angst schnürte ihm die Kehle zu und eine eiskalte Hand griff nach seinem Herzen. „Konntest du erkennen, wer euch überfallen hat?" „Die Männer trugen alle dunkle Umhänge, keine Clanabzeichen. Aber ich habe trotzdem einen von ihnen erkannt. Der Kerl gehört zu dem MacKenzie. Er war auf Eilean Donan, bis Ihr ihn weggeschickt habt." Broc MacKenzie steckte also hinter dem Überfall! Und dass er Ailis überfallen und sie und die Kinder entführt hatte, war kein Zufall. *Sie* waren der Trumpf, den er in der Hand hatte! Er wusste genau, dass Malcolm alles tun würde, um seine Frau und seine Kinder zu retten. Sogar - Malcolm musste angesichts dieser schonungslosen Erkenntnis das bittere Gefühl der Scham über seine eigene Schwäche herunter schlucken - sogar Catriona würde er opfern, wenn es um seine Familie ging! Er hatte sich all die Jahre davor gefürchtet, sich dieser Wahrheit zu stellen, aber dennoch konnte er sie nicht einfach ignorieren. Seine Frau und seine Kinder gingen ihm über alles. Vielleicht hatte Niall ja doch recht mit dem, was er über die Liebe dachte: Sie machte schwach und verwundbar , ließ einen Mann alle Prinzipien über Bord werfen und forderte Entscheidungen, die am Ende nur Verlierer kannten.

„Was ist mit den anderen Männern?" Er hatte sich
wieder in der Gewalt, ganz der besonnene, überlegte
Krieger, der man sein musste, um Schlachten zu
gewinnen. Und das hier war Krieg! Allerdings kämpfte
Broc nicht mit offenem Visier, das war noch nie seine
Art gewesen. Brocs Mentor und Freund Murdoch
schätzte ihn gerade wegen seiner verschlagenen Art,
was ein aufschlussreiches Licht auf dessen eigenen
Charakter warf. Malcolm stieg bittere Galle in die
Kehle. Er hätte wissen müssen, dass Broc sich nicht so
einfach mit einer Täuschung abspeisen lassen würde.
Die Gedanken wirbelten in seinem Kopf wild
durcheinander und wollten doch keinen Sinn ergeben.
Was hatte dieser Bastard mit Ailis und den Kindern
vor? Hätte er sie töten wollen, wäre es ein Leichtes an
Ort und Stelle gewesen, da er davon ausgehen musste,
dass niemand seine Leute aufgrund der fehlenden
Clanabzeichen erkannt hatte. Er hätte es wie einen
Raubüberfall aussehen lassen können und wäre damit
wahrscheinlich durchgekommen. Niemanden hätte es
in diesen unruhigen Zeiten, in denen Schottland unter
der Herrschaft eines gierigen und machthungrigen
Regenten wie Murdoch litt, gewundert, dass so etwas
passierte. Also brauchte Broc Ailis und die Kinder
lebend. Und obwohl das eigentlich ein beruhigender
Gedanke sein sollte, war Malcolm alles andere als
beruhigt. Es ergab alles nur wenig Sinn, denn wenn
König Jakob erst in Schottland war, würde er solche
Vergehen wie die Entführung einer schottischen
Adeligen ganz sicher hart bestrafen, wenn er Gesetz
und Ordnung in seinem Land wieder herstellen und

das Vertrauen seiner Lairds gewinnen wollte. Und wenn Broc eine Ehe mit Catriona anstrebte, um sich die Gunst des Königs zu sichern, war doch die Entführung von Ailis unter diesem Gesichtspunkt vollkommen absurd!

Malcolms Gedanken drehten sich im Kreis, aber wie er es auch drehte und wendete, welche Vermutung er auch anstellte, alle Fäden liefen bei Catriona zusammen. Natürlich hatte er vorgehabt, Catriona und Niall ausfindig zu machen, aber nun musste seine Priorität der Suche nach Ailis und den Kindern gelten. Nur: Wohin hatte Broc sie bringen lassen? Seine eigene Burg Dunollie Castle lag zu weit im Südwesten, in der Nähe des Fischerdörfchens Oban, gute hundert Meilen entfernt. Mit Ailis und den Kindern im Gefolge würde er auch kein Gasthaus aufsuchen oder bei befreundeten Lairds unterkommen können.

Malcolm fuhr sich durch die Haare und schloss für einen kurzen Moment die Augen. Er wusste, dass seine Leute auf Befehle von ihm warteten. Er atmete noch einmal tief durch, dann hatte er eine Entscheidung gefällt. So sehr es ihn auch schmerzte, die Verfolgung Brocs aufzugeben und Catriona und Niall für den Augenblick sich selbst überlassen zu müssen: Ailis' Wohl und das seiner Kinder ging vor und auch seine Männer erwarteten, dass ihr Laird in dieser Situation Stärke zeigte. Nein, er musste so schnell wie möglich nach Eilean Donan zurück, die Verletzten befragen und vor Ort nach Spuren von Ailis' Verbleib suchen.

„Männer, wir brechen das Lager ab. Colin, Edan und

Lennox, ihr folgt weiter Broc. Wenn ihr ihn oder Catriona gefunden habt, schickt Nachricht." Er wandte sich an den Rest seiner Männer.

„Wir reiten zurück zur Burg. Wir müssen sehen, was wir dort tun können. Gowan, Kendrew und Ross verdienen ein anständiges Begräbnis." Ihm wurde das Herz schwer, wenn er daran dachte, dass diese tapferen, mutigen Männer ihr Leben wegen eines Mannes lassen mussten, der versuchte, seinen gottverdammten Arsch auf zweifelhafte Weise zu retten.

„Wir müssen eine Spur von meiner Gemahlin und den Kindern finden, bevor dieser feige Hund ihnen etwas antut."

Wütend stieg Malcolm auf sein Pferd und gab ihm die Sporen. Er war entschlossener denn je, diesen Bastard für das bezahlen zu lassen, was er seinen Männern und seiner Familie angetan hatte.

Es gibt ein Auge der Seele, mit ihm allein kann man die Wahrheit sehen.
(Platon)

Erschöpft und wütend blieb Niall oberhalb eines kleinen Waldstückes stehen. Die Wolkendecke war inzwischen aufgerissen und eine milchige Mondsichel spendete gerade ausreichend Licht, um den Weg vor ihm zu beleuchten. Wenn seine Berechnungen stimmten, müsste er Catriona am Ende des Weges abpassen können, er musste nur noch über das lose herumliegende Geröll nach unten klettern und warten. Fluchend schlitterte er den Abhang hinunter und verursachte dabei in der Stille der Nacht eine Geräuschkulisse wie ein schottisches Heer auf dem Weg in die Schlacht. Grimmig dachte er, dass dieser Vergleich gar nicht so weit hergeholt war, denn dieses sture, eigensinnige Weib hatte ihm ganz offen den Kampf angesagt und er gedachte nicht, diese Schlacht zu verlieren. Die Schlacht nicht und schon gar nicht den Krieg, den sie angezettelt hatte! Als er unten angekommen war und auch der letzte lose Stein seinen neuen Platz gefunden hatte, schärfte er seine Sinne und hörte in die eingekehrte Stille. Nichts, nur das Rufen eines einsamen Käuzchens auf Futtersuche. Wenn sie schlau war, hatte sie irgendwo einen Platz für die Nacht gefunden, denn in der Dunkelheit würde sie nicht weit kommen. Überhaupt nötigte es ihm einen gewissen Respekt ab, dass sie es gewagt hatte, sich alleine auf den Weg zu machen. Wenn es auch vollkommen unsinnig, unbedacht und gefährlich war, wenn man sich in den Highlands nicht auskannte und zudem noch eine Frau war. Er hätte ihr diesen Mut nicht zugetraut, aber ganz offensichtlich war der Grund für ihre Flucht stärker als ihre Angst - und ihre Vernunft. Was die Frage aufwarf, warum sie vor ihm floh. Am meisten schmerzte ihn die Möglichkeit, dass

166

sie Angst vor ihm haben könnte. Allerdings - wenn sie die Gedanken lesen könnte, die ihm nur allzu oft durch den Kopf gingen, wenn er ihre schlanke Gestalt, ihren wohlproportionierten, kleinen Hintern oder ihre aufregend wohlgeformten Brüste betrachtete, sollte sie vielleicht wirklich Angst vor ihm haben. Das Funkeln in ihren außergewöhnlich blauen Augen, die schön geschwungenen, sinnlichen Lippen und die Art, wie sie an jenem Morgen in dem Schuppen auf seine Berührungen reagiert hatte, ließen darauf schließen, dass hinter ihrer unzweifelhaft unschuldigen Art ein Feuer loderte, das er nur zu gerne geweckt hätte. Er begehrte sie, wie er noch nie zuvor eine Frau begehrt hatte, aber es war gerade diese Unschuld, die ihn davon abhielt, diesem Begehren nachzugeben. Und der beängstigende Gedanke, dass Catriona die Frau sein könnte, die seinen sorgsam aufgebauten Schutzwall zum Einstürzen bringen könnte. Ausgerechnet eine Frau, die er nie haben könnte. Sie stand als Nichte des Königs so weit über ihm, dem zweitgeborenen Sohn ohne Land, ohne Heim und finanzielle Mittel, dass er es nicht wagen durfte, an mehr als ein flüchtiges Abenteuer zu denken. Und auch das war vollkommen ausgeschlossen, bedachte man die Pläne, die König Jakob mit ihr hatte. Wenn ihn nicht die gefälschten Papiere an den Galgen bringen würden, dann ganz bestimmt die Tatsache, dass er ihr die Jungfräulichkeit genommen hätte. Er hatte in der Vergangenheit stets darauf geachtet, sich nur mit Frauen abzugeben, die wussten, worauf sie sich einließen, wenn sie mit ihm ins Bett gingen. Er hatte genossen, was sie zu geben bereit waren und er wusste, dass auch er sie befriedigt hatte. Zumindest in dieser Hinsicht. Es hatte immer eine unausgesprochene Einigkeit geherrscht, jeder gab, jeder nahm. Das war es. Nur bei Davina war es anders gewesen. Sie hatte plötzlich Gefühle für ihn entwickelt und er hatte sie daraufhin verlassen. Es war die einzige Möglichkeit gewesen, ihr keine Hoffnungen auf eine gemeinsame Zukunft zu machen. Niall war nicht gerade stolz darauf, so gehandelt zu haben, aber er wollte auch nicht länger mit ihr ins Bett steigen, wenn sie sich Hoffnungen auf eine Zukunft mit ihm machte. Er war vielleicht ein unmoralischer Schuft, aber er war auf gar keinen Fall ein Heuchler, der sich die Gunst einer Frau sicherte, indem er ihr etwas vorgaukelte, was er nicht zu geben vermochte. Und aus genau diesem Grund durfte er Catriona nicht anrühren. Er durfte ihr auf keinen Fall das Gefühl geben, dass er mehr in ihr sah, als das Mittel zum Zweck zu sein, seine Ziele zu erreichen. Ihre Zukunft bestimmte der König und ganz sicher war das auch besser für Catriona. Er würde ihr nie das Leben bieten können, das sie verdiente. Ein sicheres Zuhause, Wohlstand und Kinder kamen in seiner Zukunft nicht vor, weil er sie sich nicht leisten konnte. Und Glynis hatte ihm schmerzlich vor Augen geführt, dass genau das es war, wonach Frauen in dieser Gesellschaft strebten. Und er konnte es ihnen noch nicht einmal verdenken, das Beste für sich und ihr Leben erreichen zu wollen. Wenn auch auf andere Ziele gerichtet, galt schließlich dasselbe für ihn.

Ein leises Geräusch, das wie das Schnauben eines Pferdes klang, unterbrach seine Gedanken. Er hielt inne und konzentrierte sich. Wieder ein leises Schnauben, so leise und damit so weit weg, dass nur das geschulte Ohr eines ausgebildeten Kämpfers es wahrnehmen konnte. Langsam bewegte er sich in die Richtung, aus der das Geräusch gekommen war. Das fahle Mondlicht beleuchtete den vor ihm liegenden Pfad, aber als er in das kleine Waldstück trat, verdunkelten die Kronen der Bäume das Licht und Dunkelheit umfing ihn. Vorsichtig schlich er in die Richtung, aus der das Schnauben gekommen war. Er bewegte sich mit äußerster Vorsicht, denn immerhin bestand die Möglichkeit, dass es nicht Catriona war, die dort ihr Lager aufgeschlagen hatte. Und nur mit Pfeil und Bogen, die ihm in der Dunkelheit nichts nützen würden, wenn er sich verteidigen müsste, fühlte er sich nicht gerade sicher. Er vermisste sein Claymore schmerzlich und hoffte, dass der einzig wertvolle Besitz, der ihm - außer seinem treuen Hengst und einem Messer, das ihm sein Bruder vor einiger Zeit geschenkt hatte - geblieben war, nicht durch Catrionas unüberlegtes Handeln verloren war. Noch mehr hoffte er allerdings, dass Catriona nichts zugestoßen war und die Intensität dieses Wunsches ließ ihn zusammenzucken. Was hatte diese Frau an sich, dass er derart um sie besorgt war? Bestürzt stellte er fest, dass seine Gefühle für Catriona weit über das Maß hinaus gingen, das dieser unsinnige Vertrag von ihm verlangte. Seine Sorge galt schon lange nicht mehr den Beweisen, die Malcolm ihm beschaffen wollte, wenn er

Catriona beschützte, und diese Erkenntnis traf ihn härter als der Schwerthieb, dem er die Narbe an seiner linken Wange verdankte, die dieser Hurensohn Broc ihm beigebracht hatte.

Offensichtlich von dieser verwirrenden Erkenntnis abgelenkt trat Niall auf einen herumliegenden Ast und hielt augenblicklich inne. Er war wütend auf sich, auf Catriona und das Gefühlschaos, das sie in ihm angerichtet hatte, denn ganz offensichtlich war er dabei, seine antrainierte Vorsicht außer acht zu lassen, wenn er an sie dachte.

Auch Catriona war aus einem unruhigen Schlummer erwacht, als sie ein Geräusch hörte, das wie das Knacken eines trockenen Astes klang. War es möglich, dass hier irgendjemand herumschlich? Oder war es nur ein Tier? Oder aber... ein Kelpie? Ärgerlich schüttelte Catriona den letzten Rest Schlaf ab, der ganz offensichtlich ihre Sinne verwirrte. Sie brauchte dennoch einen kurzen Augenblick, bis sie wieder wusste, wo sie war und was sie hier wollte.

Wieder ein Rascheln.

Sie griff nach dem Claymore, das sie vorsichtshalber neben sich gelegt hatte, aber sie konnte ihre kalten Finger kaum bewegen. Erst jetzt merkte sie, dass sie erbärmlich fror und sich kaum bewegen konnte. Himmel! Sie hatte wohl länger geschlafen als sie gedacht hatte. Und auch wenn sie keine Ahnung davon hatte, wie man in der Wildnis überlebte, wusste sie doch, dass es unverantwortlich war, sich bei dieser Kälte einfach hinzulegen und einzuschlafen. Die einzige Möglichkeit, ohne Unterschlupf in der eisigen Kälte zu überleben war, in Bewegung zu bleiben! Ärgerlich versuchte sie, auf die Beine zu kommen, was ihr schließlich nach einigen Anläufen gelang. Sie stampfte laut auf, um die Blutzirkulation anzuregen und rieb sich über ihre eiskalten Arme. Sie ärgerte sich über den Lärm, den sie in der Stille verursachte, aber wenn sie überhaupt eine Chance haben wollte, sich gegen das zu verteidigen, was in der Dunkelheit lauerte, musste sie beweglich sein. Als ihre Glieder ihr wieder einigermaßen gehorchten, griff sie sich das Claymore und wappnete sich.

Fast musste Niall grinsen, als er das Getöse hörte, das der Unbekannte veranstaltete. Kein Krieger würde sich so verhalten und den Feind derart auf sich aufmerksam machen. Also konnte es sich bei der Person nur um eine unvorsichtige, halsstarrige und eigensinnige Frau handeln, die mehr Mut als Verstand besaß: Catriona. Er schlich sich noch etwas weiter an die Geräuschkulisse heran und als er sie schließlich auf einer Lichtung erblickte, sein Claymore mutig in die Höhe gereckt und vom schwachen Mondlicht beschienen, stockte ihm der Atem. Sie stand da wie die Kriegsgöttin Andraste, wild und unerschrocken und atemberaubend schön im milchigen Licht des Mondes, das sie wie eine unwirkliche Aura umgab. Niemals zuvor war sie in Nialls Augen begehrenswerter gewesen, als mit diesen funkelnden, wild aufgerissenen Augen, das Claymore kühn in die Höhe gereckt und doch so verletzlich wie nie zuvor. Ihre Arme zitterten von dem ungewohnten Gewicht der schweren Waffe, und doch hielt sie sie wie ein Schutzschild stolz in die Höhe, selbst noch, als sie ihn erkannte.

„W... was... wollt Ihr hier?", fragte sie unsinnigerweise, denn über seine Absicht konnte ja wohl kaum ein Zweifel bestehen. Er trat auf sie zu und streckte die Hand nach seiner Waffe aus, die fast so groß war wie die zierliche Frau, die sie hielt.

„Ich weiß nicht, was Euren sonst so messerscharfen Verstand getrübt haben könnte, dass Ihr das nicht wisst."

„Wagt Euch einen Schritt näher und ich..." Sie versuchte, das Schwert so zu schwingen, wie sie es bei den Übungskämpfen der Ritter ihres Bruders oft genug beobachtet hatte, aber statt einer eleganten Bewegung mit dem Ding brachte sie nur eine kleine Kurve hervor, bevor die schwere Waffe mit der Spitze zu Boden sank. Niall nahm ihr das Schwert aus der Hand und sah sie an.

„Was habt Ihr Euch dabei gedacht, einfach so los zu reiten, stures Weib? Seid Ihr Euch bewusst, wie viel Glück Ihr hattet, dass Euch nichts passiert ist?" Er unterdrückte den Impuls, sie in seine Arme zu ziehen.

„Oh, seid gewiss, dass ich es unter sorgfältiger Abwägung aller Gefahren für das Beste hielt, Euch nicht länger zur Last zu fallen und keinen Tag länger Eure Beleidigungen ertragen zu müssen!" Sie zitterte vor Kälte, ihre Lippen, auf die er unentwegt starrte, hatten den verführerischen roten Ton verloren und schimmerten stattdessen bläulich, aber ihre Haltung war stolz und aufrecht wie immer.

„Wenn Ihr mich jetzt bitte allein lassen würdet, damit ich im Morgengrauen den Weg nach Hause fortsetzen kann, wäre ich Euch sehr dankbar. Euer Pferd habe ich unterwegs frei gelassen und ich bin sicher, dass sich Euer treue Begleiter wieder einfindet, wenn Ihr ihn ruft." Sie leckte sich mit ihrer verführerischen rosa Zunge über die Lippen, was augenblicklich eine Auswirkung auf die unteren Regionen von Nialls Körper hatte.

„Wenngleich Ihr eine solche Treue gar nicht verdient, aber sei es drum. Ich entbinde Euch von dem Versprechen, das Ihr meinem Bruder geben musstet, um diese geheimnisvollen Informationen zu bekommen, die Euch so wichtig sind und die Euch auf diese für Euch so unangenehme Art und Weise an mich binden. Ich werde dafür sorgen, dass Ihr sie trotzdem bekommt, auch wenn..."

Mit einem einzigen Schritt war Niall bei ihr und packte sie bei den Schultern. Aber statt sie, wie er es eigentlich vorgehabt hatte, zu schütteln, riss er sie an sich und küsste diese sinnlichen Lippen. Kurz dachte er, dass das offensichtlich ein probates Mittel war, um sie zum Schweigen zu bringen, dann jedoch merkte er, dass er einen fatalen Fehler begangen hatte. Sein Körper reagierte auf ihre Nähe mit einer Heftigkeit, die er allenfalls aus seiner Jugend kannte und die nichts mit der abgeklärten Lust zu tun hatte, die er in den Betten der anderen Frauen befriedigt hatte. Das hier war ... anders. Seit Glynis hatte er zum ersten Mal wieder das Gefühl, dass seine Seele beteiligt war, dass die körperliche Befriedigung, die Catriona ihm unzweifelhaft schenken könnte, ihm niemals reichen würde. Er wusste mit einer zerstörerischen Gewissheit, dass er niemals genug von dieser Frau bekommen würde, von ihrem betörenden Körper und ihrer eigensinnigen, sturen Schönheit. Von ihrer scharfen Zunge und dem Funkeln ihrer blauen Augen... Ihm wurde bewusst, dass er gerade im Begriff war, die Kontrolle, die bisher alle seine Beziehungen beherrscht hatte, zu verlieren. Mit einem lauten Aufstöhnen stieß er sie von sich, brachte ein paar Schritte Entfernung zwischen sich und sie und drehte sich um. Wenn sie ihn jetzt ansähe, würde sie die Wahrheit erkennen, und das durfte niemals passieren. Niemals konnte... würde sein, was er sich erhoffte und gerade deshalb durfte er Gefühle wie diese nicht zulassen. Er würde es nicht noch einmal durchstehen, eine geliebte Frau an einen anderen zu verlieren. Aber genau das würde passieren, wenn Jakob sie mit einem seiner Günstlinge vermählte! Nach einem langen Moment des Schweigens, in dem nur Catrionas heftiges Atmen die Stille durchbrach, hatte er sich wieder so weit in der Gewalt, dass er sich zu ihr umdrehen konnte, ohne seine aufgewühlten Gefühle preiszugeben. Wie schon am Morgen in der Hütte erschrak er über den Ausdruck, der in ihren großen, blauen Augen stand.

„Ihr müsst mir nicht beweisen, dass Ihr außer mit Eurem Claymore auch mit eurer Zunge geschickt umzugehen versteht. Es sollte unter Eurer Würde sein, eine unerfahrene Frau wie mich mit derart unlauteren Mitteln zum Schweigen zu bringen. Ganz sicher habt

Ihr es nicht nötig, meine Unerfahrenheit auf diesem...
Gebiet derart schamlos auszunutzen." Das Mondlicht
reichte aus, um zu sehen, dass ihre Augen vor Wut
blitzten.

„Aber anscheinend reicht Euer Wortschatz nicht aus,
um eine Diskussion auf intellektuellem Niveau zu
führen." Sie drehte sich um und stapfte wütend zu
ihrer Stute, die mit hängendem Kopf dösend in der
Kälte stand. Niall blinzelte vor Überraschung.
Tatsächlich fühlte er sich einer Diskussion mit diesem
uneinsichtigen Frauenzimmer nicht gewachsen, wenn
auch aus einem gänzlich anderen als dem von ihr
genannten Grund. Er fürchtete weniger, ihr in einer
Diskussion aufgrund mangelnden Wortschatzes
unterlegen zu sein, als vielmehr, sein vorhandenes
Vokabular vollkommen zu vergessen, wenn sie so nah
bei ihm stand und seine Sinne verwirrte.

Catriona wollte gerade auf den Rücken ihrer Stute
klettern, als er aus seiner Erstarrung erwachte und sie
energisch daran hinderte, ihr Pferd zu besteigen.

„Wenn Ihr tatsächlich glaubt, ich würde Euch einfach
so ziehen lassen, dann seid Ihr noch viel naiver als ich
bisher geglaubt habe." Catriona versuchte, ihren Arm
aus der unbarmherzigen Umklammerung zu
entziehen, aber gegen den stahlharten Griff seiner
muskulösen Arme hatte sie keine Chance. Niall zog die
sich heftig gegen ihn wehrende Frau von ihrem Pferd
weg.

„Ich warne Euch: Reizt mich nicht länger und tut, was
ich von Euch verlange, sonst..."

„Küsst Ihr mich wieder? Oder habt Ihr noch andere

Methoden auf Lager, widerspenstige Frauen fügsam zu machen?" Herausfordernd sah sie ihn an, aber Niall war nicht bereit, sich erneut auf einen Disput mit dieser Frau einzulassen. Stattdessen löste er seinen Gürtel von seiner Taille und trat auf Catriona zu. Im fahlen Mondlicht konnte er ihren Gesichtsausdruck nicht genau erkennen, aber als sich ihr ein Keuchen entrang, ahnte er, was sie dachte.

„Seid versichert, Ihr möchtet diese Methoden nicht kennenlernen und ich hätte auch gar keine Lust, Eure Neugier in dieser Sache zu befriedigen. Und jetzt gebt mit Eure Hand."

„Wie bitte?" Verständnislos sah sie ihn an.

„Gebt mit Eure Hand. Wenn Ihr glaubt, ich würde es riskieren, dass Ihr noch einmal weglauft, dann muss ich Euch enttäuschen." Er zog grob an ihren Armen, die sie trotzig hinter dem Rücken verschränkt hatte und zerrte ihre Hände hervor. Geschickt schlang er den Gürtel um ihr rechtes Handgelenk und fixierte ihn mit der Schnalle in einem Loch. Als sie ihn verständnislos anstarrte, löste er seinen Umhang von den Schultern und bedeutete ihr, sich hinzulegen.

„Ich... also Ihr habt doch nicht vor... ich meine...", stammelte sie und er hörte deutlich die Angst aus ihren Worten heraus. Offensichtlich dachte sie, er würde sie hier auf dem kalten Boden vergewaltigen, um sie gefügig zu machen. Verärgert, weil sie ihm offensichtlich eine solche Rohheit zutraute, knurrte er: „Seid nicht albern. Wenn ich Euch etwas antun wollte, hätte ich schon längst Gelegenheit dazu gehabt. Seid versichert, dass mir an Euch nichts liegt." Er legte sich neben sie auf den Boden, zog sie eng an sich und breitete seinen Umhang über sie beide aus.

„Es wird bald hell, vorher können wir uns nicht auf den Weg machen. Ich gedenke, bis dahin noch ein wenig zu schlafen, schließlich habe ich mir wegen Euch den Großteil der Nacht um die Ohren geschlagen. Wenn wir nicht erfrieren wollen, müssen wir uns zwangsläufig gegenseitig wärmen. Ich hoffe, dass Eure jungfräuliche Gesinnung kein Schaden nimmt, wenn Ihr das zulasst..."

„Macht Euch um meine *jungfräuliche Gesinnung* nur keine allzu großen Gedanken.", zischte sie, ließ er aber zu, dass er sie eng an sich zog. „Sagt mir lieber, was das...", sie hielt ihm ihre gefesselte Hand vor die Nase, „... hier soll!"

Niall richtete sich gewollt umständlich und langsam auf dem harten Boden ein, bevor er das andere Ende des Gürtels um seine rechte Hand schloss und diese gleichzeitig um sie legte.

„Das, meine liebste Gemahlin, ist meine Versicherung, dass Ihr nicht wieder in einem Anfall von Eigensinn das Weite sucht. Und glaubt nicht, dass es Euch gelingen wird, den Gürtel von Eurer Hand zu lösen, ohne dass ich es merke! Wollt Ihr auf Eurer rechten Seite oder lieber auf der linken Seite schlafen?"

„Wie bitte?" Niall konnte an dem gepressten Tonfall ihrer Worte hören, wie wütend sie war.

„Je nachdem, welche Seite Ihr bevorzugt, müssen wir uns einrichten. Wenn Ihr zum Beispiel lieber auf der rechten Seite..."

„Schon gut, Ihr... Ihr..., ach, was soll`s. An Euch ist sogar eine Beleidigung verschwendet! Ich schlafe auf der linken Seite." Da Niall ebenfalls auf der linken Seite lag, stellte das für sie die geringste Gefahr dar, da sie ihm so den Rücken zukehren konnte. Er ließ den Gürtel etwas lockerer, damit sie ausreichend Spielraum für ihren Arm hatte, hielt ihn aber fest genug, um den kleinsten Ruck zu spüren, sollte sie dennoch versuchen, sich zu befreien. Er selbst wusste nicht, ob diese Position wirklich besser für sein Seelenheil war, denn so lag ihr süßes Hinterteil gefährlich nah an der Stelle, die für genau diese Art von Reizen empfänglich war. Und wie um ihn zu reizen, rutschte sie unruhig hin und her, um eine möglichst bequeme Lage einnehmen zu können. Wenn er nicht gewusst hätte, dass sie über keinerlei Erfahrung auf diesem Gebiet verfügte, würde er glauben, sie wolle ihn verführen. Aber auch dieses Wissen machte seine Lage nicht besser, und er hoffte, dass ihre Unerfahrenheit so weit ging, dass sie seinen Zustand nicht bemerkte!

„Was hat Malcolm mit mir vor?", fragte sie nach einer ganzen Weile, in der nur ihr gleichmäßiges Atmen zu hören gewesen war. Ihre Stimme klang nicht länger aufgebracht. Eher ratlos, ängstlich. Er hatte gedacht, sie sei längst eingeschlafen, aber offenbar beschäftigte sie etwas, das ihr keine Ruhe ließ.

„Was meint Ihr?" Niall richtete sich auf und stützte sich auf seinen linken Arm. Er konnte ihr Profil im milchigen Licht des Mondes sehen, konnte sehen, dass sie mit geöffneten Augen in den Wald starrte und an ihrer Lippe knabberte. Der Anblick rührte ihn, denn sie sah mit einem Mal so hilflos, so verletzlich aus, dass er sie am liebsten in seine Arme gezogen und getröstet hätte. Aber da er ahnte, dass ihn das seine mühsam aufrecht erhaltene Distanz kosten würde, beließ er es dabei, sie nur anzusehen.

„Ich meine... will Malcolm mich in ein Kloster stecken, wenn... das hier vorbei ist?"

„Wie kommt Ihr denn darauf?" Verblüfft starrte Niall auf die zierliche Gestalt neben ihm.

„Weil... das hat er mir immer angedroht, wenn...", sie versuchte, sich zu ihm umzudrehen, aber der straff gespannte Gürtel hinderte sie daran. Schnell ließ Niall den Lederriemen los, so dass sie Bewegungsfreiheit hatte.

„Wenn was?" Ihre Nähe brachte ihn fast um den Verstand und er musste sich zusammenreißen, ihren Worten zu folgen und nicht immerzu auf ihre zitternden Lippen zu starren. Es sah ganz so aus, als wenn sie gleich in Tränen ausbrechen würde.

„Zum Beispiel habe ich einmal heimlich den Messwein ausgetrunken, ich meine, in der Kirche, kurz vor der Messe. Ich hatte mich heimlich hinein geschlichen... und als Pater Eustasios dann... also als er das Heilige Abendmahl... das war kein Wein mehr da." Sie erzählte das so ernst, dass Niall sich das Grinsen verkneifen musste.

„Ich habe den ganzen Gottesdienst über gekichert, da musste Malcolm nicht lange nach dem Schuldigen suchen. Da hat er mir das erste Mal damit gedroht, mich in ein Kloster zu stecken."

Niall war neugierig, welche schlimme Sünden dieses unschuldig wirkende Frauenzimmer wohl noch verbrochen haben könnte, dass Malcolm ihr mit dem Kloster gedroht hatte.

„Das erste Mal? Gab es denn noch weitere Male?" Er hoffte, dass sie die Erheiterung in seiner Stimme nicht bemerkte. Stattdessen sah sie ihn aus ihren großen blauen Augen ernst an.

„Na ja, ich... habe Ahearn ein paar Kunststücke beigebracht." Ahearn war Malcolms riesiges Schlachtross, wild, furchteinflößend mit rollenden Augen, der nur auf seinen Herrn hörte und vor dem selbst die Stallburschen gehörigen Respekt hatten.

„Ihr habt... *was* getan?" Ungläubig sah er sie an.

„Oh, nichts Schlimmes, nur... sich auf Kommando hinlegen!" Sie sagte das mit so viel Eifer, dass er fast die Bedeutung dieser Worte nicht erfasst hätte. Einem Pferd beizubringen, sich auf Kommando hinzulegen, zeugte von sehr großem Vertrauen, denn ein Pferd war ein Fluchttier und würde sich niemals freiwillig hinlegen, solange es sich nicht vollkommen sicher fühlte! Es gelang nur, wenn man viel Geduld und Einfühlungsvermögen besaß. Er hätte dieser impulsiven, unbedachten Frau eher zugetraut, dass sie sich das Pferd für einem unerlaubten Ausritt ausgeliehen hätte, das hätte ihrem Naturell eher entsprochen. Aber im Grunde genommen zeigte diese Geschichte nur, wie wenig er von dem widersprüchlichen Charakter dieser Frau wusste.

„Na ja, ich... also ich habe Ahearn einmal das

Kommando gegeben… also, da wollte Malcolm mit seinen Männern gerade den Hof verlassen…", unterbrach sie seine Gedanken.

„Wie... alt war Malcolm da?" Seine tiefe Stimme vibrierte vor unterdrückter Belustigung und er versuchte tapfer, sich nicht anmerken zu lassen, welche Bilder von dem verdutzten Sohn des alten Lairds vor seinem Auge entstanden.

„So achtzehn, neunzehn Jahre wird er wohl gewesen sein, genau weiß ich das nicht mehr."

Niall konnte sich lebhaft vorstellen, was es für Malcolm bedeutet haben musste, vor den Männern seines Vaters, die einmal seine eigenen Gefolgsleute sein würden, derart bloß gestellt worden zu sein, obwohl er insgeheim immer noch daran zweifelte, dass es möglich wäre, ein Streitross dazu zu bringen. Aber wenn sie die Wahrheit sagte, dann war Malcolm mit seiner Drohung, sie in ein Kloster zu stecken, noch ziemlich gnädig gewesen! Er hätte sie lieber übers Knie legen sollen, dachte Niall, denn einen zukünftigen Laird derart zu demütigen, war... war...

„Herrgott, Niall, damals war ich zehn Jahre alt und mir war einfach langweilig!" Belustigung und Empörung rangen in ihm um die Oberhand, als er sich das kleine Mädchen, stolz wie eine Amazone im Burghof stehend und dem Pferd befehlend, vorstellte.

Sie hatte seinen Gesichtsausdruck offenbar falsch gedeutet, als sie sich so zu rechtfertigen versuchte.

„Es spielt keine Rolle, wie alt Ihr damals ward, allein die Tatsache, dass Ihr damit Euren Bruder vor seinen Leuten lächerlich gemacht habt…"

„Ach was, lächerlich! Männer! Er sollte mir lieber dafür dankbar sein, dass Ahearn sich seitdem auf Kommando hinlegt, das hat ihm schon oft in Kämpfen geholfen, wenn er wegen einer seiner martialischen Verwundungen mal wieder nicht von alleine auf sein Pferd steigen konnte" Verärgert verlagerte sie ihr Gewicht und stützte sich nun ebenfalls auf ihren Ellbogen. Zu nah, viel zu nah, dachte Niall und rückte ein Stück von ihr ab.

„Was noch?" Er war gespannt, was dieses verrückte Weib noch für Schandtaten auf dem Kerbholz hatte, dass Malcolm ihr mit dem Eintritt ins Kloster drohte. Was natürlich vollkommener Unsinn war, bedachte man, dass Malcolm, was Catrionas Zukunft anging, keinen Einfluss hatte. Aber das wusste sie ja nicht und Niall dachte einmal mehr, dass es nicht richtig von seinem Freund war, ihr ihre Herkunft so lange zu verschweigen.

„Ich...", sie senkte den Blick und befeuchtete ihre Lippen. Allein diese kleine Geste war geeignet, Nialls Blut in Wallung zu bringen.

„Wir hatten Besuch von einem befreundeten Laird. Malcolm und er ritten täglich zur Jagd und schließlich bekam ich mit, dass er um meine Hand angehalten hatte. Aber ich mochte ihn nicht. Er war mindestens so alt wie mein Vater und er behandelte seine Leute so ... herablassend. Einen Jungen hat er sogar geschlagen, weil der ihm beim Mahl in der Halle versehentlich etwas Wein über das Wams geschüttet hat, und zwar so arg, dass Sionag Mühe hatte, seine gebrochenen

Knochen wieder zusammenzuflicken." Sie holte tief Luft, sprach aber nicht weiter.

„Und da habt Ihr… was getan?"

„Seinen Falken freigelassen!" Schuldbewusst senkte sie die Stimme. Niall hielt vor Verblüffung und Entsetzen die Luft an.

„Ihr habt... seinen Falken freigelassen?" Diese Tiere kosteten ein Vermögen, waren sehr schwer zu bekommen und abzurichten und beliebte Statussymbole für ihre jeweiligen Besitzer.

„Ja, der saß doch genauso in der Falle wie ich! Wenn Malcolm den Antrag dieses... dieses aufgeblasenen, aufbrausenden, hässlichen Fettwanstes angenommen hätte..."

„Aber Malcolm hätte doch niemals..." Aber das konnte sie ja nicht wissen!

„Ihr hättet nicht extra den Falken..."

„Ein weißer Gerfalke, um genau zu sein!" Zerknirscht schlug sie die Augen nieder. Offensichtlich war ihr bewusst, dass ein Gerfalke noch weitaus wertvoller war als ein einfacher Jagdfalke.

Nun war Niall doch eher belustigt. Offensichtlich hatte Malcolm alle Hände voll zu tun gehabt, diesen Wildfang im Zaum zu halten. Was ihm allerdings nicht immer gelungen war, wie es den Anschein hatte. Vorsichtig strich er ihr eine widerspenstige Locke hinter das Ohr. Er hatte keine Worte für die Gefühle, die ihn beim Anblick dieser zerzausten, hinreißend schönen Frau überkamen. Längst ahnte er, dass es nicht nur fleischliches Begehren war, dass ihn antrieb, sondern etwas, das tiefer ging, viel tiefer. Dass sie dabei war, etwas in ihm freizulegen, das er so viele Jahre lang vor sich und der Welt verschlossen hatte.

„Aber wie kommt Ihr nun darauf, dass Malcolm Euch in ein Kloster schicken würde?" Fast zärtlich klang seine Stimme und sie sah zu ihm auf.

„Na ja, er hat immer damit gedroht, wenn ich etwas angestellt hatte, und dann... er hat jeden Bewerber um meine Hand abgewiesen, obwohl durchaus annehmbare dabei gewesen wären." Sie sah dabei so sehnsüchtig auf seine Lippen, dass er diese unmissverständliche Aufforderung nur schwer ignorieren konnte. Aber er unterdrückte den Drang, sie zu küssen, weil er dann für nichts mehr hätte garantieren können.

„Ich bin schon sehr alt, wisst Ihr, ich hätte längst..." Nun musste Niall doch grinsen. „Stimmt, seeehr alt! Ihr seht aber jünger aus!" Ihre Faust traf ihn in der Magengrube, aber sie verursachte nicht mehr als ein kleines Flattern.

„Ihr macht Euch über mich lustig! Ihr seid... ein widerlicher, überheblicher, selbstherrlicher..." Sie unterbrach sich und suchte offensichtlich nach einem passenden Ausdruck, der seine gesamte Verderbtheit zutreffend wiedergab.

„Schuft?", versuchte Niall, ihr auszuhelfen.

„Ach was, für so etwas wie Euch ist noch kein zutreffender Begriff erfunden worden." Sie wollte sich wieder umdrehen, aber Niall hinderte sie daran.

„Ich wollte Euch nicht verletzen. Es ist nur so absurd zu glauben, Malcolm wollte Euch in ein Kloster stecken!"

„Ach ja? Er droht mir über Jahre damit, weist jeden
Bewerber um meine Hand ab, verheiratet mich dann
mit Euch, aber nicht, ohne darauf zu bestehen, dass
diese Ehe annulliert wird, sobald ich sicher vor Broc
bin. Ich frage Euch: Wann wird das sein? Wenn ich in
einem Kloster weggesperrt bin? Warum hat er mich
dann nicht schon vor vielen Jahren dorthin gegeben?
Warum hat er mich erst von dem Leben kosten lassen,
das mir dann verwehrt sein wird?" Sie schluchzte und
Niall strich ihr tröstend über ihre seidenweichen
Locken. Einmal mehr verfluchte er seinen Freund und
dessen Entscheidung, Catriona über ihr Schicksal im
Ungewissen gelassen zu haben. Sie hatte aus seinem
Verhalten völlig falsche Schlüsse gezogen!
Sanft hielt er ihren bebenden Körper in seinen Armen,
wiegte sie in dem Wunsch, sie vor allem Bösen dieser
Welt beschützen zu können. Er wollte sie trösten, ohne
zu wissen, wie er das tun sollte, ohne ihr die Wahrheit
zu sagen. Aber warum eigentlich nicht? Natürlich
würde sie ihm nicht glauben, aber Malcolm hatte ihm
für diesen Fall ein gesiegeltes Schreiben und den Ring
ihres Vaters mitgegeben. Morgen!, schwor er sich,
morgen werde ich es ihr sagen. Mit dem Ring und dem
Schreiben *musste* sie ihm glauben. Die Frage war nur,
ob ihr die Wahrheit besser gefallen würde als die
Angst, in einem Kloster leben zu müssen.
„Ich versichere Euch, Malcolm hatte - und hat -
niemals vor, Euch in ein Kloster zu stecken!" Er wusste
nicht, ob sie das im Augenblick trösten würde, aber das
war alles, was er ihr in diesem Moment anbieten

konnte.

„Und warum musste ich dann Latein, Französisch, Sticken und Weben lernen? Und schottische, englische und französische Geschichte? Wofür brauche ich das alles?" Ihr Schluchzen war inzwischen in einen Schluckauf übergegangen und sie wischte sich wütend die Tränen von der Wange.

Weil das alles wichtig für eine schottische Adelige ist, die von Rechts wegen einen Anspruch auf den schottischen Thron hat, und auch, wenn sie das gar nicht will und darauf verzichtet, ist es doch unerlässlich für ihre spätere Stellung als Gemahlin eines hochrangigen Höflings. Aber das konnte er ihr nicht sagen.

„Weil...", er schluckte den Kloß in seinem Hals herunter, weil die folgenden Worte auszusprechen ihn schmerzte, „... Ihr das alles mit in eine Ehe einbringt, die zu Eurem Vorteil geschlossen werden wird. Euer zukünftige Gemahl wird sicher davon profitieren, wenn er eine derart kluge Gattin an die Seite gestellt bekommt, die ihn in allen Belangen der Haushaltsführung..." Er unterbrach sich selber, weil bei dem Gedanken, dass irgendjemand das Recht haben würde, diese verführerischen Lippen zu küssen, diesen sinnlichen Körper zu berühren und all die Dinge mit ihr zu tun, die er sich versagen musste, eine unbändige Eifersucht durch seinen Körper pulsierte.

„Er plant also, mich zu verheiraten? Aber... warum soll dann unsere Ehe annulliert werden? Ich meine, Ihr seid sein Freund... es muss ihm doch recht sein...", unterbrach sie seine eigennützigen Gedanken.

„Weil ich nicht der Mann bin, der mit all diesen Tugenden etwas anfangen könnte. Ich habe kein Vermögen und kein Zuhause, in das ich Euch bringen könnte. Ich bin ein mittelloser Söldner, gehe dahin, wo mein Claymore und meine Loyalität gebraucht und entlohnt werden. Ich denke nicht, dass Malcolm...", *oder besser gesagt, dem König!*, berichtigte er sich in Gedanken, „... eine solche Partie für Euch vorschwebt!" Diesen Umstand einerseits zu kennen und ihn andererseits so ehrlich auszusprechen waren zwei ganz unterschiedliche Dinge. Die Aufzählung der Bereiche, die ihre Ausbildung umfasst hatte, hatte ihm einmal mehr seine eigene Unzulänglichkeit auf diesem Gebiet vor Augen geführt. Er selbst konnte lesen und schreiben, was immerhin nicht jeder von sich behaupten konnte, aber damit waren seine Fähigkeiten auf diesem Gebiet schon erschöpfend aufgezählt. Seine Ausbildung hatte nie seinem Geist gedient sondern immer nur seinem Körper.

„Wenn... wenn er also nur mein Bestes im Sinn hat... warum hat er mich dann nie gefragt, was ich will?" Sie sah ihn mit einem Blick aus den blauen Tiefen ihrer schönen Augen an, der ihn hilflos schlucken ließ.

„Was... würdet Ihr denn wollen?" Seine Stimme war nur ein Flüstern, heiser, krächzend, weil er das niemals hätte fragen dürfen. Es ging ihn nichts an, was sie wollte, durfte ihn nicht interessieren, denn allein der König würde über sie und ihr Leben entscheiden. Und doch konnte er nicht anders, als ihr diese Frage zu stellen.

Sie sah ihn lange an, ohne zu antworten. Ihr Blick ruhte auf seinen ebenmäßigen Zügen und einmal mehr dachte sie, noch niemals vorher einen anziehenderen Mann gesehen zu haben. Einen so attraktiven, überwältigend *männlichen* Mann. Einen Mann, der sie trotz allem, was sie zu fühlen glaubte, nicht wollte. „Ich? Natürlich ein schönes Heim." Sie sah ihn provozierend an, weil sie wusste, dass er immer wieder betonte, ihr gerade das nicht bieten zu können. „Und Kinder, auf jeden Fall Kinder!" Sie beobachtete jede Regung in seinem Gesicht. Kinder! Niall schloss die Augen. Vor langer Zeit hatte er sich ebenfalls einmal Kinder gewünscht, Söhne und Töchter, die sein Heim mit Leben füllten. Aber es war anders gekommen. Er hatte kein Zuhause, wo sie sicher aufwachsen konnten, zog durch die Lande als Krieger, der jedem seinen Dienst anbot, der ihn haben wollte. Was hätte er seinen Kindern denn erzählen sollen? Dass ihr Vater ein Mann war, der für seinen Unterhalt töten musste? Er hatte sich zwar damals in Harlaw auf dem Schlachtfeld geschworen, nur Aufträge anzunehmen, die einer gerechten Sache dienten, aber was war schon gerecht? Es gab immer zwei Seiten! Nein, in seinem Leben war kein Platz für Kinder, so sehr er sich auch gewünscht hätte, dass es anders wäre. „Wollt Ihr einmal Kinder haben, Niall?" Sie hatte deutlich den Widerstreit der Gefühle in seinen Zügen lesen können.

„Ich bitte Euch! Was sollte ein Mann wie ich mit Kindern?" Niall tat es weh, das auszusprechen, denn im Grunde seines Herzens wünschte er sich ein Heim, eine Familie.

„Na ja, vielleicht habt Ihr ja schon ein paar Kinder von denen Ihr nichts wisst. Genug potentielle Mütter gibt es ja augenscheinlich, jedenfalls wenn Ihr nicht übertrieben habt, was Eure… Umtriebigkeit angeht!"

Sie wusste nicht, warum sie ihn verletzen wollte. Vielleicht, weil er sie ebenfalls schon so oft mit seinen Worten verletzt hatte.

Niall funkelte sie unheilvoll an.

„Seid versichert, wehrte Gemahlin…"

Sie hob beschwichtigend eine Hand. „Schon gut, schon gut. Es geht mich ja nichts an. Wir sind ja nur zum Schein vermählt und es steht Euch frei, jede willige Gespielin in Euer Bett zu holen, nach der Euch gelüstet."

Jetzt war es an ihm, sie spöttisch anzusehen.

„Jede?"

Catriona errötete bis an die Haarspitzen und hoffte, er würde das im fahlen Mondlicht nicht bemerken.

„Jede *willige* Frau, sagte ich. Damit wäre Eure Frage wohl hinreichend beantwortet! Ich jedenfalls möchte einen treuen Gemahl, einen, der mich liebt und den ich liebe." Damit drehte sie sich auf die Seite, zog den Gürtel wieder fest und reichte ihm das Ende.

„Bitteschön. Damit Ihr keine Angst haben müsst, dass dieses lästige Weib Euch wieder entwischt!" Sie versuchte, eine einigermaßen bequeme Position einzunehmen und rutschte ein wenig hin und her. Als er schon glaubte, sie sei nun endlich eingeschlafen, sagte sie: „Jedenfalls darf er keinen Bart haben. Ich hasse Bärte!"

Den Verrat benutzt man wohl, aber den Verräter liebt man doch nicht.
(Aesop)

Malcolm sah aus dem kleinen Fenster, durch das eine trübe Wintersonne einen Wetterumschwung ankündigte, aber er war zu sehr mit seinen Gedanken beschäftigt, um das wahrzunehmen.

Während seiner Abwesenheit war ein Bote eingetroffen, der eine Nachricht von König Jakob überbracht hatte.

Die abschließenden Verhandlungen über den Zeitpunkt seiner endgültigen Freilassung befanden sich kurz vor dem Ende, er hatte, wie gefordert, die englische Adelige Joan Beaufort in Southwark geheiratet und die kurze Zeit ihrer Flitterwochen in London genutzt, um weitere Details des Vertrages auszuhandeln. Man sagt, Jakob wäre bereit, einem siebenjährigen Waffenstillstand mit den englischen Nachbarn zuzustimmen und befände sich bereits in Durham, wo der Vertrag unterzeichnet werden sollte. Von da aus waren es noch etwa 180 Meilen bis nach Perth, so dass Malcolm damit rechnete, dass er dort etwa Ende März eintreffen würde. Das zumindest hatte der Bote zu berichten gewusst, denn selbstverständlich enthielt die Nachricht des Königs außer ein paar unverbindlichen Grußworten lediglich die

Aufforderung, Catriona solle sich so bald wie möglich in Perth einfinden. Der Nachricht war eine formale Verzichtserklärung auf den schottischen Thron beigefügt, die Catriona zuvor unterzeichnen sollte, denn immerhin war sie die Tochter des älteren Bruders des Königs. Nach ihrer Unterschrift würde sie mit allen Ehren als seine Nichte am Hof willkommen geheißen. Für den Fall allerdings, dass sie sich weigern sollte, ließ der König die Konsequenzen offen, aber es bedurfte nur wenig Phantasie, sich auszumalen, welches Schicksal ihr dann drohen würde. Aber diese Formalität bereitete Malcolm im Augenblick kein Kopfzerbrechen, denn Catriona hegte ganz sicher keine Ambitionen bezüglich des schottischen Thrones. Überhaupt konnte Malcolm es sich eher vorstellen, dass sie sich nur widerwillig an den Hof begeben würde, denn er kannte keine Frau, die weniger Ambitionen auf Titel und Reichtum hegte als sie. Sie hatte sich noch nie etwas aus schönen Gewändern oder Geschmeide gemacht, ganz im Gegenteil zu Ailis, die kostbare Kleider und Schmuck über alles liebte, obwohl sie abseits des höfischen Lebens hier auf Eilean Donan kaum Gelegenheit hatte, sie zu tragen. In Anbetracht von Catrionas Stellung, die sie bei Hofe einnehmen würde, wenn Jakob erst einmal zurück in Schottland war, hatte Ailis mehr als einmal versucht, sie für solche Dinge zu begeistern, was des öfteren zu Streit geführt hatte, weil Catriona nicht einsah, warum sie sich anders als zweckmäßig kleiden sollte. Natürlich hatte Ailis ihr nicht sagen können, warum sie mehr Wert auf ihr Äußeres legen sollte, als sie es tat, und so hatte sie es irgendwann aufgegeben, Catriona deswegen zu schelten. Malcolm machte sich nicht nur aus diesem Grund Gedanken über Catrionas Zukunft am Hofe Jakobs. Sie war nicht der Typ Frau, der sich gegen die Intrigen und Ränkespiele, die es an jedem Hof gab, wehren könnte und es blieb nur zu hoffen, dass sie schnell heiraten und schwanger werden würde und sich vom Hof zurückziehen könnte. Und dazu brauchte sie einen Gemahl, der ihr die nötigen finanziellen Mittel und die Sicherheit eines Heims fernab des Hofes bieten könnte

Er schüttelte diese unproduktiven Gedanken schnell ab, denn erst einmal galt es, Catriona zu finden. Und in dieser Hinsicht war er keinen Schritt weiter gekommen. Die Spur der Männer, die Ailis und die Kinder entführt hatten, wies in Richtung Norden, was ihn darin bestärkte, auf der richtigen Spur gewesen zu sein. Allerdings hatte er immer noch keinen brauchbaren Hinweis auf ihren oder Catrionas Aufenthaltsort. Dagegen gab es in anderer Hinsicht gute Neuigkeiten, denn inzwischen waren die Männer, die er ausgeschickt hatte, um diesen Duff Graham auf Iona ausfindig zu machen, zurückgekehrt und hatten diesen gleich mitgebracht. Der Mann war ein ängstliches Abbild seines früheren Ichs, gebrochen und rastlos wegen der Dinge, die er getan hatte, aber immerhin hatte er den Entschluss gefasst, sein Schweigen zu brechen um wieder mit sich und Gott ins Reine zu kommen. Seit dem Tag, an dem er die Dokumente, die Robert Stewarts Betrug bewiesen, an sich gebracht hatte, hatte er nach eigenem Bekunden keine Nacht durchgeschlafen, ohne sich vor der vernichtenden Rache der Stewarts zu fürchten. Aus Angst und weil er befürchtete, sein Leben wäre verwirkt, wenn Murdoch ihn ausfindig machen würde, hatte er die Schriftstücke bei einem befreundeten Geistlichen in der Kathedrale von Dunkeld hinterlegt. Im Falle seines Todes sollte dieser sie an König Jakob schicken, ganz gleich, wo dieser sich zu dem Zeitpunkt befinden sollte. In den vergangenen Jahren auf Iona und nach zahlreichen Gesprächen mit dem Abt in der dort ansässigen Benediktinerabtei, war ihm jedoch klar geworden, dass er nicht länger schweigen durfte. Im Buch Hiob stand: *„Von meiner Gerechtigkeit die ich habe, will ich nicht lassen; mein Gewissen beißt mich nicht wegen eines meiner Tage."* Es war ihm wie ein Fingerzeig Gottes erschienen, als die Männer dieses MacRaes zu ihm gekommen waren, um ihn nach diesen Schriftstücken zu fragen. Gleichzeitig hatte ihn die Kunde erreicht, dass der König auf dem Weg nach Schottland war. Das hatte den letzten Rest Feigheit, der trotz aller Entschlossenheit tief verborgen in einem Winkel seines Denkens sämtliche Überlegungen überlebt hatte, vertrieben. Mit neu gefasstem Mut und mit der tiefen Überzeugung, das Richtige zu tun, hatte er ebenfalls angeboten, vor dem König auszusagen, falls dem König die Papiere nicht als Beweis reichen sollten. Und so hatte Malcolm ihm seine Gastfreundschaft angeboten, bis Jakob bereit wäre, ihre Sache anzuhören und Duff hatte sie dankend und in der Hoffnung angenommen, hier Schutz und Obdach zu erhalten, falls die Sache doch noch aus dem Ruder laufen sollte.

Malcolm starrte noch immer tief in Gedanken versunken aus der schmalen Öffnung, die als Fenster diente, als es an der Tür seines Gemachs klopfte und Rurig, ohne die Aufforderung dazu erhalten zu haben, eintrat.

„' Tschuldigung, Chief. Aber Ihr solltet in die Halle kommen. Wir haben zwei Besucher und die haben etwas Interessantes zu erzählen!" Er verbeugte sich kurz und wartete darauf, dass sein Laird ihm folgen würde.

„Was gibt es denn, Rurig?" Das unaufgeforderte Eintreten hatte Malcolms Neugier geweckt. Rurig war derjenige seiner Männer, der am meisten auf Etikette achtete und ihm wäre niemals eingefallen, die Gemächer seines Lairds ohne Aufforderung zu betreten. Es musste also etwas Außergewöhnliches passiert sein, das ihn dazu gebracht hatte.

„Also, wenn ich es Euch erzählen würde, Ihr würdet es mir nicht glauben!" Er kratzte sich am Kopf und sah gleichermaßen verwirrt wie amüsiert aus.

Malcolm wusste, dass es keinen Sinn hatte, weiter nachzufragen, denn Rurig war schon wieder auf dem Weg nach unten in die Halle und Malcolm folgte ihm mit einem Achselzucken.

Unten angekommen sah er zunächst nicht, wer die zwei Besucher sein könnten, die Rurig angekündigt hatte, denn in dem großen Raum drängten sich die Mitglieder seines Clans, aufgeregt tuschelnd und mit deutlichem Misstrauen in den Gesichtern. Als ihr Laird

erschien, machten sie sofort Platz und bildeten ein
Spalier, an dessen Ende Malcolm zwei Männer stehen
sah, die er auf den ersten Blick erkannte.

„Was wollt ihr hier?" Mit großen Schritten durchmaß er
die Halle und blieb direkt vor den ungepflegten
Gestalten stehen. Zwei Paar Augen sahen ihn aus
bärtigen Gesichtern herausfordernd an.

„Wir möchten uns gerne Eurem Clan anschließen,
MacRae." Lautes Gemurmel der Anwesenden
begleitete die Worte des Mannes. Malcolm glaubte, sich
verhört zu haben, denn vor ihm standen die beiden
Männer, die Broc MacKenzie auf der Burg
zurückgelassen hatte, als er Hals über Kopf
aufgebrochen war um Catriona zu suchen.

„Wie bitte?"

„Na ja, wir waren ja schon eine Zeit lang hier und es
hat uns ganz gut gefallen. Ihr scheint ein gerechter
Chief zu sein und Ihr behandelt Eure Leute gut."

„Das mag ja sein, aber ihr seid doch Broc MacKenzies
Männer! Es dürfte Euch nicht entgangen sein, dass
Euer Chief nicht gerade mein bester Freund ist. Im
Gegenteil,", Malcolm fiel plötzlich ein, was einer seiner
Männer ihm berichtet hatte, „... du...", er deutete auf
den Größeren von beiden, „... warst dabei, als meine
Gemahlin und meine Kinder entführt wurden." Er
nickte zwei seiner Männer zu, die sofort zu ihren
Schwertern griffen und Position neben den MacKenzie
Männern bezogen.

„Ich denke, die Gastfreundschaft, die ich euch beiden
gewähren kann, erstreckt sich ausschließlich auf einen
Platz in meinem Verlies." Damit bedeutete er seinen

Männern, die beiden zu ergreifen.

„Halt, halt, nicht so schnell!" Der Mann, der offensichtlich der Sprecher der beiden war, entzog sich dem Griff der zupackenden Arme.

„Ich habe Euch einen Handel vorzuschlagen."

„Warum sollte mich interessieren, was ihr mir anzubieten habt?" Misstrauisch beäugte er die beiden, die jetzt schon nicht mehr ganz so selbstsicher vor ihm standen.

„Na ja, Ihr habt ja gerade selbst gesagt, dass wir bei der Entführung Eurer Gemahlin und Eurer Kinder dabei waren." Der Kerl holte tief Luft und Malcolm konnte kleine Schweißtropfen auf seiner Stirn entdecken. Er musste an sich halten, um die beiden nicht sofort am Kragen zu packen und zu schütteln. Aber er tat es nicht und biss stattdessen nur die Zähne zusammen. Wenn der Kerl wirklich wusste, wo Ailis und die Kinder sich aufhielten...

„Äh ja,", verdutzt, weil Malcolm ihn nur ansah, ohne eine Regung zu zeigen, leckte er sich über die Lippen bevor er fortfuhr.

„Also, wir wissen, wo Eure Kinder sind."

Malcolm keuchte kurz auf, bevor er sich wieder in der Gewalt hatte. Wenn das stimmte...

„Wo sind sie und meine Gemahlin?" Er konnte nicht verhindern, dass seine Stimme gepresst klang, aber das war auch schon das einzige Anzeichen seiner inneren Qual.

„Was is' denn nun mit uns? Dürfen wir bleiben?" Der Wortführer kniff die Augen zusammen, ohne auf

Malcolms Frage zu antworten.

„Wie stellt ihr euch das vor? Ihr seid MacKenzies Männer, ihr könnt euch uns nicht so einfach anschließen!"

„Wir sind keine MacKenzies! Wir sind ganz normale Söldner, arbeiten für den, der uns bezahlt! Und...,", er grinste, „...der MacKenzie bezahlt nicht nur schlecht, er weiß auch treue Männer nicht zu schätzen! Gelohnt hat sich die Entführung Eurer Gemahlin für uns nicht." Er spuckte auf die sauberen Binsen in der Halle. „Im Gegenteil! Der Hurensohn will uns das Ganze in die Schuhe schieben, sollte auffliegen, wer hinter dem Überfall steckt. Wir haben gehört, wie er seinen Männern Anweisungen gegeben hat, alles so zu arrangieren, dass wir am Ende die Dummen sind!" Er spuckte nochmal in die Binsen und Malcolm musste an sich halten, ihm keinen Hieb in die Magengrube zu verpassen. Er verabscheute Menschen, die ihren Mantel immer in den Wind hängten, der gerade in eine vorteilhafte Richtung blies, aber in diesem Fall konnte er sich die Illoyalität dieser Männer zunutze machen. „Wo sind sie?"

„Können wir bleiben?"

„Wenn ihr damit einverstanden seid, dass ihr euch nicht aus der Burg herausbewegt, jedenfalls so lange, bis ich eure Angaben überprüft habe..."

„Klar, Chief!" Er grinste über beide Ohren. „Ich kann verstehen, dass Ihr uns nicht über den Weg traut! Also ich für meinen Teil bin damit einverstanden...", er sah seinen Kameraden an, der heftig nickte, „... und so wie es aussieht, Todd auch! Aber wenn Ihr darüber noch einmal nachdenkt, könnten wir Euch draußen eher helfen. Wir hätten da eine Idee."

Malcolms Herz klopfte heftig in seiner Brust. Sollten diese Männer wirklich wissen, wo sich Ailis und die Kinder befanden? Oder war das eine Falle? Wenn er sie wegschickte, obwohl sie die Wahrheit sagten, vergab er möglicherweise die einzige Chance, Ailis und die Kinder ausfindig zu machen. Wenn das aber eine Falle war, dann setzte er vielleicht das Leben seiner Familie aufs Spiel. So oder so würde er vorsichtig sein müssen. Männern wie diesen Spießgesellen war nicht zu trauen, aber im Augenblick hatte er keine andere Wahl, als sich auf das Spiel einzulassen.

„Also, wo sind sie?"

Liebe und Logik sind wie Sonne und Mond; wenn das eine Gestirn aufgeht, geht das andere unter.
(Cicreo)

Weder Niall noch Catriona hatten in den wenigen verbleibenden Stunden bis Tagesbeginn geschlafen. Catriona war der linke Arm eingeschlafen, weil sie auf ihm gelegen und sich nicht getraut hatte, sich zu bewegen. Sollte dieser eingebildete Kerl doch ruhig glauben, es mache ihr nichts aus, so dicht bei ihm zu liegen. Dabei war genau das Gegenteil der Fall! Catriona spürte seine verstörende Nähe mehr als es ihr lieb war. Seine Wärme, seine starken Arme, die sie hielten und der sanfte Atem, der ihren Nacken streichelte... Noch immer mochte sie keine Bärte, wenn sie auch zugeben musste, dass es ein undefinierbares Prickeln durch ihrem Körper schickte, wenn diese rauen Stoppeln über die empfindliche Haut ihres Nackens strichen. Catriona hasste sich für die Empfindungen, die seine Nähe in ihr auslösten, denn sie wollte nicht, dass dieser arrogante, überhebliche Mann *irgendetwas* in ihr auslöste. Aber leider schien ihr sonst so unbestechlicher Verstand sich irgendwohin zurückgezogen zu haben, wo sie ihn nicht finden konnte. Alles, was sie fand, *empfand!*, war dieses törichte Gefühl, er möge sie in seine starken Arme nehmen und sie so küssen, wie er es schon getan hatte. Tief in ihrem Inneren ahnte sie, dass es noch weitaus aufregendere Dinge gab, die er mit ihr anstellen könnte. Und wenn sie ehrlich zu sich war, *wünschte* sie sich, dass er ihr zeigen würde, nach was ihr unschuldiger Körper verlangte, ohne genau zu wissen, was das sein könnte.

Auch Niall hatte keinen Schlaf gefunden. Sie lag viel zu dicht bei ihm, roch viel zu betörend, seufzte viel zu sinnlich, als sie ihn glauben machen wollte, sie schliefe. Er konnte sich nicht erklären, was es genau war, das ihn so an ihr faszinierte. Sie war kapriziös, hatte eine scharfe Zunge und betörend schöne, blaue Augen. Sie war eigensinnig, aber auch mitfühlend, was ihre Beziehung zu der alten Cailleach gezeigt hatte. Und gleichzeitig war sie naiv, stur... und mutig. Und... leidenschaftlich! Ja, auch wenn sie das vielleicht selber noch gar nicht wusste, sandte ihr Körper doch eindeutige Signale. Gepaart mit ihrer süßen Unschuld war das ein verlockend anziehender Widerspruch. Er hatte noch nie eine Frau getroffen, die sein Denken so beschäftigte, ihn so aus dem Gleichgewicht gebracht hatte, wie Catriona. Noch nie hatte er sich so lange mit dem Gedanken an eine Frau herumgeschlagen und noch nie war er neben einer Frau aufgewacht! Und noch nie hatte er neben einer Frau so etwas wie ... Frieden gespürt. Er erinnerte sich daran, dass er schon einmal in ihrer Nähe das Gefühl gehabt hatte, so könnte es sich anfühlen, wenn man ein Heim hätte. Berauscht von diesen Empfindungen und ihrem warmen Körper in seinen Armen zog er sie noch näher an sich heran, vergrub sein Gesicht in ihrem dichten, dunklen Locken und atmete ihren süßen Duft ein. Als er merkte, dass sich ihr gerade noch weicher Körper versteifte, lockerte er augenblicklich seinen festen Griff und schob sie ein Stück von sich. Was war nur in ihn gefahren? Er räusperte sich verlegen und ließ den Gürtel, der immer noch ihr zartes Handgelenk umschloss, los.

„Wie ich merke, seid Ihr bereits wach. Dann können wir ja aufbrechen." Er rollte sich zur Seite und stand auf.

„Ja, ich bin soeben aufgewacht, wie es scheint, gerade

noch rechtzeitig!" Sie drehte sich ebenfalls um und funkelte ihn an. Niemals würde sie zugeben, dass sie seine Umarmung genossen und sich mehr gewünscht hatte!

„Ich gehe davon aus, dass Ihr mich nicht wie eine Gefangene hinter Euch herschleifen möchtet und ich Eure *Fessel* jetzt abnehmen kann?" Herausfordernd hielt sie ihm ihr Handgelenk hin. Als er das Leder gelöst hatte, bemerkte er, dass ihre zarte Haut an der Stelle rot und aufgescheuert war. Vorsichtig strich er mit seinem Daumen über die Rötung und fühlte augenblicklich ein schlechtes Gewissen. Das hier war nur eine kleine, eigensinnige Frau und es wäre nicht nötig gewesen, sie so zu fixieren. Als ausgebildeter Soldat wäre er durchaus in der Lage gewesen, beim kleinsten Anzeichen einer Bewegung ihrerseits aufzuwachen! Warum reizte sie ihn immer wieder dazu, Dinge zu tun, die er im Grunde gar nicht wollte? Als er merkte, dass sie ihm ihr Handgelenk nicht entzog und stattdessen die Luft scharf einsog, ließ er sie augenblicklich los. Er musste Abstand zu ihr halten, sonst würde er noch vergessen, dass sie nur auf dem Papier seine Gemahlin war.

Catriona hatte bei seiner sanften Berührung wieder dieses Flattern im Bauch, dieses Kribbeln, das sich langsam im Körper ausbreitete wie die Wärme nach einem Schluck dieses Uisge Beatha, dieses teuflisch scharfen Gebräus, an einem kalten Wintertag. Sie schloss für einen kurzen Moment die Augen und ergab sich in dieses Gefühl, das seine Berührung in ihr auslöste und eine unheimliche Sehnsucht nach mehr breitete sich in ihrem Körper aus. Himmel! Was tat sie da? Sie träumte von etwas, das sie nicht benennen konnte, von einem Mann, den sie nicht wirklich kannte und von Berührungen, die mehr als unschicklich waren! Denn obwohl sie seine *Gemahlin* war, hatte er ihr doch deutlich zu verstehen gegeben, dass ihm nichts ferner lag, als sie anzurühren. In jeder Hinsicht! Sie war für ihn ein Mittel zum Zweck, der Schlüssel zu Informationen, die für ihn wichtiger waren als alles andere. Und sie hatte nichts besseres zu tun, als sich vorzustellen, sie und er ... also er würde...

„Steht auf, sonst friert Ihr noch fest!" Seine rauer Ton holte sie augenblicklich in die Wirklichkeit zurück. Er machte sich inzwischen an dem Sattel der Stute zu schaffen, hatte sein Claymore am Sattel befestigt und war im Begriff, aufzusteigen.

„Ich... äh... also, ich müsste vorher noch..." Sie druckste herum. Ihm zu sagen, dass sie sich dringend erleichtern musste, war ihr dann doch unangenehm. Aber er schien sie auch so zu verstehen.

„Oh, ich verstehe." Er nestelte an seinem Hosenbein und zog ein handliches Messer aus einer mit einem Lederband an seinem muskulösen Schenkel befestigten Scheide und reichte es ihr.

„Nehmt das mit. Man kann nie wissen. Und entfernt Euch nicht zu weit von mir."

„Ihr gebt mir eine Waffe in die Hand? Ist das nicht viel zu gefährlich?" Sie griff nach dem Messer und drehte es herausfordernd in den Händen.

„Ich gebe Euch nur eine *kleine* Waffe in die Hand. Eine,

die mir nicht gefährlich werden kann, denn bevor Ihr irgendetwas in dieser Hinsicht plant, habe ich sie Euch wieder abgenommen!" Er grinste sie spöttisch an.

„Mit meinem Claymore könnt Ihr ja nicht umgehen, wie Ihr gestern eindrucksvoll bewiesen habt. Und Euch so ganz ohne Schutz in diesen dunklen Wald gehen zu lassen... Das heißt, wenn ich es mir recht überlege, würde wahrscheinlich Eure scharfe Zunge ausreichen, jeden Angreifer..." Weiter kam er nicht, denn Catriona hatte sich bereits umgedreht und war mit einem empörten Schnauben hinter den Bäumen verschwunden. Was ihn wirklich beunruhigte, war das untrügliche Gefühl eines erfahrenen Kriegers, etwas, das man nicht greifen, aber erahnen und spüren konnte. Er hatte seit einiger Zeit das Gefühl, sie würden verfolgt. Wenn es auch keine offensichtlichen Anhaltspunkte dafür gab, keine Geräusche oder Spuren, aber das Gefühl der Bedrohung nagte an ihm. Und wenn das Messer Catriona auch im Falle eines Angriffs nichts nützen würde, denn sie konnte es nicht so benutzen wie jemand, der im Umgang damit geübt war, aber es *vermittelte* ihr und ihm immerhin das Gefühl von Sicherheit.

Einer trügerischen Sicherheit, wie er geraume Zeit später erkennen musste. Sie war schon lange fort, zu lange für seinen Geschmack. Es konnte doch nicht so lange dauern, hinter einem Busch zu verschwinden?! Er begann, unruhig auf und ab zu gehen, aber schließlich hielt er es nicht länger aus. Mit großen Schritten stürmte er in die Richtung, in die sie verschwunden war. Kurz beschlich ihn die Angst, sie könnte wieder vor ihm weggelaufen sein, aber er beruhigte sich mit dem Gedanken, dass selbst ein so eigensinniges Frauenzimmer wie Catriona das sicher nicht wagen würde. Er war schon ein ganzes Stück weit gekommen, als er sie schließlich erblickte. Sie hockte im Schnee, ihr Oberteil bis zur Hüfte hinunter gezogen und rieb sich mit Schnee ab! Ihm stockte der Atem, als er sie so sah. Ihre Haut schimmerte bereits rötlich und ganz offensichtlich fror sie erbärmlich, aber dennoch wusch sie sich tapfer weiter. Ihre Brustwarzen waren steif vor Kälte, reckten sich keck nach oben und eine Gänsehaut bedeckte die zarte Haut um die verführerisch roten Höfe. Niall schluckte hart, denn ihr Anblick war mehr, als seine momentane Verfassung verkraften konnte. Offensichtlich hatte sie auch ihre Haare neu geflochten, ihr Gesicht war gerötet und es hingen noch vereinzelt Schneeflocken in ihrem Haaransatz. Er begriff, dass es für eine Frau wie sie, die an den Luxus eines sorgenfreien Lebens auf einer behaglich eingerichteten Burg gewöhnt war, nicht einfach war, sich mit den Gegebenheiten, die ein Leben als Herumziehender in den Highlands mit sich brachte, abzufinden. Ein weiterer Beweis dafür, dass er niemals darüber nachdenken durfte, mehr von dieser merkwürdigen Beziehung zu erwarten.

Wütend, weil sie so sorglos hier hockte, aber mehr noch, um seinen Gefühlen Luft zu machen, fuhr er sie an: „Was soll das, Lady? Warum seid Ihr nicht in meiner Nähe geblieben?" Erschreckt drehte sie sich um und versuchte gleichzeitig, ihre Blöße zu verdecken.

Wütend funkelte sie ihn an.

„Wie bitte? Ihr erwartet doch nicht im Ernst, dass ich mich vor Euch erleichtere und wasche?!"

„Ich erwarte von Euch, dass Ihr nachdenkt, Lady! Warum glaubt Ihr, reite ich mit Euch hier durch die Highlands anstatt vor einem warmen Kamin zu sitzen und es mir gut gehen zu lassen?" Nun war er selber wütend, wenn auch mehr auf sich selbst, weil er sie aus den Augen gelassen hatte. Natürlich hatte sie nichts falsch gemacht, aber die Erleichterung, dass ihr nichts zugestoßen war zusammen mit ihrem verführerischen Anblick und der Tatsache, dass sie vollkommen arglos hier durch den Wald streifte, ließ ihn die Fassung verlieren.

„Vielleicht, weil Ihr gar kein Zuhause und damit auch keinen Kamin habt?!"

Und obwohl ihre spöttischen Worte wahr waren, trafen sie ihn doch härter, als er sich eingestehen wollte.

„Was ist das hier...", er deutete wütend in einer umfassenden Armbewegung in den Wald, „...eigentlich für Euch? Ein romantisches Abenteuer? Fehlt noch das Lagerfeuer und der gut aussehende Ritter aus Euren Mädchenträumen!" Er trat auf sie zu, packte sie bei den Armen und schüttelte sie. Dabei rutschte ihr der Stoff aus den Händen und glitt wieder über ihre Brüste nach unten. Er konnte nicht anders, als auf die vollen Rundungen zu starren, als ihn eine schallende Ohrfeige traf. Er trat einen Schritt zurück und Catriona richtete sich mit dem Stolz einer Königin auf und zog ihr Gewand über ihre Blöße. Ihre Finger zitterten dabei, aber sonst verriet nichts, was sie fühlte oder dachte. Als sie wieder vollständig angezogen war, richtete sie erneut ihren Blick auf ihn, und jetzt konnte er die Wut in ihren Augen aufblitzen sehen.

„Ihr glaubt, ich hielte das alles für ein *Abenteuer?* Das bestärkt mich in meiner Annahme, dass Euer Wortschatz tatsächlich eingeschränkt ist!" Jetzt troffen ihre Worte vor Verachtung.

„Ein eindeutig männlich geprägter Wortschatz im übrigen. Nur ein Mann wie Ihr, ohne Mitgefühl und Anstand, würde hier von Abenteuer sprechen!" Sie stand jetzt wieder dicht vor ihm und bohrte ihren spitzen Zeigefinger in seine Brust.

„*Ich* würde hier mehr von *Albtraum* reden! Mein Bruder verlangt, dass ich einen Mann heirate - nur zum Schein natürlich! - um mich vor einem anderen zu schützen. Gut, das ist komplett verrückt, aber sei es drum. Dann verlangt dieser Mann, den ich vorher noch nie gesehen habe und von dem ich nichts weiß, dass ich ihm an einen Ort folgen soll, den nicht einmal mein Bruder kennt. Auch gut, was soll ich tun, ich füge mich! Und die ganze Zeit habe ich das Gefühl, dass Ihr mir irgendetwas verheimlicht! Aber auch gut, vielleicht geht mich Euer Geheimnis ja nichts an, aber so wie Ihr mich behandelt, das kann ich nicht akzeptieren! Ich verlange keine Zuneigung von Euch, aber Respekt! Ich habe es nicht verdient, dass Ihr mich behandelt, wie Ihr mich behandelt, denn ich habe nicht von Euch verlangt, Euch auf diesen Handel mit Malcolm einzulassen!" Sie holte Luft und leckte sich gleichzeitig über die Lippen, um sie nach der langen Rede zu befeuchten. Niall starrte sie an, was nur zum Teil auf ihre Worte zurückzuführen war. In seinem Körper breitete sich ein Feuer aus, das ihr Anblick entfacht hatte, und im Augenblick war er außerstande, an etwas anderes als an ihre verführerischen Lippen zu denken. Er riss sich von dem Anblick ihrer sich heftig hebenden und senkenden Brust ab und ihm entrang sich ein grollender Laut. Er musste wieder einen Abstand zu der Frau herstellen, der ihm ermöglichte, klar zu denken. Eindeutig war er ihr viel zu nah um sich gegen ihre verheerend sinnliche Ausstrahlung zu wappnen. „Wenn Ihr dann soweit wärt, Lady?" Er räusperte sich und versuchte, seine aufgewühlten Gedanken hinter einer kühlen Fassade zu verstecken und hoffte, sie würde auf den Tonfall eingehen. Stattdessen drehte sie sich wortlos um und stapfte vor ihm durch den Schnee zu der Stelle, wo ihre Stute auf sie wartete. Ohne ein weiteres Wort zu sprechen, stieg er auf, reichte ihr seine Hand und zog sie vor sich auf das Pferd. Sie ritten eine ganze Weile schweigend durch die Kälte, die nicht mehr ganz so unerbittlich war wie in den vergangenen Tagen. „Warum seid Ihr so… verletzend zu mir, Niall? Was habe ich Euch getan?" Überrascht blickte Niall auf die zierliche Gestalt vor ihm. Sie hatte leise gesprochen, aber ihr Ton war umso eindringlicher.

Er fühlte sich denkbar unbehaglich, zumal sie sich jetzt auch noch im Sattel vor ihm einrichtete und dabei wieder ihr Gesäß an die Stelle drückte, die ihn seit Tagen schon vor unterdrückter Sehnsucht schmerzte. „Was meint Ihr damit?", brachte er mühsam hervor und stöhnte leicht auf, weil genau das eingetreten war, was er bei ihren unbedachten Bewegungen schon befürchtet hatte.

„Was ich damit meine? Wisst Ihr überhaupt wie ich heiße? Oder ist es einfach Eure Einfallslosigkeit, die Euch die Dinge ganz nüchtern beim Namen nennen lässt?" Und obwohl sie sich bemühte, ihrer Stimme einen neutralen Ton zu verleihen bemerkte Niall doch, dass sie verletzt klang.

„Äh... ich weiß nicht, was Ihr meint." Und das tat er wirklich nicht. Natürlich nannte er die Dinge nüchtern beim Namen! Er hatte nie gelernt, irgendetwas auszuschmücken, schöne Worte zu gebrauchen oder einer Frau törichte Dinge ins Ohr zu flüstern. Was also erwartete sie von ihm?

„Ist Euch schon einmal aufgefallen, dass Ihr mich noch nie bei meinem Namen genannt habt? Ja, Weib oder Lady, das schon, und Gemahlin war dabei noch das Persönlichste. Wie ich Euch bereits sagte, ist es nicht so, dass ich von Euch Zuneigung erwarte, dazu seid Ihr nicht verpflichtet. Für Euch bin ich ja nur ein Mittel zum Zweck, aber ein wenig *Respekt* verdiene ich doch wohl, oder? Immerhin kann ich nichts dafür, dass mein Bruder sich einen derart verrückten Plan ausgedacht hat, mich vor diesem Broc MacKenzie zu beschützen. Und ich kann auch nichts dafür, dass Ihr darauf eingegangen seid! Ihr hättet ja auch ablehnen können! Ganz zu schweigen, wie ich mich dabei fühle!" Nun zitterte ihre Stimme doch gehörig. Ob vor Wut oder Verletztheit, das konnte Niall nicht ausmachen, aber ihre Worte hatten ihn doch tief getroffen. Natürlich hatte sie recht, er hatte sie absichtlich nie bei ihrem Namen genannt. Eine Art letzter Schutzwall, um ihr nicht völlig zu verfallen, denn er wusste, dass in dem Augenblick, in dem er sie Catriona nennen würde, würde er diese Distanz zu ihr nicht aufrecht erhalten können.

„Ihr nennt Euer Pferd einfach 'Each', das ist gälisch und heißt einfach nur 'Pferd'. Hat das treue Tier nicht einen Namen verdient? Etwas, das es von den anderen unterscheidet? 'Pferd' ist so beliebig, so austauschbar! Ist es das, was Ihr damit bezweckt? Euch nicht näher mit etwas befassen zu müssen, damit es Euch nicht zu nahe kommt?"

Niall sog scharf die Luft ein. Ihr messerscharfer Verstand hatte genau das erkannt, was ihn umtrieb. Seine Vergangenheit hatte ihn gelehrt, nichts und niemanden nah an sich heranzulassen, aus Angst, enttäuscht und verletzt zu werden. Aus der Angst heraus, erneut etwas zu verlieren, das ihm wichtig war! „Wie...," er schluckte den dicken Kloß in seinem Hals herunter, „... wie würdet Ihr ihn denn nennen, also Each, meine ich?" Niall startete einen kläglichen Versuch, sie von dem eigentlichen Thema abzubringen, aber sie drehte sich um und sah ihm direkt in die Augen. Blaue, warme Tiefen, in denen er sich verlor, bohrten sich in die stahlgraue Kälte seiner Seele. „Ich heiße Catriona, Niall!" Ihre Stimme vibrierte und sie sah ihn herausfordernd an, offensichtlich nicht bereit, ihn so leicht davonkommen zu lassen. Sein Herz schlug ihm bis in den Hals und nie zuvor hatte er eine Frau so begehrt wie jetzt sie. Aus den Augenwinkeln sah er die

Hütte vor sich auftauchen. Each stand schnaubend und Heu kauend davor, aber das war ihm jetzt egal. Er sprang von der Stute und zog Catriona ebenfalls herunter. Fast grob packte er sie an den Armen und schob sie in die Hütte. Er schaffte es gerade noch die Tür mit dem Balken zu verriegeln, dann packte er sie, löste ihren Zopf und vergrub seine Hände in der seidigen Fülle ihrer Locken.

„Wenn ich deinen Namen sage, dann...", murmelte er an ihrem Ohr, während er sanft ihren Hals küsste und sich langsam zu ihrem Mund vorarbeitete. Sie schlang ihre Arme um seinen Hals und erwiderte seinen Kuss auf eine Art, die ihm schier den Atem raubte. Nie zu vor hatte eine Frau köstlicher geschmeckt, ihn mehr erregt, und nur mühsam löste er sich wieder von ihr.

„Sag es, ich heiße Catriona!" Sie sah ihm in die Augen und schien darin zu lesen wie in einem Buch.

„Nur dieses eine Mal, Niall." Ihr Flüstern war heiser und voller Versprechungen. Der letzte Rest Verstand machte einem brennenden Verlangen Platz und Niall presste seine Lippen auf ihre. Hungrig nahm er ihre Lippen in Besitz, knabberte an ihnen, genoss das Entgegenkommen und kapitulierte. Vergessen war das Versprechen, das er Malcolm gegeben hatte, vergessen, was auf dem Spiel stand, wenn er Catriona jetzt und hier wahrhaftig zu seiner Frau machen würde. Längst hatten seine Hände von ihr Besitz ergriffen, streichelten ihren Rücken, die verführerischen Rundungen ihres Hinterteils, um dann langsam wieder nach oben zu wandern und sich um ihre Brüste zu legen. Catriona

210

stöhnte in seinen Mund, als er vorsichtig begann, seine Hand in ihren Ausschnitt zu schieben und die nackte Weichheit ihrer Rundungen zu streicheln. Ihre Brustwarzen waren hart und erregt und als er sich von ihrem Mund löste, um diese kleinen Perlen zu kosten, stöhnte auch er vor Verlangen. Sie sanken zusammen ins Heu und weder die Kälte noch die Umgebung störten ihr Liebesspiel. Catriona vergrub ihre Finger in seinen wilden, dunklen Locken und überließ sich ganz seinen erfahrenen Berührungen. Unter Küssen, die ihren Mund, ihren Hals und schließlich wieder ihre Brüste bedeckten, zog er ihr das einfache Wollkleid bis zu ihren Hüften hinunter. Als er sich stöhnend von ihr löste, um sich ebenfalls das Hemd über den Kopf zu ziehen, starrte sie wie gebannt auf seine muskulöse Brust. Deutlich konnte sie mehrere tiefe Narben ausmachen, die sich darauf abzeichneten und unwillkürlich berührte sie sie mit den Fingern. Niall erzitterte unter ihrer federleichten Bewegung und hielt ihre Hände fest, denn er war auch ohne ihre unschuldigen Berührungen schon erregt genug. Er küsste stattdessen ihre Hände und nestelte dann an den Schnürungen, die ihr Kleid verschlossen. Eilig kam sie ihm zu Hilfe und kurze Zeit später lag sie nackt vor ihm im Heu. Ihre anfängliche Scheu, sich einem Mann so zu zeigen, zerstreute er mit zärtlichen Liebkosungen und Küssen, die eine brennende Spur über ihren ganzen Körper zogen. Trotz seiner schmerzenden Erregung, die nach sofortiger Erfüllung trachtete, nahm er sich die Zeit, ihren Körper zu erkunden, sie zu schmecken, zu riechen und sie zu betrachten. Sie war vollkommen in seinen Augen.

„Du bist schön.", murmelte er an ihrem Mund während er sich endlich auch seiner Hose entledigte und nun ebenfalls nackt war. Sie betrachtete ihn genauso neugierig, wie er sie zuvor. Kurz sah er Scheu in ihren Augen aufblitzen, als sie sein erigiertes Glied entdeckte.

„Wird... es sehr weh tun?", fragte sie, während er vorsichtig seine Hand ihren schlanken Schenkel hinab und dann wieder hinauf wandern ließ.

„Ich weiß nicht. Vielleicht ein bisschen.", murmelte er an ihrem Ohr, während er seine Hand zwischen ihre Schenkel schob und vorsichtig in ihrer sinnlichen Feuchte vergrub. Sie stöhnte auf, aber nicht vor Schmerz, sondern vor Verlangen.

„Ich war noch nie... also ich hab' noch nie mit einer Jungfrau..." Er konnte sich kaum noch beherrschen, aber der Wunsch, es auch für sie zu einem unvergesslichen Erlebnis zu machen, hielt ihn noch zurück.

„Dann... ist es ja für uns beide... das erste Mal!", keuchte sie und wand sich unter den erfahrenen Bewegungen seiner Finger. Er küsste sie erneut und als er das Gefühl hatte, sie wäre für ihn bereit, legte er sich vorsichtig auf sie und sah sie eindringlich an.

„Willst du das wirklich? Ich meine, wir sind zwar verheiratet, aber... Wenn wir das hier jetzt tun, dann..." Dieses Mal erstickte sie seinen letzten Versuch, einen Rückzieher zu machen. Sie küsste ihn und legte ihre Hände auf sein Gesäß, um ihn näher an sich heranzuziehen. Mit einem Aufstöhnen ergab sich Niall schließlich seiner Lust und drang mit einem Stoß in sie ein. Den kleinen Laut des Erstaunens und des Schmerzes erstickte er mit einem Kuss. Er gab ihr Zeit, sich an ihn zu gewöhnen, bevor er sich in ihr bewegte und nie zuvor hatte er etwas derart Intensives dabei gefühlt, wenn er mit einer Frau geschlafen hatte. Der Genuss ging weit über das Körperliche hinaus, mit jedem Stoß, den sie mit einem erregten Keuchen begleitete, schien er sich tiefer in ihre Seele zu bohren und sie sich in seine. Er musste an sich halten, nicht augenblicklich zu einem Höhepunkt zu kommen, denn zum ersten Mal hatte er den Wunsch, eine Frau ungeachtet des eigenen Verlangens zu verwöhnen, ihren Körper zu erkunden und ihr vollkommene Lust zu schenken. Als Catriona schließlich aufstöhnte, ihre Fingernägel in seinem Rücken vergrub und sich unter ihm wand, wusste er, dass er sich nicht länger zurückhalten musste. Er küsste sie hungrig und mit einem letzten Stoß kam auch er zu einem Höhepunkt. Als er wieder klar denken konnte und sich sein Atem beruhigt hatte, sah er sie an und zu seinem Entsetzen sah er, wie ihr Tränen über die Wange liefen. Vorsichtig strich er ihr eine Locke aus ihrem erhitzten Gesicht und versuchte, ihre Gedanken zu lesen. Bereute sie etwa, sich ihm hingegeben zu haben?

„Es... es tut mir leid. Ich... hat es so weh getan? Bereust du...?", flüsterte er, und sein Herz klopfte heftig vor Angst, sie könnte es tatsächlich bereuen.

„Nein, es gibt nichts zu bereuen, Niall. Wie könnte eine Frau etwas so Unglaubliches bereuen?" Sie zog ihn zu sich herab und küsste ihn, zärtlich, ganz ohne die zuvor noch brennende Leidenschaft, und das rührte ihn mehr als ihre Worte.

„Es ist nur...", sie sah ihn traurig an, aber er wusste auch so, was sie meinte.

„Catriona." In dem Augenblick, in dem er aussprach was sie hören wollte, in dem er ihren Namen flüsterte, wusste er, dass sich etwas in ihm veränderte. Er hatte zugelassen, dass sie ihm nahe kam und eine Sehnsucht nach etwas Unerreichbarem schürte. Etwas, das nie sein durfte und das er deshalb vor ihr verbergen musste, so weh es ihr auch tun würde. Er durfte sie nicht lieben, durfte nicht von einer gemeinsamen Zukunft träumen. Er hatte kein Heim, das er ihr anbieten konnte, kein Land, das ihm ein Auskommen sicherte, keine Zukunft, die er ihr mit ihr teilen konnte. Sie war die Nichte des Königs und ganz gleich, was er oder auch sie wollte, es würde keine Rolle spielen. Sie war ein Mündel dieses Mannes, ein wertvolles Unterpfand in dem Spiel der Macht, das er nach seiner Rückkehr zu spielen gedachte und damit weiter von ihm und seiner Stellung in der Gesellschaft entfernt als der Mond von der Sonne.

Sie hatte sich in seine Arme gekuschelt und schien vollkommen zufrieden mit sich und ihrer Welt zu sein. Ein Zustand, um den er sie beneidete und den er nicht sofort abrupt damit beenden wollte, dass er wieder seine unnahbare Rolle einnahm. Eine Rolle, die er spielen musste, um sie von sich fern zu halten, denn es war immer noch besser, sie hasste ihn und hielt ihn für einen gewissenlosen Schurken, als dass sie auf eine gemeinsame Zukunft mit ihm hoffte!

Dunkel sind die Wege, die das Schicksal geht. (Euripides)

„Schaut mal, was ich gefunden habe, Chief."
Broc wandte sich zu dem Mann um, der gerade aus dem Wald heraustrat und etwas in seiner Hand hielt, was wie ein Messer aussah. Er hatte seine Männer ausgeschickt, um sich hier in der Umgebung umzusehen, denn der zertrampelte Boden ließ darauf schließen, dass hier jemand gelagert und die Nacht verbracht hatte. Und mit dem Instinkt des Jägers wusste Broc, dass er seiner Beute dicht auf der Spur war. Bisher lief alles nach Plan. Seine Männer hatten es geschafft, diese hochnäsige MacRae und ihre Welpen in die Finger zu bekommen und somit war sicher, dass Catriona ihn ohne viel Widerstand heiraten würde, wenn er sie erst gefunden hatte. Sie würde nicht das Leben ihrer Schwägerin und ihres Neffen und ihrer Nichte aufs Spiel setzen. Wenn er erst ihren *Gemahl* ins Jenseits befördert und sie zur Witwe gemacht hatte, war sie rein rechtlich keinem Vormund mehr verpflichtet und könnte eine Ehe mit ihm verweigern.

Um das zu verhindern und einem möglicherweise sturen Priester, der sich Recht und Gesetz verpflichtet fühlte, von vornherein den Wind aus den Segeln zu nehmen, wollte er sich Catrionas Zustimmung auf diese Weise sichern.

Broc nahm dem zufrieden grinsenden Mann das Messer aus der Hand und betrachtete es eingehend. Es war eine feine Arbeit, der Griff aus Ebenholz war mit keltischen Intarsien aus Silber verziert und die Klinge war aus Damaszenerstahl gefertigt. Zweifellos ein wertvolles Stück, aber das war es nicht, was seinen Blick anzog und ihn zufrieden grinsen ließ. In den Griff waren, fast verborgen durch ein keltisches Knotenmuster, zwei Buchstaben eingraviert. N M stand dort in verschnörkelten Buchstaben. Niall MacLennan. Der Name des Mannes, den Broc mehr hasste, als irgendjemand anderen! Niall MacLennan hatte er zu verdanken, dass Murdoch ihn beinahe hätte fallen lassen. Murdoch hatte ihn dafür verantwortlich gemacht, dass diese miese Ratte Duff Graham damals entwischt war, weil Broc sich nur auf Niall konzentriert hatte. In Broc brodelte schon lange der Hass auf diesen Mann, der überall als tapferer Soldat gefeiert wurde, während von ihm niemand Notiz nahm. Dabei kämpfte er genauso rücksichtslos und unerbittlich gegen seine Feinde! Leider hatte Niall mehr Glück als Verstand, ihm waren einige furiose Streiche gegen die Gegner gelungen, während er selbst sich zurückgezogen hatte, um einen Hinterhalt vorzubereiten.

Unglücklicherweise war die entscheidende Schlacht

vorbei gewesen, bevor er selbst hatte eingreifen können und Niall stand als der gefeierte Held da, während ihm nichts anderes übrig geblieben war, als sich, seine Wunden leckend und seinen Stolz herunter schluckend, zurückzuziehen. Diese Wut war in ihm hochgekommen, als er Niall endlich in dieser hilflosen Lage vor sich gesehen hatte, vermeintlich gemeinsame Sache mit dem Verräter Duff machend, und er hatte nichts anderes wahrgenommen, als diese tiefe Befriedigung, während er Niall eine tiefe Wunde mit seinem Schwert zugefügt hatte. Leider hatte sich dieser Hurensohn nicht entlocken lassen, was er und Duff planten und so war er vermeintlich in dem Verlies gestorben, während Duff entkommen war. Und das hatte Murdoch ihm ungerechterweise vorgeworfen. Und nun stellte sich heraus, dass Niall damals, wie auch immer, überlebt hatte und - endlich! - würde er seine Rache bekommen! Dass er damit gleichzeitig die Frau bekäme, die er schon so lange begehrte, war eine glückliche Fügung des Schicksals und er würde es bis zuletzt auskosten, beide leiden zu sehen. Kurz überlegte er, ob er Catriona gleich an Ort und Stelle besteigen sollte, vor Nialls Augen, aber diese kleine Freude würde er sich für später aufsparen müssen. Für seinen Plan war es von großer Wichtigkeit, dass die Eheschließung über jeden Zweifel erhaben war und auch vor den strengen Augen des Königs Gnade finden würde. Er würde Jakob eine rührende Geschichte auftischen, wonach die plötzlich zur Witwe gewordene Catriona sich schnell zu einer neuen Ehe entschlossen hatte, weil sie seines Schutzes bedurfte. Vielleicht würde er so weit gehen, zu behaupten, ihr Bruder hätte sie in diese erste Ehe gedrängt, und es wäre ihr von Anfang an zuwider gewesen, diesen Mann zu heiraten, weil sie ihn, Broc, liebte. Das war zwar etwas dick aufgetragen, aber ganz sicher würde der König, dem man nachsagte, dass er ein Poet und Romantiker war, diese Geschichte lieben. Broc seufzte wohlig. Natürlich würde Catriona es nicht wagen, ihm zu widersprechen, denn er plante, ihre Schwägerin unter einem Vorwand mit zum Hof des Königs zu nehmen. Und auch dieser würde nichts anderes übrig bleiben, als seine Geschichte zu bestätigen, wenn ihr etwas am Leben ihrer Kinder lag. Wie gut, dass er die Kinder sicher verwahrt und getrennt von ihrer Mutter wusste!

Aber nun galt es erst einmal, Catriona und Niall zu finden, was nicht schwer werden würde, denn die Spuren des Pferdes, das die beiden ritten, waren gut auszumachen. Als nächstes würde er sich damit befassen müssen, einen Gasthof oder wenigstens eine Kapelle in dieser Einöde zu finden, wo die Trauung stattfinden konnte. Wie gut, dass diese MacRae bereits mit einigen seiner Männer auf dem Weg hierher war, dann würde es keine weitere Verzögerung geben. Broc rief Struan zu sich, denn ihm vertraute er am meisten. „Ich habe das Gefühl, ich werde bald einen Priester brauchen." Er sah Struan mit einem wölfischen Grinsen an, das dieser ebenso erwiderte.

„Du begibst dich auf die Suche nach irgendetwas, das einem Gasthof nahekommt und schaffst einen Priester herbei, der bereit ist, mich und meine Zukünftige zu

trauen." Vertraulich schlug Broc dem Mann auf die
Schulter.

„Und sorge dafür, dass dieses MaRae Weib bald dort
eintrifft. Ich möchte meine Braut überraschen!" Struan
nickte und beeilte sich, sein Pferd zu besteigen und
davon zu galoppieren. Gut gelaunt rief Broc seine
restlichen Männer zusammen und machte sich daran,
die Spur des Pferdes zu verfolgen, die ihn zu seinem
Ziel bringen würde.

Der Zorn schafft eine Waffe.
(Vergil)

„Du hättest nicht kommen müssen, Papa!" Der
neunjährige Connor saß vor seinem Vater im Sattel und
schwenkte sein Holzschwert.

„Ich hätte Evanna und mich schon befreit, Papa. Wir
hatten nämlich gar keine Lust noch länger da zu
bleiben." Wieder vollführte er einige Luftschwünge
und Malcolm musste den Kopf einziehen, um nicht
getroffen zu werden.

„Solange Mama noch da war, waren die ganz nett, aber
dann haben die Mama weg gebracht und uns
eingesperrt!" Malcolm zauste seinem Sohn das wirre,
dunkelblonde Haar und war froh, dass seine Kinder
das Abenteuer so gut überstanden hatten. Es war ganz

entgegen seinen Befürchtungen alles glatt gegangen. Todd und Arailt hatten ihr Versprechen gehalten und sich unter dem Vorwand, sie sollten die Kinder holen und zu Broc bringen, in die Burg begeben. Zwar war ihnen zunächst Misstrauen entgegen gebracht worden, aber schließlich hatte man ihnen die Kinder anvertraut. Die drei zusätzlichen Bewacher hatten Malcolm und seine Männer schnell unschädlich gemacht, nur dass Ailis nicht bei den Kindern war, bereitete Malcolm Sorgen. Todd und Arailt hatten sich allerdings entgegen Malcolms Befürchtungen als hilfreich erwiesen. Sie hatten sogar erfahren, dass einige von Brocs Männern mit Ailis in den Norden geritten waren. Was Broc damit bezweckte, konnte Malcolm sich nicht zusammenreimen, aber immerhin hatte er nun eine Spur. Wenn die Kinder sicher wieder auf der Burg waren, würde er sofort aufbrechen. Er vertraute Todd und Arailt zwar immer noch nicht vollständig, aber wenn sie es ehrlich meinten, dann wären sie eine willkommene Hilfe. Es half nichts, er würde sie mitnehmen, aber ein wachsames Auge auf sie haben müssen.

Als sie über die Holzbrücke trabten und in den Hof einritten, bemerkte Malcolm, dass ungewöhnliche Unruhe herrschte. Er hielt sein Pferd an, sprang aus dem Sattel und warf einem herbeieilenden Knecht die Zügel zu.

„Connor, du passt auf, dass Brodie sich gut um unser Pferd kümmert!" Er zwinkerte seinem Sohn zu und ging mit großen Schritten die Treppe hinauf in die

Halle. Dort sah er einige Männer an den langen Tischen
sitzen, Krüge mit Ale und Platten mit Braten und Brot
vor sich. Sie schienen gerade erst angekommen zu sein,
denn sie wirkten erschöpft und ihre Umhänge hingen
noch zum Trocknen vor dem Kamin. Es waren diese
Umhänge, die Malcolms Blick anzogen und ihm stockte
der Atem. Er konnte deutlich den roten Löwen auf
goldenem Grund erkennen, das Wappen des Königs!
Er trat vor die Männer und verbeugte sich leicht.
„Ich bin Malcolm MacRae, der Laird dieser Burg."
Die Männer unterbrachen ihr Gespräch und ein älterer,
schlanker Mann mit grauem Haar und sorgfältig
gestutztem Bart erhob sich. Er verbeugte sich ebenfalls.
„Mein Name ist Harailt Borthwick und ich bringe Euch
Nachricht, Ihr sollt mir Lady Catriona umgehend
übergeben. Wir...", er deutete mit dem Kopf auf die
sechs anderen Männer, die an seinem Tisch saßen, „...
haben den Auftrag, sie sofort nach Perth zu begleiten
und sie dort auf die Ankunft des Königs
vorzubereiten." Er sah sich mit hochgezogenen
Augenbrauen um und Malcolm hatte das Gefühl, er
missbillige, was er sah.
„König Jakob hat bereits einige Damen aus dem
Gefolge seiner Gemahlin voraus geschickt, um die
Lady auf ihr Leben am Hofe vorzubereiten. Hier hat sie
ja offensichtlich das Leben einer...", er sah Malcolm
herausfordernd an, „...Wilden geführt!"
Malcolm musste an sich halten, den deutlich älteren
Mann nicht am Kragen zu packen und eigenhändig
hinauszuwerfen. Wenn diese überheblichen Lowlander
demnächst das Sagen in Jakobs Parlament haben

würden, dann wäre ein Konflikt mit den stolzen Highlandern nicht zu vermeiden! Und dann wäre der Frieden im Land, den Schottland so dringend brauchte, mehr als nur gefährdet.

„Mylady Catriona ist zur Zeit nicht hier.", beschied er den Mann, ohne ihn aus den Augen zu lassen. Dieser zog erstaunt die Augenbrauen in die Höhe.

„Wie darf ich das verstehen? Der König hatte Euch meines Wissens ausdrücklich angewiesen, Lady Catriona möge sich bereithalten, um jederzeit dem Ruf an den Hof folgen zu können."

„Ja, schon. Aber ich dachte... also bisher ging ich davon aus, dass ich Catriona an den Hof begleiten sollte." Malcolm erinnerte sich gut an das Schreiben Jakobs, das ihn vor einiger Zeit aus London erreicht hatte. Der König hatte ausdrücklich gewünscht, Malcolm solle Catriona begleiten und weiterhin ihre Identität geheim halten, zu ihrer eigenen Sicherheit, bis sie am Hof und damit in Sicherheit war.

Kurz schien der Mann aus der Fassung gebracht, aber dann fixierte er sein Gegenüber mit einem durchdringenden Blick.

„Ich glaube nicht, dass es an Euch ist, die Entscheidungen des Königs zu hinterfragen. Ich weiß nicht, was Ihr mit ihm besprochen habt, aber wenn er seine Meinung geändert hat, steht es weder Euch noch mir zu, das zu hinterfragen! Also: Wo ist Lady Catriona?"

Malcolm hatte weder die Zeit noch die Lust, diesem arroganten Lowlander in allen Einzelheiten zu erläutern, warum Catriona nicht auf Eilean Donan war. Diese Geschichte war ausschließlich für die Ohren des Königs bestimmt. Aber vielleicht konnte man dem Mann ein paar Brocken hinwerfen, um sich so seine Unterstützung zu sichern? Malcolm würde die zusätzlichen Männer gut gebrauchen können, zudem würde ihre erkennbare Zugehörigkeit zum Gefolge des Königs ihm vielleicht Türen öffnen, die ihm ansonsten verschlossen blieben. Ganz zu Schweigen von Broc MacKenzie, der ja ebenfalls darauf bedacht war, sich die Gunst des Königs zu sichern und ganz sicher würde die Gegenwart der Gesandten ihn von weiteren Schandtaten unter ihren Augen abhalten.

Malcolm seufzte und bedeutete dem Grauhaarigen, sich zu setzen. Er musste seine Worte jetzt genau wählen, zu viel hing davon ab, ob der Mann ihm glaubte und helfen würde.

„Die Sache ist etwas kompliziert, Borthwick. Wie Ihr ja sicher wisst, ist Murdoch Stewart in Abwesenheit unseres Königs ein mächtiger Mann geworden." Malcolm sah seinem Gegenüber deutlich an, dass dieser den Zusammenhang zwischen Catrionas Abwesenheit und Murdoch Stewart nicht unbedingt nachvollziehen konnte. Dennoch blitzte so etwas wie Misstrauen in dessen stahlgrauen Augen auf.

„Murdochs treuester Gefolgsmann, Broc MacKenzie, hat irgendwie herausgefunden, dass Lady Catriona mit König Jakob verwandt ist und sie kurzerhand entführt, weil er sich davon verspricht, mit ihr ein Druckmittel in der Hand zu haben. Ich weiß nicht, ob oder wie Murdoch in diese Sache verstrickt ist, aber ganz sicher ist Lady Catriona Teil eines Plans, der König Jakob nach seiner Rückkehr schwächen soll." Malcolm hoffte, dass Borthwick nicht so genau nachfragen würde, denn sicher war die Geschichte nicht vollkommen gelogen, aber eben auch nicht ganz wahr. Und so runzelte der Gesandte auch die Stirn und fragte: „Äh, ich verstehe nicht, was Lady Catriona damit zu tun hat! Was sollte das für ein Plan sein, der König Jakobs Position schwächen könnte, so wir Ihr vermutet? Wenn sie erst auf alle Ansprüche aus ihrer Geburt verzichtet hat..." Der Mann ließ den Satz unvollendet, musterte Malcolm aber interessiert. Irgendetwas an Borthwicks Reaktion irritierte Malcolm.

„Broc hat sie entführt, *bevor* sie die Papiere unterzeichnen konnte. Ich versichere Euch, dass sie selber niemals einen Anspruch auf den Thron geltend machen würde, aber die Männer, die sie jetzt in der Gewalt haben..." Auch er ließ den Satz bewusst offen und beobachtete die Wirkung seiner Schlussfolgerung auf Borthwick. Er war sich nicht einmal sicher, ob Broc wusste, in welchem Verwandtschaftsverhältnis Catriona zu König Jakob stand, geschweige denn, welche Möglichkeiten sich aus ihrem Stand ergeben könnten, aber es konnte nicht schaden, in dieser Hinsicht etwas dicker aufzutragen, wenn er sich der Unterstützung des Abgesandten versichern wollte. Kurz glaubte Malcolm, ein erleichtertes Glitzern in den Augen des Älteren zu entdecken. Dieser Mann hatte irgendetwas an sich, das Malcolm beunruhigte. Zwar war sein Benehmen tadellos und seine Kleidung erlesen, aber es war der verschlagene Blick aus diesen eisgrauen Augen, der Malcolm einen Schauer über den Rücken laufen ließ. Ganz plötzlich kam ihm der Gedanke, dass dieser Borthwick möglicherweise ebenfalls nicht mit offenen Karten spielte. Was, wenn er gar nicht vom König geschickt worden war, wenn er in irgendjemandes Auftrag handelte, der ebenfalls von Catriona wusste? Oder wenn König Jakob gar entschieden hatte, dass Catriona möglicherweise doch eine Gefahr für seine zukünftige Position darstellte und er sich dieses Problems endgültig entledigen wollte? „Ich hoffe, Ihr fasst das nicht als Beleidigung auf, Borthwick, aber ich würde gerne das Schreiben des Königs sehen, das Euch als seinen Boten ausweist." Malcolm hatte beschlossen, vorsichtig zu sein. Zu viel stand auf dem Spiel.

„Selbstverständlich." Mit einer fließenden Bewegung griff Borthwick in sein Wams und zog ein gesiegeltes Papier hervor, das er Malcolm reichte. Kurz glaubte Malcolm, ein kleines, unsicheres Zucken im Augenwinkel des Mannes gesehen zu haben, aber wahrscheinlich täuschte er sich. Vorsichtig erbrach er das wächserne Siegel, das den steigenden königlichen Löwen zeigte und las die wenigen nüchternen Worte, die bestätigten, was der Mann bereits gesagt hatte. Dann ließ er das Papier sinken und sah Borthwick an. „Es ist nicht ganz so, wie ich gesagt habe. Broc MacKenzie hat sie noch nicht in seiner Gewalt, jedenfalls glaube ich das. Aber wenn Ihr mit Euren Männern bereit seid, mir zu helfen, habe ich Hoffnung, dass es noch nicht zu spät ist." Kurz überlegte

Malcolm, wie viel er preisgeben konnte, ohne *zuviel* zu offenbaren.

„Sie ist mit einem… einigen meiner Männer unterwegs um Broc zu entkommen. Wenn er sie bereits gefunden hätte, wüsste ich das!" Malcolm versuchte, mehr Zuversicht auszustrahlen als er empfand. Broc hatte einen ziemlich großen Vorsprung und die Tatsache, dass er zielstrebig Richtung Norden ritt, bedeutete, dass er zumindest eine Spur hatte.

Borthwick musterte Malcolm eine ganze Weile schweigend, dann winkte er seinen Männern zu, die sofort aufstanden und ihre Umhänge von den Haken nahmen.

„Dann würde ich sagen, wir haben keine Zeit zu verlieren, MacRae. Gebt uns frische Pferde und wir reiten sofort los!"

Malcolm konnte nicht sagen, warum ihn ein ungutes Gefühl überkam, aber er hatte keine Wahl. Jeder Mann zählte und das Wappen des Königs könnte nützlich sein. Er ließ das gesiegelte Schreiben, das er immer noch in den Händen hielt, achtlos auf den Tisch fallen und wandte sich dann an Rurig, der, wie immer mit ausreichend Abstand aber bereit, einzugreifen, wenn Gefahr drohte, hinter ihm stand.

„Rurig, du bleibst hier. Solange ich fort bin, übertrage ich dir die Verantwortung über Eilean Donan. Ich werde mit Borthwick und einigen unserer Männer die Verfolgung von Broc aufnehmen."

Leise, so dass der Abgesandte des Königs ihn nicht hören konnte, raunte er Rurig zu: „Pass gut auf die

Kinder auf, Rurig. Und stelle ein paar Männer ab, die weiter nach Lady Ailis suchen. Ich kann nicht sagen warum, aber ich traue diesem Borthwick nicht. Nur, so wie es aussieht, bleibt mir keine andere Wahl, als seine Hilfe anzunehmen."

Rurig nickte kaum merklich. Zwischen ihm und seinem Laird bedurfte es keiner großen Worte. Auch ihm war dieser aufgeblasene Lowlander nicht geheuer und er teilte die Abneigung seines Chiefs. Als sein Blick auf das achtlos hingeworfene Schriftstück fiel, hatte er eine Idee. Er nahm es in einem unbeobachteten Augenblick an sich und versteckte es im Ausschnitt seines Hemdes. Dann beobachtete er mit einem unguten Gefühl, wie sein Laird entschlossen die Halle verließ, während die Männer des Königs ihm folgten.

Liebe, zur richtigen Zeit nicht zum Ausdruck gebracht, sieht aus, als wäre sie Hass. (Sokrates)

Fassungslos starrte Catriona den Mann an, der sie in der vergangenen Nacht so hingebungsvoll und zärtlich geliebt hatte. Waren er und der unnahbare Highlander, der ihr gerade abweisend den Rücken zudrehte, ein und derselbe Mann? Zärtlicher Liebhaber und im nächsten Augenblick eiskalter Schurke? Sie war aus einem tiefen Schlaf erwacht, vollkommen erfüllt von dem Gedanken an den Mann, der dieses unvergleichliche Erlebnis mit ihr geteilt hatte. Der Mann, das wusste sie jetzt, den sie mit einer verzehrenden Leidenschaft liebte und dem sie ebenfalls etwas bedeutete. Jedenfalls hatte sie das bis gerade eben noch geglaubt. Er war so rücksichtsvoll gewesen, so zärtlich, wie sie es niemals für möglich gehalten hätte und ein Blick in seine rauchgrauen Augen hatte ihr verraten, dass es ihm nicht anders erging. Das, was zwischen ihnen gewesen war, konnte man nicht einfach so vortäuschen, diese hungrige Leidenschaft, diese tiefe Vereinigung zweier Seelen, so, als wäre man erst mit dem anderen ein vollkommenes Ganzes. Und dieser Mann stand dort, mit dem Rücken zu ihr und sattelte sein Pferd ohne Namen, schien gänzlich unbeeindruckt von dem Erlebten und tat so, als ob dieser Tag ein Tag wie jeder andere wäre!

Er war schon aufgestanden, als sie erwacht war, aber statt einer zärtlichen Begrüßung hatte er nur etwas Unverständliches in ihre Richtung gemurmelt, was sich verdächtig nach „anziehen" und „aufbrechen" anhörte. Da hatte sie noch geglaubt, dass auch er von den Ereignissen der Nacht überrascht und unfähig war, das Erlebte gefühlsmäßig einzuordnen. Immerhin hatte er ihr ja zu verstehen gegeben, dass eine Beziehung für ihn nicht in Frage kam, aber sie war sich sicher gewesen, dass er, seitdem sie sich geliebt hatten, anders darüber dachte. Wie hatte sie sich nur so täuschen können?! Auf ihre direkte Frage, was nun aus ihnen werden solle, hatte er gesagt, dass es ihm leid tue, die Beherrschung verloren zu haben. Es sei unverzeihlich von ihm gewesen, aber er habe sie in diesem Augenblick so begehrt, dass er nicht länger Herr seiner Sinne gewesen wäre. Das komme bei Männern schließlich naturgemäß vor, wenn sie lange keine Frau gehabt hätten und sich dann unversehens einem so willigen Frauenzimmer gegenüber sähen... Das war die Stelle, an der ihn eine schallende Ohrfeige getroffen und Catriona sich leichenblass und mit tränenverschleiertem Blick von ihm abgewandt hatte. Die vollkommene Fassungslosigkeit, die während seines heruntergespulten und in der Nacht mehrfach geübten Vortrages in ihren schönen Augen zu lesen gewesen war, hatte ihn mehr geschmerzt, als jeder Hieb, den er auf den Schlachtfeldern Schottlands erhalten hatte. Es hätte nicht viel gefehlt, und er hätte sie in seine Arme gerissen und ihr seine wahren Gefühle gestanden. Er fühlte sich schmerzlich an den Augenblick erinnert, als er, verlegen und mit klopfendem Herzen vor Glynis' Hütte gestanden hatte, um ihr zu gestehen, was er damals für Liebe gehalten hatte. Seit er Catriona kannte, seit der vergangenen Nacht, wusste er es besser: Er hatte Glynis nie wirklich geliebt, allenfalls war es die Schwärmerei eines grünen Jungen für eine zugegebenermaßen schöne Frau gewesen. Und das, was er für ein gebrochenes Herz gehalten hatte, war in Wahrheit verletzte Eitelkeit gewesen. Und nun verletzte er die Frau, die er liebte, setzte sie den gleichen Qualen aus, die er damals ausgestanden hatte! Er hasste sich selber für die

Wirkung, die seine bewusst kränkenden Wort auf sie hatten, sah, wie sie zitterte und sich dicke Tränen aus ihren wunderschön geschwungenen Wimpern lösten und eine nasse Spur auf ihren Wangen hinterließen. Wie gerne hätte er die salzige Feuchte weggeküsst, ihr gesagt, dass er nicht meinte, was er sagte, aber er schwieg eisern.

„Bevor wir aufbrechen, sollte ich Euch noch etwas geben." Er räusperte sich und versuchte, seiner Stimme einen geschäftsmäßigen Klang zu geben, aber stattdessen klang sie selbst in seinen Ohren seltsam gepresst.

„Ihr schuldet mir nichts!" Ihre leise Stimme klag traurig, tief verletzt.

Niall nahm den Siegelring des Königs aus der Tasche und reichte ihn ihr.

„Er gehört Euch aber."

Catriona sah ihn verständnislos an. „Ich wüsste nicht...", sagte sie verwirrt, als sie den Ring erkannte.

Niall zog ein gesiegeltes Schreiben aus der Satteltasche und Catriona erkannte in dem starren Wachs einen rechten Arm mit einem erhobenen Schwert, darüber der Wahlspruch des MacRae Clans: Fortitudine – Mit Tapferkeit.

„Was soll das alles, Niall? Warum sagt Ihr mir nicht einfach, was das zu bedeuten hat?" Sie drehte das Pergament unschlüssig in ihren Händen, unfähig, eine Verbindung zwischen dem Ring, dem Schreiben und Nialls ablehnender Haltung herstellen zu können.

„Lest einfach, was Malcolm Euch schreibt. Es... wird

einige Eurer Fragen beantworten. Fragen, die Ihr schon lange habt. Erinnert Ihr Euch, wie Ihr einmal gesagt habt, Ihr hättet das Gefühl, Malcolm würde etwas vor Euch verheimlichen?"

„Was...?"

„Lest!" Damit drehte er sich um und hantierte an den Satteltaschen seines Hengstes herum, aber Catriona hatte eher das Gefühl, er weiche ihr aus. Sie brach das Siegel auf und las, zunehmend fassungsloser und aufgewühlter. Eine lange Zeit, eine quälend lange Zeit, herrschte fast vollkommene Stille in dem kleinen Raum, nur unterbrochen von dem gelegentlichen Schnauben der Pferde draußen oder dem Schluckauf, den Catriona vom Weinen hatte.

Als Niall sich nach einer geraumen Weile umdrehte, saß Catriona auf einem Heuballen, das Pergament achtlos in ihrem Schoß. Sie starrte auf einen Punkt an der gegenüberliegenden Wand, noch blasser, wenn das nach Nialls verletzenden Worten überhaupt noch möglich war.

„Du... Ihr wusstet es die ganze Zeit?" Tonlos, den Blick immer noch auf die Wand gerichtet, sprach sie ihn schließlich an.

„Ja, Malcolm hat es mir erzählt, bevor... wir getraut wurden."

Wieder sagte sie lange Zeit nichts. Es war ihr anzusehen, dass sie versuchte, die Tragweite dieser Eröffnung zu verarbeiten.

„Wer weiß noch alles davon? Ich meine, wer mein Vater...", sie brach ab, offensichtlich fiel es ihr schwer, dieses Wort in Verbindung mit David Stewart zu gebrauchen.

„Malcolm, Ailis und... Malcolm vermutet, dass auch Broc MacKenzie davon weiß und Euch aus diesem Grund verfolgt. Er will durch eine Verbindung mit Euch das Wohlwollen des Königs erlangen."

Wieder sagte sie lange Zeit nichts.

„Habt Ihr mir auch aus diesem Grund geholfen? Weil Ihr Euch eine Gegenleistung vom König erwartet, wenn Ihr mich schützt?"

„Nein, mir geht es allein um die Informationen, die Euer Bruder... Malcolm für mich hat. Vor gut drei Jahren folterte man mich im Kerker, weil man dachte, ich sei im Besitz von Schriftstücken, die Robert Murdoch des Hochverrats überführen würden. Ich hatte damals keine Ahnung, wovon die Rede war. Malcolm hat den Mann ausfindig gemacht, der wirklich im Besitz dieser kompromittierenden Schriftstücke ist." Mehr konnte und wollte er ihr nicht erzählen. Er wollte sie nicht in etwas hineinziehen, das sie womöglich noch mehr in Gefahr brachte, als sie ohnehin schon war.

„Stammen daher Eure Narben? Ich meine von der Folter?"

„Ja, auch. Einige habe ich auch aus den vielen Kämpfen davon getragen, denen ich mich als Soldat stellen musste." Auf keinen Fall wollte er näher über diese Zeit sprechen, und schon gar nicht mit ihr.

„Ihr wart Soldat?" Ihr wurde bewusst, wie wenig sie von dem Mann wusste, dem ihr Herz gehörte. Wenn sie tief in sich hineinhörte, hatten auch seine

232

verletzenden Worte nichts daran ändern können, dass sie ihn liebte, wenn sie jetzt auch wusste, dass diese Liebe nicht erwidert wurde. Begehren, Leidenschaft - das ja. Das hatte er mit ihr geteilt, sein Leben und sein Herz dagegen behielt er fest unter Verschluss.

„Ja. Das erste Mal tötete ich einen Menschen, da war ich gerade fünfzehn. Ich durchbohrte seine Brust, nur weil er auf der anderen Seite stand, der anderen Seite der Gerechtigkeit, für die ich damals kämpfte." Er wollte sie schockieren, ihr das romantische Bild des edlen Ritters austreiben, das sie von ihm hatte. Stattdessen reagierte sie vollkommen anders, als er erwartet hatte.

„Hat Euch das so hart gemacht? Gegen andere und Euch selbst? Habt Ihr deswegen Eure Gefühle weggesperrt, hinter einer Fassade der Unnahbarkeit? Weil Ihr Menschen töten musstet, die sonst Euch getötet hätten?" Sie war aufgestanden und legte behutsam eine Hand auf seinen Arm. Tröstend, warm, wissend.

Zu Teufel, warum las diese Frau in ihm wie in einem offenen Buch? Warum war sie so verständnisvoll, obwohl er sie so verletzt hatte? Warum hasste sie ihn nicht, wie er es beabsichtigt hatte? Gleichzeitig schickte ihre Berührung wieder diesen Schauer des Begehrens durch seinen Körper. Diese federleichte Berührung entfachte seine Leidenschaft mehr als die Liebkosungen der erfahrenen Frauen, die er bisher in seinem Bett hatte, es je gekonnt hätten. Niemals zuvor hatte ihn die bloße Nähe einer Frau so erregt. Seine Muskeln spannten sich vor unterdrücktem Verlangen an, sein Körper brannte und er biss die Zähne zusammen. Mit einem letzten Rest Selbstbeherrschung entzog er sich ihrer Berührung.

„Ihr müsst kein Mitleid mit mir haben, Lady." Ärgerlich darüber, welche Macht ihre Berührungen über seinen Körper hatten, wandte er sich ab und hantierte wieder an den Satteltaschen herum.

„Ich habe kein Mitleid, Niall. Nicht mit dem Krieger." Obwohl er wusste, dass es besser wäre, jetzt nicht in ihre wunderschönen Augen zu schauen, drehte er sich zu ihr um.

„Ich habe Mitleid mit dem Mann, der sich dahinter versteckt." Er sah in die blauen Tiefen ihrer Seele, sah ihre Verletzlichkeit, aber auch ihre Stärke und Entschlossenheit. Sie war stärker als er jemals gewesen war, das wurde ihm jetzt klar. Diese zierliche Person, die ihn hassen müsste, weil er sie so sehr gedemütigt hatte, hatte den Mut, ihn trotz allem zu lieben.

Er ließ sie nicht aus den Augen, während er sie an sich zog. Fast wünschte er sich, sie würde sich wehren, aber stattdessen drängte sie sich an ihn, erwiderte seinen hungrigen Kuss mit der Leidenschaft, die er selbst gestern in ihr geweckt hatte. Er trank erneut die Süße ihres Mundes, konnte nicht fassen, dass sie in seinen Armen lag, obwohl sie ihn für einen gefühllosen Schurken halten musste, der nur seine Lust an ihr stillen wollte. Mit einem letzten Rest Verstand löste er sich von ihr und schob sie ein kleines Stück von sich weg.

„Catriona, ich...", seine Stimme klang heiser vor

Begehren und in seinen grauen Augen las sie alles, was sie wissen musste.

Catriona legte ihm einen Finger auf seine Lippen, die ein so heißes Verlangen in ihr weckten, dass ihr Körper in Flammen stand. Sie konnte keinen klaren Gedanken fassen, ihr Körper hatte ein Eigenleben entwickelt, das ihren Verstand verhöhnte.

„Psst, Niall. Sag nichts. Mein bisheriges Leben ist eine Lüge, es hat nie jemanden wirklich interessiert, was ich wollte. Vieles macht jetzt rückblickend Sinn. Aber hier, heute, treffe ich die Entscheidung, was *ich* will. Und ich will dich, ganz gleich, was die Zukunft bringt."

Entschlossen knöpfte sie Nialls Hemd auf und schob ihre kleinen Hände darunter. Seine muskulöse Brust hob und senkte sich in schnellem Takt, zeugte von seinem Verlangen und seiner aufgewühlten Verfassung. Deutlich konnte sie die pochende Ader an seinem Hals erkennen und ein Blick in seine Augen ließ sie dahinschmelzen. Ihre Hand fuhr die lange Wulst einer Narbe ab, die sich knapp unterhalb seiner linken Brust bis hin zu seinem Bauchnabel zog. Er atmete scharf ein, als sie die haarige Linie hinabfuhr und an dem Bund seiner Hose verharrte. Er wusste, dass sie ihn verbrennen würde, seine Seele mit sich nehmen würde, wenn er sie am Ende ihrer Reise um ihretwillen verlassen musste. Aber er war nicht stark genug, ihr zu widerstehen, ihr zu versagen, worum sie ihn bat. Er wollte ihr etwas schenken, das sie tief in ihrem Herzen bewahren konnte, egal, was die Zukunft für sie bereit hielt.

Er hielt ihre Hand auf, konnte ihr nicht erlauben, ihn

noch mehr zu erregen. Nicht bevor er ihr den Genuss bereitet hatte, den sie verdiente, nach dem sich ihr Körper sehnte. Er küsste abwechselnd ihre kleinen, kalten Hände, arbeitete sich über die zarte Haut ihrer Handgelenke hinauf bis zu ihrem schlanken Hals, an dem er ihren pochenden Puls fühlen konnte. Sie seufzte, als er die seidige Stelle an ihrem Schlüsselbein liebkoste, krallte ihre Hände in sein langes dunkles Haar als er sich zu ihren Brüsten vorarbeitete. Die rauen Stoppeln seines Bartes kitzelten ihre empfindliche Haut, aber es störte sie nicht. Im Gegenteil: Es steigerte ihr Verlangen ins Unermessliche. *Vielleicht mag ich Bärte doch,* dachte sie, bevor Niall sich ihren empfindlichen Brustwarzen widmete. Der raue Stoff ihres Gewandes stellte kein Hindernis für seine brennenden Lippen dar, er zerrte es ihr einfach über die Schultern. Catriona schob ihn ein kleines Stück von sich, schockiert darüber, dass schon dieses kurze Lösen von ihm ihr so schwer fiel. Nicht gewillt, ihn später wieder sagen zu hören, er hätte sie nur benutzt, zog sie sich ihr Kleid über den Kopf. Sie wollte ihn genauso, wie er sie, und er sollte später weder ein schlechtes Gewissen noch eine Verpflichtung ihr gegenüber verspüren. Heute war heute, es gab nur sie und Niall. Und wenn er nicht gewillt war, an dieser Ehe, in die beide geschlittert waren, festzuhalten, dann würde sie das, wenn auch mit gebrochenem Herzen, aber doch ohne Vorwürfe hinnehmen. In Zeiten wie diesen war das Heute wichtiger.

*Denn wo die böse Tat zur Mutter die
Gesinnung hat, da folgen ihr als Geschwister
andre böse Taten.
(Sophokles)*

Broc MacKenzie zügelte sein Pferd und bedeutet seinen
Männern, ebenfalls anzuhalten. Sie waren gerade im
Begriff, den schützenden Wald zu verlassen, als er in
etwa zweihundert Schritt Entfernung eine Bewegung
wahrnahm. In dem diffusen Licht des schwindenden
Tages konnte er zunächst nicht genau erkennen, was
seine Aufmerksamkeit erregt hatte. Er stieg ab, warf die
Zügel seines Pferdes einem seiner Männer zu und
schlich, den Schutz der Bäume ausnutzend, näher an
die Stelle heran, die sich jetzt in der hereinbrechenden
Dunkelheit als einfache Hütte erwies. In den Highlands
gab es diese einfachen Unterstände zu Hauf. Sie boten
den Schäfern im Sommer wie Winter Schutz vor dem
unberechenbaren Wetter in dieser so unwirtlichen
Gegend. Es war jedoch nicht die Hütte, die seine Blicke
auf sich zog, sondern die zwei Pferde, die friedlich vor
der Hütte standen und Heu aus einem
aufgeschichteten Haufen rupften. Ein prächtiger, fast
schwarzer Hengst und – eine weiße Stute! Broc
erinnerte sich an die Worte des Bauern, der Catriona
und diesem Hurensohn eine weiße Stute verkauft hatte.
Sein Puls begann zu rasen. Es war ziemlich
unwahrscheinlich, dass die Tiere einem Bauern

gehörten, der hier nach dem Rechten sah. Der Hengst war viel zu wertvoll, Broc erkannte auf den ersten Blick das gut ausgebildete kräftige Streitross eines Kriegers. Und die weiße Stute... Das konnte kein Zufall sein! Sein Herz schlug hart in seiner Brust. Endlich! Seit Tagen, nein, Wochen schon versuchte er, diese verdammte Hure in seine Finger zu bekommen. Die Vorstellung, wie sie sich hingebungsvoll unter diesem Bastard wand, der ihr Ehemann war, ließ das Blut in seinen Adern kochen. Sie gehörte ihm und kein dahergelaufener räudiger Köter durfte ungestraft Dinge mit ihr tun, die ihm allein vorbehalten waren. Die Tatsache, dass er es versäumt hatte, sie damals auf Eilean Donan zu besteigen, als sie ganz sicher noch Jungfrau gewesen war, verfolgte ihn noch heute. Er hätte diese einfältige Kuh von Magd einfach aus dem Weg schaffen und sich nehmen sollen, was er begehrte. So, wie er Isabel aus dem Weg geschafft hatte, so, wie er alles beiseite räumte, was sich zwischen ihn und seine Pläne stellte.

Er schlich zurück zu seinen Männern und besprach im Flüsterton, was er zu tun gedachte und welche Aufgaben ihnen dabei zufallen würden. Kurz zuvor war Struan zurückgekehrt und hatte berichtet, dass wenige Meilen entfernt eine kleine Ansiedlung von taigh dubhs zu finden war. Diese Behausungen der schottischen Hochlandbewohner waren überaus einfach zu nennen, es gab nur einen Raum, den Mensch und Tier sich teilten. Das war zwar nicht das, was Broc sich für seine nächsten Schritte gewünscht hätte, aber im Augenblick war es nur wichtig, Catriona zur Witwe zu machen, sie schnellstmöglich zu heiraten und die Ehe zu vollziehen. Das war nicht nur unerlässlich, sollte die Ehe auch gültig sein, der Gedanke an die Hochzeitsnacht erfüllte ihn auch mit einem machtvollen Verlangen, es dieser Frau heimzuzahlen. Ihr heimzuzahlen, was sie ihm damals verwehrt hatte, Ekel und Abscheu in ihren Augen. Nur würde ihr dieses Mal niemand zu Hilfe kommen, würde niemand sie vor dem schützen können, was er mit ihr zu tun gedachte! Er hatte inzwischen ausreichend Zeit gehabt, sich in allen Einzelheiten auszumalen, wie er sie quälen und sich dabei Genuss verschaffen könnte. Und da würde diese erste Nacht nur der Anfang sein. Und dazu war es ganz gleich, ob er sie auf dem Waldboden oder in einer dieser schmutzigen Hütten nahm. Was er mit ihr zu tun gedacht, konnte er überall tun! Ein größeres Problem stellte da schon der Priester dar, der die Trauung vollziehen sollte. Aber Broc war zuversichtlich, dass der Mann, den er ausgeschickt hatte, einen dieser hundsgesichtigen Gottesmänner aufzutreiben, Erfolg haben würde. Sie waren auf dem Weg in diese gottverlassene Einöde an einem verfallenen Kloster vorbei gekommen, das trotz seiner Baufälligkeit offensichtlich noch von Mönchen bewirtschaftet wurde. Da würde man ja wohl jemanden finden, der bereit war, sie zu trauen! Auch erwartete er diese MacRae Hure schon in Kürze. Er hatte Nachricht erhalten, dass zwei der Männer, die sie und die Welpen dieses elenden Verräters entführt hatten, waren mit ihr bereits auf dem Weg hierher. Broc frohlockte innerlich. Fast hätte er geglaubt, es handele sich bei der Entwicklung der Dinge um eine göttliche Fügung. Aber Glauben war etwas für Feiglinge, für Schwächlinge, die keine Entscheidungen treffen konnten. Für Menschen, die stets in der Bibel nach Antworten suchten. Er verachtete diese Menschen, die ihr Leben derart fremdbestimmt lebten. Er bevorzugte es, eigene Entscheidungen zu treffen, seinen Lebensweg selber zu bestimmen.

Entschieden trat er mir seinen Männern aus dem Schutz des Waldes heraus, ganz der Jäger, der seine Beute vor Augen hatte und sie in die Enge trieb, bevor er sie erlegte. Und in Bezug auf Catriona hatte dieses Erlegen noch einen reizvollen Beigeschmack, der ihm das Blut in die Lenden schießen ließ.

Gewalt zwingt uns zum Gehorsam. Das ist das Bitterste für einen Menschen: bei allem Wissen keine Macht zu haben.
(Herodot)

Als Catriona sich dieses Mal nach in Nialls Arme schmiegte, war sie erfüllt von ihren Gefühlen gegenüber diesem Mann, der sie so zärtlich geliebt hatte. Sie blickte verträumt in das Stückchen Himmel,

das sie durch eine undichte Stelle in dem mit
trockenem Heidekraut und Stroh gedecktem Dach
ausmachen konnte. Es glitzerten bereits ein paar Sterne
dort oben, obwohl es noch nicht völlig dunkel war, und
sie fragte sich, was die Gestirne wohl für Geheimnisse
in sich bargen. Man sagte, dass man in den Sternen
seine Zukunft lesen konnte, und obwohl sie nicht daran
glaubte, hätte sie zu gerne gewusst, was für sie
bestimmt war.

Es konnte einfach nicht sein, dass Niall nichts für sie
empfand! Es durfte nicht sein!

Was hielt ihn davon ab, sie zu lieben? Gab es etwa
bereits eine Frau in seinem Leben, die er liebte, so dass
für sie kein Platz war? Oder hatte er in der
Vergangenheit eine Frau geliebt, die ihm diese
schwärende, nicht verheilte Wunde beigebracht hatte,
die sein Herz vernarbte und es unempfänglich für
Gefühle machte? Sie wusste nicht zu sagen, mit
welchem Gegner sie um seine Zuneigung buhlte, aber
sollte letzteres der Fall, hätte sie eine Möglichkeit, diese
Mauern einzureißen, im anderen Fall aber...

Catriona schrak aus ihren Gedanken, als Niall sich
plötzlich erhob und mit besorgter Miene zu dem
windschiefen Holzbrett ging, das der Hütte als Tür
diente. Er schien angestrengt zu lauschen und jetzt
hörte auch sie, dass sich beide Pferde draußen unruhig
bewegten. Irgendetwas schien sie erschreckt zu haben
und als ein lautes Wiehern ertönte, das eindeutig von
Each stammte, wusste sie, dass etwas nicht stimmte.
Schnell griff sie sich ihr Kleid und zog es sich über den
Kopf. Sie tastete im Heu nach dem Messer, das Niall ihr

am Vortag gegeben hatte, konnte es aber nirgendwo finden. Niall hatte inzwischen sein Claymore gegriffen und öffnete vorsichtig die Tür. Als Catriona sich hinter ihn stellte, um zu sehen, was die Pferde so beunruhigt hatte, schob er sie mit einer energischen Bewegung zurück.

„Du bleibst hier. Rühr' dich nicht vom Fleck, ich gehe nachsehen, was da draußen vor sich geht." Sie hörte an seiner gepressten Stimme, dass er sehr angespannt war. Gehorsam trat sie einen Schritt zurück und sah, wie er durch die Tür schlüpfte. Fast im gleichen Augenblick hörte sie, wie Stahl auf Stahl traf und sie wusste sofort, dass da draußen ein Kampf stattfand. Lautes Rufen mischte sich unter das schrille Wiehern der Pferde, unterdrücktes Keuchen und ein Schmerzensschrei wurden von dem Donnern von Hufen übertönt und eine eisige Faust schloss sich um Catrionas Herz. Was passierte da draußen gerade? Was war mit Niall? Sie wusste, dass sie besser Nialls Anweisungen, sich zurückzuziehen, befolgt hätte, aber die Angst um den Mann, den sie liebte, ließ sie alle Vorsicht vergessen. Sie spähte durch den schmalen Spalt der Tür ins Freie, aber die Dunkelheit war inzwischen soweit fortgeschritten, dass sie kaum etwas erkennen konnte. Leise schlich sie aus der Hütte und als eine vorbeiziehende Wolke den Mond freigab, atmete sie erleichtert auf. Niall stand da, scheinbar unverletzt, sein Claymore zielte auf einen am Boden liegenden Mann, bereit, ihm einen tödlichen Stoß zu versetzen. Sie wollte nicht zusehen, wie er den Mann tötete, auch wenn er in dieser Situation womöglich keine andere Wahl hatte, und schloss die Augen. Niall lebte, das war die Hauptsache! Aber gerade, als sie sich entspannen wollte, fühlte sie, wie jemand in ihre Haare packte und ihren Kopf grob nach hinten zog. Kalter Stahl bohrte sich in die empfindliche Haut ihres Halses.

„Schluss jetzt, MacLennan! Wenn du nicht willst, dass diese kleine Hure hier ihr Lebenslicht aushaucht, wirfst du jetzt schön brav dein Claymore weg!" Catriona keuchte vor Schmerzen auf, als ihr der Mann die Klinge noch ein Stück fester an den Hals drückte. Fast noch mehr entsetzte sie allerdings der Blick, den Niall ihr zuwarf, denn obwohl die Dunkelheit viel verschluckte, konnte sie doch das namenlose Entsetzen und den Schmerz in seinen Augen sehen, als er sein Schwert fallen ließ. Der Mann, der noch vor wenigen Augenblicken den Tod vor Augen gehabt hatte, erhob sich schwer atmend, trat vor das Schwert, das über den gefrorenen Boden schlitterte und wischte sich das Blut ab, das aus einer Wunde an seiner Stirn sickerte. Dann holte er aus und sein wuchtiger Fausthieb traf Niall in den Bauch. Weitere Hiebe prasselten auf ihn ein aber er wehrte sich nicht, auch nicht, als er bereits am Boden lag und der Mann unbarmherzig auf ihn eintrat. Voller Entsetzen starrte Catriona auf die grausame Szene, nicht fähig, einen klaren Gedanken zu fassen. Was passierte hier? Wer waren die Männer und was wollten sie von ihr und Niall? Als Niall sich nicht mehr rührte und nur noch röchelnd atmete, drehte sich der Mann, der ihn so zugerichtet hatte um, und ein eiskalter Schauer lief ihr den Rücken herunter. Sie kannte diesen Mann, das grausame Funkeln in seinen Augen würde sie nie vergessen, ebenso wenig wie seine gierigen Hände auf ihrem Körper. Schlagartig kehrten alle Ängste zurück, die sie damals ausgestanden hatte, als er sie in der Burg ihres Bruders fast vergewaltigt hätte, wäre ihre Magd nicht dazwischen gegangen. Broc MacKenzie! Und plötzlich wusste sie die Antwort auf all ihre Fragen. Broc, der Mann, vor dem Malcolm und Niall sie hatten beschützen wollen, der Mann, der sie zur Ehe zwingen wollte, hatte sie gefunden. Ihr Herz schlug ihr bis in den Hals als ihr klar wurde, was das bedeutete: Broc würde sie nur dann heiraten können, wenn Niall tot war. Sie konnte diesen Gedanken nicht zulassen, aber als Broc sich ihr mit einem triumphierenden Grinsen näherte, wusste sie, dass er gewonnen hatte. Nichts und niemand würde ihn aufhalten, sein Ziel zu erreichen. Catriona hatte nicht bemerkt, dass der Mann hinter ihr sie losgelassen hatte, so erstarrt war sie. Mit einem überlegenen Ausdruck in den eiskalten Augen zog Broc sie an sich und presste seine Lippen auf ihren Mund. Er drängte sie an die raue Holzwand, seine Hand schob sich unter ihren Rock, während seine Zunge wie ein schleimiger Wurm zwischen ihre Lippen fuhr. Sie traute sich nicht, sich zu wehren, eine letzte, verzweifelte Hoffnung, so Nialls Schicksal abwenden zu können. Sie würde alles tun, um sein Leben zu retten, auch… Sie keuchte entsetzt auf, als er die empfindliche Stelle zwischen ihren Beinen fand und grob einen Finger hinein stieß. „Das, meine süße

244

Catriona, ist nur der Vorgeschmack auf etwas, das du nie vergessen wirst, wenn du es erst einmal genossen hast!" Unvermittelt ließ er von ihr ab und drehte sich zu seinen Männern um. Catriona konnte außer Broc noch drei Männer ausmachen, aber es war nicht ausgeschlossen, dass sich in der Dunkelheit noch weitere verbargen.

„Boyd, du schaffst den MacLennan in die Hütte. Wir möchten doch nicht, dass er hier draußen erfriert!" Brocs Stimme und das grausame Glitzern in seinen Augen ließ ihr das Blut in den Adern gefrieren. Er packte sie grob am Arm und zog sie von der Hütte weg zum Waldrand.

„Darrach und Fraser, ihr beide seht zu, dass der Hurensohn es schön warm hat! Und passt auf, dass er nicht entwischt!", rief er seinen Männern über die Schulter zu, während er Catriona hinter sich herzog.

„Was...was habt Ihr vor?", keuchte sie atemlos, von unsagbarer Angst um Niall getrieben.

„Bitte, Broc, ich tue alles, was Ihr verlangt, aber bitte, verschont sein Leben! Ich..." Tränen liefen ihr inzwischen unaufhaltsam über die Wangen, eine eiserne Faust hielt ihr Herz umfangen.

„Oh, Lady Catriona, ganz gewiss werdet Ihr alles tun, was ich verlange. Aber leider kann ich Euch den kleinen Gefallen, Euren *Gemahl* am Leben zu lassen, nicht erweisen!" Sie hatten den Waldrand erreicht und er zerrte sie zu seinem Pferd, das dort angebunden vor Nervosität tänzelte. Als er aufgestiegen war und sie vor sich in den Sattel zog, sah sie einen Feuerschein aus der Richtung, in der sich die Hütte befinden musste. Noch

züngelten die Flammen nur spärlich, leckten vorsichtig an den hastig aufgeschütteten Heuhaufen, die die Männer um die Hütte verteilt hatten. Aber es würde nicht mehr lange dauern bis sie ihr zerstörerisches Werk aufnehmen würden. Auch aus dem Inneren der Hütte sah Catriona durch die geöffnete Tür, wie Flammen sich durch das trockene Stroh fraßen. Dann schlug einer von Brocs Männern die Tür zu und verriegelte sie von außen mit einem schweren Eichenbalken. Catriona war wir gelähmt vor Entsetzen, starrte fassungslos auf den immer dichter werdenden Rauch, der sich langsam durch das Dach der Hütte fraß, während Broc sein Pferd in Richtung Hütte lenkte. Sie konnte nichts mehr denken, nichts mehr fühlen, es schien ihr fast so, als wiche alles Leben aus ihr. Broc zügelte sein Pferd vor der Hütte, so nah, dass er Mühe hatte, das vor dem Feuer scheuende Tier im Zaum zu halten, so nah, dass ein Funkenregen ihr Gewand versenkte, als ein Teil des Daches einbrach. „Verteilt euch um die Hütte herum.", brüllte er in den tosenden Lärm. „Ich will, dass ihr hierbleibt, bis das Feuer erloschen ist. Und ich will...", er griff hart in die Zügel und schrie gegen das Inferno an, „...dass ihr die Reste dieses Hurensohnes in alle Winde zerstreut, jedenfalls das, was von ihm übrig bleibt!"
Damit gab er seinem Pferd die Sporen und galoppierte mit Catriona davon, in die Dunkelheit der Nacht. Eine Dunkelheit, von der Catriona wusste, dass sie von nun an der ständige Begleiter in ihrem Leben wäre, eine Dunkelheit, die schlimmer war als der Tod.

Der Freundschaft Hafen trügt nur allzu oft. (Sophokles)

„Verdammt!" Rurig riss dem blassen Mann in der schmucklosen schwarzen Kukulle die Pergamentrolle aus der Hand. „Seid Ihr Euch sicher, Graham?"
„So sicher wie man sich nur sein kann, Herr. Ich habe schließlich lange genug für Robert Stewart und dann für seinen Sohn Murdoch gearbeitet, um dieses Detail zu erkennen. Seht Ihr, hier...", er deutete auf den steigenden Löwen im dem gebrochenen Wachssiegel, „...der Schwanz dieses Löwen ist schmal und hat oben eine dreizackte Schwanzspitze. Das Wappen des Königs dagegen zeigt einen Löwen mit einem vollen Schwanz, der oben in einem Büschel ausläuft. Es ist nur ein kleines Detail, dennoch..."
„Dann waren das Murdochs Männer! An diabhal! Zum Teufel! Was wollen die Kerle von meinem Laird?"
Unruhig ging Rurig in dem Gemach, das sein Laird auch als Schreibstube benutzte, auf und ab. Ganz sicher führten die Männer des Dukes of Albany nichts Gutes im Schilde, warum hätten sie sonst ihre wahre Identität verschleiert? Hatten sie etwas mit dem Verschwinden von Lady Ailis zu tun? Oder wollten sie Lady Catriona finden, ebenso wie sein Chief, und hatten ihm deswegen ihre Hilfe angeboten? Hatten sie nicht gesagt, sie sollten Lady Catriona abholen und an den Hof des Königs bringen? Dann ging es offensichtlich

um sie. Wütend stapfte er durch den Raum. Ganz egal, was die Motive der Männer anging, sein Laird musste erfahren, dass es nicht die Gesandten des Königs waren, die ihn begleiteten! Er selber konnte nicht hier weg, er hatte die Verantwortung für die Burg, und er wollte seinen Laird nicht enttäuschen. Aber er würde einen seiner Männer schicken. Der Troß hatte etwa einen Tag Vorsprung, und ein einzelner Reiter kam sicherlich schneller voran als ein ganzer Trupp. Er überlegte kurz, dann nickte er dem Mann zu, der, beide Hände in den Ärmeln seines schwarzen Umhangs verborgen, immer noch an dem Eichentisch saß, der fast die gesamte Fensterbreite einnahm.

„Danke, Graham. Ihr habt mir einen großen Dienst erwiesen ... also ich meine, meinem Laird."

Über Duff Grahams ausgemergeltes Gesicht stahl sich ein kleines Lächeln. „Ich bin froh, dass ich Euch helfen konnte, Herr. Seit meiner Zeit im Kloster auf Iona suche ich um Vergebung beim Herrn, für meine Feigheit und mein Zaudern. Ich muss sagen, seit ich mich entschlossen habe, diese Schwächen zu überwinden, findet meine Seele wieder Trost im Wort Gottes..."

„Ja, schon gut, Graham. Wir sind alle froh, dass Ihr den richtigen Weg nun beschritten habt, aber seht es mir nach, wenn ich Euch jetzt allein lassen muss. Ich habe eine Burg zu beaufsichtigen." Mit einem ungeduldigen Nicken verabschiedete Rurig sich von dem Mann und stürmte Richtung Übungsplatz, auf dem die Krieger des MacRae Clans sich nach seiner Anweisung im Schwertkampf übten.

„Jamie! Komm her!" Seine Stimme übertönte das Schwertklirren und unterbrach den Übungskampf, den der Angesprochene mit seinem Gegner austrug. Als der schlanke Bursche mit einer kleinen Verbeugung zu seinem Gegenüber den Kampf beendete und auf Rurig zutrat, nahm dieser ihn zur Seite und berichtete ihm, was er soeben erfahren hatte und was er von ihm wollte. Mit einem grimmigen Schnauben schritt Jamie kurz darauf auf den Stall zu.

Jamie war der beste Fährtenleser des Clans und ein junger, zäher Bursche. Ihm war am ehesten zuzutrauen, den Laird in der Einöde der Highlands aufzuspüren.

Ihr meint, das Feuer sei ausgegangen? Aber es hat nur die Scheite verbrannt, und selber brennt es stets irgendwo. Seht – mit dem Leben ist es ebenso!
(Dschuang-Dsi)

Niall hustete und versuchte, durch den dichten Rauch irgendetwas zu erkennen. Sie hatten ihn in die Hütte geschleift und dort abgelegt, bevor sie Feuer gelegt und die Tür verriegelt hatten. Jede Faser seines Körpers schmerzte von den Schlägen und Tritten, die Broc ihm zugefügt hatte. Das Schlimmste aber war, dass dieser Hurensohn Catriona hatte! Niall hatte durch den

Schleier des Schmerzes mit ansehen müssen, wie dieser miese Verräter sie küsste und betatschte. Das war mehr gewesen, als er ertragen konnte. Er hatte die Frau, die er mehr liebte als sein Leben, nicht vor diesem Mann beschützen können! Bei dem Gedanken daran, was sie in seinen Händen würde erdulden müssen, hatte ihn eine solche Panik überkommen, dass sein Herzschlag für einen Augenblick aussetzte. Er hatte sich von Broc zusammenschlagen lassen, ohne sich zu wehren, weil er befürchtete, dieser Schweinehund würde Catriona dafür büßen lassen. Er hätte gegen die vier Männer ohnehin keine Chance gehabt, nachdem er sein Schwert weggeworfen hatte. Nun standen Brocs schurkische Handlanger um die Hütte herum und warteten darauf, dass die Höllenglut ihn verbrannte. Für den Bruchteil eines Augenblicks hatten sein Körper und sein Geist sich dem befreienden Gedanken ergeben, hier und heute zu sterben. Sich seinem eigenen Versagen was Catrionas Schutz anging, zu entziehen, indem er hier starb, hatte etwas Tröstliches. Dann aber hatte er Catrionas schönes Gesicht vor Augen gehabt, schmal, blass und voller Entsetzen, als sie ihren Peiniger erkannt hatte. Und plötzlich war Sterben einfach keine Option mehr! Sein geschundener Körper schickte Wellen des Schmerzes durch seine Adern und seine Muskeln, und es kostete ihn fast übermenschliche Kraft, sich zu erheben. Ganz sicher waren einige Rippen gebrochen, oder mindestens angebrochen, und er fühlte sich, als wäre eine ganze Herde von schottischen Hochlandrindern über ihn hinweg getrampelt. Aber mit körperlichen Schmerzen konnte er umgehen, er hatte schon viel Schlimmeres überstanden. Der Gedanke, dass Catriona nun Broc ausgeliefert war, war ungleich schlimmer, besaß mehr zerstörerische Kraft als jede Verletzung, die man ihm hätte zufügen können. Sie hatte es nicht verdient, dass er sich einfach so in sein Schicksal ergab und sie dem Mann überließ, der sie unweigerlich zerstören würde. Er hatte nicht die Folter überlebt, um jetzt hier zu sterben, bevor er die Frau, die er liebte, retten und seine Rache bekommen konnte! Mühsam schleppte er sich in die Mitte der Hütte, wo der Rauch und das Feuer noch nicht so wüteten. Wenn er das Inferno überleben wollte, brauchte er dringend einen Plan! Hustend und keuchend kroch er am Boden entlang, bis er plötzlich einen leisen Lufthauch spürte. Frische Luft, köstlich klare Luft! Was allerdings seine schmerzenden Lungen erfreute würde binnen weniger Augenblicke dazu beitragen, dass das Feuer neue Nahrung bekam und sein entfesseltes Spiel mit grausamer Präzision fortsetzen würde. Er blickte auf und entdeckte ein Loch im Dach der Hütte. Kurz überlegte er. Wenn er das zu seinem Vorteil nutzen wollte, würde er nicht nur Glück brauchen, er müsste sich auch beeilen. Es würde nicht lange dauern und der Luftzug würde die Flammen weiter entfachen. Mühsam zog er sich an einem Balken in die Höhe, die lebensrettende Öffnung unerreichbar hoch über ihm. Der Rauch wurde dicker und die Hitze immer unerträglicher, aber Niall war noch nicht bereit, aufzugeben. Er zog den Sattel, der bislang unbeachtet in einer Ecke der Hütte lag und an dem auch schon die

Flammen leckten und eine Seite bereits angeschmort hatten, heran, aber es reichte immer noch nicht. Niall schichtete auch noch den zweiten Sattel der Stute darauf und mit einiger Anstrengung konnte er jetzt einen Querbalken erreichen, der das Dach abstützte. Noch, denn auch hier hatte das Feuer bereits sein zerstörerisches Werk begonnen. Sein Körper rebellierte vor Schmerzen als er sich in die Höhe zog, aber er ignorierte die aufsteigende Übelkeit. Er musste hier raus. Der Wunsch, Catriona zu helfen, ließ alle anderen Gefühle in den Hintergrund treten. Während er sich mit der einen Hand an den Balken klammerte, schob er mit der anderen das lose, bereits glimmende Stroh weg und vergrößerte so die Öffnung. Den brennenden Schmerz, als sich auffliegende Funken in seine Hand fraßen, ignorierte er. Dann zog er sich nach oben und kletterte auf das Dach, das an einigen Stellen schon lichterloh brannte. Gierig sog er die frische Luft ein und mit ihr strömte neue Kraft in seinen Körper. Nach einigen tiefen Atemzügen besann er sich und schaute sich um. Er sah einen von Brocs Männern gelangweilt auf einem Holzblock sitzen und in die Flammen starren. Offenbar wollte Broc ganz sicher gehen, dass er auch wirklich hier in den Flammen starb. Niall erinnerte sich, dass er außer Broc drei Männer gesehen hatte. Ganz sicher standen sie um die Hütte herum und sollten seine Flucht verhindern, wenn es ihm irgendwie gelingen sollte, den Flammen zu entkommen. Er konnte also nicht einfach vom Dach springen und davon spazieren, was seine Lage ungleich schwieriger

252

machte. Es gab nur einen Ausweg und Niall hoffte, dass es klappen würde. *Du bekommst einen Namen, mein Freund, wenn das hier klappt. Einen richtigen Namen,* schwor er sich, bevor er einen schrillen Pfiff ausstieß, von dem er hoffte, dass er das laute Prasseln des Feuers übertönen würde. Nichts. Er pfiff noch einmal und nach einer gefühlten Ewigkeit konnte er das Donnern von Hufen hören. Er hatte sein Pferd gründlich ausgebildet, es war unerlässlich, dass er sich im Kampf blind auf Each verlassen konnte. Er hatte ihn auch an Feuer gewöhnt, es kam immer wieder vor, dass die gegnerischen Truppen versuchten, dem Feind den Rückweg durch eine Flammenschneise abzuschneiden. Da war ein scheuendes, panisches Pferd wenig hilfreich.

Each galoppierte auf die Hütte zu, den Kopf stolz aufgeworfen, seine schwarze Mähne flatterte im Wind und seine Nüstern waren gebläht. Die aufsteigenden Wolken seines heißen Atems ließen ihn in dem flackernden Schein des lodernden Feuers wie eine Ausgeburt der Hölle wirken und wie er so auf die Hütte zuflog, erinnerte er Niall an Sleipnir, das achtbeinige Pferd Odins. Brocs Handlanger floh in Panik vor dem heranrasenden Pferd, das den Eindruck erweckte, es würde alles niederwalzen, was sich ihm in den Weg stellte. Wahrscheinlich glaubte er, Taranis, der keltische Donnergott und Herr des Feuers persönlich wäre in Gestalt eines schäumenden Pferdes erschienen. Schlitternd und stampfend kam der Hengst schließlich zum Stehen, warf den Kopf auf und Niall konnte das Weiße in den Augen des Tieres aufblitzen sehen.

Schnell schickte Niall ein Stoßgebet zum Himmel und stieß sich ab. Er hatte nur diese eine Chance! Der Aufprall war hart, er hatte den Pferderücken verfehlt und landete unsanft auf dem gefrorenen Boden. Kurz wurde ihm schwarz vor Augen und er keuchte vor Schmerzen auf. Brocs Arschkriecher hatte sich inzwischen von seinem Schrecken erholt und rannte auf das Pferd zu. Niall schlug dem schäumenden Pferd auf die Kruppe und krallte sich in die Mähne des Hengstes. Zwei, drei Galoppsprünge ließ Niall sich mitziehen, dann zog er sich schwungvoll auf den Rücken seines Pferdes. Er duckte sich zur Seite weg und hoffte, der Mann würde ihn gegen den hellen Lichtschein des lodernden Feuers nicht sehen. Er würde keinen langen Ritt aushalten, zu sehr schmerzte ihn sein geschundener Körper. Wenn die Kerle auf die Idee kämen, ihn zu verfolgen, hätte er keine große Chance, ihnen zu entkommen. *Deamhan,* Teufelskerl, dachte Niall, während er, fast verschluckt von der wehenden, schwarzen Mähne seines tapferen Pferdes, in die Nacht galoppierte. *Ja, ich werde dich Deamhan nennen, wenn wir das hier überleben, treuer Freund!,* flüsterte Niall in die Mähne seines mutigen Pferdes, während der Hengst mit halsbrecherischem Tempo dem Waldsaum zustrebte.

Wer sein Ziel kennt, findet den Weg.
(Laotse)

Malcolm hob die Hand und bedeutet seinen Männern, anzuhalten. In der klaren Luft des ungewöhnlich milden Märztages lag ein beißender Geruch. Alarmiert und beunruhigt sah er sich um, konnte aber nichts entdecken.

„Riecht Ihr das auch, Borthwick?", wandte er sich an den Mann, der sein Pferd neben ihm zügelte und ebenfalls die Stirn runzelte.

„Ich würde meinen, das riecht hier nach einem ausgewachsenen Feuer, MacRae. Und zwar nach keinem, das nur entfacht wurde, um ein paar Moorhühner zu brutzeln."

Malcolm ließ seinen Blick prüfend über den Horizont schweifen, aber er konnte keinen Rauch ausmachen, also rief er seine Männer zu sich und wies sie an, die Umgebung abzusuchen.

„Was denkt Ihr?" Prüfend musterte der grauhaarige Mann sein wesentlich jüngeres Gegenüber. Malcolm überlegte kurz. Er hatte noch immer das Gefühl, dass der Gesandte des Königs etwas vor ihm verbarg, aber andererseits konnte er auf die Hilfe der Männer, die in seinen Diensten standen, nicht verzichten. Er selbst hatte nur vier seiner Männer mitgenommen, mehr konnte und wollte er nicht von der Burg abziehen. Zu sehr stand die Sicherheit seiner Kinder im

Vordergrund. Er vermutete, dass auch Broc nicht mit viel mehr Männern unterwegs war. Ein zu großer Trupp verzögerte ein schnelles Vorankommen nur unnötig, aber mit Sicherheit sagen konnte er das nicht. „Das denke ich auch.", beantwortete Malcolm nach einiger Zeit die Frage des älteren Mannes an seiner Seite. „Der Geruch ist zu stark, zu beißend, um nur von einem kleinen Lagerfeuer zu stammen. Das Feuer muss größere Ausmaße gehabt haben, vielleicht hat ein Schuppen gebrannt oder ein Cottage."

In diesem Augenblick kam einer der Männer zurück, die Malcolm ausgeschickt hatte und deutete auf ein kleines Waldstück zu ihrer Linken.

„Chief, da hinter den Bäumen hat's gebrannt. War wohl ein Schuppen oder eine Hütte. Jedenfalls stehen noch nicht einmal mehr die Mauern. Haben wohl Torf zum Dämmen in die Zwischenräume gesteckt. War keine gute Idee."

Malcolm wendete sein Pferd und trabte in die Richtung, die Seamus ihm gezeigt hatte. Das Waldstück bestand nur aus ein paar Dutzend Kiefern und war schnell durchquert. Als er die noch glimmenden Überreste des Gebäudes erreichte, schlug ihm das Herz bis in den Hals. Er hatte Angst vor dem, was er hier möglicherweise entdecken würde, denn dass das Feuer zufällig ausgebrochen war, glaubte er nicht. Eine einsame Hütte in der Abgeschiedenheit der Highlands, versteckt und abseits der Wege, geriet nicht einfach so in Brand. Solche Zufälle gab es nicht. Viel eher glaubte er, dass das Feuer irgendetwas mit Catriona und Brocs

Suche nach ihr zu tun hatte. Hatten Niall und Catriona hier möglicherweise übernachtet und hatte Broc sie überrascht? Sein Magen rebellierte, als er begann, in den verrußten Trümmern herumzustochern. Aber es half nichts, die Augen vor dem, was er möglicherweise entdecken würde, zu verschließen.

„Habt Ihr schon etwas gefunden?" Borthwick war ebenfalls abgestiegen und schob mit dem Fuß neugierig ein paar Trümmer und verkohltes Holz zur Seite. Auch seine Männer begannen, in dem Schutt herumzuwühlen, ohne genau zu wissen, wonach sie suchen sollten.

„He, Borthwick, hier ist was!" Einer der Männer zog etwas unter einem Steinhaufen hervor. Bei näherer Betrachtung erwies sich das Fundstück als versenktes Stück Leder, das ursprünglich wohl ein Sattelblatt gewesen war. Kurz darauf fanden sie auch einen von der Hitze verformten Steigbügel, etwas weiter entfernt drei weitere. Vier Steigbügel, also zwei Sättel. Niall und Catriona?

„Könnt Ihr irgendetwas damit anfangen?" Borthwick musterte Malcolm aufmerksam.

„Könnte das ein Hinweis auf Lady Catriona sein?" Er ließ Malcolm nicht aus den Augen.

„Obwohl... Ihr sagtet ja, die Lady sei mit *einigen* Eurer Männer unterwegs. Das hier...", Borthwick deutete auf die Überreste der Sättel, „...sieht so aus, als wären hier nur *zwei* Reiter gewesen."

„Also..." Malcolm überlegte fieberhaft, was er darauf antworten konnte, ohne Borthwick die Wahrheit zu sagen.

„Wenn das hier irgendetwas mit Catriona zu tun hat, und davon gehe ich aus, dann werden sich meine Männer getrennt haben, um den MacKenzie auf eine falsche Fährte zu locken. " Malcolm konnte nicht abschätzen, was Borthwick dachte, aber er würde sich hüten, diesem undurchsichtigen Mann die Wahrheit zu erzählen. Immerhin ging es nicht nur um Catriona, Niall war immer noch in Gefahr, solange Duff Graham dem König nicht die Beweise für die Unschuld des MacLennan Clans geliefert hatte. Borthwick stand ganz ruhig da und musterte sein Gegenüber mit zusammen gekniffenen Augen. Deutlich konnte Malcolm darin lesen, dass er ihm nicht glaubte, aber das war im Augenblick nicht wichtig. Die Trümmer rauchten noch, was darauf hindeutete, dass das Feuer noch nicht lange erloschen war. Sie waren Niall und Catriona und damit auch Broc und seinen Männern so nah wie noch nie und es galt, diesen Umstand auszunutzen und nicht mit endlosen Diskussionen Zeit zu verschenken.

„Nun, ich denke, im diesem Fall sollten wir keine Zeit verlieren und uns auf die Suche machen. Sie können nicht weit sein. Die Asche ist noch heiß." Der grauhaarige Mann drehte sich unvermittelt um und rief seine Männer zu sich.

Erleichtert bedeutete auch Malcolm seinen Männern, wieder aufzusitzen.

Du beschreibst meinen Schmerz, ich lebe ihn. (Sophokles)

Catriona konnte nicht sagen, wie lange sie geritten waren. Broc hatte die ganze Zeit über kein Wort gesagt, aber das war auch nicht nötig. Sie wusste auch so, was er vorhatte. Schließlich hatten Niall und sie genau aus diesem Grund versucht, vor ihm zu fliehen. Niall! Sie hatte eine Zeit lang gehofft, aufzuwachen und festzustellen, dass alles nur ein böser Traum gewesen war. Aber so gnädig war das Leben nicht. Der Schmerz betäubte sie, lähmte ihre Gedanken und beherrschte ihre Gefühle. Niall ist tot, pochte durch ihre Adern. Mit jedem Herzschlag, jedem Atemzug, jeder Träne, die sie weinte, fraß sich diese Gewissheit in ihr Herz, in den hintersten Winkel ihres Körpers und nahm ihr die Luft zum Atmen.

Als Broc sein Pferd schließlich vor einer kleinen Ansammlung von Häusern zügelte und sie aus dem Sattel zog, erwachte sie aus ihrer Erstarrung. Was immer auch passieren mochte, nie, *niemals!* würde sie freiwillig tun, was Broc von ihr verlangen würde! Eher würde sie sterben als zuzulassen, dass er Hand an sie legte und damit die schönen Erinnerungen, die sie an das Zusammensein mit Niall im Herzen trug, zu beschmutzen. Sie begann, sich heftig zu wehren, aber natürlich hatte sie gegen Broc keine Chance. Bevor er sie zu der niedrigen Tür schob, zog er sie an sich und presste seine Lippen auf ihre. Catriona wehrte sich, versuchte, ihn zu treten und biss ihm in die Lippe, aber ohne großen Erfolg. Er packte in ihre offen fallenden Locken und zog ihren Kopf so weit nach hinten, dass ihr Rücken schmerzte. Mit der anderen Hand riss er ihr das Oberteil ihres Gewandes an einer Seite herunter, so dass ihre Brust zu sehen war. Mit einem lüsternen Glitzern in den Augen beugte er sich über die empfindliche Warze und biss hinein. Catriona keuchte vor Schmerz und Entsetzen auf, aber Broc hielt sie weiterhin fest und ließ seine Zunge nun sanfter die Stelle umkreisen, die bereits deutlich gerötet war. Sie wand sich und versuchte, sich seinem Griff zu entziehen, aber je mehr sie sich wehrte, umso heftiger traktierte Broc die empfindliche Haut. Dann ließ er sie plötzlich los und zog ihr Oberteil wieder über ihre Schultern.

„Oh, liebste Catriona, ich dachte schon, Euer Temperament hätte Euch verlassen. Aber wie ich sehe, seid Ihr noch genauso heißblütig wie eh und je!" Er packte sie am Arm und stieß sie in das Halbdunkel der Hütte.

„Wir werden dieses lustvolle Spiel fortsetzen, sobald wir verheiratet sind. Ich möchte mir nicht nachsagen lassen, ich hätte Euch unehrenhaft vor der Hochzeit in mein Bett geholt. Obwohl...", er leckte sich über seine blutige Lippe und trat dicht an sie heran, „... ich Lust hätte, Euch gleich hier und jetzt zu nehmen." Er hauchte ihr einen Kuss auf die zarte Haut hinter ihrem

Ohr und Catriona bekam vor Abscheu und Ekel eine Gänsehaut.

„Wenn Ihr glaubt, ich würde freiwillig...", setzte sie an, aber Broc lachte nur.

„Ihr seid wirklich unterhaltsam, Täubchen! Zum einen ist es mir vollkommen egal, ob Ihr freiwillig in mein Bett kommt. Im Gegenteil. Ich liebe es geradezu, wenn die Weiber, die ich besteige, sich wehren! Zum anderen glaube ich, dass das letzte Wort darüber noch nicht gesprochen ist, denn ich habe eine ganz besondere Überraschung für Euch, sozusagen mein Hochzeitsgeschenk an Euch."

„Bevor ich mit Euch das Bett teile, bringe ich mich lieber um!" Catriona blitzte ihren Widersacher wütend an. Seine Grobheit hatten ihre Lebensgeister wieder geweckt, jedenfalls soweit das ihre gegenwärtige Situation betraf. Broc ging zur Tür, drehte sich dann aber noch einmal um, und Catriona konnte deutlich mitleidigen Spott in seinen Zügen lesen.

„Liebste Catriona, wie ich schon sagte, weiß ich Euer Temperament sehr wohl zu schätzen, aber es darauf zu verschwenden, meinen Plänen zu entkommen, ist vergeblich. Euch fehlt es schlicht an einer Möglichkeit, Euch umzubringen, oder wollt Ihr Euch vielleicht aus dem Fenster stürzen? Ah, ich sehe gerade, diese Kate hat ja gar kein Fenster! Nun, dann könntet ihr vielleicht versuchen, Euch zu vergiften? Aber womit?" Er öffnete die schmale Tür und trat in die Öffnung.

„Ich gehe jetzt meine Überraschung für Euch holen und ich verspreche Euch, danach werdet Ihr freiwillig meine Frau werden und mein Bett teilen!" Damit ging er hinaus und ließ Catriona in der dämmrigen Hütte allein. Eine einzelne Kerze erhellte den Raum, der sauber und ordentlich wirkte, aber nur über einen kleinen Tisch und zwei Stühle als Mobiliar verfügte. In einer Ecke konnte Catriona eine mit Heidekraut gefüllte Matratze ausmachen und an einer lehmverputzten Wand hing ein Regal, auf dem zwei Becher und ein Krug standen. Eine kleine Feuerstelle in der Mitte des Raumes, direkt unter einer als Abzug in das Dach eingelassenen Öffnung, wiesen darauf hin, dass hier einfache Bauern zuhause waren. Aber wo waren die Leute, die sonst hier wohnten? Vielleicht könnten sie ihr helfen, zu fliehen? Das Innere der Hütte war schnell abgeschritten. Catriona sucht die Wände nach einer undichten Stelle ab, aber natürlich gab es keine, wenn die Hütte auch noch so vernachlässigt wirkte. Sie blickte zu der Öffnung im Dach hinauf. Vielleicht... wenn sie auf den Stuhl steigen würde... Aber leider stand zu befürchten, dass Broc seine Männer um die Hütte postiert haben würde, damit sie keine Möglichkeit hatte, zu entkommen. Wütend riss sie die Tür auf. Wenn dieser Broc glaubte... Im Rahmen prallte sie mit einem seiner Krieger zusammen, groß wie ein Schrank und mit einem amüsierten Funkeln in den Augen.

„Mylady, kann ich Euch helfen? Oder könnt Ihr es etwa nicht erwarten, dass sich mein Laird mit Euch beschäftigt?" Er musterte sie anzüglich und leckte sich über die Lippen. „Ich muss schon sagen, Ihr seid mit Abstand das schönste Frauenzimmer, das er seit langem angeschleppt hat!" Er beugte den Kopf zu ihr hinunter und sie musste an sich halten, den Würgereiz zu unterdrücken, den sein schlechter Atem in ihr hervorrief. „Ich denke, er schärft schon sein Schwert." Seine anzügliche Geste ließ keinen Spielraum für Spekulationen, was er damit meinte. Er kam noch näher. „Ich hoffe doch sehr, dass er uns auch mal ran lässt. Bei der letzten Lady durften wir jedenfalls auch mal unser Schwert versenken, als er ihrer überdrüssig war. Es ist seine Art, die Weiber zu bestrafen und uns zu belohnen!" Er leckte ihr mit seiner heißen Zunge über den Hals und Catriona schnappte nach Luft. Das Gehörte ließ ihr die Haare zu Berge stehen und schickte eine Welle eisigen Entsetzens durch ihren Körper. Das konnte nicht sein... selbst Broc konnte nicht...

In dem Moment legte sich eine große Hand auf die Schulter des Mannes und zog ihn zurück. Aber anstatt ihn zurecht zu weisen, klopfte Broc ihm nur auf die Schulter.

„Lass' die Lady in Ruhe, Struan. Ich denke nicht, dass ich ihrer so schnell überdrüssig werde. Und wenn, dann wird sie schon noch früh genug erfahren, wie ich meine Männer zu belohnen gedenke." Er wandte sich an Catriona, die von fassungslosem Entsetzen erfüllt, bewegungslos verharrte.

„Glaubt ihm kein Wort, liebste Catriona. Solange Ihr meine Wünsche erfüllt, besteht kein Anlass zur Sorge." Ein zufriedenes Grinsen glitt über sein Gesicht, als er die Angst und den Ekel in ihren Zügen sah.

„Aber ich versprach Euch ja eine Überraschung, wehrte Lady." Er trat zur Seite und gab den Blick auf einen seiner Männer frei, der eine blonde Frau hinter sich her zerrte. Catriona blinzelte. Das... nein, das konnte nicht sein! Als der Mann schließlich vor ihr hielt und die Frau nach vorne schob, erstarrte Catriona.

„Catriona, bitte tu, was immer er verlangt!" Beschämt über ihre Worte, denn sie wusste sehr wohl, was sie da von ihrer Schwägerin verlangte, senkte die Frau den Kopf. „Bitte, er hat auch die Kinder!"

Catrionas Herz schlug ihr bis in den Hals. Eine eisige Hand griff nach ihrem Herzen und sie versuchte verzweifelt, die aufkommende Schwärze vor ihren Augen zurück zu drängen.

„Ailis!", flüsterte sie, dann wurde es dunkel um sie herum.

__Aller Eifer, etwas zu erreichen, nutzt freilich gar nichts, wenn du das Mittel nicht kennst, das dich zum erstrebten Ziele trägt und leitet. (Cicero)__

Niall fluchte. Wenn er nicht bald etwas zu essen bekäme, würde er hier noch verhungern.

Jedenfalls dann, wenn er nicht vorher erfrieren würde. Er ließ Deamhan aus dem Bach trinken, der sich durch die Ebene schlängelte, die er kurz vorher erreicht hatte. Er hatte - verdammt nochmal - keine Ahnung, wo er sich befand und wie lange er schon herumirrte. Nach seiner Flucht war er irgendwann entkräftet von seinem Pferd gerutscht und hatte geschlafen, wie lange konnte er nicht genau sagen, aber es war Tag gewesen, als er erwacht war. Die Tatsache, dass er nicht erfroren war, nur anständig unterkühlt, ließ allerdings vermuten, dass es nicht allzu lange gewesen war. Auch, wo er sich genau befand, konnte er nicht sagen. Kein Baum, kein Strauch kam ihm bekannt vor und der ausgetrampelte Pfad, dem er gefolgt war, endete auf dieser freien Ebene, auf der er sich eben jetzt befand. Er schöpfte sich etwas eiskaltes Wasser ins Gesicht und überlegte. Er musste dringend etwas zu essen für sich und Deamhan auftreiben, denn auch der Hengst konnte von dem wenigen Gras, das er unter der Schneedecke fand, nicht satt werden. Eine Hütte oder ein Unterstand käme ihm jetzt gerade gelegen, aber so viel Glück, wie er es gehabt hatte, als er mit Catriona unterwegs gewesen war, hatte er dieses Mal nicht. Der frische Wind, der über die Ebene blies, ließ ihn frösteln, denn er hatte außer seinem Hemd und seiner Hose nichts weiter zum Anziehen. Und auch nichts, was ihm helfen würde, ein Moorhuhn oder einen Hasen zu erlegen. Und selbst wenn es ihm gelänge, etwas zu fangen, er hatte nicht einmal seinen Flint und seinen Feuerstein, um ein Feuer zu entfachen. Aber aufgeben kam nicht in Frage! Solange er nicht alles versucht hatte, Catriona aus Brocs Händen zu befreien, würde er nicht aufgeben!

Er stand auf, schwang sich auf Deamhans Rücken und vertrieb die Angst, die sich bei dem Gedanken an

Catriona in sein Herz schlich. Wenn dieser Dreckskerl sie auch nur anrührte, dann würde er... Wut und Schmerz bahnten sich einen Weg in sein Herz, verdrängten jedes andere Gefühl und machten ihn so verletzlich, wie er es nie für möglich gehalten hatte. Selbst in dem Augenblick, als er Glynis und seinen Bruder erwischt hatte, hatte er keinen solchen Schmerz empfunden wie jetzt bei dem Gedanken an Broc und Catriona. Er trieb Deamhan zu einem schnellen Galopp an, ohne zu wissen, wohin er sich wenden, welche Richtung er einschlagen sollte. Gehorsam setzte sich das Tier in Bewegung, aber nach kurzer Zeit ließ Niall ihn laufen, wohin er wollte. Sie trabten über Schnee, aufgetauten Matsch und vereinzelt vereiste Felsen, aber Niall bemerke dennoch, dass es nicht mehr ganz so eisig war wie in den letzten Tagen. Das half ihm vielleicht dabei, nicht zu erfrieren, aber andererseits war es so auch schwieriger, im Matsch eventuelle Spuren zu verfolgen. Er hatte den Glauben an Gott längst auf irgendeinem Schlachtfeld in Schottland verloren, hatte keine Antworten auf die drängenden Fragen bekommen, die ihn beschäftigten, wenn er Männer tötete, die er nicht einmal kannte, geschweige denn, für eine Sache, die nicht seine war. Aber hier, in der Abgeschiedenheit der Highlands, begann er, wieder zu beten. Zu beten, für einen Hinweis, wo er Catriona finden konnte, wie er sie vor Broc retten konnte. Aber Gott schwieg eisern, schien ihn zu verhöhnen, weil er Männer wie ihn, die sich nur in Notsituationen darauf besannen, dass es einen Gott gab, den sie um etwas bitten konnten, nicht brauchte. Inzwischen war Niall an einem Waldstück angelangt, hoch gewachsene Kiefern streckten ihre grünen Nadeln nach ihm aus und versprachen zumindest vorübergehend Schutz und Obdach. Müde lenkte er seinen Hengst in das kleine Waldstück und wollte sich gerade von seinem Rücken gleiten lassen, als er das rhythmische Geräusch von Pferdehufen vernahm. Offenbar steuerte ein anderer Reiter ebenfalls das schützende Waldstück an und Niall lenkte Deamhan weiter in das dämmrige Licht der schützenden Baumkronen hinein. Wenn er Glück hatte, war es ein freundlicher Bote, der unterwegs war, um irgend eine Nachricht zu überbringen. Dann könnte er ihm vielleicht etwas zu essen abschwatzen. Wenn er allerdings Pech hatte... Vorsichtig spähte er an einem Baumstamm vorbei, aber der Unbekannte war bereits abgestiegen und drehte ihm den Rücken zu. Immerhin sah es so aus, als wären seine Satteltaschen prall gefüllt und Niall entschloss sich, kein Risiko einzugehen. Fast lautlos glitt er vom Rücken seines Pferdes und schlich sich näher an den Mann heran. Der hatte inzwischen sein Pferd an einen herunter hängenden Ast gebunden und nestelte an seinen Satteltaschen herum. Niall blieb keine andere Wahl als sich heran zu schleichen, einen dicken Ast zu packen und ihn dem Mann über den Kopf zu schlagen. Er hatte keine Zeit und keine Lust herauszufinden, ob der Mann Feind oder Freund war. Mit einem leisen Aufstöhnen sackte der Fremde zusammen und Niall durchsuchte das Gepäck. Er fand ausreichend Proviant, eine Decke und etwas Hafer, den er sofort für Deamhan heraus nahm und auf den Boden schüttete. Dankbar senkte sein treues Pferd den Kopf und begann, zufrieden zu kauen. Gierig schob Niall sich ein paar Haferkekse in den Mund und konnte gar nicht mehr verstehen, wieso er diese noch vor kurzem so geschmäht hatte. Als er auch noch einen zweiten Umhang entdeckte, beglückwünschte er sich innerlich zu diesem unerwarteten Fang. Allerdings nur so lange, bis er den Mann umdrehte, um ihn mit einem sich ebenfalls in den Satteltaschen befindlichen Strick zu fesseln. Nicht nur, dass ihm der Kerl vage bekannt vorkam, er trug auch eine silberne Fibel in Form eines gabelig verzweigten Astes mit einfachen, schmal ausgeprägten Blättern. Bärlauch! Das Zeichen des MacRae Clans! Alarmiert schüttelte Niall den Bewusstlosen. Himmel! Einer von Malcolms Männern! Was wollte er hier? War er womöglich auf der Suche nach ihm? War der König in Perth eingetroffen und sollte Catriona zu ihm gebracht werden? Niall klaubte etwas Schnee vom Boden und rieb dem Mann damit das Gesicht ab. Nach einer schier endlos erscheinenden Ewigkeit stöhnte der Kerl endlich auf und öffnete seine Augen. Seine Lider flatterten, aber Niall ließ ihm keine Zeit, vollends zu sich zu kommen.

„He, du! Du gehörst doch zu Malcolm MacRaes Männern! Was machst du hier?"

Mühsam versuchte der Mann, sich aufzurichten und fasste sich an seinen schmerzenden Kopf.

„Ihr... Ihr seid doch... Ihr habt doch unsere Lady Catriona geheiratet!" Er stöhnte nochmals auf, aber inzwischen war es ihm gelungen, sich in eine sitzende Position zu hieven.

„Wo ist Lady Catriona?" Mißtrauisch sah er sich um.

„Das ist eine längere Geschichte... äh...?", fragend sah Niall sein Gegenüber an.

„Jamie, Herr, aber wo ist Lady Catriona denn nun?" Niall half Jamie auf.

„Broc MacKenzie hat uns ausfindig gemacht und sie nun in seiner Gewalt. Ich bin auf der Suche nach ihr. Aber was machst du hier? Hat Malcolm dich geschickt?"

„Nein, ich fürchte, nachdem was Ihr mir gerade eröffnet habt und nachdem, was Rurig herausgefunden hat, ist nicht nur Broc MacKenzie ein Problem."

Als Niall ihn verständnislos musterte, seufzte Jamie. Ganz offenbar war die Sache komplizierter, als es bei seinem Aufbruch den Anschein gehabt hatte. Zwar konnte er die einzelnen Informationen nicht zu einem sinnvollen Ganzen zusammen setzen, aber es schien so, als wäre Lady Catriona in ernster Gefahr.

„Also es gibt da etwas, das Rurig aufgefallen ist. Unser Laird bekam vor ein paar Tagen Besuch von einigen Gesandten des Königs, so schien es jedenfalls..."

Mit wachsendem Unbehagen hörte Niall, was Jamie ihm berichtete. Wenn es stimmte, was Rurig herausgefunden hatte, dann hatte er jetzt nicht einen, sondern zwei Gegner.

Geschworen hat nur meine Lippe, nicht das Herz.
(Euripides)

Als Catriona die Augen aufschlug, wusste sie zunächst nicht, wo sie war. Dann aber sah sie ihre Schwägerin Ailis neben der harten Matratze sitzen, auf der sie lag. Und schlagartig kam die Erinnerung an die vergangenen Stunden zurück. Niall! Das war der erste Gedanke, der ihr durch den Kopf ging und mit ihm kam der Schmerz zurück, der seit dem Brand ihr ständiger Begleiter war. Der Mann, dem ihr Herz gehörte, war tot, verschwunden aus ihrem Leben, stattdessen würde sein Mörder seinen Platz einnehmen, an ihrer Seite, als ihr Gemahl.

Als Ailis bemerkte, dass Catriona wieder bei Bewusstsein war, drückte sie leicht deren Hand. „Catriona, Liebes, ich...", sie suchte nach Worten, aber Catriona wusste auch so, was sie sagen wollte.

„Keine Angst, Ailis, ich werde diesen Bastard heiraten und alles tun, was er von mir verlangt. Ich werde nicht zulassen, dass dir oder den Kindern etwas geschieht. Es gibt nichts mehr, für dass ich kämpfen müsste." Catriona richtete sich auf und schloss für einen kurzen Moment die Augen. Sie spürte den Gefühlen nach, die mit diesen Worten einhergingen. Trauer und Angst, Verzweiflung und Hilflosigkeit verschmolzen zu einem riesigen Klumpen in ihrem Magen, bemächtigten sich ihrer Seele und fraßen gierig den letzten Rest Hoffnung in ihr auf, Hoffnung, dem Schicksal, das sie erwartete, doch noch entgehen zu können. Sie konnte nicht verhindern, dass sich heiße Tränen in ihren Augen sammelten und bittere Galle in ihrer Kehle aufstieg.

„Catriona, wenn du wirklich bereit bist, diesen Widerling zu heiraten..." Ailis sah sie nur kurz an, dann schlug sie die Augen nieder. Sie wusste nur zu gut, wie teuer das Wohl ihrer Kinder und auch das ihre erkauft war, wenn Catriona sich bereit erklärte, diesen Mann zu heiraten. Gleichzeitig durchströmte sie heiße Scham, als sich eine unendliche Erleichterung in ihr ausbreitete. Broc MacKenzie würde ihnen nichts antun, das wusste sie, denn alles, was er wollte, war Catriona und die Vorteile, die er sich aus dieser Verbindung versprach.

„Bevor du diesen Mistkerl heiratest, muss ich dir etwas sagen... Du weißt nicht...", begann sie schuldbewusst, aber Catriona winkte ab.

„Dass ich die Nichte des Königs bin, oder was mich in der Hochzeitsnacht...", sie spie dieses Wort förmlich aus, „... erwartet?" Catriona wischte sich die Tränen von der Wange und sah dann ihre Schwägerin traurig an. In deren Augen gewahrte sie ein entsetztes Aufflackern, aber es wäre nicht Ailis, wenn sie sich nicht sofort wieder in der Gewalt gehabt hätte.

„Liebes,", begann sie, die Hände in ihren einfachen, von der Reise völlig verdreckten Rock, gekrallt, „Niall hat es dir also gesagt? Nun, dann weißt du ja..."

„Oh ja, ich weiß es. Und auch in dem zweiten Punkt

hat Niall mich von meiner Unwissenheit befreit!"
Gespannt beobachtete sie Ailis, die schuldbewusst zu
Boden sah. Nach einer kurzen Weile, die sie
offensichtlich benötigte, um die Tragweite dieser
Eröffnung zu erfassen, richtete sie sich kerzengerade
auf, bis an die Haarwurzeln errötet.

„Catriona!" Entsetzt keuchte sie auf. „Du... ihr habt
doch nicht... also...", stammelte sie.

„Falls du meinst, ob wir die *Ehe* die Malcolm für uns
arrangiert hat, vollzogen haben, dann: ja!" Fast
belustigt sah sie das Entsetzen in Ailis Augen
aufblitzen.

„Dieser Dreckskerl! Dieser..." Sie rang um Fassung,
sprang auf und ging unruhig in dem kleinen Raum auf
und ab. „Dieser Hurensohn! Ich habe Malcolm ja gleich
gesagt, dass... also dass einer wie er... Himmel! Der
umtriebigste Schwerenöter in den gesamten Highlands
- jedenfalls, wenn man Malcolm glauben darf -
ausgerechnet!" Sie konnte sich gar nicht beruhigen und
wenn die Situation nicht so ernst gewesen wäre, hätte
Catriona fast über die Empörung ihrer Schwägerin
lachen können.

„Hat er dich... ich meine, hat er dir Gewalt angetan?"
Misstrauisch musterte sie Catriona. Nun war es an
dieser, bis unter die Haarspitzen zu erröten.

„Äh nein, das war nicht nötig!"

„Du hast freiwillig...? Also Catriona!" Entgeistert sah
Ailis ihre Schwägerin an. In ihren Zügen konnte
Catriona Befremden lesen.

„Ich bitte dich, Ailis! Ich denke, du solltest froh darüber

sein, dass ich wenigstens für einen kurzen Augenblick etwas Glück kennenlernen durfte! Ich denke nicht, dass es angesichts der Situation angemessen ist, mir das zu neiden! Immerhin werde ich schon bald einem Mann zu Willen sein müssen, dem ich mich ganz sicher *nicht* freiwillig hingeben werde! Ich erinnere dich nur ungern an den Grund, warum ich das tue. Also, bitte, verurteile mich nicht für etwas, dass ich aus Liebe getan habe!" Catrionas Stimme klang schärfer als sie beabsichtigt hatte, aber der Schmerz um die verlorene Liebe und der Gedanke an das, was Broc mit ihr tun würde, ließen ihre Nerven flattern.

„Du... liebst ihn? Also Niall? Aber Catriona, das ist..."

„Hoffnungslos? Ich weiß das, Ailis, glaube mir. Und selbst wenn Niall nicht tot wäre, er hatte mir deutlich zu verstehen gegeben, dass er es nicht in Betracht gezogen hätte, sein Leben mit mir zu teilen!"

Angesichts dieser Wahrheit schlug Catriona sich die Hände vor das Gesicht und schluchzte hemmungslos. Mit wenigen Schritten war Ailis bei ihr und zog sie tröstend in ihre Arme.

„Liebes, ich wusste ja nicht...", begann sie, aber Catriona löste sich abrupt aus ihren Armen und wischte sich energisch die Tränen ab.

„Es spielt keine Rolle mehr, Ailis. Ich werde die Erinnerung an diesen Mann in meinem Herzen behalten, so lange ich lebe. Es wird mir ganz bestimmt helfen, wenn..." Sie war selbst nicht überzeugt von ihren Worten, aber in diesem Augenblick wurde die Tür aufgestoßen und ein dralles, hellblondes Mädchen mit hübschen Gesichtszügen trat in den Raum. In den

Armen trug sie einen Holzeimer mit frischem Wasser und ein fast sauberes Leinentuch.

„Mylady,", sie knickste höflich vor den beiden Frauen, „Euer zukünftiger Gemahl schickt mich. Ihr sollt Euch frisch machen, der Priester ist soeben eingetroffen. Die Trauung soll so schnell wie möglich stattfinden." Scheu sah sie zu Boden, aber Catriona entging nicht, dass ihr hübsches Gesicht verweint war und sie zudem eine recht auffällige Schwellung unter dem rechten Auge hatte. Sie ging auf das Mädchen zu und fasste sie unter das Kinn, so dass sie sie ansehen musste. Aber in deren braunen Augen las sie nichts als Gleichgültigkeit und Resignation.

„Was ist mit dir passiert?", fragte sie das Mädchen, aber sie bekam nur ein Achselzucken zur Antwort.

„Wer hat dich geschlagen?"

„Is' doch egal." Das Mädchen biss sich auf die Lippe und wollte sich abwenden, aber Catriona hielt sie fest und nun war auch Ailis hinzugetreten.

„Ist es nicht. War es mein... der Laird oder einer seiner Männer?", fragte sie mitfühlend, aber das Mädchen riss sich los und funkelt sie nur an.

„Wenn Ihr es genau wissen wollt... es gibt in diesem verdammten Dorf keinen Dreckskerl, der in den letzten beiden Tagen nicht über mich oder meine Schwester gestiegen wäre!" Sie spie die Worte aus und spuckte auf den Boden. Fassungslos sahen Ailis und Catriona sich an.

„Wie... wie alt bist du?", krächzte Ailis, den Schrecken über das Gehörte nur mühsam verbergend.

„Sechzehn, Mylady, und meine Schwester ist vierzehn."

„Um Himmels Willen! Was haben sie euch bloß angetan?" Entsetzt sah Ailis das Mädchen an.

„Angetan? Nun ja, einige von ihnen waren nicht gerade zimperlich,", sie bedachte Catriona mit einem wissenden Blick, „aber angetan habe sie uns nichts. Wir haben freiwillig mitgemacht. Ich meine, so eine Gelegenheit bekommen wir nicht oft. So viele Männer, so viel Geld." Die Kleine blinzelte die beiden Frauen herausfordernd an.

Ailis und Cartiona sahen erst sich, dann das Mädchen fassungslos an.

„Du und deine Schwester... ihr habt... freiwillig... für Geld?" Ungläubig musterte Ailis die junge Frau.

„Es ist nicht so, dass es das erste Mal wäre, dass wir die Beine für die feinen Herren, die bisweilen als Durchreisende in unser Dorf kommen, breit machen. Und bisher haben wir immer etwas dafür bekommen und man hat uns zumindest nicht geschlagen."

Ailis und Catriona keuchten angesichts dieses Geständnisses entsetzt auf.

„Ach, habt Euch doch nicht so! Was glaubt Ihr denn, wie wir sonst hier überleben könnten? Habt Ihr überhaupt eine Ahnung, wie das Leben hier ist? Nein, Ihr sitzt in Euren warmen Palästen und lasst es Euch gut gehen. Aber hier, in den Highlands, liegen die Dinge etwas anders. Hier ist jeder verdammte Tag ein neuer Kampf ums Überleben. Zwei meiner Brüder sind im letzten Winter verhungert und wenn ich und meine Schwester nicht ab und an dafür sorgen würden, dass die ein oder andere Münze in den Beutel meiner Eltern fließt, wären wir bald die nächsten!" Sie hatte sich offensichtlich in Rage geredet. Ihre Wangen waren gerötet und ihre Augen blitzen vor unverhohlenem Zorn. „Ich hab' aufgeschnappt, dass Ihr 'ne Prinzessin oder so was ähnliches seid. Sitzt auf Eurem hohen Ross und richtet über mich! Pah! Aber ich sage Euch, so wie ich Euren zukünftigen Gemahl kennengelernt habe, wird Euch Euer Dünkel schnell vergehen, wenn er sich zwischen Euren Schenkeln austobt!" Sie drehte sich um und ging Richtung Tür. Catriona stand erstarrt in der Mitte des Raumes, ein Schauer lief ihr angesichts der eindeutig an sie gerichteten Worte des Mädchens über den Rücken. Broc hatte sich also auch mit diesem Mädchen vergnügt. Nicht, dass es ihr etwas ausgemacht hätte, aber die unverblümte Anspielung auf das, was Brocs Vorlieben waren, machte ihr doch Angst.

Unvermittelt drehte sich die junge Frau noch einmal um. „Ich könnte Euch etwas besorgen, das … nun, das es Euch im Bett mit diesem Mistkerl etwas … leichter macht." Sie blickte von Catriona zu Ailis, dann fuhr sie fort. „Ihr habt eine schöne Kette, Mylady." Sie deutete auf Ailis' Ausschnitt, in dem eine goldenen Kette mit einem Saphiranhänger baumelte. Verständnislos sah Ailis von dem Mädchen zu Catriona, dann zu der Kette. „Äh, ich verstehe nicht..."

„Na was glaubt Ihr denn, wie meine Schwester und ich das aushalten, wenn sich diese gierigen Hunde über uns wälzen?! Meine Mutter hat da ein paar Kräuter, die machen, dass... nun, dass Ihr das alles nicht so genau mitkriegt." Sie leckte sich gierig über die Lippen und ließ die Kette nicht aus den Augen. Ailis brauchte nicht lange, um zu verstehen, was das Mädchen meinte. Rasch griff sie nach dem Verschluss der Kette und ließ sie in die dreckigen Hände gleiten, die sich ihr erwartungsvoll entgegen reckten. Catriona dagegen verstand immer noch nicht, was sie gemeint hatte.

„Gift?", flüsterte sie, halb bestürzt, halb erleichtert über den scheinbaren Ausweg aus ihrer Misere.

„Oh nein, Mylady, kein Gift. Glaubt mir, wenn ich Gift hätte, dann wären ein paar andere vor Euch dran!" Sie ließ die Kette in ihrem Rock verschwinden und wandte sich abermals zur Tür.

„Nur etwas Stechapfel und... müsst Ihr nicht wissen. Is' 'n Geheimrezept von meiner Mutter. Wirkt aber!" Bevor sie die Tür aufdrückte, fügte sie noch hinzu: „Ich werde Euch nach der Trauung einen Becher mit etwas Ale reichen. Es wird bitter schmecken, aber lasst Euch nichts anmerken. Und nun beeilt Euch, Euer zukünftige Gemahl ist sehr ungehalten. Ich habe gehört, der Priester hätte schon vor Tagen hier eintreffen sollen. Na ja, jetzt ist er ja da." Damit zog sie die Tür auf und verschwand.

Zitternd stand Catriona da, Angst und Verzweiflung übermannten sie. Ailis trat zu ihr und nahm sie erneut in die Arme. So standen sie eine ganze Zeit lang da, und jedes weitere Wort war überflüssig. Catriona, überwältigt von der Furcht vor dem, was sie nach der Trauung erwarten würde, und Ailis, hilflos und verzweifelt, weil sie nichts tun konnte, um Catrionas

Schicksal abzuwenden.

Als schließlich die Tür mit einem Ruck aufgedrückt wurde, wischte Catriona sich die Tränen ab und straffte den Rücken. Niemals würde sie Broc sehen lassen, wie ihr zumute war. Mit hoch erhobenem Haupt schritt sie auf den Mann zu, der fast den gesamten Türrahmen füllte und sie angrinste.

„So, Lady, wird Zeit, dass unser Herr endlich zum Zug kommt. Is' schon ganz ungeduldig und kann' s gar nich' erwarten, Euch gleich nach der Trauung flach zu legen." Es war der selbe Mann, der schon am Vortag vor ihrer Tür Wache geschoben hatte und Catriona erinnerte sich noch lebhaft an seinen schlechten Atem und die obszönen Gesten, mit denen er sie erschreckt hatte. Grob packte er sie am Arm und zerrte sie hinaus. „Und Ihr, Lady,", damit wandte er sich an Ailis, „kommt auch besser gleich mit. Macht doch 'n besseren Eindruck auf den hohlköpfigen Pfaffen, wenn eine Verwandte der Braut dabei ist." Er zog Catriona auf eine der Hütten zu, die in einem Rund um einen kleinen Platz standen und klopfte an die Tür. Sofort wurde geöffnet und Catriona konnte im Dämmerlicht Broc erkennen, der sie siegessicher angrinste. In der Mitte der Hütte, die erheblich größer war als die, in der sie die Nacht verbracht hatte, sah sie einen Mann stehen, in eine schwarze Kutte gekleidet, die ihn als Geistlichen auswies. Er sah übernächtigt und reichlich konsterniert aus, aber gleichwohl musterte er sie interessiert. Wahrscheinlich hatte er noch nie ein seltsameres Brautpaar gesehen, was ihn erheblich aus

278

der Fassung brachte. Die Braut, in einem schichten Gewand aus grauer Wolle gehüllt, das deutliche Spuren der letzten Tage aufwies, mit bleichem Gesicht und nassen Tränenspuren auf den Wangen, sichtlich aufgelöst, und der Bräutigam, in schlichte Reitkleidung gehüllt, die ebenfalls nicht mehr sauber war, aber mit überheblichem Grinsen auf den Lippen.

Der Priester räusperte sich kurz, dann begann er mit erstaunlich klarer, sonorer Stimme zu sprechen.

„Mylady, wer gibt Euch in die Ehe?"

Broc trat vor und fasste sie grob am Arm. Der Griff tat ihr weh und ließ keinen Zweifel aufkommen, dass es kein Entrinnen gab.

„Vater, die Frau ist Witwe, hat also keinen Vormund mehr. Sie hat noch einen Bruder, aber der kann nicht hier sein. Dafür...", er nickte mit dem Kopf Ailis zu,"... dafür ist seine Gemahlin, die Schwägerin der Braut, hier, um zu bezeugen, dass alles mit rechten Dingen vor sich geht." Nur wer Broc gut kannte, konnte die sich aufstauende Ungeduld und den Ärger aus seinen Worten heraushören.

„Ist das so?" Fragend sah der Priester Catriona an. Sie bemühte sich, den Kloß, der ihr das Sprechen unmöglich zu machen schien, herunter zu schlucken und brachte schließlich mit leiser Stimme ein „Ja." hervor.

„Und Ihr seid aus freien Stücken hier und gewillt..."

„Herrgott, Pfaffe, macht schon endlich. Sie steht hier und wird Ja sagen, das reicht doch wohl!"

Erstaunt sah der Priester den Mann an, der sich vor ihm aufgebaut hatte und dem man nun doch seinen

Ärger anmerkte.

„Also, ich...", räusperte er sich.

„Fangt ... endlich ... an!", zischte Broc dem Priester, jedes Wort betonend, zu und zog Catriona unbarmherzig an seine Seite.

Nach einem weiteren misstrauischen Blick auf die Brautleute begann er schließlich mit der Zeremonie, die er, trotz des empörten Schnaubens des Bräutigams auf Gälisch und Latein abhielt, und kam schließlich zu der entscheidenden Frage, die Catriona unwiderruflich an den Mann band, der dafür verantwortlich war, dass Niall tot war. Catriona hörte die gleichen Worte wie schon Wochen, oder waren es nur Tage gewesen?, zuvor, sprach die Formeln mit dem gleichem Automatismus nach. Nur, dass sie damals durch ihr Fieber geschwächt, nicht alles mitbekam, was passierte, jetzt und hier aber mit quälender Deutlichkeit jedes Detail wahrnahm.

Als der Priester den Bund schließlich wortreich gesegnet und das Kreuz über die nun rechtmäßig verbundenen Eheleute geschlagen hatte, trat die junge Frau vor, einen Becher in der Hand, den sie Catriona reichte.

„Erlaubt Ihr, Herr, dass ich Eurer Gemahlin gratuliere?" Gleichzeitig trat ein etwas jüngeres Mädchen, das ihr auf erstaunliche Art ähnelte, hervor und reichte Broc ebenfalls einen Becher.

„Und Ihr, Herr, nehmt meine Glückwünsche und den Becher aus meiner Hand." Zunächst wollte Broc den Becher wegschlagen, stand ihm doch der Sinn nach etwas ganz anderem. Lüstern ließ er den Blick über Catrionas Busen gleiten, die weiße Haut ihres anmutigen Halses, ihre Hüften... Dann aber nahm er doch den Becher und stürzte das Ale mit einem Schluck herunter. Es konnte ja nicht schaden, wenn Catriona sich noch etwas länger ihrer Angst vor dem, was kommen würde, ergab. Und dass sie Angst hatte, sah er in ihren unglaublich blauen Augen, da konnte auch ihre stolze Haltung nicht drüber hinweg täuschen. Sein Glied regte sich schon bei dieser Vorstellung, und kaum, dass sie den Becher geleert hatte, den diese kleine Schlampe ihr gereicht hatte, zog er sie an sich. Fest presste er seinen Mund auf ihren, ließ ihr keine Chance, auszuweichen und drängte seine Zunge zwischen ihre verführerischen Lippen. Catriona wehrte sich nur kurz, denn ein rascher Seitenblick zu Ailis, neben der einer von Brocs Männern spöttisch grinsend mit einem Messer hantierte, ließ ihren Widerstand erlahmen. Unter zotigen Sprüchen, obszönen Gesten und dem lauten Gegröle seiner Männer bugsierte er sie an der leichenblassen Ailis vorbei zur Tür.

„Ich wünsche in den nächsten Stunden nicht gestört zu werden, Männer! Ich habe nicht nur vor, eine Ehe zu vollziehen, ich beabsichtige auch, Eure neue Herrin gründlich in ihre Pflichten als meine Gemahlin einzuweisen!" Mit einem anzüglichen Lachen ließ er die Hütte und die Männer hinter sich und überquerte mit Catriona den Hof. An der Hütte angekommen, in die man sie gesperrt hatte, drückte er die Tür auf und stieß sie hinein.

„So, liebste Gemahlin, auf diesen Augenblick warte ich

schon viel zu lange." Er setzte sich in aller Seelenruhe auf einen wackligen Stuhl und lehnte sich genüsslich zurück. Catriona war irritiert, weil er keine Anstalten machte, sich auf sie zu stürzen, womit sie nach seinem Auftritt vorhin fest gerechnet hatte. Unschlüssig, was sie tun oder sagen sollte, schlang sie die Arme um ihren Körper.

„Oh, mein Täubchen, du willst mir doch nicht weismachen, dass du keine Ahnung vor dem hast, was hier gleich passiert, oder? Hat dein lüsterner Hurenbock dich nicht gelehrt, was einem Mann gefällt?" Er sah den Schmerz in ihren Augen aufflackern, was ihn noch mehr reizte. Sein Glied war so steif, dass er glaubte, der Stoff seiner Hose würde reißen, aber er wollte sie noch etwas länger quälen, bevor er es ihr endlich besorgte.

„Los, zieh dich aus. Aber ganz langsam, du kleine Hure!"

Catriona zuckte bei seinen Worten zusammen, aber dann straffte sie sich und begann, die Verschnürung ihres Gewandes zu lösen. Sie würde das hier überstehen! Ganz gleich, was auch immer er mit ihr tun würde, sie würde das überstehen! Sie würde ihn aushalten, seine Grobheit, seine gierigen Finger und auch das, was gleich käme. Und dann, wenn Ailis und die Kinder in Sicherheit wären, würde sie den König bitten, diese Ehe aufzulösen und diesen Dreckskerl zu bestrafen für all das, was er ihr angetan hatte. Sie streifte sich das reichlich schmutzige und zerschlissene Gewand über den Kopf und tastete nach ihrem

Unterhemd. Als sie auch das ausgezogen hatte und nun vollkommen nackt vor ihrem Gemahl stand, fühlte sie mit einem Mal, wie sich etwas in ihr veränderte. Zuerst kaum merklich, dann immer intensiver spürte sie eine tröstliche Gleichgültigkeit in sich aufkommen. Gleichzeitig schien sich ihr Geist von ihrem Körper zu lösen und sich in eine versteckte Ecke ihres Bewusstseins zurückzuziehen. Sie nahm nur am Rande wahr, dass Broc sich inzwischen ebenfalls seines Hemdes und seiner Hose entledigt hatte und auf sie zukam.

„Leg dich hin und mach schön die Beine breit, ich will sehen, was ich mir da ins Haus geholt habe." Als sie nicht sofort reagierte, weil doch ihre Mutter gerade dabei war, ihr bunte Bänder ins Haar zu flechten, stieß er sie grob auf die harte Matratze, die als Bettstatt diente.

Alles wird gut, Kind.", flüsterte ihre Mutter ihr ins Ohr, als Broc sich neben sie legte und seine Finger über ihren gesamten Körper gleiten ließ. Heiße, gierige Finger, die keine noch so intime Stelle ausließen und sich dann in das weiche Fleisch ihrer Brüste gruben. Sie musste unwillkürlich an die federleichten Liebkosungen denken, mit denen Niall sie bedacht hatte. Aber Niall war tot und das, was Broc mit ihr tat, würde von nun an ihren Alltag bestimmen. Kurz keuchte sie auf, als er seine Finger in sie stieß, während er sie anschaute und begierig ihre Reaktion beobachtete. *Lass' dich fallen, Kind, lass es geschehen! Du kannst es nicht verhindern und je mehr du dich wehrst, umso schlimmer wird es!,* raunte ihre Mutter ihr zu und

Catriona schloss die Augen, um nicht den Triumph zu sehen, der in Brocs Augen zu lesen war.

„Ihr könnt meinen Körper haben, das kann ich nicht verhindern, aber meine Seele und mein Herz werden Euch nie gehören!", schleudert sie ihm mit einem letzten Rest Selbstachtung entgegen, aber er lachte nur, während er ihre Knie mit seinen Händen auseinander presste.

„Oh, liebste Gemahlin, seid versichert, Euer Körper reicht mir voll und ganz!"

Wie sanft ist doch die Täuschung.
(Machiavelli)

„Bist du dir sicher, Bryan?" Borthwick musterte seinen Gefolgsmann aufmerksam.

„Ganz sicher, Herr. Dieses Mal gibt es keinen Zweifel!" Sie konnten sich keine weiteren Fehlschläge leisten, wenn sie dieses verdammte Frauenzimmer finden wollten, noch bevor der König in Schottland auftauchte. Immerhin rechneten alle fest damit, dass er bis spätestens Ende März hier eintreffen würde, und bis dahin waren es nur noch zwei Wochen. Und vorher gab es noch eine Menge zu tun für seinen Brotherrn.

„Wir haben sie gestern beobachtet. Broc MacKenzie ist dort, mit vier seiner Männer, dazu noch zwei Weiber. Sind in einem kleinen Dorf, nicht weit von hier." Der Mann schniefte vernehmlich und wischte sich die Nase am Ärmel ab.

„Ailis und Catriona!", keuchte Malcolm auf. Seit Tagen schon ritten sie einem Phantom hinterher. Immer wieder fanden sie Spuren von Pferden, frischen Pferdedung, aber Broc war und blieb unauffindbar. Bis jetzt!

„Ailis?" Fragend sah Borthwick den Mann zu seiner Rechten an.

„Meine Gemahlin. Ich habe Euch doch erzählt, dass dieser Broc sie entführt hat, um Catriona und mich zu erpressen."

„Habt Ihr?" Borthwick musterte den ungleich jüngeren Mann, wusste er doch, dass Malcolm das ihm gegenüber nie erwähnt hatte. Aber sei es drum, dachte er, das wäre seinen Plan nur nützlich, sehr nützlich sogar, und im Stillen dankte er Gott für diese Fügung. Malcolm hingegen entging das verschlagene Lächeln des Mannes, denn er war viel zu aufgeregt angesichts der Tatsache, dass sie nicht nur Catriona sondern auch Ailis gefunden hatten.

„Wenn das stimmt und nicht noch irgendwo doch noch mehr von Brocs Männern lagern, dann hätten wir mit Euren Männern", er sah Malcolm an, während er sich schon auf sein Pferd schwang, „eine deutliche Überzahl an Kriegern. Es sollte uns also ein Leichtes sein, Broc zu überwältigen und die Frauen zu befreien." Schon gab er seinem Pferd die Sporen und galoppierte in die

Richtung, in die sein Mann gedeutet hatte. Malcolm schwang sich ebenfalls in den Sattel und folgte Borthwick in halsbrecherischem Tempo.

Blicke oft zu den Sternen empor, als wandeltest du mit ihnen. Solche Gedanken reinigen die Seele von dem Schmutz des Erdenlebens.
(Marc Aurel)

Catrionas Seele schwebte längst weit über ihr, gaukelte ihr schöne Bilder aus ihrer Vergangenheit vor: ihre Mutter, wie sie ihr, am Kaminfeuer hockend, Geschichten von Ungeheuern und Rittern erzählte, wie sie ihr bunte Bänder in die widerspenstigen Locken flocht oder einfach nur mit ihr über den Markt in Inverness streifte, als ihr Vater sie einmal mit auf eine seiner Reisen genommen hatte. Brocs Finger, die sich in sie bohrten, seine harten Lippen auf ihrem Mund oder den lüsternen Blick nahm sie nur durch einen Schleier aus Farben wahr. Sie wartete mit einer eigentümlichen Gelassenheit darauf, dass er sie endlich nahm, aber er schien den Moment noch herauszögern, ihre Angst noch steigern zu wollen. Sie war zu weggetreten, um seinen aufsteigenden Ärger über ihre fehlende Panik zu bemerken. Der Trank, den das Mädchen ihr gegeben hatte, tat seine Wirkung. Benommen nahm sie lautes Getöse draußen vor der Hütte wahr, während Broc sich auf sie rollte. Catriona wartete auf den Schmerz, den Broc ihr zufügen würde, wenn er in sie eindrang, aber noch bevor sie sich verkrampfen konnte, war es auch schon vorbei. Holz splitterte und fremde Hände zogen ihn von ihr weg. Es gab ein kurzes Handgemenge und dann war auch schon Ailis neben ihr und bedeckte ihre Blöße mit ihrem Umhang. Sie schluchzte und zog Catriona in ihre Arme, wiegte sie wie ein kleines Kind und drückte sie an ihre Brust. Tränen liefen ihr über die Wange während sie beruhigend auf Catriona einredete, die nur mühsam begriff, was hier vor sich ging.

„Scht, Liebes, es ist vorbei. Malcolm ist hier. Broc kann dir nichts mehr tun." Sie küsste sanft die dunklen Locken ihrer Schwägerin. Catriona hingegen begann zu zittern wie ein Weidenblatt im Wind, beugte sich vor und erbrach sich auf den Boden. Reste des Getränkes und bittere Galle bahnten sich einen Weg durch ihre Kehle und sie hörte erst auf, als sie fast keine Luft mehr bekam. Eine Ewigkeit schien zu vergehen, bevor sie wieder einigermaßen klar denken konnte. Ailis hielt sie immer noch, strich ihr das wirre, schweißfeuchte Haar aus der Stirn und redete beruhigend auf sie ein. Schließlich beruhigte sich Catriona so weit, dass sie ihre Schwägerin fragen konnte, was geschehen war.

„Malcolm ist mit einigen Männern des Königs hier aufgetaucht. Frag mich nicht, wie er uns gefunden hat, aber er ist hier und hat Brocs Männer überwältigt und uns gerettet!" Nun begann Ailis, ebenfalls zu schluchzen. Auch von ihr fiel die große Anspannung langsam ab. Noch eine ganze Weile hielten sich die Frauen in den Armen, dann wagte Ailis die Frage, die ihr schon die ganze Zeit auf der Zunge lag.

„Liebes, hat Broc... also... hat er dir weh getan?"
Catriona überlegte einen kurzen Moment. Alles, an was sie sich erinnern konnte, waren die gierigen Finger und die Vorstellung von Schmerz, aber nicht an den Schmerz als solchen. Aufgrund der betäubenden Wirkung des Getränkes kam es ihr so vor, als sei nicht sie das gewesen, der all das passierte, sondern eine Fremde.

„Es geht schon, Ailis. Er hat nicht... also..." Sie verstummte. Ailis sollte sich keine Vorwürfe machen, es war ohnehin nichts mehr daran zu ändern.
Wenigstens hatte er es nicht zu Ende bringen können.
Behutsam nahm Ailis ihr Kinn in die Hand und sah sie eindringlich an.

„Sicher?"
„Ganz sicher! Und nun lass uns nach draußen gehen und sehen, was sie mit diesem Dreckskerl machen. Ich glaube, ich habe ein Recht darauf, dabei zu sein, wenn er seine Strafe bekommt." Catriona stand auf und zog sich energisch den Umhang fester um den Körper.
Noch bevor Ailis sie daran hindern konnte, war sie an der Tür, die zersplittert in den Angeln hing, und sah gespannt hinaus.

Man hatte Broc inzwischen ebenfalls etwas zum Anziehen gegeben und er stand in einem Kreis aus grimmig dreinblickenden Männern, die ihre Claymores griffbereit gepackt hatten und anscheinend auf Anweisung eines älteren Mannes, den Catriona nicht kannte, warteten. Malcolm stand direkt neben diesem Mann und musterte Broc mit einem eisigen Blick.

„Ihr wollt es Euch doch nicht mit Eurem Herrn verscherzen, Borthwick, indem ihr mich hier gefangen nehmt, oder?", hörte Catriona gerade noch Broc sagen. Seine Stimme klang längst nicht mehr so überheblich wie noch kurz zuvor. Da trat der Mann, den er Borthwick genannt hatte, vor und baute sich direkt vor Broc auf.

„Schade, MacKenzie, wirklich schade, dass mein - oder sollte ich besser sagen: unser? - Herr Euch nicht mehr danken kann für den großen Dienst, den Ihr ihm erwiesen habt, als Ihr ihn mit der Nase darauf gestoßen habt, dass Catriona MacRae mit dem König verwandt ist. Eine kurze Recherche und Murdoch Stewart wusste, was er wissen musste." Mit einem einzigen gezielten Stoß durchbohrte er Brocs Brust, woraufhin dieser mit einem ungläubigen Blick auf den Grauhaarigen zu Boden sank. Gleichzeitig hatte einer von Borthwicks Männern Malcolm gepackt, ihm das Claymore aus der Hand geschlagen und hielt ihm nun seinerseits einen Dolch an den Hals. Es war alles so schnell gegangen, dass weder Catriona noch Ailis oder gar Malcolm die Situation erfasst hatten. Catriona erkannte vier von Malcolms Männern, die ebenfalls entwaffnet und mit Claymores im Rücken oder an der Kehle hilflos herum standen. Der Überfall von Borthwicks Männern war ebenso plötzlich wie überraschend über sie herein gebrochen, was verdeutlichte, dass Borthwick den Plan, sie zu überwältigen, schon länger gefasst haben musste. Kalt lächelnd zog der Grauhaarige sein Schwert aus Brocs Brust und wischte das Blut an dessen Hemd ab.

„Tja, MacRae, sieht ganz so aus, als wenn diese kleine Lady jetzt mit uns reitet." Er ging auf Catriona und Ailis zu und verbeugte sich höflich vor ihnen.

„Ladys, wenn Ihr mir bitte folgen würdet. Ich bedauere, dass ich Euch keine Pause gönnen kann, aber mein Herr wartet schon sehnsüchtig auf Eure Ankunft." Verständnislos sah Catriona den Mann an, aber der hatte sie schon am Arm gepackt und in die Hütte geschoben.

„Zieht Euch etwas an und dann wäre ich dankbar, wenn wir ohne weitere Verzögerung aufbrechen könnten. Wir haben noch einen weiten Ritt vor uns." Er verbeugte sich wieder und wandte sich dann an seine Männer.

„Treibt die Pferde zusammen und sperrt die MacRae Brut in eine Hütte. Brocs Männer können frei entscheiden, ob sie in meine Dienste treten oder sich einen anderen Herrn suchen wollen." Er wandte sich an Brocs Männer. „Soviel ich weiß, gibt es keinen legitimen Erben des MacKenzies, also fällt das Land an den König. Es ist zweifelhaft, dass er einem von euch oder dem MacKenzie Clan das Land und die Burg überlässt. Also: eure Entscheidung." Nach anfänglichem Murren und einer kurzen Diskussion, traten einige Männer vor und knieten sich vor

Borthwick.

„Wir gehen mit Euch, Herr. Wir haben keine Lust, hier zu verhungern."

„Also gut. Was ist mit dir?" Er blickte den einzigen Mann an, der nicht geantwortet hatte, aber der spuckte vor ihm auf den Boden.

„Niemals kämpfe ich für den Mann, der meinen Herrn getötet hat!" Blanker Hass stand in Struans Augen, als er sich vor Borthwick aufbaute. Borthwick sah ihn kurz aus zusammengekniffenen Auge an, dann nickte er einem seiner Männer zu.

„Wir wollen kein unnötiges Blutvergießen. Steck' ihn mit zu den anderen in die Hütte." Er deutete mit dem Finger auf zwei seiner Männer.

„Bryan und Clyde, ihr kommt mit mir und den Ladys. Und ihr,", er drehte sich zu dem Rest seiner Männer um, „sperrt die anderen in eine Hütte. Seht zu, dass ihr die Pferde davon treibt und ihre Waffen sichert. Ich denke, ein paar Tage Vorsprung reichen uns, dann lasst ihr die Brut frei."

An Malcolm gewandt, der sich nur mühsam beherrschen konnte und trotz des Dolches versuchte, sich loszureißen, sagte er: „MacRae, ich will Euch und Euren Männern nichts antun. Und auch nicht Eurer Gemahlin. Aber Ihr werdet verstehen, dass ich sie als eine Art ... Rückversicherung mitnehmen muss? Nur für den Fall, dass Ihr auf dumme Gedanken kommt. Alles, was ich will, ist Lady Catriona. Also, verhaltet Euch ruhig, Ihr könnt ohnehin nichts tun." Damit ging er über den kleinen Platz und band sein Pferd los. Ungeduldig trieb er es bis vor die Tür der Hütte, in der die Frauen verschwunden waren.

„Los jetzt, Ladys, meine Geduld ist am Ende."

Fürwahr, wie oft ist unerforschlich Gottes Rat.
(Euripides)

„Das gibt es doch nicht!" Verzweifelt fuhr sich Niall durch die Haare. Er kniete im Matsch des schmelzenden Schnees und untersuchte die Spuren, die sich auf dem Boden fanden. Jamie und er waren seit geraumer Zeit unterwegs ohne zu rasten, allerdings auch ohne eine verwertbare Spur von Malcolm oder Broc und Catriona gefunden zu haben. Zunächst hatten sie die verkohlten Reste der Scheune gefunden, in der Niall fast verbrannt wäre. Allerdings waren die Spuren, die sie dort fanden viel zu alt und inzwischen viel zu verwischt, um noch eindeutig sagen zu können, wer hier in welche Richtung geritten war. Auf gut Glück waren sie den Spuren nach Norden gefolgt, auf dem felsigen Boden allerdings, den sie nach einiger Zeit passiert hatten, hatten sie keine Hufabdrücke mehr finden können. Und jetzt, hier, in diesen gottverlassenen Highlands, musste Niall verzweifelt feststellen, dass er keine Ahnung hatte, wo er noch nach Catriona suchen sollte. Auch erschien ihm seine Idee, nach Norden zu reiten, inzwischen absurd, denn auch wenn das ursprünglich sein Ziel gewesen war, so hatte doch Broc keinerlei Veranlassung, weiter in diese Richtung zu reiten. Ganz im Gegenteil, Broc würde sich wahrscheinlich so schnell wie möglich auf den Weg nach Perth oder Edinburgh machen, je nachdem, wohin der König mit seinem Gefolge ziehen würde. Oder er würde Catriona nach Dunollie Castle bringen, wo er sie sicher verwahrte wusste.

Niemals zuvor hatte Niall eine solche Hilflosigkeit gespürt, eine solche Wut darüber, dass er Catriona nicht hatte vor dem bewahren können, was sie nun durchleben musste. Mühsam erhob er sich und klopfte Jamie auf die Schulter.

„Ich denke, es macht keinen Sinn, hier weiter nach Spuren zu suchen. Ich schlage vor, wir suchen uns einen Platz für die Nacht und trennen uns morgen früh. Ich reite zurück nach Eilean Donan, vielleicht weiß man dort etwas. Wenn nicht, bekomme ich dort wenigstens saubere Kleidung und ein neues Schwert." Er grinste Jamie schief an. „Und du suchst hier weiter nach deinem Laird." Jamie nickte zögerlich. Auch er wollte sich nicht eingestehen, dass ihre Suche bisher so erfolglos gewesen war.

„Gut, so machen wir es." Er nickte Niall zu und stieg wieder auf sein Pferd. Auch Niall schwang sich auf Deamhans Rücken und gemeinsam machten sie sich auf die Suche nach einer geeigneten Stelle für eine Rast. Nach einiger Zeit kamen sie in ein kleines Waldstück, das sowohl Schutz vor der immer noch herrschenden Kälte als auch Schutz vor ungewollter Entdeckung bot. Noch immer waren sie auf der Hut, denn niemand konnte voraus sagen, wer sich so alles in dieser einsamen Gegend herumtrieb. Von Broc und seinen Spießgesellen und Murdochs Speichelleckern einmal abgesehen, gab es genügend herumziehende Viehdiebe oder mittellose Söldner, für die selbst zwei so offensichtlich besitzlose Gestalten ein lohnendes Ziel waren. Allein die Pferde der beiden waren in den Augen dieser verzweifelten Männer schon Anlass genug, ihnen die Kehle durchzuschneiden.

Niall und Jamie ritten also etwas weiter in das Wäldchen hinein und fanden schließlich einen umgestürzten Baum, dessen Fall von einigen dicken Ästen der umstehenden Bäume abgebremst wurde. Schnell hatten sie mit Hilfe von zusammengesuchten Zweigen die entstandenen Hohlräume verschlossen, so dass ein einigermaßen passabler Wind- und Wetterschutz entstanden war. Zu Nialls Glück hatte Jamie einen zweiten Brat dabei, den er tagsüber als eine Art Umhang trug und der ihn nachts wie eine Decke wärmte, und so legten sie sich nieder, ohne ein Feuer zu entfachen, was zu gefährlich gewesen wäre. Und obwohl Niall trotz der Decke erbärmlich fror, war es doch die Sorge um Catrionas Wohlergehen, die ihn nicht schlafen ließ. Die Tatsache, dass Broc Catriona lebend brauchte, beruhigte ihn nicht wirklich, denn er wusste nur zu gut, dass es schlimmere Folter gab als den Tod.

Nach einer unruhigen Nacht packten sie schließlich im Morgengrauen ihr spärliches Gepäck zusammen und führten die Pferde zum Waldrand.

„Viel Glück!", wünschte Jamie dem anderen Mann und klopfte ihm aufmunternd auf die Schulter, aber Niall schien ihn gar nicht zu bemerken. Er legte den Finger an den Mund und deutete auf den im Dämmerlicht des anbrechenden Tages nur schwach beleuchteten Pfad vor ihnen. Mit den geschärften Sinnen eines Mannes, dessen Überleben von Kleinigkeiten abhing, hatte er eine Bewegung ausgemacht. Er bedeutete Jamie, sich weiter in den Wald zurückzuziehen und vor allem die Pferde zu verbergen, als die Silhouetten der Herankommenden mehr preisgaben. Dort auf dem schlammigen Weg trabten drei Reiter an ihnen vorbei, zwei von ihnen hatten jeweils eine weitere Person vor sich im Sattel und sie schienen es eilig zu haben. Als sie etwa auf gleicher Höhe mit ihnen waren, konnte Niall erkennen, dass es sich um drei Männer und zwei Frauen handelte, die an ihnen vorbei eilten. Als einer der beiden Frauen die Gugel vom Kopf rutschte, weil eine heftige Böe daran gezerrt hatte, erkannte Niall, wer da auf dem Pferd saß. Das blasse Gesicht mit den tiefen Rändern unter den Augen würde er unter Tausenden wieder erkennen, weil es trotz aller sichtbaren Strapazen das schönste Gesicht war, das er jemals gesehen hatte: Catriona! Tief sog er die Luft ein, sein Herz begann, wie ein Schmiedehammer in seiner Brust zu hämmern. Freude und Erleichterung machten sich in ihm breit, aber gleichzeitig auch ein unterschwelliges Gefühl des Misstrauens. Die Männer waren eindeutig nicht Malcolms Männer. Aber wer waren sie dann? Und was hatten sie mit Catriona und der anderen Frau vor? Niall sah ihnen nach als sie, wie eine Geistererscheinung, im Dunst des heraufdämmernden Tages verschwanden. Er wusste nicht, was das zu bedeuten hatte, aber er würde ihnen auf jeden Fall folgen. Er wusste auch nicht, ob er Gott oder dem Zufall danken sollte, der ihm diese Chance, Catriona zu befreien, geschenkt hatte, aber er würde sie garantiert nicht verstreichen lassen.

„Das waren Murdochs Männer!" Jamie war hinter ihn getreten und spuckte missmutig aus. „Der Grauhaarige ist ihr Anführer, ich habe sie auf der Burg gesehen. Unser Laird ist mit ihnen davon geritten und im Nachhinein hat Rurig herausgefunden, dass sie zu Murdoch gehören." Niall wusste, dass sie ihnen genug Vorsprung lassen mussten, wenn sie nicht Gefahr laufen wollten, entdeckt zu werden. Trotzdem schickte er Jamie los, schnell die Pferde zu holen. Er wusste auch ohne danach gefragt zu haben, dass er auf Jamies Hilfe zählen konnte, denn im Augenblick konnte Malcolm nichts mit dem Wissen, dass es sich bei diesen Dreckskerlen nicht um Männer des Königs handelte, anfangen. Daher war es auch nicht mehr wichtig, ihn zu finden und davon in Kenntnis zu setzen. Was auch immer passiert war, irgendwie war es diesen hundsköpfigen Schafsärschen gelungen, Catriona in ihre Gewalt zu bringen, und auch wenn Niall nicht genau wusste, was Murdoch mit Catriona vor hatte, ahnte er doch, dass es nichts Gutes war.

Nachdem sie sich kurz besprochen hatte, folgten sie den Spuren der Reiter, die inzwischen ein gutes Wegstück Vorsprung hatten.

Was auch immer für ein Ende das Schicksal mir bestimmt hat, ich werde es ertragen. (Sophokles)

„Bryan, du kümmerst dich um die Pferde und du, Clyde, siehst zu, dass die Ladys einen bequemen Platz für die Nacht bekommen. Ich übernehme dann die erste Wache mit Bryan." Borthwick spuckte den letzten Rest des zähen Trockenfleisches aus und stand vom Lagerfeuer auf. Bisher lief alles nach Plan, und dass dieser Idiot Broc MacKenzie ihm auch noch zusätzlich die MacRae Lady als Rückversicherung wie auf dem Silbertablett lieferte, war eine Laune des Schicksals. Selbst wenn es Malcolm MacRae gelingen würde, seinen Männern zu entkommen, würde er sich hüten, bei der Verfolgung seiner geliebten Gemahlin ein Risiko einzugehen. Natürlich würde Borthwick sie, sobald sie Doune Castle erreichten, sofort nach Eilean Donan zurückschicken, denn Murdoch ging es allein um die kleine Lady. Und Murdoch Stewart würde hoch erfreut sein, wenn er die kleine Königsschlampe in die

Hände bekäme. Er konnte zwar nicht eindeutig sagen, ob dieser Broc sie bereits bestiegen hatte, aber das war etwas, was Murdoch in Kauf nehmen musste. Er wollte sie schnellstmöglich mit seinem jüngsten Sohn James verheiraten, der nicht gerade als Kostverächter galt und da würde er darüber hinwegsehen müssen, dass sie eventuell keine Jungfrau mehr war. Ohnehin war es ihre Verwandtschaft zum König, die sie so begehrenswert machte, wenn er auch zugeben musste, dass sie ein verdammt hübsches Ding war. Als er von seinem Patrouillengang zurückkam, stellte er zufrieden fest, dass bereits alles für die Nach gerichtet war. Die Ladys waren an zwei Bäume gefesselt, was leider unerlässlich war, aber immerhin hatten sie dicke Decken gegen die Kälte um sich herum. Bryan hatte die Pferde abgesattelt und saß bereits am Feuer, um die erste Wache zu übernehmen. Clyde hatte sich in eine Decke gerollt und schien schon zu schlafen. Auch die beiden Ladys hatten es sich, soweit ihre Fesseln es zuließen, mit geschlossenen Augen an die Bäume gelehnt. Borthwick nickte Bryan zu und setzte sich etwas entfernt von den anderen auf einen flachen Stein. Catriona beobachtete ihn unter ihren fast geschlossenen Lidern hinweg. Die Erleichterung, die sie und Ailis nach der Überwältigung von Broc und seinen Männern empfunden hatten, war leider nur von kurzer Dauer gewesen und war stattdessen von einer neuen Bedrohung ersetzt worden. Seit sie von ihrer Verwandtschaft zum König wusste, nein im Grunde genommen seit ihrer Geburt, und besonders seit der

König sich auf dem Weg nach Schottland befand, war sie zum Spielball der Politik geworden. Einer Politik, für die sie sich nie interessiert und die doch so grausam in ihr Leben eingegriffen hatte. Sie wurde verschachert wie Vieh auf dem Markt, und wenn sie diesen Borthwick richtig verstanden hatte, dann waren sie auf dem Weg nach Doune Castle, wo sie zum dritten Mal in wenigen Wochen heiraten sollte. Himmel, das war doch verrückt! Sie kannte den König noch nicht einmal und doch schienen alle zu glauben, ihre bloße Verwandtschaft mit ihm würde ihnen irgendwelche Vorteile bringen. Was diese königliche Verbindung *ihr* gebracht hatte, konnte sie dagegen ziemlich genau sagen. Der Mann, den sie von ganzem Herzen geliebt hatte, war tot, gestorben für eine Sache, die im Grund genommen nicht seine war. Ailis und die Kinder waren entführt worden und dabei waren treue Gefolgsleute ihres Bruders zu Tode gekommen, wie Ailis ihr berichtet hatte. Und ob Malcolm und seine Männer unbeschadet aus der Sache wieder herauskommen würden, stand ebenfalls in den Sternen. Und das alles nur, weil sie zufällig in diese Familie der MacRaes hinein geboren wurde, ohne mit ihnen blutsverwandt zu sein!

Catriona wunderte sich rückblickend und mit der Erfahrung der letzten Wochen, wie sorglos sie ihr Leben bisher gelebt hatte. Die Menschen um sie herum hatten sie umsorgt, sie behütet, ungeachtet der Gefahr, die ihnen damit womöglich drohte. Und sie hatte nichts besseres zu tun gehabt, als überall aus Langeweile Unheil zu stiften und sich gegen Verbote aufzulehnen, die diese Menschen zu ihrem Schutz ausgesprochen hatten! Wie naiv sie doch gewesen war! Ihr war inzwischen klar geworden, dass sie sich der schonungslosen Realität stellen musste, dass es für sie kein selbstbestimmtes Leben geben würde. Wenn sie Malcolms leibliche Schwester wäre, dann hätte sie eine Chance auf Glück gehabt, er hätte sie niemals mit einem Mann verheiratet, der ihr zuwider gewesen wäre. Aber sie war nicht seine Schwester! Sie würde sich letztendlich den Wünschen der Männer fügen müssen, die in ihr nur die Nichte des Königs sahen. Sie hatte auf dem langen Ritt mit diesem Borthwick und seinen Männern beschlossen, sich nicht länger gegen etwas zu wehren, das sie ohnehin nicht ändern konnte. Sie würde nicht länger die Sicherheit der Menschen, an denen ihr etwas lag, die sie liebte, aufs Spiel setzen, nur um auf einen Prinzen zu warten, der sie rettete. Das Schicksal, mit Männern aus rein praktischen Gesichtspunkten heraus verheiratet zu werden, teilten schließlich unzählige Töchter und Schwestern, also würde sie das auch überstehen.

Sie sah zu Ailis hinüber, die blass und erschöpft den Kopf an die harte Rinde des Baumes gelehnt hatte und augenscheinlich schlief, und schwor sich, dass niemals wieder jemand wegen ihr oder ihrer Herkunft leiden sollte. Sie konnte nicht verhindern, dass angesichts dieses Entschlusses einige heiße Tränen ihre Wange hinunter liefen, und sie konnte auch nicht mit letzter Gewissheit sagen, dass sie es wirklich fertig bringen würde, sich klaglos in ihr Schicksal zu fügen, aber zumindest hatte sie den festen Willen dazu.

Mit diesem Gedanken glitt sie schließlich in einen leichten Schlummer, der in ihr, wie schon in den Nächten zuvor, die Erinnerung an die zärtlichen Liebkosungen des Mannes heraufbeschwor, nach dem ihr Herz sich immer noch schmerzlich sehnte.

Die Schildkröte gewinnt das Rennen, während der Hase schläft. (Aesop)

„Ich fürchte, wir brauchen einen Plan. Und zwar einen ziemlich guten Plan!" Jamie kratzt sich ausgiebig sein verfilztes Haar, während er augenscheinlich angestrengt nachdachte.

„Da kann ich dir nicht widersprechen. Borthwick hat einen Mann mehr, zudem sind sie bis an die Zähne bewaffnet und ausgebildete Krieger. Ich will nicht unser Licht unter den Scheffel stellen, aber mit deinem Schwert, deinem Sgian Dubh und deinem leidlich scharfen Ausbeinmesser sind wir wohl eher unterdurchschnittlich bewaffnet!" Trotz der ernsten Lage brachte Niall ein schiefes Grinsen zustande. Er war viel zu erleichtert und glücklich, Catriona gefunden zu haben, als dass er sich von dem Versuch, sie zu befreien, abhalten lassen würde!

„Habt Ihr eine Idee?" Jamies Überlegungen hatten offenbar keine weitreichenden Erkenntnisse gebracht, denn er sah Niall fragend und offensichtlich ratlos an. „Wir haben einen Vorteil, nur *einen,* und den müssen wir nutzen. Sie ahnen nicht, dass wir ihnen auf den Fersen sind, zu sorglos haben sie ihr Lager dort aufgeschlagen. Wir müssen die beiden Frauen befreien, und gleichzeitig drei Männer ausschalten, oder sie mindestens daran hindern, uns zu verfolgen. Und das im besten Fall gleichzeitig." Niall überlegte fieberhaft, wie sie das Überraschungsmoment zu ihren Gunsten ausnutzen konnten. Zuerst galt es, die Frauen in Sicherheit zu bringen. Wenn es ihnen gelänge, sie unbemerkt loszuschneiden und gleichzeitig die Pferde fortzuscheuchen, würden sich Borthwick und seine Männer sehr wahrscheinlich aufteilen. Und wenn nur einer versuchen würde, die Pferde aufzuhalten, wären nur noch zwei von ihnen zu überwältigen. Allerdings hatte dieser Plan mehrere Schwächen. Abgesehen davon, dass sie nur ein Schwert hatten, um sich zu verteidigen, würden sie die Frauen auch zu ihren eigenen Pferden schaffen müssen, die sie weiter entfernt zurücklassen mussten. Und bis dahin wäre sicherlich der dritte Mann zurück... Niall biss die Zähne zusammen. Es musste klappen, notfalls würde er die Männer so lange aufhalten, bis Jamie mit den Frauen in Sicherheit war. Und wenn er dafür mit seinem Leben bezahlen müsste - es wäre den Preis wert. Und es war ihre einzige Chance. Er brauchte einen Augenblick, um die letzten Bedenken beiseite zu schieben, sich selber Mut zuzusprechen und einen genauen Plan zu entwerfen, dann rief er Jamie zu sich und unterbreitete ihm, was er zu tun gedachte.

„Könnte klappen." Jamie runzelte besorgt die Stirn, und fuhr mit den Fingern über die scharfe Klinge seines Schwertes. „Oder auch nicht. Aber so wie ich das sehe, habt Ihr Recht: Es ist unsere einzige Chance." Er reichte Niall das Claymore, dann machten sich beide im Schutz der Dunkelheit auf den Weg.

Kurz suchten sie Deckung hinter einigen Sträuchern und beobachteten die Szenerie. Inzwischen schien der Grauhaarige zu schlafen, die beiden anderen saßen gelangweilt um das Feuer herum. Ganz sicher hatte ihr Anführer ihnen befohlen, weiter entfernt von einander und vom Feuer zu wachen, aber offensichtlich hatte die Kälte und das Gefühl der Sicherheit sie dazu gebracht, den Befehl zu missachten. Gut so!, dachte Niall, dann wären sie berechenbarer. Er berührte Jamie kurz am Arm, das Zeichen für den Aufbruch. Niall wartete gespannt, ließ die beiden Männer nicht aus den Augen und zuckte zusammen, als das Knacken eines Astes aus Jamies Richtung kam. Sofort waren die beiden Männer hellwach und lauschten in den Wald hinein.

„Hast du das gehört, Bryan?" Misstrauisch stand der Mann auf und ging auf die Stelle zu, an der Niall Jamie vermutete. Mist. Noch ein paar Schritte weiter und er würde Jamie womöglich entdecken. Hektisch suchte Niall die Erde ab. Als er einen Stein fand, hob er ihn auf und zielte in Richtung der Pferde. Gott sei Dank hatten die Männer sich weit genug von ihm entfernt um das Rascheln nicht zu hören, das seine suchenden Finger verursachten. Fast zeitgleich wieherte einer der Gäule, entweder hatte Niall ihn getroffen oder zumindest erschreckt. Sofort wandten die beiden Männer ihre Aufmerksamkeit den Pferden zu.

„Du bleibst hier, ich gehe nachsehen, was die Gäule haben."

Kurze Zeit später kehrte er zu seinem Kumpan zurück. „Weiß nicht, was da war. Vielleicht ein Fuchs oder Marder. Jedenfalls ist jetzt wieder alles ruhig." Die beiden gingen zurück zum Feuer und Niall atmete erleichtert auf. Als er zu den beiden Frauen blickte, sah er, dass sie offenbar wach waren, obwohl sie sich bemühten, das zu verbergen. Sie hielten die Köpfe gesenkt, aber Niall konnte erkennen, dass sich Catrionas Brust schnell hob und senkte. Jetzt galt es! Es war nur eine kurze Entfernung bis zu den Pferden und Niall erreichte sie ohne weitere Zwischenfälle. Leider wurden sie unruhig, je näher er kam, aber das spielte nun keine Rolle mehr. Mit einem mächtigen Schwerthieb durchtrennte er die Zügel, mit denen sie an einen Baum gebunden waren und schlug einem von ihnen auf die Kruppe. Wie erwartet stoben die verängstigten Tiere davon und die Männer am Lagerfeuer sprangen verwirrt auf und sahen sich gehetzt um. Auch der Grauhaarige war inzwischen erwacht und griff nach seinem Schwert. Aber da hatte Niall schon einen der Männer mit einem mächtigen Hieb zu Boden gestreckt. Während der Zweite noch zu verstehen versuchte, was hier gerade passierte, war der Grauhaarige bereits auf den Beinen und stürmte mit erhobenem Schwert auf Niall zu.

„Los, Clyde, kümmer' dich um die Frauen. Sie dürfen nicht entkommen!", schrie er dem Mann zu, der sich immer noch irritiert umsah, dann schlug auch schon Stahl auf Stahl. Niall hatte Mühe, den energischen Hieben des Älteren auszuweichen, und bald schon machten sich seine Verletzungen, die er bei dem Brand davon getragen hatte, bemerkbar. Hinzu kam, dass es nicht sein eigenes Schwert war, mit dem er kämpfte. Ein Claymore war in der Regel eine äußerst individuelle Waffe, gefertigt nur für ihren Besitzer. Schwerpunkt, Größe und Gewicht mussten stimmen, um perfekt zu sein und dieses Claymore war nicht für ihn gemacht worden. Jamie war deutlich kleiner, daher hatte die Waffe einen anderen Schwerpunkt und Niall hatte keine Zeit gehabt, sich an das fremde Schwert zu gewöhnen. Inzwischen lief ihm trotz der Kälte der Schweiß über den Rücken und in die Augen, aber er kämpfte erbittert weiter. Er hatte das Gefühl für Raum und Zeit verloren, so konzentriert parierte er die Hiebe des Anderen. Aus den Augenwinkeln nahm er eine Bewegung wahr, aber bevor er reagieren konnte, traf ihn ein Hieb am linken Arm. Schmerz durchzuckte ihn, aber er hatte keine Zeit, sich darum zu kümmern, denn der Grauhaarige ließ erneut eine Welle von Schlägen auf ihn niedergehen. Lange würde er dem nicht mehr standhalten können und er hoffte nur, dass es Jamie inzwischen gelungen war, die Frauen in Sicherheit zu bringen. Er parierte einen weiteren Hieb und geriet ins Straucheln, aber auch sein Gegner zeigte erste Anzeichen von Ermüdung.

„Niall!" Sein Herz geriet ins Stocken, als er ihre Stimme erkannte. Und noch bevor er reagieren konnte, stieß ihm sein Gegenüber das Schwert in die linke Schulter. Mit letzter Kraft riss Niall sein Claymore hoch und bohrte es in die Brust des Grauhaarigen, noch bevor dieser sein eigenes Schwert wieder kampfbereit erheben konnte. Niall ging auf die Knie, dann wurde es schwarz um ihn herum und er brach zusammen.

Schatten sind wir und Staub.
(Horaz)

Niall fieberte. Die schwere Verwundung hatte sich entzündet, weil sie den langen Weg zurück nach Eilean Donan unversorgt geblieben war. Außer sie auszuwaschen, dann auszubrennen und zu verbinden, hatten Ailis, Catriona und Jamie nicht viel tun können. Erst als sie nach Tagen wieder in der heimischen Burg angelangten, konnte die alte Sionag sich um Nialls Wunden kümmern. Aber da hatten sie bereits zu eitern begonnen und Sionag hatte Catriona nicht viel Mut machen können, was die Wahrscheinlichkeit anging, dass Niall überleben würde. Tag und Nacht hatte Catriona, selbst zu Tode erschöpft, am Bett des geliebten Mannes gesessen, hatte gefleht, ihn hilflos beschimpft und einen starrsinnigen Idioten genannt, dem sie es nicht erlauben würde, jetzt einfach zu sterben, aber schließlich blieb ihr nicht viel mehr übrig, als zu beten. Ein inneres Feuer schien ihn zu verbrennen, und ganz gleich, was Sionag auch versuchte, das Fieber wollte einfach nicht sinken. Sie legten ihn in einen Holzzuber mit Eiswasser, das das Fieber aus seinem Körper vertreiben sollte, flößten ihm Aufgüsse aus Berberitze und Lindenblüten ein und wuschen seine Wunden mit Rosenwasser aus, bevor Sionag eine Paste aus Zaubernuss und Ringelblüten auftrug. Dennoch war zunächst keine anhaltende Besserung zu erkennen. Niall schrie manchmal im Wahn, redete wirres Zeug und einmal entschlüpfte ihm der Name Glynis. Catrionas Herz setzte einen Schlag aus und eine unendliche Traurigkeit breitete sich in ihr aus. Das war es also. Diese Frau beherrschte seine Gedanken so sehr, dass er sogar im Fieber an sie dachte! Mit zäher Entschlossenheit kämpfte sie dennoch weiter um sein Leben, und endlich, nach zwei quälend langen Wochen, schien das Fieber endlich zu sinken. Die Wunde hatte zudem aufgehört zu eitern und blieb endlich frei von Wundwasser, so dass Sionag vorsichtig die Prognose wagte, er könne die Verletzung vielleicht doch überleben.

Längst schon war König Jakob in Perth eingetroffen und hatte bestimmt, Malcolm solle Catriona zu ihm bringen. Aber nachdem Malcolm, der einige Tage nach den beiden Frauen tatsächlich unverletzt mit seinen Männern zurückgekehrt war, einen Boten mit einer

Nachricht losgeschickt hatte, in der er dem König berichtete, was inzwischen geschehen war, hatte Jakob ihnen Aufschub gewährt. Seine und Joan Beauforts Krönung war auf den 21. Mai 1424 auf dem Moot Hill in Scone festgesetzt worden und bis dahin sollte Catriona spätestens eingetroffen sein, idealerweise früh genug, um sie noch einkleiden und mit den höfischen Sitten vertraut machen zu können.

Catriona war in einem Stuhl an Nialls Bett eingeschlafen, ihr bleiches Gesicht umrahmt von ihren dunkelroten Locken, die ihre Blässe noch stärker hervortreten ließen, als ein Geräusch sie weckte. Benommen sah sie zur Tür und entdeckte ihren Bruder, der sie nachdenklich musterte.

„Cat, du musst dich endlich hinlegen. Ich verstehe ja, dass du Niall aus lauter Dankbarkeit, dass er dein Leben gerettet hat, umsorgen möchtest, aber wir brechen in ein paar Tagen nach Perth auf und wenn du bis dahin nicht wieder zu Kräften gekommen bist..." Er ließ den Satz unvollendet im Raum stehen, und Catrionas Herzschlag setzte für einen kurzen Moment aus.

„So bald schon? Ich hatte gedacht...", sie schluckte den Kloß in ihrem Hals herunter. Sie konnte Malcolm nicht sagen, dass es keine Dankbarkeit war, die sie an Nialls Seite wachen ließ.

„Komm schon, Cat." Er trat einen Schritt auf sie zu und strich ihr sanft über das Haar. „Niall ist über den Berg und Sionag wird nach ihm sehen. Er hat schon Schlimmeres überstanden."

„Es ist nur, also, nachdem er seinen Auftrag", es fühlte sich falsch an, das, was zwischen ihnen gewesen war, als Geschäft anzusehen, aber zumindest von Nialls Seite aus war es das ja gewesen, nicht mehr und nicht weniger, „erfüllt hat, dachte ich, er reist mit uns und übergibt König Jakob die Papiere, die du ihm versprochen hast."

„Ja, so war es auch geplant, aber Niall wird noch längere Zeit nicht so weit sein, die Strecke reiten zu können. Und da der König dich bereits erwartetet, müssen wir uns so schnell wie möglich auf den Weg machen." Malcolm legte seine Finger unter Catrionas Kinn und zwang sie mit leichtem Druck, ihn anzusehen.

„Was ist los, Cat? Ich sehe doch, dass dich etwas bedrückt? Ist es, weil dieser Hurensohn Broc, also, weil er..." Malcolm wand sich davor, es auszusprechen, aber alles deutet darauf hin, dass Broc Catriona gezwungen hatte, ihm zu Willen zu sein. Er selbst war zwar nicht in der heruntergekommenen Hütte gewesen, als man Broc dort von Catriona heruntergezogen hatte, aber es gab für alle Zeugen dieser Szene ein unübersehbares Anzeichen an seinem nackten Körper, das keinen anderen Schluss zuließ als den, dass er ihr Gewalt angetan hatte. Ailis, die lange mit der verstörten Catriona alleine in der Hütte geblieben war, schwieg über die Ereignisse wie ein Grab, selbst ihm gegenüber, obwohl er sie natürlich danach gefragt hatte. Und wenn er ehrlich war, wollte er auch gar nicht so genau wissen, was Broc Catriona angetan hatte. Es würde ohnehin schwer genug werden, dem König zu erklären, was genau geschehen war. Im Nachhinein war er ganz und gar nicht mehr stolz auf seinen Plan, den er zu Catrionas Schutz ersonnen hatte. Alles war von Anfang an gründlich schief gegangen, und rückblickend hätte es ganz sicher auch noch andere Möglichkeiten gegeben, sie vor Broc MacKenzie zu schützen. Unter dem vermeintlichen Zeitdruck hatte er schlichtweg eine falsche Entscheidung getroffen und die hatte die fatale Situation, in der sie sich nun befanden, erst heraufbeschworen.

„Ich liebe ihn, Malcolm." Catriona sprach diese Worte so leise aus, dass Malcolm zunächst dachte, sich verhört zu haben. Aber sie hielt seinem Blick stand und er konnte in ihren Augen eine Ernsthaftigkeit sehen, die er nie zuvor an ihr entdeckt hatte. Unzweifelhaft hatten die Ereignisse der letzten Wochen sie sehr verändert, sie wirkte erwachsener, reifer und gar nicht mehr wie die impulsive Schwester, mit der sich in den letzten Jahren hatte herumschlagen müssen. Dennoch verwirrte ihn ihr Geständnis kurz.

„Wen?", fragte er daher überflüssigerweise, denn es konnte nur eine Antwort geben.

„Niall. Ich liebe ihn." Und obwohl ihre Stimme leise, kaum mehr ein Flüstern war, klang sie bestimmt. Malcolm brauchte dennoch einen Augenblick, bis er die Tragweite ihres Geständnissen erfasste.

„Du liebst ihn?", fragte er sicherheitshalber nach, nicht ohne Hoffnung, sich verhört zu haben. Aber sie bestätigte seine Befürchtungen nur mit einem Nicken.

„Cat, Liebes, das ist... Du kennst ihn doch gar nicht!

Also jedenfalls nicht gut genug, um... Ich verstehe ja, dass du in ihm den Ritter siehst, von dem dir deine Mutter immer erzählt hat und der dich gerettet hat. Und ich gebe auch zu, dass dieser Halunke schon allein seines Aussehens wegen geeignet ist, in diese Rolle zu schlüpfen, aber..." Malcolm wusste nicht, wie er ihr die Wahrheit über Niall sagen sollte, ohne ihre romantischen Gefühle zu verletzen, „...er ist kein Mann, der jemals heiraten würde, und das ist es doch, was du dir wünscht, oder?" Liebevoll sah er sie an und zog sie aus ihrem Stuhl hoch in seine Arme.

„Ich weiß, Malcolm, er hat es mir mehr als einmal gesagt. Aber das ändert nichts an meinen Gefühlen für ihn." Sie löste sich aus seiner Umarmung und sah ihm fest in die Augen.

„Lass es gut sein, ich weiß, was du mir sagen willst und ich weiß, was man von mir erwartet." Sie wischte sich mit dem Ärmel ihres Gewandes ein paar Tränen fort und ging entschlossen zur Tür, sich selbst daran erinnernd, was sie sich im Wald geschworen hatte: Sie würde versuchen, sich der Verantwortung zu stellen, die sie für ihr eigenes und das Leben anderer trug. Bevor sie die Klinke herunterdrückte, drehte sie sich noch einmal um.

„Ich bitte dich nur um eins, Malcolm: Lass uns mit der Abreise so lange warten, bis ich mit ihm gesprochen habe. Ich kann nicht gehen, bevor...", in ihren Augen sah Malcolm ganz kurz einen Ausdruck tiefer Verzweiflung aufblitzen, „...ich mit ihm gesprochen habe. Ich muss sicher sein, dass er wirklich nichts für mich empfindet."

Der Tag, als die Geliebte schied von mir,
ließ auch die Freude mich zurück.
Als ich getrennt mich fand von ihr,
geschah mir nur mehr Missgeschick.
Da schwand auch hin mein froher Sinn,
und unendlich Gram mich überkam.
Oh, jenes „Gute Nacht" entriss mein Glück.
(Aus „The Kingis Quair" von König Jakob I
von Schottland, 2. Strophe)

Nialls Genesung machte langsam Fortschritte, aber es dauerte noch einige Tage, bis er soweit wieder hergestellt war, dass er im Bett sitzen und Brühe zu sich nehmen konnte. Jamie war zu Besuch gekommen und hatte ihm erzählt, was in der Nacht und in den Tagen danach passiert war, weil Niall jede Erinnerung daran fehlte. Während Niall verbissen mit Borthwick gekämpft hatte, hatte Jamie diesen Clyde mit einem gezielten Wurf seines Sgian Dubhs ins Auge getroffen und ihn so davon abgehalten, Niall von der Seite anzugreifen. Kurz danach hatte Niall Borthwick endlich niedergestreckt und das Bewusstsein verloren. Danach hatte sie noch an Ort und Stelle notdürftig seine Wunden versorgt, Jamie hatte ihn vor sich auf sein Pferd gewuchtet und mit den wieder eingefangenen Pferden von Borthwick und seinen

Männern waren sie so schnell wie es Nialls Zustand zuließ, nach Eilean Donan geritten. Auch, dass Catriona nicht dazu zu bewegen war, von seiner Seite zu weichen, bis sie sicher sein konnte, dass es ihm besser ging, berichtete er ihm.

Niall saß, seinen Rücken von aufgeschüttelten Kissen gestützt, auf seinem Bett, starrte in das Feuer, das im Kamin loderte und verfolgte die zitternden Schatten, die die Flammen an die Wand warfen. Eine einzelne Kerze stand auf dem kleinen Tisch, auf dem auch die geleerte Schüssel mit Haggis stand, das er zum Abendbrot bekommen hatte. Die ganze Szenerie vermittelte nach außen eine friedliche, entspannte Stimmung, die Niall in seinem Inneren nicht empfand. Malcolm hatte ihm das Essen heraufgebracht und ihm mitgeteilt, dass er, Ailis und Catriona zusammen mit einigen seiner Männer am nächsten Tag aufbrechen würden, um in Perth auf den König zu treffen. Und obwohl er wusste, dass es so besser für alle Beteiligten war, erfüllte ihn doch eine tiefe Bitterkeit. Er würde die Frau, die seit Wochen sein Denken und Handeln bestimmte, und die er mehr liebte als sein Leben, gehen lassen müssen. Zu ihrem eigenen Wohl. Sie verdiente so viel mehr, als er ihr geben konnte. Glynis hatte ihm schmerzlich klar gemacht, dass Liebe allein nicht reichte. Für den Augenblick vielleicht, aber nicht für ein ganzes, langes Leben.

Er schrak aus seinen Gedanken auf als die Tür vorsichtig einen Spalt breit geöffnet wurde und ein dunkler Lockenschopf in der Öffnung erschien. Sein Herz begann zu rasen, so sehr wirkte ihr Anblick auf ihn. Die Blässe in ihrem Gesicht unterstrich das Blau ihrer Augen noch und ließ sie wie Saphire funkeln. Ihre dunklen Locken fielen ihr weich bis fast auf die Hüfte und im Feuerschein tanzten rötliche Reflexe auf der glänzenden Fülle. Über einem eng anliegenden Unterkleid aus weißem Leinen trug sie ein schlichtes Gewand aus dunkelblauer Wolle und Niall erschien sie in dieser schnörkellosen Einfachheit schöner als je zuvor. Am Hofe Jakobs würde sie aufwändige Kleider nach französischer Machart tragen müssen, was der engen, seit mehr als zweihundert Jahren bestehenden Verbundenheit der beiden Länder im Kampf gegen England geschuldet war. Niall konnte sich nicht vorstellen, dass sie darin jemals besser aussehen würde als in diesem Augenblick.

„Niall? Darf ich kurz herein kommen?" Ihre Stimme war leise, zögernd, aber auf sein Nicken hin trat sie entschlossen vor und schloss die Tür hinter sich.

„Wir brechen morgen auf.", sagte sie schlicht.

Und obwohl er das bereits wusste, trafen ihn diese Worte doch mehr, als er zuzugeben bereit war.

Als er nur nickte, kam sie einen Schritt näher, offenbar auf der Suche nach den richtigen Worten. Sie knabberte an ihrer Unterlippe und allein diese kleine Geste schickte Schauer des Begehrens durch seinen Körper. Himmel! Er war zu schwach, um aufzustehen, und man sollte meinen, dass er gerade andere Sorgen hatte, als an sie zu denken, wie sie in seinen Armen lag, seine Küsse erwiderte und ihre weichen Rundungen verlangend an ihn schmiegte!

„Ich muss unbedingt mit Euch sprechen, bevor…" Sie sah sich unsicher um, schließlich ließ sie sich vorsichtig auf der Kante des Stuhles nieder, der neben seinem Bett stand. Ihre angespannte Haltung ließ sie wirken wie ein scheues Tier, bereit, jeden Augenblick die Flucht anzutreten. Malcolm war nicht in der Lage zu sprechen. Viel zu groß war seine Angst, sie könnte erkennen, was er fühlte. Und das durfte auf keinen Fall passieren. Er war bereit, weiter die Rolle des elenden Schuftes zu spielen, wenn es ihr den Abschied erleichtern würde.

„Wer ist Glynis?", platzte sie plötzlich heraus und Niall sah sie einen kurzen Moment überrascht an.

„Glynis?" Er bemerkte, dass es keinerlei Gefühle in ihm hervorrief, ihren Namen auszusprechen. Keinen Schmerz, keinen Groll, nichts.

„Ja. Ihr habt… also im Fieber, da habt Ihr diesen Namen erwähnt. Ist sie Eure… liebt Ihr sie?" Verlegen sah Catriona zu Boden und krallte ihre Hände in den Wollstoff ihres Gewandes.

Kurz war er versucht, sie in dem Glauben zu lassen, Glynis sei der Grund, warum er sie zurückwies.

„Nein, es gab einmal eine Zeit, da habe ich gedacht, dass ich sie lieben würde. Aber das ist lange vorbei. Sie hat mich gelehrt, dass Liebe nur ein Wort ist, dass es im Leben auf andere Dinge ankommt, als auf dieses überbewertete Gefühl." Er räusperte sich, er wollte nicht über Glynis reden, aber Catriona war nicht bereit, das Thema fallen zu lassen.

„Was hat sie getan, dass Ihr so über über die Liebe denkt?" Catriona sprach leise, zögernd, ob sie ein so intimes Thema anschneiden durfte.

„Oh, sie hat nur das getan, was jede Frau in ihrer Situation tun würde: Sie hat die Sicherheit und das Vermögen, das ihr eine Ehe mit einem erstgeborenen Erben bieten konnte, diesem schnöden Gefühl 'Liebe' vorgezogen." Nun klang er doch bitter, aber das hatte weniger mit Glynis' Gefühlen für ihn zu tun als vielmehr mit der Situation, die sich seither nicht für ihn verändert hatte. Er konnte einer Frau nichts bieten, und das würde immer so bleiben.

„Dann... hat sie Euch nicht geliebt." Ihre Stimme war noch eine Spur leiser und in ihren Worten klang aufrichtiges Bedauern mit.

„Jedenfalls nicht genug um über den bedauerlichen Umstand meiner Besitzlosigkeit und meines nachrangigen Status als Zweitgebohrenem hinwegzusehen." Aus seinen Worten sprach nun doch die tiefe Verletzung, die Glynis ihm damals zugefügt hatte und Catriona gab ihrem Impuls nach, seine Hand zu berühren.

„Das tut mir leid, Niall. Aber... nicht alle Frauen sind so." Ihre Berührung schickte einen heißen Schauer durch seinen Körper und ihr schien es ähnlich zu ergehen, denn sie zog ihre Hand augenblicklich wieder zurück, gerade so, als hätte sie sich verbrannt.

„Catriona, Ihr seid eine unverbesserliche Romantikerin." Niall sah ihr in die Augen, in denen sich langsam Tränen sammelten.

„Liebe füllt keine Mägen, auch wenn Ihr das nicht wahrhaben wollt. Heute seid Ihr noch satt, genährt durch dieses Gefühl, das Ihr Liebe nennt. Aber was ist morgen, übermorgen? Nein, glaubt mir, das, was zählt, ist die Sicherheit, die Euch ein standesgemäßer Gemahl geben kann. Euch und Euren...", er schluckte schwer an dem Kloß, der in seiner Kehle entstanden war, „...Euren Kindern. Habt Ihr schon einmal daran gedacht? Dass Ihr Kinder haben werdet, denen Ihr es schuldig seid, sie zu versorgen, das Bestmögliche für sie zu wollen?" Er nahm nun doch wieder ihre zarten Hände in seine rauen, schwieligen Pranken und strich mit seinem Daumen über ihren Handrücken. Sie wollte ihm ihre Hände entziehen, aber er hielt sie eisern fest.

„Schaut mich an, Catriona." Er zwang sie allein mit dem Klang seiner Stimme, dieser Aufforderung Folge zu leisten. Als sie ihre Augen auf ihn richtete, tropften dicke Tränen aus ihren Wimpern und hinterließen feuchte Spuren auf ihren blassen Wangen. Ihr verzweifelter, tief trauriger Anblick schmerzte ihn, aber er musste sich von seinen Schuldgefühlen ihr gegenüber frei machen.

„Das, was Ihr Euch wünscht, kann ich Euch nicht anbieten. Ihr verdient mehr, soviel mehr, als ich Euch geben könnte." Er hauchte einen zarten Kuss auf ihren Handrücken, dann ließ er sie abrupt los.

„Lebt wohl, Catriona. Ihr müsst jetzt gehen. Ich bin müde." Das war glattweg gelogen, denn er war viel zu aufgewühlt, um müde zu sein, aber er konnte ihre tiefe Verletztheit nicht länger ertragen. Sie richtete ihre schönen blauen Augen auf ihn und musterte ihn einen langen Augenblick so intensiv, als wolle sie jedes seiner Worte als Lüge entlarven. Es kostete Niall Mühe, seine

Gefühle vor ihr zu verbergen und einen möglichst unbeteiligten Ausdruck auf sein Gesicht zu zaubern. Schließlich stand sie entschlossen auf und wischte sich die Tränen fort. Ein letzter Rest Stolz, der ihr nicht erlaubte, sich weiter vor ihm eine Blöße zu geben, ließ sie das Gespräch beenden.

„Dann tut es mir leid, Niall. Ich... hatte gehofft..." Sie öffnete die Tür.

„Ich wünsche Euch gute Besserung. Für Euren Körper *und* Eure Seele. Gute Nacht."

Unter allen Leidenschaften der Seele bringt Traurigkeit am meisten Schaden für den Leib. (Thomas von Aquin)

„Setzt Euch eine Weile zu mir, Catriona." Catriona schrak aus ihren Gedanken auf und sah, wie Joan Beaufort, seit wenigen Tagen Königin von Schottland, sie musterte und dann auf einen gepolsterten Stuhl neben sich deutete. In der kurzen Zeit ihrer Bekanntschaft hatte sich zwischen den beiden Frauen eine zarte Freundschaft entwickelt und Catriona hatte anerkennen müssen, dass sowohl ihr Onkel, der König, als auch seine junge Frau sich sehr um sie bemühten. Beide waren in einer feierlichen Zeremonie auf dem

318

Moot Hill in Scone gekrönt worden, aber viel hatte Catriona von dem Geschehen nicht mitbekommen. Seit ihrer Abreise von Eilean Donan hatte sich eine tiefe Traurigkeit über ihr Gemüt gelegt und ließ die Tage in schmerzlicher Eintönigkeit an ihr vorbeiziehen. Auf dem Fest nach der Krönung waren ihr einige Höflinge vorgestellt worden, die der König für geeignete Bewerber um ihre Hand hielt, aber sie hatte nur mit aufgesetzter Höflichkeit auf die Bemühungen, ihr Interesse zu wecken, reagiert. Sie wusste, dass sie sich damit abfinden musste, einen dieser Männer in naher Zukunft zu heiraten, aber sie konnte sich nicht überwinden, sich für einen von ihnen zu entscheiden. Immerhin hatte Jakob ihr versichert, er würde ihr die Wahl lassen und ihr die Entscheidung in dieser Angelegenheit überlassen. Überhaupt war Jakob ganz anders, als sie ihn sich vorgestellt hatte. Er war ein ausgezeichneter Musiker, spielte Leier, Orgel, Flöte und schlug die Trommel so gefühlvoll, dass Catriona oft die Tränen kamen, wenn sie seinen Darbietungen lauschte. Auf der anderen Seite war er ein Monarch, der die körperliche Ertüchtigung groß schrieb und etliche Stunden des Tages damit verbrachte, seinen Leib zu stählen. Das, was Catrona aber am meisten für ihn einnahm, war seine zärtliche, hingebungsvolle Liebe zu seiner schönen, jungen Frau, die er auch vor seinen Höflingen nicht zu verstecken versuchte. So küsste er sie ganz offen vor seinen Männern, nahm sie in den Arm und zog sie sogar bei Beratungen zur politischen Lage hinzu. Das gefiel natürlich nicht jedem, aber Catrionas Herz hatte er damit im Sturm gewonnen.

Und auch Joan Beaufort scheute sich nicht, ihre Liebe zu ihrem Mann in aller Öffentlichkeit zu zeigen. Es war ganz offensichtlich, dass ihre Ehe nicht auf politischem Kalkül, sondern allein auf ihrer aufrichtigen Liebe zueinander beruhte.

„Catriona, ich beobachte Euch schon seit einiger Zeit. Es geht Euch nicht gut, nicht wahr?" Die sanfte Stimme der Königin riss Catriona aus ihren Gedanken.

„Ich weiß nicht, was Ihr meint, Mylady." Ihre Stimme klang selbst für ihre Ohren seltsam hohl und entlarvte ihre Worte als Lüge. Die Königin schickte mit einer energischen Handbewegung ihre zahlreichen Hofdamen davon, und als sie allein mit Catriona war, nahm sie deren Hand.

„Ihr lügt, liebste *Nichte!*" Sie kicherte angesichts der Tatsache, dass sie selbst drei Jahre jünger war als Catriona, dann wurde sie wieder ernst. „Das ist im übrigen auch schon Jakob, ähm, dem König, aufgefallen. Er bat mich, mit Euch zu reden." Sie lehnte sich in ihrem bequemen Sessel zurück und sah Catriona nachdenklich an.

„Gefallen Euch die Männer nicht, die Jakob... ähm, der König für Euch ausgesucht hat? Ich könnte mit ihm reden..."

„Das ist es nicht, Mylady." Wie sollte sie der Königin erklären, dass es keinen Mann außer Niall gab, den sie wirklich wollte?

„Bitte, nennt mich Joan, wenn wir alleine sind. Ich fühle mich sonst so alt und... irgendwie kann ich mich noch nicht daran gewöhnen, nun Königin dieses

Landes zu sein." Sie stand auf und goss ganz unkapriziös etwas Wein in zwei Becher. Catriona dachte, dass Joan mit ihrem goldblondem Haar und den hellblauen Augen nicht nur die schönste Frau war, die sie jemals gesehen hatte, sondern dass sie darüber hinaus auch eine Natürlichkeit an den Tag legte, die ihr ganz sicher einen Platz in den Herzen der Schotten einbringen würde, die alles Gestelzte, *Englische,* hassten.

„Mylady, Joan...", verbesserte sie sich, „es liegt nicht an den Männern, die Euer Gemahl ausgesucht hat. Sie sind alle überaus höflich und durchaus geeignet..."

„Aber den Platz in Eurem Herzen nimmt bereits ein anderer Mann ein, habe ich recht?" Catriona war erstaunt über die Scharfsinnigkeit der Jüngeren. Joan reichte ihr einen Becher Wein.

„Nun seht mich nicht so entsetzt an, liebste Catriona. Ich kenne die verräterischen Anzeichen, die Ihr zu verbergen versucht!" Sie nahm einen Schluck und lächelte dann versonnen.

„Wisst Ihr, wie Jakob und ich uns kennengelernt haben?" Natürlich hatte es Gerede darüber gegeben, aber Catriona war neugierig, ob an den romantischen Geschichten etwas Wahres war, also schüttelte sie den Kopf.

„Das erste Mal sah ich ihn, als er noch im Tower in Gefangenschaft saß. Er beobachtete mich jeden Tag, wenn ich mit meinem Hündchen spazieren ging, aus einer kleinen Fensteröffnung seines Gefängnisses heraus. Ich wusste natürlich, wer er war und fühlte mich geschmeichelt, dass er mir seine Aufmerksamkeit schenkte. Dann, eines Tages, warf er eine Rose aus dem Fenster und rief mir zu, wenn ich geneigt wäre, ihn kennenzulernen, sollte ich diese Rose am Abend bei dem Bankett anstecken." Joans Wangen röteten sich entzückend und Catriona sah ihr an, dass sie diese romantische Geste noch immer in ihren Bann zog. „Natürlich trug ich die Rose an diesem Abend! Aber dann schickte man mich mit einigen anderen adeligen Damen nach Frankreich, wo König Henry die Tochter des französischen Königs, Katharina von Aragon, geheiratet hatte. Ich sollte ihr als Hofdame dienen." Joan sah Catriona nun durchdringend an.

„Versteht Ihr nun, warum ich weiß, wie Ihr Euch fühlt? Ich hatte mich in einen Mann verliebt, der nicht nur der Gefangene meines Königs war, sondern auch noch der zukünftige König von Schottland und ich musste nach Frankreich aufbrechen. Plötzlich war eine solche Entfernung zwischen uns, dass ich ihn schmerzlich vermisste. Ihm erging es ebenso, aber das wusste ich ja zunächst nicht. Er...", ihr Gesicht nahm einen verträumten Ausdruck an, „...schrieb mir ein romantisches Gedicht mit dem Titel 'The Kingis Quair', in dem er mir seine Gefühle offenbarte. Er gab es mir als ich zwei lange Jahre später wieder mit Katharina nach England kam. Ich hatte nicht zu hoffen gewagt, er könne auf mich gewartet haben, aber als er im Zuge seiner Freilassung gezwungen wurde, eine englische Adelige als Gemahlin zu nehmen, zögerte er keinen Augenblick, obwohl die englischen Lords durchaus an andere Damen als an mich gedacht hatten, mir einen

Antrag zu machen." Einen kurzen Augenblick sagte keine von beiden ein Wort. Joan schwelgte in Erinnerungen und Catriona wurde das Herz schwer vor so viel Romantik.

„Bitte, Catriona, seht in mir eine Freundin, nicht die Königin. Ich brauche jemanden in diesem mir noch fremden Land, dem ich vertrauen kann. Und Ihr seid nicht nur Jakobs Nichte, Ihr seid auch Schottin und könnt mir helfen, die Schotten zu verstehen. Ich gebe zu, dass ich mich damit noch manches Mal schwer tue." Sie grinste Catriona an und dieses aufrichtige Lächeln schob alle Bedenken, die Catriona noch davon abgehalten hatten, sich jemandem anzuvertrauen, beiseite. Plötzlich sprudelten die Worte nur so heraus und Joan hörte ihr interessiert zu. An der Stelle angelangt, wo Niall und sie sich geliebt hatten, bekam Joan große Augen.

„Hat er Euch gezwungen?", fragte sie besorgt.

„Nein, das musste er nicht." Catriona war es zwar peinlich zuzugeben, dass sie sich Niall freiwillig - und mit dem größten Vergnügen! - hingegeben hatte, aber es wäre nicht fair gewesen, ihm die ganze Schuld an der Situation zuzuschieben.

„Ihr habt freiwillig... ich meine, Ihr wusstet doch, dass Eure Ehe nur zum Schein bestand!" Joan klang nicht empört, eher belustigt. „Seid Ihr Schotten immer so... unkonventionell?" Sie konnte ein Glucksen nicht unterdrücken. Erleichtert, dass die Königin es ihr so einfach machte, ihre Geschichte zu erzählen, ohne sie zu verurteilen, ging Catriona auf den neckenden Tonfall ein.

„Mit Verlaub, Joan, Ihr seid doch mit einem Schotten verheiratet! Da müsstet Ihr doch inzwischen gemerkt haben, *wie* entschlossen wir sein können, wenn wir etwas wirklich wollen!" Sofort bemerkte sie wieder diesen dumpfen Schmerz, der sich ihrer bemächtigte, als sie sich bewusst wurde, dass ihre Worte nicht auf sie und Niall zutrafen. Auch die Königin sah den Schmerz in ihren Augen und drückte mitfühlend Catrionas Hand.

„Und Ihr seid ganz sicher, dass Ihr diesen ungehobelten, kaltherzigen, selbstherrlichen Schotten wirklich liebt?", fragte Joan empört, als Catriona schließlich am Ende ihrer Geschichte angelangt war.

„Ganz sicher, aber es wird meine Entscheidung, einen von Jakob vorgeschlagenen Kandidaten zu heiraten, nicht beeinflussen. Ich ziehe es vor, einen Gemahl zu bekommen, mit dem mich gegenseitige Achtung und Freundschaft verbindet. Ich könnte es auf Dauer nicht ertragen, an einen Mann gebunden zu sein, den ich liebe, der aber nichts für mich empfindet. Freundschaft und Vertrauen ist eher eine Basis für eine Ehe als unerwiderte Liebe, findet Ihr nicht?" Catriona konnte nicht sagen, wen sie mit diesen Worten mehr zu überzeugen versuchte, sich oder die Königin. Aber sie konnte nicht verhindern, dass ihr heiße Tränen über die Wangen liefen. Joan musterte sie eine ganze Weile schweigend, während Catriona verzweifelt versuchte, die Tränen herunterzuschlucken, die unaufhörlich über ihre Wangen liefen und ihre Worte Lügen straften, dann fasste sie einen Entschluss. Sie würde mit dem König darüber sprechen müssen.

Ein Tor erkennt, was er in den Händen hält, als trefflich erst, wenn es verloren ist. (Sophokles)

Niall saß in der Halle von Eilean Donan und stürzte einen weiteren Becher Ale herunter. Sein Kopf schmerzte, aber das war nichts im Vergleich zu dem Schmerz, der sich seit Catrionas Abwesenheit in seinem Herzen breit gemacht hatte. Er rülpste laut und griff sich einen gebratenen Hühnerschlegel. Malcolms missbilligenden Blick, der auf ihn gerichtet war, ignorierte er geflissentlich. Seit Tagen, genau genommen, seit Malcolm mit Ailis von den Krönungsfeierlichkeiten zurückgekehrt war, lag ihm sein Freund in den Ohren, endlich mit dem verräterischen Schreiben und Duff Graham als Zeugen zum König zu reisen und endlich dafür zu sorgen, dass dieser Hochverräter Murdoch Stewart seine gerechte Strafe erhielt. Aber Niall hatte es nicht mehr eilig, Murdoch ans Messer zu liefern. Wenn er ehrlich war, hatte alles, was ihm vorher wichtig gewesen war, seine Bedeutung verloren. Er ertränkte seine Weltuntergangsstimmung im Alkohol und ließ sich

325

gehen. Er hatte seit Wochen kein Bad genommen, seine Haare waren mittlerweile genau so verfilzt wie sein Bart und unter seinen Augen lagen tiefe Schatten, aber sein Aussehen kümmerte ihn nicht. Es spiegelte nur seine innere Zerrissenheit und die Hoffnungslosigkeit, sein weiteres Leben betreffend, wieder. Und es war ihm ganz gleich, was Malcolm davon hielt. Er winkte einem Pagen und bedeutet ihm, Ale nachzuschenken, aber Malcolm schlug ihm den Becher aus der Hand bevor er einen Schluck davon nehmen konnte.

„Du hast genug!" Er zerrte Niall von der Bank hoch und packte ihn am Kragen. „Was zum Teufel ist mit dir los?", zischte er ihm zu, aber Niall schüttelte nur den Kopf.

„Was soll schon los sein? Ich habe Durst."

„Ich denke, bevor du einen weiteren Becher Ale trinkst, kommst du besser mit mir und erklärst mir, was diesen außergewöhnlichen *Durst* auslöst!" Er blickte sich in der Halle um und sah, dass ihr Disput bereits interessierte Zuhörer gefunden hatte. Er versetzte Niall einen Stoß in den Rücken und schubste ihn Richtung Treppe, die in die Gemächer des Lairds führte. Niall wehrte sich kurz, aber dann gab er seinen Widerstand auf und ließ sich die Stufen hinauf dirigieren. Oben angekommen, schob Malcolm ihn in sein Gemach, wo Ailis am Feuer saß und stickte. Sie schien nicht überrascht, dass die beiden Männer in düsterer Stimmung hereinplatzten. Als sie sich diskret zurückziehen wollte, bedeutete Malcolm ihr, sitzen zu bleiben.

„Ich denke, es ist an der Zeit, uns zu sagen, was dich umtreibt, Niall." Malcolm baute sich vor ihm auf und sah ihn herausfordernd an. Ailis blickte gespannt auf die beiden Männer, die sich wie Kampfhähne gegenüber standen.

„Das geht dich einen feuchten Kehricht an, mein Freund!"

„Ach ja?! Du tust alles, um diese Papiere in die Hände zu bekommen, und jetzt, wo du sie hast, besäufst du dich jeden Tag bis zur Besinnungslosigkeit und machst keine Anstalten, zum König zu reiten, um diesen Hurensohn ans Messer zu liefern!" Malcolm stieß ihn vor die Brust und Niall verzog vor Schmerz das Gesicht, weil Malcolm unbewusst seine vernarbte Wunde getroffen hatte. Ailis hatte sich inzwischen erhoben und trat auf Niall zu.

„Ist es wegen Catriona?", riet sie ins Blaue hinein, aber der gequälte Ausdruck, der daraufhin auf Nialls Gesicht erschien, verriet ihr alles.

„Was hat denn Catriona damit zu tun?" Verständnislos blickte Malcolm von seiner Gemahlin zu Niall und wieder zurück, die Augen tief umwölkt von seinem unterdrückten Ärger.

„Tja, was hat Catriona damit zu tun?" Ailis ließ Niall nicht aus den Augen. Der war noch blasser als ohnehin schon und in seinen Augen war eine tiefe Verzweiflung zu lesen. Noch bevor er antworten konnte, klopfte es und Rurig trat auf Aufforderung hin ein.

„Entschuldigung , Chief, aber das hier,", er streckte seine Hand aus, in der er eine Pergamentrolle hielt, „hat gerade ein Bote gebracht." Als Malcolm danach

greifen wollte, zog Rurig seine Hand zurück und hielt sie Niall hin. „Äh, das ist nicht für Euch, Chief."
Irritiert blickte Malcolm zu Niall, aber der schien ebenso überrascht wie sein Gegenüber. Zögernd brach er das königliche Siegel und entrollte das Papier. Als Malcolm ihm beim Lesen über die Schulter schauen wollte, legte Ailis ihre Hand auf seinen Arm und zog ihn kopfschüttelnd ein Stück weit zurück.

„An Niall MacLennan", stand dort, „Mit gleichem Schreiben erreicht Euch die Annullierungsurkunde unserer Ehe. Ich gehe davon aus, dass Ihr schon sehnsüchtig darauf gewartet habt, nun auch ganz offiziell von jeglicher Verpflichtung aus dieser Verbindung befreit zu sein. Dennoch möchte ich es nicht versäumen, Euch auf diesem Wege noch einmal für alles zu danken, was Ihr für mich getan habt. Ohne Eure Hilfe wäre ich ganz sicher nicht wohlbehalten am Hof meines Onkels eingetroffen. Ich bin sicher, er wird Euch bei Gelegenheit noch persönlich dafür danken.
Der König hat meine erneute Vermählung auf den 25. Juli festgelegt, da er an diesem Tag seinen dreißigsten Geburtstag mit einem großen Fest begehen will, zu dem ich Euch hiermit ebenfalls einladen soll. Wenn Euch jedoch noch irgendetwas an mir liegt, bitte ich Euch, diesem Fest fern zu bleiben. Ich könnte es nicht ertragen, gerade Euch an diesem Tag zu sehen.
Ich habe mich entschieden, den Antrag Connor MacDonalds anzunehmen und so dem Wunsch meines Onkels zu entsprechen, einen für ihn wichtigen Mann mit Einfluss und politischem

Gewicht an das Königshaus zu binden.
Ich habe in den letzten Wochen genug Zeit gehabt,
über Eure Worte nachzudenken. Ihr hattet Recht
mit dem, was Ihr über meine Vorstellung von Liebe
und Ehe gesagt habt. Es ist kindisch, auf einen
Ritter zu warten, der vor mir kniet und mich mit
einem Strauß Erikablüten in der Hand bittet, seine
Gemahlin zu werden. Ich habe diesen naiven,
romantischen Traum schon zu lange geträumt und
es wird Zeit, dass ich mich der Realität stelle.
Frauen meiner Stellung haben nur sehr selten das
Glück, ihr Leben selbst bestimmen zu dürfen, das
habe ich inzwischen gelernt.
Ich danke Euch deswegen umso mehr für die
wenigen Stunden, in denen ich an Eurer Seite
glücklich sein durfte. Die Erinnerung an diese Zeit
wird für immer in meinem Herzen sein.
Ich habe dem König nichts von unserer
gemeinsamen Nacht erzählt, alle gehen hier davon
aus, dass Broc MacKenzie mich geschändet hat.
Nur so war eine Annullierung unsere Ehe
überhaupt möglich, weil sie ja offiziell nicht
vollzogen worden ist.
Ich hoffe inständig, dass Ihr irgendwann eine Frau
findet, der es gelingt, die Mauern, die Ihr um Euer
vernarbtes, stolzes Herz herum aufgebaut habt,
einzureißen. Der es gelingt, die Dämonen der
Vergangenheit, die Euch gegenüber den
Empfindungen anderer Menschen gleichgültig
werden ließen, zu vertreiben.
Leider ist es mir nicht gelungen.
Cha tèid ni sam bith san dòrn dùinte.
Mit einer geschlossenen Faust kann man nichts

halten, Niall!
Lebt wohl."

Aufgewühlt ließ Niall das Blatt sinken. Jedes einzelne Wort hatte ihn getroffen, ihm deutlich vor Augen geführt, wie tapfer und mutig sich Catriona ihrem Schicksal stellte. Und was tat er? Vergrub sich in seiner Bitterkeit und seinem Schmerz um ihre verlorene Liebe. Eine Liebe, die er schmählich zurückgewiesen hatte. Er hatte versucht, sich diesem Gefühl nicht stellen zu müssen, hatte seine Besitzlosigkeit vorgeschoben um sich zu rechtfertigen. Hatte geglaubt, wenn er sich ihr öffnete, sie in sein Herz ließe, würde ihn das schwach machen. In Wahrheit, das wusste er jetzt, war Liebe kein Zeichen von Schwäche. Sich zu ihr bekennen, war ganz im Gegenteil ein Zeichen von Stärke. Stärke, die Catriona bewiesen hatte und er schämte sich, sich einzugestehen, dass er zu schwach gewesen war, ihr ebenfalls seine Gefühle zu offenbaren und um sie zu kämpfen. Jetzt war es zu spät. Mit dieser schmerzlichen Gewissheit würde er ab jetzt leben müssen, jeden verfluchten Augenblick seines weiteren Lebens, jeden Tag, jeden Monat, jedes Jahr. Das Papier glitt ihm aus den Händen und mit einem tiefen, verzweifelten Stöhnen ließ er sich auf einen Stuhl fallen, den Malcolm ihm vorsorglich zurecht gerückt hatte. Ailis wurde es schwer ums Herz, als sie Niall so sah und obwohl er selbst die Schuld an seinem Unglück trug, tat er ihr in seinem Elend doch leid.

Die größte Wohltat, die man einem Menschen erweisen kann, besteht darin, dass man ihn vom Irrtum zur Wahrheit führt.
(Thomas von Aquin)

Joan Beaufort stach sich zum wiederholten Mal in den Finger. Während sie seufzend den Tropfen Blut ableckte, bevor er das blütenweiße Leinentuch beflecken konnte, rutsche sie ungeduldig auf dem bequem gepolsterten Stuhl herum, der direkt unter der kleinen Fensteröffnung stand. Es war Anfang Juli und eine drückende Hitze lastete über dem Land. Joan stand auf und sah aus dem Fenster. In der Hoffnung auf eine kühle Brise hielt sie ihren Kopf aus dem Fenster, aber der feuerrote Ball der untergehenden Sonne sandte unvermindert eine sengende Hitze über das Land. Sie hatte sich für ihre Mission extra diese Stunde des Tages ausgesucht, denn James, wie sie ihn immer noch bei seinem Taufnamen nannte, wenn sie alleine waren, würde gleich von dem Treffen mit einigen Gesandten in der großen Halle zurückkehren, und dann gehörte ihr Gemahl ganz ihr allein. Sie legte eine Hand auf ihren schwellenden Bauch und schloss die Augen. Nie hätte sie sich träumen lassen, einmal so glücklich zu sein. Wenn ihre Hebamme recht behalten würde, dann würde ihr erstes Kind zur Wintersonnenwende auf die Welt kommen. Vielleicht würde es sogar ein Christkind. Und weil sie selber so glücklich war, wollte sie, dass auch Catriona glücklich wurde. Sie hatte Catriona über die letzten Wochen sehr lieb gewonnen und ihr Schicksal rührte sie. Zwar ließ sich die junge Frau nur selten etwas anmerken, aber Joan spürte ganz deutlich, dass Catriona unglücklich war. Sie hatte zugestimmt, Connor MacDonald zu heiraten, einen blendend aussehenden höflichen Mann mit erheblichen Ambitionen, aber Joan wusste, dass weder Catriona noch Connor diese Ehe wirklich wollten. Eine ihrer Hofdamen hatte ihr hinter vorgehaltener Hand zugetragen, dass Connor in Wirklichkeit Elizabeth Douglas sehr zugetan war, einer zarten, dunkelhaarigen Schönheit aus den schottischen Lowlands und Tochter des berüchtigten Archibald Douglas aus der rebellischen schwarzen Linie des Clans. Joan hatte sich schon immer für Politik interessiert, und das kam ihr jetzt in ihrer Stellung als Königin von Schottland zugute. James hatte von Anfang an zu schätzen gewusst, dass sie mit ihrer weiblichen Intuition seine männlich geprägte Sichtweise der Dinge oft in einem anderen Licht erscheinen ließ, und wenn er auch nicht immer gewillt war, ihrem Rat zu folgen, so hörte er sich doch ihre Vorschläge an. Joan nahm noch einen tiefen Atemzug und hoffte, dass es auch dieses Mal so sein würde. Vielleicht sollte sie nicht direkt auf ihr Ziel zusteuern, ein wenig Subtilität würde ihrem Plan bestimmt nutzen und vor allem musste sie Jakob glauben lassen, er wäre von selbst auf diese Idee gekommen. Sie schreckte zusammen, als sich die schwere Tür öffnete und ein gut gelaunter Jakob das gemeinsame Gemach betrat.

„Wie geht es meiner schönen Frau heute? Und meinem Sohn?" Er legte vorsichtig eine Hand auf ihren Bauch und küsste sie zärtlich auf die Wange.

„Und wenn es ein Mädchen wird?" Belustigt zog sie die Brauen hoch und ein kleines Lächeln umspielte ihre Mundwinkel.

„Dann eben ein Mädchen! Eine kleine Prinzessin, die so schön und so klug wird wie ihre Mutter. Soll mir nur recht sein!" Er küsste sie auf den Mund und für einen kurzen Moment trank er von dem Glück, das Joan ihm schenkte.

„Wie war Euer Tag, mein Gemahl?" Joan löste sich aus seiner Umarmung und ging zu dem kleinen, reich mit Schnitzereien verzierten Tischchen, auf dem eine Karaffe und zwei Gläser standen.

„Ich habe den ganzen Tag mit dem Earl of Douglas, dem Earl of March und dem Lord of the Isles zusammen gesessen. Sie stehen meinem Plan, das schottische Parlament nach dem Vorbild Englands umzugestalten, verständlicherweise nicht sehr wohlwollend gegenüber. Es würde sie ganz erheblich in ihren Freiheiten einschränken." Jakob strich sich müde durch sein Haar und nahm dankbar einen Becher Wein aus Joans Hand an.

„Was gedenkt Ihr zu tun, um diese Herren zu besänftigen?" Joan bemühte sich, einen leichten Plauderton anzuschlagen, aber Jakob runzelte argwöhnisch die Brauen. Er kannte diesen Tonfall. Wenn Joan sich so unwissend stellte, heckte sie für gewöhnlich etwas aus.

„Vielleicht sollte ich meine überaus reizende und kluge Gemahlin zuerst fragen, was sie in so einem Fall tun würde?" Leicht amüsiert sah er sie an. Sie nagte an ihrer Lippe und bemühte sich, den Eindruck zu erwecken, sie dächte angestrengt nach.

„Hm, ja, also da gäbe es die Möglichkeit, Eure Ansprüche mit Gewalt durchzusetzen." Sein abfälliges Schnauben verriet ihr, dass er glücklicherweise genauso wenig davon hielt wie sie.

„Ich habe genug damit zu tun, diese halsstarrigen, arroganten Highlander von mir zu überzeugen. Nicht zu vergessen, dass Schottland quasi ausgeblutet ist, nachdem sich dieses Albany Pack die Taschen voll gestopft hat. In den Highlands ziehen marodierende Viehdiebe durch das Land, weil ihre Familien nicht genug zu essen haben und verbreiten Angst und Schrecken. Ich fürchte, das einfache Volk würde nicht verstehen, dass ich Geld in einen Krieg gegen die eigenen Leute investiere, das eigentlich besser dafür verwendet werden könnte, Hunger und Elend zu lindern, nur um meine Ideen von einem modernen Schottland durchzusetzen!" Er hatte sich in Rage geredet, denn das Wohl der Schotten, seines Volkes, lag ihm am Herzen.

„Hm, dann bliebe noch das probate Mittel einer ehelichen Verbindung..." Sie ließ bewusst den Satz im Raum stehen, während sie, scheinbar in Gedanken versunken an ihrem Wein nippte. Dabei beobachtete sie ihren Gemahl unter gesenkten Lidern hinweg.

„Warum werde ich den Verdacht nicht los, dass wir hier um den heißen Brei herum reden, liebste Gemahlin?" Jakob kräuselte amüsiert die Lippen. Die Schwangerschaft hatte sie nicht nur noch schöner werden lassen, sie war auch... berechenbarer geworden. Und dass sie etwas im Schilde führte, war ganz offensichtlich. Er konnte es in ihren Augen lesen.

„Nun ja, wenn es Euch gelingen würde, eine Heirat anzubahnen, wie zum Beispiel die der Tochter des Earls of Douglas mit einem aufstrebendem jungen Mann, den Ihr ins Parlament zu berufen gedenkt..." Wieder beendete sie den Satz nicht, aber diesmal war Jakob nicht gewillt, ihr eine goldenen Brücke zu bauen. Also schwieg er. Nach einer Weile sagte sie: „Also, ich weiß aus sicherer Quelle, dass Elizabeth Douglas, nun, mehr als bereit wäre, einen solchen Mann zu ehelichen. Es ist Liebe im Spiel, liebster Gemahl, und warum solltet Ihr nicht das für Euch Vorteilhafte damit verbinden, zwei Menschen glücklich zu machen? Was könnte Euch zwei Menschen mehr gewogen sein lassen, als dass Ihr ihnen gewährt, was sie sich sehnlichst wünschen?" Ihr Blick war nun offen auf ihn gerichtet und sie wartete gespannt auf seine Reaktion.

„Liege ich falsch mit der Vermutung, dass Ihr nicht nur bereits die Braut zu kennen scheint, sondern auch den Mann, der dieses Weib heiraten soll? Also, wen habt ihr im Sinn, liebste Joan?"

„Ich fürchte, die Antwort auf diese Frage wird Euch nicht unbedingt gefallen. Und sie bedarf einer Erklärung, da dieser Mann bereits mit einer anderen Frau verlobt ist, die aber wiederum einen Mann liebt, der..."

Nun war Jakobs Interesse doch geweckt. Gespannt wartete er darauf, was ihm seine Gemahlin eröffnen würde.

Und hoffen darf man alles.
(Sophopkles)

„Was *genau* meint Catriona mit *unserer gemeinsamen Nacht*?" Malcolms Stimme klang gepresst und ganz offensichtlich hatte er sich nur mühsam unter Kontrolle. Er starrte Niall an, der seit geraumer Zeit bewegungslos auf der Stelle stand und Malcolm auf keine der Fragen geantwortet hatte, die dieser ihm stellte. Schließlich hatte Malcolm den Brief von der Erde aufgehoben und selbst zu lesen begonnen.
„Ich frage dich noch einmal: was bedeutet das?" Eine Ader pochte unheilvoll an seinem Hals und er ballte die Fäuste. In Grunde genommen gab es keinen Zweifel, was Catriona angedeutet hatte, aber er wollte es von Niall hören. Aber der starrte nur an die gegenüber liegende Wand und schien die Frage gar nicht gehört zu haben.
„Ich sage dir, was das bedeutet, du mieses Schwein! Du

336

hast Catriona verführt und mit ihr geschlafen, du geiler Bock!" Ein wuchtiger Fausthieb traf Niall in die Magengrube und er sackte nach vorne.

„Du widerwärtiges, schwanzgesteuertes Stück Dreck!" Ein weitere Hieb traf Niall, aber der machte keine Anstalten, sich zu wehren.

„Du brünstiger, hemmungsloser Hurensohn!" Nialls Lippe platzte unter den andauernden Schlägen auf, aber noch immer wehrte er sich nicht, ließ sich verprügeln, in der Hoffnung, der körperliche Schmerz würde die dumpfe Verzweiflung in seinem Inneren mildern.

„Du triebgesteuerter Schafsarsch!" Inzwischen keuchte auch Malcolm von der Anstrengung. Er packte Niall am Kragen seines Hemdes und richtete ihn wieder auf. „Warum Catriona, du triebhaftes Stück Dreck?! Warum musstest du ausgerechnet mit ihr schlafen, du... du..." Ailis trat vor und löste mit sanfter Gewalt Malcolms Finger vom Kragen seines Widersachers.

„Es reicht, Malcolm." Der Schleier der Wut, der seinen Geist vernebelt hatte, begann, sich zu lichten und auch sein Atem beruhigte sich langsam.

„Warum, Niall? Ich habe dir vertraut. Hast du nicht genug willige Weiber, die dir das Bett wärmen? Konntest du nicht einmal für diese kurze Zeit deinen Schwanz in der Hose behalten? Ich sollte dir dein Gemächt abschneiden und an das Burgtor nageln, du Bastard!"

„Ich liebe sie." Diese schlichte Wahrheit auszusprechen, kostete Niall einiges an Überwindung, aber er würde nicht länger vor seinen Gefühlen davon laufen.

Malcolm starrte ihn an, als ob ihm gerade ein zweiter Kopf gewachsen wäre. „Wie bitte?" Malcolm glaubte, sich verhört zu haben.

„Ich liebe Catriona.", wiederholte Niall und wischte sich das Blut von der Lippe.

„Du hast noch nie jemanden geliebt, Niall, schon gar keine Frau!"

„Ich weiß, wie sich das für dich anhören muss, Malcolm. Ich habe es mir selber lange nicht eingestehen wollen. Zu lange." Niall straffte sich so gut es ging und deutet eine leichte Verbeugung in Ailis' Richtung an. Dann ging er zur Tür.

„Wo willst du hin?" Mißtrauisch versperrte Malcolm ihm den Weg.

„Bitte, lass mich. Ich habe schon viel zu lange eure Gastfreundschaft ausgenutzt. Es wird Zeit, dass ich mich wieder auf das besinne, was ich kann: kämpfen. Vielleicht gehe ich nach Frankreich."

Nun trat Ailis vor und funkelte ihn wütend an.

„Ihr geht nirgendwo hin außer an den Hof des Königs! Catriona liebt Euch und sie hat es verdammt nochmal verdient, dass Ihr Euren gottverdammten Stolz herunterschluckt und das gerade rückt, was Ihr durcheinander gebracht habt!" Sie riss die Tür auf und rief nach einer Magd.

„Lasst es gut sein, Ailis. Ich hatte meine Chance und habe sie vertan. Es ist zu spät. In drei Wochen wird Catriona die Frau dieses MacDonalds und mir bleibt nur, ihr alles Glück der Welt zu wünschen." Niall wollte an ihr vorbei durch die Tür, aber sie baute sich aufgebracht vor ihm auf.

„Ganz richtig, in drei Wochen." Sie rief der Magd, die inzwischen vor der Tür erschienen war, zu, sie solle ein Bad herrichten und wandte sich dann wieder an Niall. „Ich scheue mich nicht, meinem Gemahl Recht zu geben: Ihr seid ein ausgewachsener Hornochse und ganz gewiss habt Ihr Catriona gar nicht verdient, aber wenn Ihr nicht augenblicklich zur Besinnung kommt und nicht wenigstens versucht, diese Hochzeit zu verhindern, dann nagele *ich* Euer Gemächt an das Burgtor!" Damit ließ sie die beiden verdutzten Männer stehen und machte sich daran, alles für Nialls Abreise vorzubereiten.

Jeder ist so unglücklich als er es zu sein glaubt.
(Seneca)

„Und du bist dir ganz sicher, dass du dem König gesagt hast, um was es geht und dass ich ihn dringend sprechen muss?" Aufgebracht schritt Niall in dem kleinen Raum, den man ihnen als Unterkunft zugewiesen hatte, auf und ab. Sie waren geritten, als sei der Teufel hinter ihnen her und zumindest was Niall anging, fühlte es sich auch so an. Allerdings war der

Teufel, der ihn antrieb, eher die Erkenntnis, dass er ein Narr gewesen war, Catriona überhaupt erst gehen zu lassen. Ein verblendeter, starrsinniger und verantwortungsloser Narr! Sie hatten unterwegs sogar Duff Graham in einer Herberge zurücklassen müssen, weil der arme Mann nicht mit dem Tempo der beiden Reiter mithalten konnte und völlig entkräftet eines Abends vom Pferd gefallen war. Und nun saßen sie seit Tagen hier in diesem winzigen, mit zwei eilig herbeigeschafften Matratzen als Lager ausgestatteten Raum und warteten darauf, zum König vorgelassen zu werden. In zwei Tagen würde die Hochzeit stattfinden und Niall verzweifelte, so nah am Ziel und doch so weit entfernt von Catriona wie nie zuvor.

„Ich verstehe das auch nicht. Ich habe gleich bei unserer Ankunft eine formelle Bitte um eine dringende Audienz vorgetragen, sogar bei Jakobs Kämmerer persönlich. Er erinnerte sich auch an mich, weil ich mit Ailis beim König eingeladen war als wir Catriona an den Hof begleiteten. Er wollte umgehend…" Aber Malcolm kam nicht mehr dazu, den Satz zu vollenden, weil Niall, wie ein Raubtier knurrend und mit einem unheilvollen Glitzern in den stahlgrauen Augen, die Tür aufriss und in den Gang hinaus stürmte, der über einige Biegungen und Treppen in die große Audienzhalle führte. Malcolm konnte Niall kaum folgen, so entschlossen schritt dieser aus und er kam nicht umhin, die Veränderung zu bemerken, die sein Freund seit dem Tag auf Eilean Donan durchgemacht hatte. Seitdem er ihn verprügelt und Ailis ihm sprichwörtlich den Kopf gewaschen hatte, war er nicht wieder zu erkennen. Mit einer geradezu beängstigenden, tödlichen Entschlossenheit hatte er sich auf Deamhan geschwungen und nichts erinnerte mehr an den antriebslosen, gebrochenen Mann, der er seit Catrionas Abreise gewesen war. Und diese tödliche Entschlossenheit war es, die Malcolm nun Sorgen bereitete. Niall hatte schon immer ein Talent dafür gehabt, sich in Schwierigkeiten zu bringen, aber bislang war es immer glimpflich für ihn ausgegangen. Ein Glück, das sich hier am Hofe Jakobs ziemlich schnell ins Gegenteil umkehren könnte, wenn Niall keinen kühlen Kopf bewahrte.

Malcolm hastete hinter seinem Freund her, hoffend, das Schlimmste verhindern zu können, aber er kannte Niall viel zu gut, um dessen düstere Stimmung nicht zu erkennen.

„Niall, bleib um Gottes Willen stehen! Warte, bis ich...", rief er ihm hinterher, aber es war bereits zu spät. Niall hatte die große Halle erreicht und den Mann, der ihm mit einer Hellebarde den Zutritt verwehren wollte, kurzerhand mit einem Fausthieb niedergestreckt. Malcolm entrang sich ein entsetztes Keuchen als daraufhin mehrere schwer bewaffnete Männer auf ihn zustürmten und ihn daran hinderten, sich dem König zu nähern. Ein Tumult entstand, bei dem die Männer Niall in den Schwitzkasten nahmen und gerade mit ihm die Halle verlassen wollten, als der König ihnen mit einem Handzeichen zu verstehen gab, näher zu treten. Malcolm blieb beinahe das Herz stehen, als sie Niall vor den König zerrten und ihn auf die Knie zwangen. Aber anstatt demütig den Kopf zu senken und wenigstens jetzt in dieser Situation den Ernst der Lage zu erkennen, funkelte Niall seinen König wütend an.

Jakob musterte den Mann zu seinen Füßen eine Zeit lang, ohne das Wort an ihn zu richten. Nur wer ihn gut kannte, konnte das amüsierte Zucken um seinen rechten Mundwinkel erkennen. Für alle anderen saß der Monarch unbeweglich und mit unergründlicher Miene auf seinem mit rotem Samt gepolsterten und dem goldenen Löwen bestickten Sessel. Im Saal war eine gespannte Stille eingetreten und die Anwesenden Höflinge hielten entsetzt, aber auch neugierig, die Luft an und warteten auf Jakobs Reaktion auf diese unerhörte Provokation.

Malcolm wollte sich zur Unterstützung seinem Freund nähern, wurde aber sogleich von zwei Soldaten daran gehindert.

„Findet Ihr es nicht ganz und gar unklug, Euch mir in dieser Weise zu nähern, wo Ihr doch etwas von mir erbitten wollt, Niall MacLennan?" Die ruhige Stimme des Königs sowie dessen offensichtliches Wissen um seine Person irritierten Niall. Überrascht blinzelte er Jakob an, der sich nun entspannt in seinem Sessel zurücklehnte und nach einem Becher Wein griff, der in einem silbernen Pokal neben ihm auf einem kleinen Tischchen stand.

„Überrascht es Euch, dass ich weiß, wer Ihr seid?" Die wohlgeformten Hände des Monarchen umschlossen den Becher und drehten ihn, ohne dass Jakob etwas von dem Wein trank.

„Ja, äh, nein, Mylord.", stammelte Niall, der sich mit einem Mal der gespannten Stille bewusst wurde, die in der Halle herrschte. Leider machte ihm die angespannte Atmosphäre auch deutlich, in welche Lage er sich durch sein unbedachtes Handeln gebracht hatte und er schlug nun, leider deutlich verspätet, die Augen nieder.

„Ich weiß nicht nur Euren Namen, MacLennan, ich habe sogar Eure Bitte um eine Audienz erhalten." Jakob schien nun deutlich ungehalten zu sein, denn seine Stimme klang schneidend und obwohl Niall die Augen immer noch gesenkt hatte, bemerkte er eine Veränderung in der Haltung des Königs.

„Aber ob es Euch passt oder nicht: Ich bin der König und entscheide, wann ich bereit bin, mir Euer Anliegen anzuhören. Und das ist ganz sicher nicht jetzt!" Aus den Augenwinkeln sah Niall, dass Jakob seinen Männern einen Wink gab, die ihn gleich darauf auf die Beine zogen und zum Ausgang zerrten.

„Ich denke, eine oder zwei Nächte im Kerker werden Euer erhitztes Gemüt beruhigen, MacLennan."

Die Männer zerrten ihn über mehrere, immer enger werdende Gänge zu einem feuchten Treppenabgang und über unzählige, ausgetretene, glatte Stufen hinunter in ein modrig riechendes, kaltes Gewölbe. Dort sperrten sie ihn in eine mit stinkenden Binsen ausgelegte Zelle und als die schwere, mit eisernen Beschlägen gesicherte Tür hinter ihm ins Schloss fiel realisierte er, dass er sich durch sein unbeherrschtes Auftreten jede Chance, dem König sein Anliegen vorzutragen, verspielt hatte. Er war wahrhaftig ein unbeherrschter, schwachköpfiger Hornochse!

Etwa zur gleichen Zeit betrat Jakob seine privaten Gemächer. Ein breites Grinsen auf seinem Gesicht ließ Joan aufatmen. Natürlich hatte man ihr bereits berichtet, was soeben in der Halle passiert war, aber Niall MacLennans unbedachtes Auftreten hatte sie dann doch überrascht. Und bis gerade eben hatte sie nicht einschätzen können, wie ihr Gemahl wohl auf diesen ganz und gar ungehörigen Auftritt reagieren würde.

„Was ist passiert?", fragte sie daher mit unverhohlener Neugier und erhob sich aus dem Stuhl, auf dem sie bis gerade noch unruhig herumgerutscht war.

„Du hattest vollkommen Recht, liebste Joan. Dieser Niall MacLennan ist ein ganz und gar unerschrockener Mann, einer nach meinem Geschmack, der auch schon mal zu unkonventionellen Mitteln greift, um sein Ziel zu erreichen."

„Und?" Jakob nahm sie in seine Arme und hauchte ihr einen zärtlichen Kuss auf den Scheitel. In diesem einen Wort lagen in etwa genauso viele Fragen, wie ein Hund Flöhe hatte.

„Nun, ich habe ihn in den Kerker werfen lassen." Seine neckende Stimme ärgerte sie und Joan schob Jakob ein kleines Stück weit von sich weg.

„Du hast *was*?" Empört blinzelte sie ihren Gemahl an.

„Nun, zunächst wollte ich mir sicher sein, dass ihm wirklich etwas an Catriona liegt. Das hat er ja nun mit seinem recht unkonventionellen Auftritt gerade eben

344

bewiesen, wenn ich auch nicht gedacht hätte, dass er gerade dieses Mittel wählt. Aber das beweist mir noch viel mehr. Jemand, dem es darum gehen würde, mich auf seine Seite zu ziehen, in der Hoffnung, durch eine Heirat mit Catriona politischen Einfluss zu gewinnen, hätte niemals so unüberlegt gehandelt und riskiert, sich meinen Unmut zuzuziehen." Er zog Joan wieder an sich. „Du hattest also vollkommen Recht mit deiner Einschätzung, dass dieser Mann einzig und allein von seinen Gefühlen für meine Nichte getrieben wird."

„Und warum habt Ihr ihn dann in den Kerker werfen lassen, mein König? Wenn Ihr doch geneigt seid, seinem Ansinnen stattzugeben?" Ein letzter Rest Zweifel schwang in ihrer Stimme mit, denn ihr Gemahl hatte bisher mit keinem Wort zu verstehen gegeben, dass er ihren Plan gut hieß.

„Ich denke, es tut seinem rebellischen Gemüt gut, eine Nacht dort unten zu verbringen. Strafe muss sein. Und weil ich noch etwas Zeit brauche, mich vorzubereiten."

„Worauf?" Fragend sah sie ihn an.

„Auf eine letzte Prüfung, die ich ihm zu stellen gedenke." Die unausgesprochene Frage, die er in ihren schönen, hellblauen Augen las, ließ er unbeantwortet. „Ist Lady Elizabeth Douglas bereits angekommen?", fragte er stattdessen.

„Ja, gestern bereits. Sie nimmt an, sie soll als Hofdame in meine Dienste treten. Ich habe ihr natürlich noch nicht gesagt, weswegen sie eigentlich herkommen sollte, und auch Connor MacDonald ist nicht im Bilde. Aber es bricht einem das Herz, wie sie sich gegenseitig Blicke voller Verlangen zuwerfen, wenn sie glauben, niemand beobachte sie." Joan seufzte. Jakob musste schmunzeln, denn ganz eindeutig ging mal wieder das romantische Temperament mit seiner Gemahlin durch. „Was schlägst du also vor, meine Königin?" „Ich dachte, wir könnten..." Verblüfft lauschte Jakob dem Wortschwall seiner Gemahlin. Wenn er es nicht immer schon geahnt hätte, dann wusste er spätestens jetzt, dass sie einen ganz eigentümlichen Sinn für Humor und Dramatik hatte.

Titel geben den Menschen keinen Glanz, sondern die Menschen den Titeln. (Machiavelli

Niall war zu niedergeschlagen um den Kopf zu heben, als sich die schwere Eichentür mit einem unheilvollen Knarren öffnete. Er saß jetzt einen ganzen Tag und eine ganze Nacht in diesem stinkenden Loch und wenn er richtig lag, würde heute die Hochzeit von Catriona und diesem verdammten MacDonald stattfinden. Er konnte an nichts anderes mehr denken als an seine wunderschöne, tapfere Catriona, die heute unauflöslich mit einem anderen Mann verheiratet werden würde. „Steht auf und kommt mit, MacLennan!" Überrascht

346

sah Niall, wie sich einer der Männer, die ihn hierher gebracht hatten, vor ihm aufbaute und ihn durchdringend ansah.

„Lasst mich in Ruhe, Mann! Vergesst einfach, dass es mich gibt und schaut in ein paar Monaten noch einmal nach mir. Halt. Besser in ein paar Jahren!" Niall drehte sich von der Tür und dem Mann weg, aber bevor er sich versah, packte der Kerl ihn am Arm und zog ihn hoch.

„Ich denke, Ihr solltet besser freiwillig mitkommen. Der König wünscht, Euch zu sehen." Damit zog er den verdutzten Niall hinter sich her. Fast schien es, als wollte das Schicksal ihn verhöhnen. Er hatte so darum gekämpft, vom König angehört zu werden, und nun, da dieser ihm Gehör schenken wollte, war es zu spät. Der Mann schob ihn einige Korridore und Biegungen weiter in ein Gemach, das so prächtig ausgestattet war, dass es Niall die Sprache verschlug. Ganz eindeutig waren das die Privatgemächer des Königs. Bunte Tapisserien schmückten die Wände, auf dem Boden lagen erlesene Teppiche statt der allgegenwärtigen Binsen und auf kleinen Tischchen und Wandregalen stand erlesenes Silber und kostbares Porzellan. Er hatte kaum die Musterung beendet, da öffnete sich auch schon eine Tür am anderen Ende des Raumes und Jakob betrat das Gemach. Niall nahm sich keine Zeit, die hoch aufgerichtete Gestalt des Monarchen näher zu betrachten, denn dieses Mal kniete er sich ohne Aufforderung nieder und senkte den Blick.

„Wie ich sehe, hat Euch die Zeit im Kerker gut getan, MacLennan." Der heitere Tonfall des Mannes verunsicherte Niall. Als man ihn aus dem Kerker holte hätte er niemals gedacht, sich in dieser Umgebung, allein mit dem König, wiederzufinden.

„Steht schon auf, Niall." Noch mehr verunsichert über diese persönliche Anrede erhob Niall sich und wartete schweigend darauf, dass Jakob zu ihm sprach.

Verblüfft sah Niall, dass Jakob sich eine silberne Karaffe griff und zwei Pokale mit herrlich rotem Wein füllte.

„Euer Freund, Malcolm MacRae, hat mir das hier in Eurem Auftrag gegeben." Er zog ein zerknittertes, schon etwas vergilbtes und an den Rändern eingerissenes Papier aus seinem Wams. Dann reichte er Niall einen gefüllten Pokal und trank selbst einen Schluck. Vorsichtig, weil er die Situation nicht einschätzen konnte, nahm Niall den silbernen Becher an, trank aber nicht.

„Das ist ein überaus wertvolles Stück Pergament, Niall. Mit ihm und der Aussage dieses Grahams bin ich in der Lage, mich von dieser Albany Brut zu befreien, die schon viel zu lange in meinem Namen hier herrscht!"

„Ich weiß, Majestät. Darum wollte ich, dass Ihr es bekommt. Ihr müsst wissen, ich selber habe ebenfalls ein Interesse, dass Eurem Cousin Murdoch Stewart endlich das Handwerk gelegt wird."

Jakob drehte den Pokal nachdenklich in seiner Hand, den Blick auf Niall gerichtet. „Fragt sich nur, wie ich Euch für die Überlassung dieser Dokumente belohnen kann." Er ließ sein Gegenüber nicht aus den Augen, als er weitersprach. „Ich könnte Euch ausgedehnte

Ländereien und einen Adelstitel überlassen. Oder aber...", er zuckte leicht mit einer Braue, ein sicheres Zeichen seiner Anspannung, „... wollt Ihr vielleicht lieber als einer meiner Berater ins neu zu gründende Parlament berufen werden?"

Niall senkte den Blick, um den Schmerz zu verbergen, den er bei der Frage nach einer Belohnung verspürte. Ihm lag nichts an Titeln und Gütern, auch wenn er das immer als Grund vorgeschoben hatte, Catriona zurückzuweisen. Und jetzt, wo der König all das anbot und er wenigstens eine kleine Burg als Zuhause für sich und Catriona hätte erhalten können, konnte er nichts mehr damit anfangen.

„Majestät, Sir,", er räusperte sich, kaum die Resignation verbergend, die ihn überkommen hatte, „bitte nehmt die Papiere und zieht Murdoch zur Verantwortung, das ist Lohn genug. Ich eigne mich nicht als Earl und schon gar nicht als Politiker. Das Einzige, was ich erbeten hätte, wenn ich Euch nicht durch meine Unbeherrschtheit so erzürnt hätte, wäre..." Niall schluckte gegen den Kloß an, der sich in seiner Kehle gebildet hatte.

„Um was hättet Ihr mich gebeten, Niall?" Jakobs Stimme klang eindringlich und irgendwie... auffordernd. So, als ob er auf eine bestimmte Antwort warten würde.

„Ich... es tut nichts mehr zur Sache, Mylord. Ich habe es mir selbst zuzuschreiben. Es ist zu spät, um Euch darum zu bitten." Sein Herz wurde schwer angesichts der Wahrheit, die ausgesprochen noch viel schmerzlicher war.

„Was hättet Ihr erbeten, Niall?" Der unmissverständliche Tonfall ließ keine weiteren Ausflüchte zu.

„Die... Hand Eurer Nichte, Majestät. Ich hätte Euch gebeten, mir Catriona zur Frau zu geben."

Das Lächeln des Königs traf ihn hart, aber wahrscheinlich hatte er es mehr als verdient, für diesen unverschämten Wunsch verhöhnt zu werden. Verdutzt keuchte Niall auf, als ihm der König heftig auf die Schulter schlug.

„Himmel, Niall, Ihr seid schwerer zu knacken als eine Nuss! Ich bedaure Catriona schon jetzt. Ihr seid sturer als ein alter Esel. Und ganz offensichtlich seid Ihr ein lausiger Taktiker, aber sei es drum. Ich würde vorschlagen, Ihr nehmt ein Bad und richtet Euch her, wenn Ihr bei Catriona um ihre Hand anhaltet. Meinen Segen habt Ihr, aber vergesst nicht: sie hat das letzte Wort. Wenn sie nein sagt..."

Niall war vollkommen konsterniert, aber Jakob ließ ihm keine Zeit, seine konfusen Gedanken zu ordnen. Er läutete nach einem Diener und wies diesen an, ein Bad herzurichten und saubere Kleidung bereit zu legen, und alles, was Niall angesichts der ausbrechenden Geschäftigkeit um ihn herum hervorbrachte war: „Ich muss mich rasieren. Sie mag keine Bärte."

*Lege mich wie ein Siegel auf dein Herz, wie
ein Siegel auf deinen Arm. Denn die Liebe ist
stark wie der Tod und Leidenschaft
unwiderstehlich wie das Totenreich. Ihre Glut
ist feurig und eine gewaltige Flamme.
(Hohelied der Liebe, 8:6, Lut)*

Catriona betrachtete sich im Spiegel und erkannte sich
selbst kaum wieder. Das im unteren Teil geschlitzte
Obergewand aus mitternachtsblauem Samt ließ einen
Blick auf das elfenbeinfarbene, mit Goldfäden
durchwirkte Unterkleid aus Seide erkennen. In der
Taille wurde es gehalten durch einen schmalen, mit
glitzernden Edelsteinen verzierten Gürtel, der
Catrionas zierliche Taille betonte. Ihre kastanienroten
Locken hatte man kunstvoll hochgesteckt und mit
elfenbeinfarbenen Bändern und einem kleinen Schleier
verziert. Da ihr Mieder bereits mit Goldranken bestickt
und mit kleinen Diamanten eingefasst war, hatte sie,
auch gegen den Protest der Königin, auf weiteren
Schmuck verzichtet. Ohnehin kam sie sich reichlich
verkleidet vor. Die Frau, die ihr aus dem Spiegel
entgegensah, war eine andere als die Catriona, die vor
einer gefühlten Ewigkeit an der Seite dieses verstörend
gut aussehenden Mannes, der ihr zum Schein angetraut
worden war, Eilean Donan verlassen hatte. Sie seufzte
und schritt aufrecht zur Tür. Diese Catriona gab es

nicht mehr. Heute würde sie ein weiteres Kapitel ihres Lebens aufschlagen und sie war fest entschlossen, ihrer Zukunft mit Connor MacDonald eine Chance zu geben. Draußen wartete bereits ein ganzer Tross von Höflingen auf ihr Erscheinen und als sie durch die Tür schritt, ging ein Raunen durch die Menge. Joan eilte auf sie zu und nahm ihre kalten Hände in ihre eigenen. „Du siehst einfach atemberaubend aus, liebste Catriona!" Liebevoll drückte sie Catrionas Hände und zog sie mit sich in den Gang. Wie in Trance begleitete Catriona Joan durch die Flure, bis sich die große Flügeltür zum Festsaal öffnete und sie erstaunt stehen blieb. Ein wahres Lichtermeer aus Kerzen erhellte den sonst so düsteren Raum, heitere Musik drang gedämpft in den Flur und die bereits anwesenden Gäste saßen an festlich mit blütenweißem Leinen gedeckten Tafeln und plauderten im Kerzenschein mehr oder weniger angeregt miteinander. Eifrige Bedienstete schenkten unaufhörlich Wein nach, wenn danach verlangt wurde und lautes Gelächter drang von Zeit zu Zeit durch den Saal. Ganz offensichtlich war das der Teil der Festlichkeiten, die Jakobs dreißigstem Geburtstag galten, denn die Trauung sollte, wie man Catriona mitgeteilt hatte, in der Schlosskapelle stattfinden. Fröhlich zog Joan sie hinter sich her und schob sie dann entschlossen auf die lange Tafel zu, an der bereits König Jakob Platz genommen hatte. Catrionas Herzschlag setzte für einen kurzen Moment aus und sie fürchtete schon, ohnmächtig zu werden, als sie nah genug an die Tafel herangekommen war, um den Mann zu erkennen, der neben einer betörend schönen, dunkelhaarigen Frau rechts neben dem König saß. Er schien sie nicht zu bemerken und Catrionas Welt stand für einen Augenblick still.

Dieses markante Gesicht mit den energischen Gesichtszügen, diese faszinierend grauen Augen und das leicht gewellte, verwegen am Hinterkopf zusammengebundene Haar gehörten zu dem Mann, den sie am allerwenigsten heute zu sehen wünschte: Niall MacLennan! Und er trug keinen Bart mehr! Sie erinnerte sich daran, wie sie einmal versucht hatte, ihn sich ohne diesen grimmigen Bart vorzustellen, aber die Wirklichkeit über traf all ihre Erwartungen. Die Narbe auf seiner linken Wange ließ ihn verwegen wirken, und ohne den Bart wirkten seine kantigen Gesichtszüge noch männlicher. Sie blieb stocksteif stehen, nicht gewillt, auch nur einen Schritt näher an diesen Mann heranzutreten, der sie so sehr verletzt hatte, und den sie immer noch mit einer so verzehrenden Leidenschaft liebte! Verzweifelt versuchte sie, sich an Joan vorbei zu schieben, aber diese lächelte sie nur an.

„Was hast du denn, liebste Catriona? Der König erwartet uns. Schließlich wollen wir doch heute auch noch deine Hochzeit feiern." Etwas in Joans Blick irritierte sie, aber Catriona war nicht in der Lage, einen klaren Gedanken zu fassen. Stattdessen sah sie, wie Niall die verführerisch schöne Frau an seiner Seite anlächelte und ihre Hand küsste. Das glockenhelle Lachen, das die Dame daraufhin hören ließ, kostete Catriona den letzten Rest Selbstbeherrschung. Sie versuchte tapfer, gegen die aufsteigenden Tränen anzukämpfen, aber den dumpfen Schmerz, der sich angesichts der offensichtlichen Vertrautheit der beiden in ihr Herz schlich, konnte sie nicht ignorieren.

„Was macht *er* hier? Ich hatte ihn doch gebeten, heute nicht zu kommen.", flüsterte sie mit erstickter Stimme.

„Oh, das weißt du ja noch gar nicht, Liebes! Der König hat ihm zum Dank für irgendwelche wichtigen Papiere die Hand einer betörend schönen jungen Dame mit umfangreichem Grundbesitz versprochen." Fröhlich winkend zog sie Catriona mit sich. Jetzt sah sie auch ihren zukünftigen Gemahl am Tisch sitzen, links neben dem König, einen freien Platz direkt neben sich.

„Bitte Joan, Mylady, ich kann das nicht. Ihr wisst doch...", Catriona versuchte verzweifelt, sich Joans Griff zu entwinden.

„Oh doch, Catriona, du kannst. Es wäre ungehörig, Jakob vor den Kopf zu stoßen. Er hat sich so viel Mühe gemacht mit dieser zweiten Hochzeit am heutigen Tage." Verschmitzt grinste Joan sie an und klatschte verzückt in die Hände.

„Welche zweite Hochzeit?" Obwohl sie das im Grunde nicht fragen musste. Joan hatte ihr ja gerade erklärt, dass der König Niall mit der Hand einer *vermögenden jungen Frau* belohnt hatte. War es nicht das, was Niall immer beklagt hatte? Dass er über keinerlei eigenen Besitz verfügte? Hatte er nun die Chance ergriffen, sich ein sorgenfreies Leben zu kaufen?

Joan schien ihre Gedanken zu lesen, denn sie plauderte munter weiter. „Also, es ist so, dass er überhaupt nicht weiß, dass seine zukünftige Gemahlin ausgedehnte

Ländereien mit in die Ehe bringt. Er will sie aus
Liebe..." Joan beobachtete Catrionas Miene ganz genau.
Fast tat ihr Catriona leid, aber sie hatte zu viel Spaß an
diesem Schauspiel, das sie selber inszeniert hatte,
„...heiraten!"
In diesem Moment blickte Niall zu ihr hin und sie sah,
wie er mühsam beherrscht schluckte. Seine Augen
weiteten sich in grenzenlosem Erstaunen und die Welt
stand für einen kleinen Augenblick still. Ohne die
Augen von Catriona zu lassen reichte er der Frau an
seiner Seite den Arm, woraufhin sich diese mit einem
kleinen Lächeln erhob und mit ihm um den Tisch
herum ging. An dem freien Platz an Connor
MacDonalds Seite blieben sie stehen und Niall
verabschiedete sich mit einem kurzen Nicken, während
die Schönheit an Connors Seite Platz nahm. Catriona
nahm nicht wahr, dass sämtliche Gespräche im Saal
inzwischen fast verstummt waren. Ihr war schwindelig
und sie war sich ganz sicher, dass sich hektische rote
Flecken auf ihrem Gesicht ausgebreitet hatten. Niall
war nur noch wenige Schritte entfernt und sie
versuchte verzweifelt, ihr heftig klopfendes Herz zu
beruhigen, aber es flatterte und schlug wie ein kleiner
Spatz in ihrer Brust. Sie traute ihren Augen nicht, als
der geliebte Mann sich auf ein Knie herab ließ, einen
kleinen Strauß weißer Erikablüten aus einer Tasche
seines überaus eleganten Wamses zog und ihn ihr
reichte. Ein Raunen ging durch die Menge, aber Niall
ließ sich nicht beirren.
„Catriona, ich bitte dich, hier vor all den Menschen und
unserem König, verzeih mir, dass ich erst jetzt erkannt

habe, dass du wahrhaftig einen Ritter verdienst, der vor dir kniet und dir einen Antrag macht." Ein schiefes, verlegenes Grinsen huschte kurz über sein Gesicht. Dann erhob er sich wieder und trat so nah an sie heran, dass sie seinen warmen Atem spüren konnte.

„Bitte, Cat, lass mich nicht wie einen Trottel dastehen, indem du meinen Antrag ablehnst, auch wenn ich es verdient hätte.", raunte er ihr mit einem sehnsüchtigen Blick in ihre Augen zu. Laut sagte er: „Catriona, bitte, werde meine Frau!" Er holte eine kleine Schachtel aus einer anderen Tasche seines Wamses hervor und öffnete sie, so dass Catriona den schmalen, goldenen Ring sehen konnte, der sie von seinem dunklen Samtbett aus anfunkelte.

Sprachlos schluckte Cartiona ein ums andere Mal, aber ihr Mund war und blieb wie ausgedörrt.

„Los, sag endlich Ja!" Ein kleiner Stoß in ihre Rippen holte sie in die Wirklichkeit zurück und sie wurde sich bewusst, dass alle, einschließlich Jakob und Niall, sie unverwandt anstarrten. Tränen rollten ihr unaufhörlich über die Wangen, aber trotz mehrmaligen Räusperns brachte sie kein Wort heraus. Schließlich nickte sie und Niall steckte ihr unter dem Applaus und den Hochrufen der Anwesenden den Goldreif an den Finger.

„Wer hätte gedacht, dass du einmal sprachlos bist, Liebste!", raunte Niall ihr zu und zog sie in seine Arme. „Weißt du, was in dem Ring steht?" Seine grauen Augen musterten sie warm und voller Liebe.

„Nein, wie sollte ich?"

„Du hast mir die Augen geöffnet und mich auf etwas Wesentliches hingewiesen. ' Mit geschlossener Faust kann man nichts halten' , erinnerst du dich?"

Als Catriona unter Tränen nickte, flüsterte Niall ihr ins Ohr:

„Bidh mi a 'fosgladh mo dhòrn dhut. Agus mo chridhe. Ich öffne meine Faust für dich. Und mein Herz!"

Liebe Leserinnen, liebe Leser!

Ich freue mich sehr, dass Sie aus der Vielzahl der
Romane um Schottland und die Highlands gerade
diesen ausgewählt und gelesen haben.

Ich hoffe, Sie hatten viel Spaß beim Lesen, haben mit
Catriona und Niall gelitten, gelacht und geweint, genau
so, wie ich beim Schreiben empfunden habe. Seit
meinem ersten Besuch in Schottland bin ich fasziniert
von den Menschen, der Landschaft und der
wechselvollen Geschichte dieses rauen Landes im
Norden Europas. Ich habe versucht, tatsächliche
Ereignisse mit meiner Phantasie zu verweben, um eine
spannende Geschichte zu schreiben. So sind alle
geschilderten Ereignisse rund um König Jakob I - auch
James I - von Schottland (25. Juli 1394 bis 21. Februar
1437), seine achtzehnjährige Gefangenschaft in
England, die erst späte Lösegeldzahlung durch seinen
Onkel und seine Liebe zu Joan Beaufort geschichtlich
überliefert. Auch das „The Kingis Quair" stammt
tatsächlich aus seiner Feder.

Erfunden habe ich die Geschichte um seine Nichte
Catriona und alle darin vorkommenden Personen, bis
auf Robert und Murdoch Stewart. In Wahrheit starb
Jakobs älterer Bruder David kinderlos im Verlies seines
Onkels Robert Stewart. Aber die Gerüchte um seinen
angeblich qualvollen Tod durch Verhungern gab - und
gibt – es tatsächlich.

Roberts Sohn Murdoch Stewart, 2. Duke of Albany,

wurde schließlich am 24. Mai 1425 wegen Hochverrats in Stirling hingerichtet.

Jakob selbst fiel am 21. Februar 1437 in einem Kloster in Perth einem Mordkomplott unter Führung seines Onkels Walter Stewart (einem Abkömmling aus der im Buch erwähnten zweiten, legitimen, Ehe seines Großvaters) zum Opfer.

Mit Joan Beaufort hatte er acht Kinder. Sein ältester Sohn Jakob, zu diesem Zeitpunkt gerade einmal sieben Jahre alt, folgte ihm als Jakob II auf den Thron.